Rudolf Hirsch

Das Leben – was sonst

Gerichtsreportagen aus drei Jahrzehnten

Vom Mädchen, das nur schlafen wollte

(1962–1963)

Rudolf Hirsch

Das Leben - was sonst

Gerichtsreportagen aus drei Jahrzehnten

Vom Mädchen, das nur schlafen wollte

edition q

Die Deutsche Bibliothek – CIP-Einheitsaufnahme

Hirsch, Rudolf: Das Leben – was sonst : Gerichtsreportagen aus drei Jahrzehnten / Rudolf Hirsch. – Berlin : Ed. q.
Vom Mädchen, das nur schlafen wollte. – 1991
ISBN 3-928024-30-2

Umschlaggestaltung: edition q, Berlin
Redaktion edition q: Klaus R. Dichtl
Gesamtherstellung: Ebner Ulm

Zuvor

In diesem Band „Vom Mädchen, das nur schlafen wollte“ sind die Geschichten oder, besser gesagt, die Gerichtsreportagen gesammelt, die ich in den Jahren 1962 und 1963 für die „Wochenpost“ geschrieben habe. Ich glaube, diese Jahre waren für mich sehr erfolgreich – nein, schon stocke ich . . . Ich komme mir vor wie ein Apotheker, der sich über zwei Jahre freut, weil er in diesem Zeitabschnitt mehr Medikamente als in anderen Jahren verkauft hat. Seine Freude beruht auf den häufigen Erkrankungen seiner Kunden, und meine Befriedigung basiert auf den vielen interessanten und peinlichen, aber berichtenswerten Verfahren gegen meine Mitmenschen. Kurzum, so ist die Welt.

Die leichtgeschürzte Begebenheit „Wildromantisch“ aus den tiefen Tälern des Harzes gehörte zu den Lieblingsstücken meiner Zuhörerinnen und Zuhörer bei den vielen Lesungen in vielen Städten und Gemeinden unseres Landes, zu denen ich eingeladen wurde. Auch die Titelgeschichte „Vom Mädchen, das nur schlafen wollte“. Als Zugabe las ich fast immer die auch in diesem Band enthaltene Geschichte „Engelsexisch“, die mit vielen Engelsgesichtern sächsischer und „sexischer“ Natur zu tun hat. Ja, gerade diese Geschichte wurde auch zum Beginn einer hoffnungsvollen Karriere als Fernsehautor, die aber auch Intervention einer höheren Gewalt aus der Staatsanwaltsszene abgebrochen wurde. Aber das gehört erst in einer späteren Zeit und wird bei den entsprechenden Fällen erzählt werden.

Die wohl rührendste Begebenheit „Die vergifteten Hunde“ und der dazu gehörende bittere Kommentar „ein offenes Wort . . . über das Lächeln eines Stadtrates“ habe ich als Vorlage für ein Kinderkriminalstück genommen. Das erlebte allerdings nur eine Aufführung von Liebhabern, also Amateuren, in Lauchhammer.

Wenn Sie mich heute fragen, war Ihnen die Auswahl der Prozesse für Ihre Berichterstattung völlig freigestellt, dann muß ich mit „Ja . . . aber" antworten. Denn die Prozesse, die vor dem 1. Strafsenat am Stadtgericht in Berlin oder den 1. Strafsenaten der Bezirksgerichte geführt werden, fanden unter Ausschluß der Öffentlichkeit statt. Hier wurden meist Spionagegefälle, Vorstoß gegen das Paßgesetz, also versuchte illegale Überschreitung der Staatsgrenze und auch Prozesse gegen Fluchthelfer verhandelt. Dabei war also die Presse nicht zugelassen.

Wir Gerichtsreporter in Berlin wurden jeden Freitag nachmittag von dem Pressestaatsanwalt über Verfahren der kommenden Woche informiert. Jeder Kollege hatte darüber hinaus die Möglichkeit, sich bei Richtern, Staatsanwälten und Rechtsanwälten nach anderen Verfahren zu erkundigen, das war jedem freigestellt.

Einmal schlug der gar nicht so gestrenge Pressestaatsanwalt, für Berlin zuständig, vor, über einen Prozeß zu berichten, dort sei ein Mann wegen Staatsverleumdung angeklagt, weil er in einer Kneipe geäußert hatte, man dürfe in der DDR die Wahrheit nicht sagen. Diesen Fall notierte ich mir.

Zu Hause angekommen, sah ich mir alle meine Notizen durch, überlegend, welche Verfahren wohl des Berichtens wert seien. Ich mußte mir immer mehrere Fälle vormerken; nicht alles, was man bei Gericht vernimmt, ist interessant; es ist einfach langweilig. Und Langeweile ist der Tod des Journalismus. Ich war nicht dem in der DDR herrschenden Aberglauben verfallen, daß alles, was gedruckt erscheint, auch gelesen wird.

Bei diesem Nachdenken fesselte mich der uns so ans Herz gelegte Fall von dem Mann in der Kneipe. Junge, sagte ich mir, das ist ja eine ganz vertrackte Angelegenheit. Zwei Möglichkeiten malte ich mir aus. Wird der Mann freigesprochen, dann hat er unrecht, und er müßte verurteilt werden; denn er hat ja den

Staat verleumdet. Zweite Möglichkeit; wird er verurteilt, dann hat er die Wahrheit gesagt und müßte freigesprochen werden. Ich seufzte, was für eine Glosse könnte ich da schreiben, wäre ich Reporter einer Westberliner Zeitung. Wenn ich aber meine logischen Überlegungen meinem Chefredakteur vorlege, wird er sagen, bist du verrückt geworden, so etwas mir zuzumuten, das können wir doch nicht bringen.

Ich habe die Chance verpaßt, leider. Ich bin nicht hingegangen. Ich hätte mir anhören müssen, was Richter, Rechtsanwalt und Staatsanwalt und die Zeugen geäußert haben, vor allem, wie dann das Urteil ausgefallen ist und wie es begründet wurde. Das hätte ich schreiben müssen. Wenn dann der Chefredakteur mir gesagt hätte, das können wir auf keinen Fall bringen, dann hätte ich ihm sagen können: Das macht nichts, auf jeden Fall kommt es in mein nächstes Buch.

Später habe ich häufig so gehandelt, was der Chefredakteur ablehnte, erschien im nächsten Buch. Denn meine Lektoren in den verschiedenen Verlagen waren hochgebildete Germanisten, und die lasen die „Wochenpost" nicht. Sie waren immer überzeugt, alles, was ich ihnen vorlege, ist ja schon veröffentlicht worden. Auch konnte ich mit der Faulheit der Zensoren im Ministerium für Kultur rechnen; mit ihnen hatte ich aus demselben Grunde vermutlich auch keine Last.

Es geschah auch anno 1962, daß ich zu einer beratenden Kommission als Mitglied berufen wurde. Sie hatte die schöne Aufgabe, Vorschläge zu machen, wie man unsere Rechtsprechung in der Presse wirkungsvoller darstellen könne. In dieser ersten Sitzung war ein Vertreter des Generalstaatsanwalts anwesend, ein Senatspräsident des Obersten Gerichts und ein Mitarbeiter der Abteilung „Staat und Recht" vom Zentralkomitee der SED. Als ich kam, war man schon in einer gediegenen Diskussion, wie man in der Rechtsprechung gegen Leute vorgehen solle, die politische Witze verbreiten. Ich bat in aller Form ums Wort und sagte mit besorgter Stimme, wenn diese Rechtsprechung um sich greife, werde ich wohl nie mehr aus dem Gefängnis herauskommen. Und ich fragte die erstaunten Juristen, ob sie überhaupt wüßten, wie bei uns politische Witze entstehen. Sie waren ahnungslos, und ich konnte sie – mit einem meiner üblichen Witze, die sich bei mir zur rechten Gelegenheit sachbezogen einstellen – belehren: „Der Klassenfeind erfindet sie, das Volk verbreitet sie und das Politbüro verwirklicht sie."

Ich habe nie wieder eine Einladung bekommen, mich in dieser Kommission zu Beratungen einzufinden. Vielleicht habe ich mit dieser Bemerkung den Anstoß zu einer Erkenntnis gegeben: Es ist Unfug, das Erzählen politischer Witze strafrechtlich zu verfolgen.

Hier also meine Gerichtsberichte aus den Jahren 1962/1963.

Bitte, lesen Sie selbst.

R. H.

Das unterbrochene Vorbild

Der Bauer, der sein Land vor der Aussaat düngt, handelt so, wie er es von seinem Vater gelernt hat oder wie es ihm auf der landwirtschaftlichen Schule gelehrt wurde. Erfahrungen von Generationen und Erkenntnisse von Wissenschaftlern wendet er an. Sein vernünftiges Handeln entsteht durch Nachahmung und Erziehung. Wenn ich diese Sätze schreibe, dann kann ich das nur, weil vor mehr als zweitausend Jahren die Buchstabenschrift sich aus der Bilder- und Wortschrift entwickelt hat und weil mir langsam neben anderem auch diese Fähigkeit beigebracht wurde. Bei all diesem Handeln wird auch der Reiz geweckt, alten Erkenntnissen neue hinzuzufügen, der Verstand entwickelt sich.

Aber es ist eben nicht nur Erziehung, was den Menschen zum Handeln veranlaßt. Jeder weiß, dem Menschen sind auch Triebe eigen, die unabhängig von Erziehung, unabhängig vom Vorbild den Menschen beherrschen: Hunger, Durst, Schlaf, Liebe. Unser Tun und Lassen wird bestimmt durch das Zusammenwirken dieser Triebe, durch Erziehung und Verstand, und das ist selbstverständlich, durch die gesellschaftlichen Zustände der Umwelt. Die Kräfte, die geistigen und die körperlichen, entscheiden, in welchem Verhältnis diese Triebe, die Erziehung und der Verstand das Tun des Menschen beeinflussen.

Die Nachahmung der Sprache, des Mutterlautes, ist das erste. Der Kindergarten, die Schule, die Universität, die Lehre, die Gesellenjahre, die Abendkurse, all das dient diesem Zweck, uns das Wissen und die Fähigkeiten der Älteren, Erfahrenen zu vermitteln und die eigene Urteilskraft zu schärfen. Und ein jeder sollte sich bemühen, den überlieferten Erfahrungen neue hinzuzufügen.

So gesehen, ist die Erziehung ein ständiger Prozeß; solange ein Mensch sich mit anderen unterhält, solange er fernsieht oder liest, solange er lebt, hört er nicht auf, sich zu bilden. Schlecht ist es, wenn dieser Prozeß unterbrochen wird, schlimm bei einem jungen Menschen, dessen geistige Kraft unter der Norm liegt.

Frau Gerti, die Mutter des vierzehnjährigen Klaus, ist in dritter Ehe mit Herbert verheiratet. Sie ist eine stattliche, große Erscheinung, die hellblonden Locken sollen sie jünger machen, als sie mit ihren vierzig Jahren ist und aussieht. Ihre erste Ehe ging in die Brüche, der zweite Mann starb, und Gerti hängt sehr an den beiden Söhnen aus erster Ehe. Der Älteste ist ihr schon vollkommen entglitten; beim zweiten, Klaus, muß sie es auch befürchten.

Sie ist im Beruf tüchtig; früher war sie Prokuristin einer Privatfirma, heute arbeitet sie im gleichen Betrieb wie ihr Mann, ihr dritter Mann, Herbert. Dort ist sie Hauptsachbearbeiterin, sie betreut nebenbei und ehrenamtlich höchst fachkundig die Betriebsbibliothek. Sie hat den Leserkreis ständig erweitert, sie versteht es, den Kollegen, die schwer körperlich arbeiten, die richtigen Bücher zu empfehlen.

Über ihren jetzigen Mann, Herbert, kann ich in ähnlich erfreulicher Weise berichten. Er hat sich heraufgearbeitet, nachdem er einmal völlig am Boden lag. Vom Transportarbeiter zum Meister für technische Geräte hat er sich entwickelt. Er hat in seinem Betrieb den Durchbruch bewirkt, den Durchbruch zur Mechanisierung. Dreimal wurde er Aktivist, und er hat auch das Vertrauen seiner Kollegen: Er ist Mitglied der Abteilungsgewerkschaftsleitung, und lange Zeit war er auch ihr Vorsitzender. Auch er ist zum dritten Mal verheiratet, wie wir wissen, mit Frau Gerti.

Das Sorgenkind ist Frau Gertis Sohn aus erster Ehe, Klaus. Vielleicht hatten ihn die drei Väter mit ihren verschiedenen Erziehungsmethoden völlig verwirrt. Ein so häufig wechselndes und unterbrochenes Vorbild ist gefährlich. Er ist auch schon in einigen Kinderheimen gewesen. Er hat keinen Kontakt mehr zu seiner Mutter. Klaus ist geistig auch etwas zurück. Er muß eine Sonderschule besuchen, gehört aber dort zu denen, die am besten begreifen. Klaus steht, wie ein Psychologe sagt, auf der Grenze zwischen dem geistig Normalen und dem Verstandesschwachen, für den die Sonderschule eingerichtet ist.

Aber der Vierzehnjährige ist auch von den besonders befähigten Pädagogen der Sonderschule nicht zu bändigen. Er bestiehlt die anderen Kinder, belästigt mit seinen vierzehn Jahren schon die Mädchen. Der Mutter hat er einmal zweihundert Mark aus dem Schlafzimmer entwendet. Die Reaktion der Mutter: Sie bringt ein Sicherheitsschloß an der Schlafzimmertüre an.

Die Familie besucht häufig einen unehelichen Sohn des Stiefvaters Herbert, der im Westen wohnt. Ständig brachten sie seichte Literatur mit. Beide Eltern, im Leben tüchtig und dem Fortschritt zugewandt, lesen diesen Dreck mit Begeisterung – auch die Mutter, die so gut die Betriebsbibliothek verwaltet. Sie versuchen, die Schmöker vor ihrem Sohn zu verbergen, heben sie im Schlafzimmer auf; und das Schlafzimmer ist, wie wir wissen, mit einem Sicherheitsschloß versehen. Aber der Klaus kennt die Schwäche der Eltern, und es gelingt ihm auch, diese Hefte an sich zu bringen.

Die Lehrer der Sonderschule bestellen die Eltern zu sich. Sie empfehlen, Klaus in Heimerziehung zu geben, weil sie nicht mehr mit ihm fertig werden. Die Mutter sagt nein. Sie hofft noch, ihn selbst erziehen zu können; der Vater wäre vielleicht für eine Heimerziehung zu haben gewesen. Aber er befürchtet, seine Zustimmung würde von Klaus und auch von seiner eigenen Frau als eine stiefväterliche Handlung angesehen werden. Klaus bleibt also bei den Eltern.

Genau nach dem Vorbild eines dieser Heftchen, das er von den Eltern gestohlen hat, „Der Sohn des Banditen“, geht er heimlich, ohne Komplizen, auf Raub aus.

Er schleicht sich um Mitternacht aus seinem Zimmer, aus der Wohnung der Eltern und bricht zweimal in einen Berliner Untergrundbahnhof ein. Dort stiehlt er Fahrscheine und Fünferkarten im Werte von sechstausend Mark. Einen Teil der Beute verstreut er auf der Straße, um den Verdacht auf andere zu lenken.

Er steigt auch eines Nachts in den Betrieb ein, in dem seine Eltern arbeiten und stiehlt dort über tausend Mark. Das Geld ist später nicht mehr auffindbar; er will es nur für Eis und Süßigkeiten ausgegeben haben.

Klaus kennt alle Einbrechertricks, er hat sie aus den Lehrbüchern für Verbrechen, aus den Heften, entnommen. Zehn nächtliche Einbrüche sind ihm nachzuweisen.

In dem Verfahren gegen Klaus wurde festgestellt, daß er noch nicht die Reife eines vierzehnjährigen Jugendlichen hat. Er kann zu keiner Strafe verurteilt werden. Die Heimerziehung wird angeordnet. Nun kamen die beiden Eltern vor Gericht wegen Vernachlässigung ihrer Aufsichtspflicht.

Es ist sehr schwer für beide, ihre Erziehungsfehler einzusehen.

Die drei Väter haben das natürliche Vorbild dieses Jungen verwirrt. Und deswegen ist er heute noch nicht auf der Höhe seines Alters. Bei einem solchen Kind müssen die Eltern in ihrer Lebensführung besonders achtsam sein. Wenn Worte und Taten der Eltern nicht miteinander übereinstimmen, wenn wie hier, öffentlich das gute Buch propagiert und heimlich der Schund gelesen wird, dann geht das Vorbild, dann geht das, was man Autorität nennt, völlig vor die Hunde. Das Kind sucht sich andere Vorbilder, es wird möglicherweise Menschen nachahmen, die das Verbrechen verherrlichen. Hier wäre es notwendig gewesen, Klaus schon rechtzeitig in Heimerziehung zu geben.

Das Gericht sprach beide, die Mutter und den Stiefvater, schuldig, ließ es aber bei einem öffentlichen Tadel bewenden.

Und wenn durch die öffentliche Erörterung dieses Verhaltens andere gewarnt werden, dann hat das Verfahren sein Ziel erreicht.

Zwischen Pommern und Lichterfelde

Zwischen Sterbenden, Verwundeten, zwischen Soldaten und alten Frauen, auf einem Wagen, auf der Landstraße oder vielleicht am Wegesrand, irgendwo zwischen Stolp in Pommern und Berlin wurde er auf der Flucht geboren. Das Land, das er heute noch seine Heimat nennt, das er nie gesehen hat, wurde von den Nazis verbrannt und evakuiert. Die Mutter mußte mit fünf Kindern auf den Treck.

Er stammt aus jenen starken Landarbeiter- und Bauerngeschlechtern, die schon von jeher das Rückgrat des preußischen Heeres bildeten. Er, der heute Sechzehnjährige, ist großgeworden in Berlin-Lichterfelde, in der Nähe jener berüchtigten Kasernen, in denen aus adligen Kreisen Offiziere gedrillt wurden. Diese wiederum wurden auf die pommerschen Landarbeitersöhne losgelassen, um aus ihnen die Musketiere zu züchten, die Preußens Gloria und Deutschlands Misere in die Welt brachen. So lange, bis eben schwangere Frauen auf der Flucht Kinder gebären mußten.

Von all dem weiß dieser baumstarke, breitschultrige Bursche nichts, von all dem wissen seine Eltern wenig. Sie träumen noch immer von dem verlorenen Paradies, „von einer Heimat, die ihnen durch die Feinde, die Russen und Polen, geraubt“ wurde. Das Gift der Landsmannschaften und der Heimatzeitungen „gratis“ ins Haus geliefert, trübt ihren Verstand. Ihr elendes Leben als Gutsarbeiter sehen sie mit einem verklärten Glorienschein der Vergangenheit.

Die Schule hat er mit der siebenten Klasse beendet. Er wollte Zimmermann werden und fing die Lehre an. Aber, so sagt er, in der Berufschule sei er nicht mitgekommen, vor allem nicht mit dem Theoretischen.

Als Beistand vor dem Jugendgericht hat er einen Berufsschullehrer, und der wundert sich sehr. Dem Beistand ist bekannt, daß es in West-Berlin nur einen Tag Berufsschule gibt. Er weiß auch, daß die Anforderungen ganz im Gegensatz zu dem Pensum unserer Berufsschulen – dreimal in der Woche – viel geringer sind. Aber dreimal in der Woche die Lehrlinge aus den Betrieben herauszuziehen, das kann sich die Welt der freien Wirtschaft nicht leisten, das lassen sich die Lehrherren nicht gefallen.

Nein, er wäre mitgekommen, das muß er nach intensivem Befragen selber zugeben. Aber er wollte ein Moped kaufen und hatte es schon angezahlt. Und da die Familie sich schon mit vielen Raten eingedeckt hatte, war der Vater auch mit der Auflösung des Lehrverhältnisses einverstanden.

Eine staatliche Stelle – wie bei uns – die ihre Zustimmung geben muß, fehlt in West-Berlin. Er bekommt also eine Arbeit als Transportarbeiter.

Und Interessen? Ja, er war einmal bei den Pfadfindern gewesen, dort wollte er die großen Fahrten mitmachen, aber die Kosten betrugen pro Reise 60,– DM. Und dafür war kein Geld vorhanden. So wußte der große, bärenstarke Junge mit sich und seiner Freizeit nichts anzufangen.

Er hat wohl eine Freundin, die wohnt weit weg, im Wedding. Aber sehr eng scheint seine Bindung zu ihr nicht zu sein. Eines Sonntags weiß er nichts Rechtes mit sich zu beginnen. Er trifft sich mit ein paar Freunden. „Fahren wir zu Magrit", sagt er. Sie kaufen sich zusammen eine Flasche Schnaps und gehen zur S-Bahn. Die Flasche macht ihre Runde, die Burschen grölen: „Schnaps, das war ihr letztes Wort, dann trugen sie die Englein fort." Die Bahn von Lichterfelde zum Wedding, die Nordbahn, fährt aber durch den demokratischen Sektor. Sie bewältigt diese Riesenstrecke für zwanzig Pfennig. Die grölenden Jugendlichen fallen dem Bahnangestellten auf. Als sie in Gesundbrunnen aussteigen, ist das S-Bahn-Abteil demoliert. Ein Fensterrahmen ist völlig herausgerissen.

Nach einiger Zeit kommt die Gruppe wieder zur S-Bahn, zum Bahnhof Gesundbrunnen. Ihr Zustand ist unverändert und sie grölt weiter.

Jetzt wird signalisiert. Der Zug hält auf der Friedrichstraße, und die Jugendlichen werden aus dem Abteil geholt. Sehr bald ist bewiesen, der sechzehnjährige Junge hat den Rahmen mutwillig herausgerissen.

Warum? Gründe weiß er nicht; vielleicht will er sie nicht sagen. Er muß zugeben, der Betriebsrat hat die Kollegen aufgehetzt, sie sollen die S-Bahn boykottieren. Aber derselbe Weg, den er zum Wedding zurückzulegen hat, ist auf den neuerrichteten Westautobuslinien viel, viel teurer. Das tut er nicht, er spart lieber, aber dafür demoliert er im Ausgleich die S-Bahn.

Was er wirklich getan hat, das scheint er nicht zu wissen. Wie ein Schwamm hatte er alles aufgesogen, was man ihm dort vorerzählt, die verlorene Heimat, die Hetze gegen die Russen und Polen und gegen die Deutsche Demokratische Republik und ihre S-Bahn. Das Ergebnis: Ein Mensch, der gegen seine eigenen Interessen, gegen seine Vernunft, gegen die Erfahrungen seiner Klasse handelt.

Und dieser Mensch, dem unser Gericht vier Monate Freiheitsentzug zumißt, wurde 1945 auf der großen Flucht geboren. Als Millionen deutscher Proletarier bitter dafür zahlen mußten, weil sie, berauscht durch Phrasen, gegen ihre Vernunft, gegen ihre Interessen und gegen ihre Klassenbrüder zu Felde gezogen waren.

Ein Anhänger stürzte

Ein Unfall hat selten nur eine Ursache. Hier gibt es eine eindeutige Schuld. Nur einer hatte diesen schweren Unfall verursacht, und der muß dafür bestraft werden.

Aber daß es zu diesem schweren Versagen, zu den achtundvierzig Verletzten, zu dem zerstörten Straßenbahnanhänger im Werte von 25 000,– M kommen konnte, daran haben sehr viele andere Ursachen mitgewirkt.

Ein junger Mann ist Straßenbahnfahrer geworden im Jahre 1961. Er ist einundzwanzig Jahre alt, also wurde er im Jahre 1940 geboren, in der Kriegszeit. Die Ehe der Eltern wurde am Ende des Krieges geschieden: „Wir Kinder", so berichtet er vor Gericht, „wurden aufgeteilt."

Er spricht leise, fahrig, fast unverständlich über seine Jugend, seine Hände machen bei jedem angefangenen und meist nicht beendeten Satz da unten in der Nähe der Kniekehlen eine abweisende Bewegung. Es scheint, damit will der Körper sagen: „Was kümmert ihr euch um meine schlechte Jugend, was geht es euch an, ich habe immer versagt, verurteilt mich, aber laßt mich in Ruhe."

Über eine Jugendstrafe wegen Ladendiebstahls wollen wir gern hinwegsehen, schlimm ist jedoch eine Kette von Verfehlungen, die ihn für zehn Monate ins Gefängnis brachte. Er hat mit anderen Jugendlichen unberechtigt Kraftfahrzeuge benutzt. Und dann sagt er: „Dann hat man mir auch noch etwas angehangen."

„Angehangen?" fragt der Oberrichter des Stadtgerichts, und wieder macht Manfred, so heißt der junge Mann, seine wegwerfende Handbewegung. Nein, angehangen kann man es wirklich nicht nennen, es ist ein Verstoß gegen einen oft zitierten Paragraphen. Und dieser Verstoß kam nicht aus verirrter Leidenschaft, sondern aus Gewinnsucht, also eine sehr üble Geschichte.

Einen moralischen Knacks hat der junge Mann Manfred, aber er scheint sich immer wieder zu fangen, wie ein Artist weiß er, daß bei seinem Ausgleiten doch ein Netz gespannt ist, das ihn auffängt. Es ist unsere Gesellschaftsordnung, sie läßt es einfach nicht zu, daß ein junger Mensch sich ohne richtige Arbeit durchschlägt.

Immer wieder bietet man ihm Arbeit an, immer wieder beginnt er. Erst einmal im Betonwerk; allerdings ist seine Arbeitsmoral etwas zu schwankend; er wird entlassen, dann geht er auf den Bau, auch nicht sehr standfest, und ab März 1961 ist er bei der Berliner Verkehrsgesellschaft BVG, erst als Schaffner. Aber bald meldet er sich zu einem Fahrerkurs. Man nimmt ihn nicht an; man hat herausgefunden, daß seine Arbeitsweise als Schaffner nicht so war, wie man es von anderen Schaffnern gewohnt ist. Fahrgäste haben sich beschwert, er sei sehr ruppig, und er gibt es zu, sein Standpunkt sei: Zeit ist Geld.

Nach einiger Zeit meldet er sich wieder, und er wird angenommen. Er hat keinen guten Leumund. Aber man setzt sich über einige Bedenken hinweg, denn der Mangel an geeignetem Personal ist sehr groß. In der Fahrschule zeigt er sich als einer der Besten. In der Praxis jedoch gibt es da wieder gewisse Mängel.

Einmal läßt er einen Straßenbahnzug nach seinen eigenen Angaben mit fünf oder sechs Personen besetzt vor seiner Wohnung stehen, er sprang hinauf, um sich sein Frühstück zu holen. Normalerweise dürfte man einen solchen Kollegen nicht mehr als Straßenbahnführer beschäftigen.

Manfred war am Berliner Straßenbahnhof Lichtenberg ausgebildet worden, und er wurde häufig als Fahrer auf der Linie 69 eingesetzt. Am 21. September 1961 fuhr Manfred eine

Schicht von 14.25 Uhr bis 21.00 Uhr. Dann wurde er vom diensthabenden Kollegen aufgefordert, ob er nicht auch noch nach seinem Dienst eine weitere Schicht übernehmen wolle. Manfred sagte zu und fuhr eine Schicht mit weiteren sieben Stunden. Er konnte erst gegen fünf Uhr morgens seinen Heimweg antreten, er schlief einige Stunden, vier bis fünf, um dann eine neue Schicht um 11.45 Uhr morgens am 22. September anzutreten.

Wieder fuhr Manfred die Linie 69. Als er am Freiplatz ankam, hatte er einige Minuten Verspätung.

Dann fuhr er mit einem heftigen Rucken los, die Siegfriedstraße hinunter mit vierzig Kilometern, mit der Höchstgeschwindigkeit, die wahrscheinlich noch überschritten wurde, weil die Straße dort etwas abschüssig ist.

Er fuhr auf eine Weiche, die nach links abbog, in die Fanningerstraße. Diese Weiche steht meist auf gerade, weil die Linienstraßenbahnen immer in gerader Richtung weiterfahren. Diese Weiche wird nur für Probefahrten benutzt.

Bei der BVG besteht eine zwingende Vorschrift, die jedem Fahrschüler eingeprägt wird: An eine Weiche darf man nur mit einer Höchstgeschwindigkeit von zehn Kilometern heranfahren. Dadurch hat der Fahrer Zeit, sich davon zu überzeugen, ob die Weiche richtig steht. Ein Fahrgast, der neben Manfreds Kabine stand, bemerkte, daß die Weiche nach links steht, und er sah mit Schrecken, daß die Straßenbahn mit einer ungewöhnlichen Geschwindigkeit fuhr. Aber Manfred schien nichts davon zu merken. „Er muß wohl gedöst haben", sagte der Herr als Zeuge vor Gericht.

Der Triebwagen fuhr in die Linkskurve mit einer großen Wucht hinein, der Anhänger aber sprang aus den Gleisen und kippte um. Das Ergebnis ist bei Beginn unseres Berichts geschildert.

Manfred behauptet vor Gericht, er sei wach gewesen, er sei mit vierzig Kilometern Geschwindigkeit gefahren, um die Verspätung einzuholen. Er habe gewußt, daß dort an der Fanningerstraße eine Weiche war; aber die sei immer auf „gerade" gestanden, so daß er nicht sehr achtgegeben habe.

Die Schuld an dem Unfall trifft Manfred, darüber besteht kein Zweifel, er ist gegen alle Vorschriften gefahren, außerdem hat er nicht auf die Stellung der Weiche aufgepaßt. Wegen fahrlässiger Transportgefährdung muß er ein Jahr und acht Monate ins Gefängnis.

Aber einiges ist bei der BVG auch nicht in Ordnung. Weder die Betriebsleitung noch die Gewerkschaft, noch die Arbeitsschutzkommission dürfen dulden, daß ein Straßenbahner hintereinander zwei Schichten fährt und dann noch eine dritte Schicht übernimmt, nachdem er höchstens fünf Stunden geschlafen hat. Gewiß, Manfred hat sich freiwillig gemeldet, und hätte er sich an diesem Tage nicht dazu bereit erklärt, wären einige Straßenbahnzüge ausgefallen.

Unseres Erachtens müßte der Dienst so organisiert werden, daß zwischen zwei Schichten eine Schlafpause von mindestens acht Stunden möglich ist. Obwohl Manfred das bestreitet, kann es nämlich sehr leicht gewesen sein, daß er wenige Sekunden vor sich hin gedöst oder gedämmert hat, daß er in diesen wenigen Sekunden die Weichenstellung nicht hatte beobachten können.

Außerdem müßte es eine Dienstvorschrift für Arbeits- und Kontrollwagen geben: Weichen, die nur bei Dienstfahrten benutzt werden, die zum Dienstbetrieb eines Straßenbahnhofs gehören, müssen nach Gebrauch in ihre normale Lage zurückgestellt werden. Natürlich wäre es besser, sie würden elektrisch betrieben und könnten sich automatisch zurückstellen. Aber auch das muß natürlich von dem nächsten Straßenbahnfahrer kontrolliert werden.

Die Mängel in der Organisation der BVG schmälern in keiner Weise die schwere Schuld Manfreds.

Haben wir es ihnen zu leicht gemacht?

Weich und knetbar wie ungebrannter Ton sind die beiden Menschenkinder auf der Anklagebank, sie sind noch nicht fertig. Sie wissen selbst nicht, wie sie ihr Leben einrichten sollen. Er, Bernd, ist neunzehn Jahre alt, sie, Inge, um weniges jünger. Sie leben zusammen, haben aber noch nicht den Weg zum Standesamt gefunden. Sie erwartet schon im nächsten Monat ein Kind; wie wollen die beiden erziehen können?

Es war höchste Zeit, daß bei Bernd, dem Hauptschuldigen – vielleicht dem einzig Schuldigen –, das Donnerwetter einschlug. Ein Jahr lang konnte er unbemerkt stehlen, und er stahl übermütig. Durch einen Mitropa-Kellner wurde er gefaßt. Und wir, die wir oft und gern über die Mitropa und ihren schlechten Kaffee gestöhnt haben, freuen uns, einen Mitropa-Kollegen loben zu können; obwohl er den Falschen faßte, trotzdem den Richtigen beschuldigte und bereit war, einen Eid darauf zu leisten.

Unser Mitropa-Kellner aus Erfurt glaubte zu bemerken, daß immer dann, wenn die Mitropa-Wagen und Betriebsabteile im Betriebsbahnhof gewaschen und gereinigt wurden, etwas mehr entfernt wurde als der Schmutz. Schon im Sommer hatte er sich heimlich in einer Kaffeeküche einschließen lassen und war mit nach Rummelsberg hinausgefahren. Tatsächlich wurde die Tür des verschlossenen Abteils mit einem Nachschlüssel geöffnet. Doch als er zupacken wollte, wurde die Tür zugeschoben, und der Täter war verschwunden.

Der Schwund aber, der wirkliche, hörte nicht auf. Unser tapferer Oberkellner ließ sich im Oktober wieder einschließen. Und wieder wurde die Küche mit einem Nachschlüssel geöffnet. Er verhielt sich ganz still, bis die Tür weit auf war, und er sah einen jungen Eisenbahner mit der Mütze eines Rangierers.

Der schob die Tür mit Gewalt zu. Aber der wachsame Mitropa-Angestellte hatte sich sein Gesicht so genau eingeprägt, daß er beschwören wollte, es sei der Rangierer gewesen, der kurz nach dem Öffnen des Abteils draußen vor dem Zuge herumschlenderte, nämlich Bernd.

Tatsächlich aber hatte dessen Freund zugegebenermaßen die Tür mit einem Nachschlüssel geöffnet, ein siebzehnjähriger Wagenwäscher, der aus einem mir nicht verständlichen Grunde in einem gesonderten Jugendverfahren abgeurteilt wird. Hätte man die beiden zusammen auf dieselbe Anklagebank geholt, wäre es leichter gewesen, festzustellen, ob wirklich der Siebzehnjährige den Neunzehnjährigen verleitet hat. Außerdem ist es für das Gericht und die Zeugen ökonomischer, in einem Verfahren den Tatbestand aufzuklären.

Bei der Haussuchung im gemeinsamen Haushalt von Bernd und Inge kam viel zutage: Mitropa-Bestecke, 87 Stück, eine englische Uhr, die Bernd gefunden und unterschlagen hatte. Einen Kinowagen öffnete er auch gewaltsam, dort stahl er Werkzeuge verschiedener Art. Aus einem Mitropa-Abteil hatte er mit seinem siebzehnjährigen Freund Apfelsaft und Bier entwendet, aus einem internationalen Schlafwagen Pralinen, Zigaretten, Zigarren, Sekt, Kölnisch Wasser. Er hatte alles mitgenommen, was er fand.

Das Stehlen wurde ihm so sehr zur zweiten Natur, daß er aus einem Jugendklubheim, in dem ihn ein Freund aus Gefälligkeit einmal übernachten ließ, eine Schachuhr mitnahm, für die er überhaupt keine Verwendung hat. Sehr gute Verwendung fanden die beiden Freunde für zwei Paddelboote, die auf dem Dämeritzsee eingebunden lagen. Sie eigneten sich die Boote an und versteckten sie im Schilf.

Und gut – oder schlecht – konnte er auch die Schundhefte gebrauchen, die er aus den Interzonenzügen mitnahm, mit Begeisterung las und weiterlieh.

Hier liegt vielleicht auch die Schuld der jungen mitangeklagten Inge, die erwiesenermaßen einige Schundhefte weitergab. Im moralischen Sinne hat sie auch nicht recht gehandelt, als sie duldete, daß in ihrem Haushalt so viele gestohlene Sachen angeschleppt wurden. Und wenn sie zugibt – sie ist auf dem gleichen Bahnhof beschäftigt –, auch einmal eine Hand voll Schrauben aus der Eisenbahn gestohlen zu haben, dann hätte ihr das weder die Volkspolizei noch der Staatsanwalt, noch das Gericht glauben dürfen. Zweifellos hat sie diese Lappalie auf ihre Kappe genommen, um das übergroße Schuldkonto ihres Mannes um ein paar Gramm zu entlasten.

Ja, ich schreibe „ihres Mannes", obwohl sie nicht verheiratet ist, und das mag vielleicht auch der Grund sein, warum sie gegenüber Bernd nicht energisch wurde. Sie ist hochschwanger, hofft und rechnet damit, daß Bernd sie heiratet. Sie stammt aus einem thüringischen Dorf, und sicher gibt es dort Vorurteile gegen unverheiratete Mütter. In dieser Zwangslage weiß sie sich nicht zu helfen und wagt nicht, energisch gegen Bernd aufzutreten.

Das Gericht hielt sie dennoch wegen des Diebstahls für schuldig und gab ihr einen öffentlichen Tadel.

Wegen des Verbreitens der Schundliteratur erhielt sie eine Geldstrafe von 50,– M. Schade um die junge Frau, sie ist tüchtig, genießt auf dem Bahnhof die größte Sympathie, über ihren Dienst gibt es keine Klagen.

Viele Klagen aber gibt es über Bernd. Ihm fehlt es an Erziehnung. Er ist wild aufgewachsen. Zu Hause hat er nichts mitbekommen, seine Lehrstelle als Elektriker hat er verlassen, weil der Lehrherr ihm unberechtigterweise Geld abgezogen hatte. Er weiß nichts von den Funktionen einer Gewerkschaft, auch bis jetzt ist er ihr nicht beigetreten. Aus einer guten Brigade wurde er ausgeschlossen, weil er einem Mädchen einen Pfropfen ins Gesicht geworfen hatte, einen Pfropfen aus einer sehr scharfen Lauge.

Der Richter bemängelte, daß auf dem weitläufigen Betriebsbahnhof überhaupt keine Gewerkschaftsversammlungen einberufen wurden. Sicherlich, Versammlungen mögen gut sein, aber wäre Bernd je in eine Gewerkschaftsversammlung gegangen, er, der nicht einmal ihr Mitglied ist? Die Erziehung dieses jungen Menschen kann nur am Arbeitsplatz und nur durch die Kollegen geschehen. Das eine Jahr Gefängnis und die 50,– M Geldstrafe mögen ein schmerzhafter Anfang dieser Erziehung sein.

Zusammen verdienten beide fast 900,– M, und beide sind sehr jung. Der Mann aber stiehlt hemmungslos.

Sie leben völlig isoliert, ohne Interessen, bis auf das Angeln, das Bernd auch in Einsamkeit betreibt. Warum ist ein Theaterbesuch in der Theaterstadt Berlin, warum ist der Motorsport bei der Gesellschaft für Sport und Technik, warum ist eine Wanderung mit dem Jugendverband oder eine Fahrt in die winterlichen Berge beispielsweise für die beiden nicht reizvoll? Alles herrliche Erlebnisse, die ihnen fast mühelos zufallen würden.

Ich verstehe Bernd und Inge nicht.

Haben wir es ihnen zu leicht gemacht?

Die privaten Laubenwünsche

Nennen wir ihn Gustav Ziegler; auf Ehre, er heißt ganz anders. Sie würden ihn nicht wiedererkennen, auch wenn ich ihn ganz haargenau beschriebe. Er ist ein stämmiger, kräftiger Mann in den allerbesten Jahren, voll Energie und Optimismus, ein – ich möchte fast sagen – Durchschnittsberliner. Ich habe selten über einen Angeklagten so viel Gutes gehört; und ich bin auch verpflichtet, all das Gute zu berichten.

Eigentlich sollte er jetzt gerade auf einer großen Seereise sein, als Belohnung für seine vorbildliche Leistung.

Durch einen Zufall wurde ein anderer des Betriebes damit ausgezeichnet, und Maurermeister Gustav Ziegler muß nun, statt auf einem Deckstuhl unter hellem südlichem Himmel die „Wochenpost" zu studieren, auf der Anklagebank im trüben nördlichen Januarlicht von der „Wochenpost" studiert werden.

Ja, er ist Maurermeister in einem großen Berliner volkseigenen Baubetrieb. Dort ist er angesehen und beliebt, Mitglied der Sozialistischen Einheitspartei seit dem Jahre 1956. Und er ist nicht nur so ein zahlendes Mitglied, nein, einen großen Teil seiner Freizeit opfert er für gesellschaftlich nützliche Aufgaben. Er ist auch Helfer der Volkspolizei, Vorstandsmitglied einer Kleingärtnervereinigung; im Betrieb oft ausgezeichnet, Aktivist. Wir könnten stolz auf ihn sein. Seine drei Söhne hat er alle vorbildlich erzogen, sie sind schon erwachsen. Und trotzdem: Gustav Ziegler ist angeklagt wegen Diebstahls genossenschaftlichen Eigentums.

Sein Betrieb beschäftigt sich auch mit Reparaturarbeiten in alten Wohnhäusern. Eines Tages wurde ihm bekannt, daß in einem der renovierten Häuser, im Keller, zwei Rollen Fußbodenbelag lagerten. Dieses Material lag dort schon unbeachtet über ein Jahr.

Unser Meister Ziegler ließ die beiden Rollen in sein Büro bringen und betrachtete sie liebevoll einige Wochen. Er erkundigte sich allerdings nicht, welcher Betrieb dort die Reparaturen ausgeführt hatte; er redete sich ein: Das war ein Privatunternehmer, der ist wahrscheinlich abgehauen, also ist das Linoleum herrenloses Gut.

Das stimmte in doppelter Hinsicht nicht. Die Reparatur war von einer Produktionsgenossenschaft des Handwerks ausgeführt worden. Und wäre es so gewesen, wie Meister Ziegler meinte, dann hätte der Staat die Verfügung über das Vermögen des illegal Abgewanderten. Das wußte Meister Ziegler natürlich auch, aber er wollte sich darüber keine klaren Gedanken gemacht haben. Sein Wissen kam mit seinen privaten Wünschen in Konflikt.

Die Familie Ziegler besitzt eine Wohnlaube, und Meister Gustav hatte sich schon lange bemüht, Fußbodenbelag für sie zu bekommen.

Eines Tages siegten seine privaten Laubenwünsche über sein Wissen und sein sozialistisches Gewissen. Er gab einem Fahrer einer „Ameise" seines Betriebes – die Ameise ist ein motorisiertes Nutzfahrzeug für Stein- und Sandtransporte – den Auftrag, die beiden Rollen Linoleum zu einem Bekannten zu fahren. Von dort transportierte Gustav Ziegler sie in sein heimatliches Laubengelände.

Der Fahrer, ein ehemaliger Grenzgänger, war von der Fuhre nicht gerade beglückt. Er arbeitete nach Leistung. Mit einem Trinkgeld von fünf Mark wurde sein legitimer Erwerbssinn befriedigt. Unbefriedigend aber war der gesellschaftliche Nutzeffekt dieses Trinkgeldes; gerade ein Kollege, der jahrelang die Praktiken des kapitalistischen Baugewerbes in sich aufgenommen hatte, wurde durch diesen offensichtlichen Schmu nicht sehr von der hohen sozialistischen Moral seines Meisters der volkseigenen Wirtschaft überzeugt. Und gerade hier ist der ideelle Schaden größer als der materielle; denn die beiden Rollen konnten, nachdem der Betrieb sein Linoleum vermißt hatte und abholen wollte, bei Meister Ziegler unversehrt vorgefunden und zurückerstattet werden.

Woran lag es nun, daß Meister Gustav Ziegler einmal versagt hat? Das wurde im Gericht durch Aussage seines Parteisekretärs deutlich gemacht, durch die Aussage eines jungen, qualifizierten Bauarbeiters. Es fällt kein Stäubchen auf den Genossen Gustav Ziegler, wenn man seine Arbeit, seine berufliche Qualifikation und seinen Eifer betrachtet. Er hat im Betrieb als Geselle angefangen, sich auf der Ingenieurschule als Meister qualifiziert. Sofort nach seiner Meisterprüfung hat Genosse Gustav Ziegler einige Lehrlingsbrigaden zur Ausbildung übernommen.

Es waren aber, wie der Parteisekretär berichtet, Gruppen nur von schwererziehbaren jungen Leuten, aus schlechtem häuslichem Milieu stammend, die knapp die Ziele der fünften und sechsten Klasse erreicht hatten. Unter Zieglers Leitung wurden aus diesen Gruppen in zwei Jahren tüchtige, fachlich qualifizierte und theoretisch ausgebildete Facharbeiter. Heute sind sie fast alle noch im selben Betrieb. Sie sind fast alle schon verheiratet, haben Kinder. Und wenn man sie fragt, bei wem hast du denn gelernt, dann antworten sie: Na klar, bei Meester Ziegler.

Aber wenn es heißt, in die Brigaden der Bauarbeiter zu gehen und mit ihnen über eine aktuelle Frage zu diskutieren, so sagt der Parteisekretär, dann findet Gustav Ziegler nicht immer die richtigen Worte. Er ist nicht in der Lage, eine politische Forderung, einen Leitartikel, eine These umzudenken in die Worte der Bauarbeiter und sie ihnen darzustellen. Er donnert, so sagt der Parteisekretär, die Sache dann hin und findet so bei den Kollegen kein Verständnis. Da kommt eben Gustav Ziegler nicht klar, und die Kollegen sagen von ihm: „Ziegler haut auf den Käse."

Nie wurde die Tatsache, daß Unklarheiten im Kopf zu sträflichen Handlungen führen können, mir so deutlich wie hier.

Meister Ziegler weiß aus allen Schulungen genauso gut wie jeder andere, daß das gesellschaftliche Eigentum gehütet werden muß wie ein Augaupfel. Daß gerade Genossen sich dafür einsetzen müssen. Aber das für seinen Linoleumfall, für seine privaten Laubenwünsche umzusetzen, das tat er nicht.

Er hätte aus den beiden liegengebliebenen und vorgefundenen Rollen Fußbodenbelag ganz andere Schlußfolgerungen ziehen können, ziehen müssen. Wäre er, statt sie sich anzueignen, in alle alten Baustellen gegangen und hätte überprüft, ob von seinem Baubetrieb oder von den Baunebengewerben noch Reste liegen geblieben wären, hätte er sie erfaßt, hätte er seinen Betrieb und die anderen Betriebe ermahnt, mit dem Material sparsam umzugehen, dann hätte er ein öffentliches Lob verdient, dann hätte er etwas Wichtiges getan für das Produktionsaufgebot. So aber mußte das Gericht ihm einen öffentlichen Tadel aussprechen.

Richtig war, daß dieses Verhalten des Meisters Gustav Ziegler in einer öffentlichen Gerichtsverhandlung bloßgelegt wurde. Damit jeder sieht, bei uns soll nichts vertuscht werden, ein jeder soll ohne Ansehen der Person und der früheren Verdienste zur Rechenschaft gezogen, wenn er sich eine strafbare Sache eingebrockt hat. Aber Leistungen werden beim Strafausspruch gewürdigt, und die Strafe, die ausgesprochen wird, ist das wohlabgewogene Maß zwischen Verdienst, Schuld und Schaden.

Ein Kind fiel aus dem Wagen

Meist kommen Menschen vor Gericht, die sich in einem schweren Konflikt für die strafbare Lösung entscheiden oder einer Versuchung unterliegen, und sie müssen von der Gesellschaft bestraft werden. Schade, sagen wir, daß sie ins Gefängnis kommen, aber leider wissen wir bis heute noch kein besseres Erziehungsmittel.

Schade, muß ich auch bei den beiden sagen, daß sie ins Gefängnis müssen. Warum taten sie Verbotenes? Warum brachten sie das Leben anderer und auch ihr eigenes in so schwere Gefahren? Sie standen in keinem Konflikt, noch war die Verführung nicht so groß, daß man ihr nicht hätte widerstehen können. Warum handelten sie so? Ich weiß es nicht.

Klaus ist Fahrer eines schweren Lieferwagens der Berliner Schultheiß-Brauerei. Er ist ein intelligenter großer junger Mann, zweiundzwanzig Jahre alt. Erfolgreich hat er Betriebsabrechner gelernt und ist später – vielleicht wegen des besseren Verdienstes oder vielleicht aus Freude an der abwechslungsreichen Arbeit – Kraftfahrer geworden.

In seiner ersten Arbeitsstelle ist einmal etwas vorgekommen, was normalerweise vor ein Gericht gehört hätte. Es war eine Kleinigkeit, es wurde der Konfliktkommission des Betriebes zur Entscheidung übergeben. Klaus machte den Schaden wieder gut und verpflichtete sich zu einigen Aufbaustunden; sein Strafregister ist also sauber geblieben.

In den beiden Betrieben, in denen Klaus bisher gearbeitet hat, ist er beliebt. Er gilt als pünktlich, zuverlässig und kollegial. Kurz, er ist ein sympathischer Mensch, ein Sportsmann, ein

Fußballspieler. Wenn jemand wie er gewissenhaft arbeitet, seine Familie versorgt, verdient er unsere Achtung. Schön wäre es, wenn er für die Gesellschaft etwas mehr als seine Pflicht täte, aber diese Freude ist bei ihm noch nicht geweckt worden.

Dieser Klaus fuhr am 17. August 1961 zum ersten Mal mit einem ihm unbekannten Beifahrer, Peter. Unser Peter, leider ein etwas schwarzer Peter (in seiner seelischen Bedeutung), ist ein kleiner, junger Mann von neunzehn Jahren mit geringer Schulbildung und vielen, leider sehr kurz bemessenen Beschäftigungen. Sein Blütentraum – als Obermann einer Akrobatengruppe durch die Luft gewirbelt zu werden – reifte nicht aus. Er nahm das Training eines Parterreakrobaten auf die zu leichte Schulter.

Beide also, Klaus und Peter, luden ihre Bierflaschen in den Geschäften und Betrieben ab und nahmen Leergut in Empfang. In einer Großbäckerei bekamen sie als Anerkennung ein paar Kekse geschenkt. Peter, der verhinderte Obermann, wollte sie seinen beiden Kindern bringen, und Klaus fuhr ihn einmal nach getaner Arbeit, eben einmal, nach Hause.

Dann lud der Beifahrer Peter den Kraftfahrer Klaus zu einem Umtrunk in seine Stammkneipe ein, und Klaus ging mit. Sie wollten ihre Abrechnung dort fertigmachen, aber zu der Abrechnung kam es nie. Klaus hatte seinen Lastwagen einige Meter vor der Kneipe geparkt, damit der Wirt sie nicht als Kraftfahrer erkennen sollte.

Mindestens sechs Schnäpse und drei Biere kamen auf das Konto eines jeden, als sie die Kneipe verließen: wahrscheinlich hatten sie noch mehr getrunken.

„Klaus, laß mich mal fahren“, sagte der Neunzehnjährige zu dem zweiundzwanzigjährigen Kraftfahrer. Und ohne zu zögern übergab der große Klaus dem kleinen Peter den Zündschlüssel.

Peter hatte keine Fahrerlaubnis, nicht einmal die geringsten Kenntnisse von den Verkehrszeichen. Wohl brachte er den schweren Lastwagen in Gang. Er fuhr über eine Seitenstraße auf die Dimitroffstraße – dies ist eine Schnellverkehrsstraße –, hier wollte Peter anhalten, aber statt auf die Bremse zu treten, gab er Gas.

Ob es ein Versehen war, weil er keine Fahrpraxis hatte, ob sein Reaktionsvermögen durch den schweren Alkoholgenuß getrübt war, die Gründe spielen hier keine Rolle. Beide durften in diesem Zustand nicht am Steuer sitzen. Peter nicht einmal nüchtern. Sie aber rasten über die Kreuzung. Ein Omnibus, der leer die Dimitroffstraße in gemäßigtem Tempo befuhr, konnte nur mit Mühe von seinem Fahrer abgestoppt werden. Wären die Kraftfahrzeuge zusammengestoßen, dann hätten wir die beiden Angeklagten und den Zeugen gewiß nie mehr gesehen.

Der leichtsinnige Klaus bemerkte mit Schrecken, daß Peter nun mit aller Wucht auf eine Straßenecke zubrauste, an der eine junge Frau mit einem Kinderwagen stand. Er griff ins Steuer.

Gleichzeitig aber hatte auch die junge Frau die Gefahr erkannt und in ihrer Angst den Kinderwagen auf die andere Seite gestoßen, mit einer solchen Wucht, daß das Kindchen aus dem Wagen fiel. Es bekam nur eine Beule ab.

Ein Gemüsehändler, der mit einem Handwagen an derselben Ecke stand, war der nächste, der in Lebensgefahr geriet. Er sprang geistesgegenwärtig zur Seite. Der Lastwagen kam nur durch einen Betonlaternenpfahl zum Halten – der allerdings ging dabei in die Brüche.

Die junge Frau ging auf den herausspringenden Peter zu und gab ihm zwei schallende Ohrfeigen. Klaus versuchte noch, die Volkspolizei zu täuschen, er tat so, als hätte er am Steuer gesessen. Aber die Zeugen hatten Peter als Fahrer erkannt, es gab also nichts zu vertuschen.

Wenn das Gericht den Fahrer Klaus mit zehn Monaten Gefängnis und den Beifahrer Peter mit acht Monaten Gefängnis bestraft hätte, wie der Staatsanwalt es verlangte, so wäre das sehr gelinde. Es ging aber beim Kraftfahrer Klaus wegen seines sonstigen guten Verhaltens auf acht Monate herunter, verurteilte ihn allein zu einer bedingten Strafe mit einer zweijährigen Bewährungsfrist.

Fußgänger und Kraftfahrer müssen sich darauf verlassen können, daß ein jeder die Straßenverkehrsordnung einhält und daß jeder, der nur einen Tropfen Alkohol im Blut hat, das Steuer eines Autos, ja selbst die Lenkstange eines Mopeds meidet.

Hält er sich nicht daran, muß er, meiner Meinung nach, ins Gefängnis. Unbedingt – unbedingt . . .

Enttäuscht oder beleidigt

„Lothar hat uns enttäuscht“, sagte der Beistand des Siebzehnjährigen. „Und ich weiß nicht, ob unser Betrieb ihn nach seiner Strafverbüßung wieder einstellen wird.“

Er, Lothar, ist ein Sorgenkind. Er stammt aus einer schlechten Ehe. Mit seinem älteren Bruder ist er bei der Mutter geblieben, zu seinem Vater hat er keinen Kontakt mehr. Aus diesen ehelichen Zwistigkeiten seiner Eltern kam es wahrscheinlich auch, daß Lothar als Kind zu Diebereien neigte; seine Mutter wußte nicht mit ihm fertig zu werden, und er mußte in ein Kinderheim für Schwererziehbare. Dort, unter Aufsicht erfahrener Pädagogen, führte er sich tadelsfrei; er konnte schon nach einem Jahr zu seiner Mutter zurückkehren.

Sie hatte inzwischen wieder geheiratet; mit dem Stiefvater und den später geborenen Halbgeschwistern verträgt er sich leidlich – wahrscheinlich nicht besser und nicht schlechter als mancher andere junge Mann mit seinem richtigen Vater und seinen echten Geschwistern.

Die Konflikte im Elternhaus, die Umschulung zum Kinderheim und vom Kinderheim und eine schwere Erkrankung in der Kindheit waren auch der Grund, warum Lothar nur das Ziel der 7. Klasse erreicht hat. Und dies ist die Ursache, daß Lothar keine Lehrstelle finden konnte.

Lothar kam als Anlernling in einen mittelgroßen Berliner Elektrobetrieb. Dort ist er fleißig und zielstrebig.

Er verdient gut, und trotzdem gelingt es seinen Vorgesetzten und Meistern, den jetzt Siebzehnjährigen zu veranlassen, eine richtige Lehre als Kraftfahrzeugelektriker im gleichen Betrieb aufzunehmen. Das muß anerkannt werden, auch ist positiv zu vermerken, daß er sein Geld vernünftig verwendet. Er hat sich schon eine Couch und eine Stehlampe gekauft.

Bevor er aber mit der Lehre begonnen hatte, war eine böse Geschichte geschehen. Um zu Hause eine Leitung zu reparieren, stahl Lothar im Betrieb ein ziemlich langes Gummikabel. Und deswegen kam er vor Gericht, ein Freiheitsentzug von drei Monaten wurde bedingt ausgesprochen und die Bewährungsfrist auf zwei Jahre bemessen. Außerdem sollte er eine Geldbuße von 100,– M bezahlen.

Noch während dieses Verfahren um das Kabel lief, hatte er eine neue – gelinde gesagt – Dummheit gemacht. Von einem Arbeitskollegen, dessen Ruf in bezug auf Arbeitsmoral und Redlichkeit nicht gerade sehr gut ist, hatte er ein Kofferradio, ein „Sternchen", übernommen. Der Kollege hatte es auf Abzahlung gekauft, aber nur eine geringe Anzahlung geleistet und nie eine Rate mehr bezahlt. Dann hatte er es auch noch verpfändet. Lothar löste den Apparat bei der Pfandleihe aus, für 40,– M und behielt ihn; er wußte genau, weil er ja auch schon einen Abzahlungsvertrag unterzeichnet hatte, daß der andere das Radio gar nicht weggeben durfte. Was Lothar also getan hatte, war eine Hehlerei.

Aber damit nicht genug, wenige Tage nach seiner bedingten Verurteilung ist er wieder mit diesem Arbeitskollegen und einem anderen Freund zusammen. Die beiden haben kein Geld, sie wollen den Drahtzaun des Hofes der Berliner Kindlbrauerei zerschneiden und dort leere Bierflaschen stehlen.

Lothar, wie gesagt, verdient gut, er hat keine Sorgen, oder nur eine einzige, er müßte sich zwei Jahre lang straffrei verhalten, damit die Vorstrafe gelöscht und vergessen würde. Aber diese Sorge macht er sich nicht, er geht mit den beiden zweimal in das Gelände der Brauerei und stiehlt leere Flaschen.

Einmal nehmen sie neunzig und das andere Mal fünfundvierzig mit. Die werden beim Altwarenhandel wieder verkauft, und Lothar erhält dafür 12,– M, eine Summe, die im Vergleich zu seinem ehrlich verdienten Einkommen geradezu lächerlich ist.

Das Jugendgericht bildet nun aus der ersten bedingten Strafe von drei Monaten und aus den beiden neuen Delikten eine Gesamtstrafe von sechs Monaten, die der törichte Lothar nun jetzt verbüßt.

Was sagt der Beistand, der ihm vom Betrieb gestellt wurde: „Lothar hat uns enttäuscht, und ich weiß nicht, ob unser Betrieb ihn wieder einstellen wird."

Die Enttäuschung ist verständlich. Aber die Konsequenz aus der Enttäuschung ist falsch. Denn bei der Betrachtung von Lothars Leben und Taten ist eines auffallend: befindet sich Lothar in einem guten Kollektiv, bei guten Pädagogen, bei erfahrenen Meistern und bei tüchtigen Kollegen, so ist sein Verhalten gut – sehen wir von dem einen Kabeldiebstahl ab. Er ist leicht beeinflußbar, nach seiner Arbeit läuft er unbedenklich mit. Und in schlechter Gesellschaft läßt er sich zu Dingen verleiten, die ihm nur Schaden bringen.

Gerade der Betrieb, der ihn zu einem tüchtigen Arbeiter ausgebildet hat, der ihn bestimmt hatte, mit siebzehn Jahren noch eine Lehre anzufangen, die er sicher bei seiner Vorbildung vorfristig mit Erfolg beenden könnte, also gerade dieser Betrieb sollte es sich zu seiner Ehrenpflicht machen, das so schwankende Rohr zu festigen.

Ein Pädagoge darf enttäuscht, aber nie beleidigt sein.

Betrug – ein Kinderspiel

Daß ein Mensch mit zweiundzwanzig Jahren von Beruf noch Gärtnerlehrling ist, gehört schon zu den Seltenheiten unseres Lebens, daß dieser Gärtnerlehrling aber mit einem Kinderspielzeug die Sparkassen und die Deutsche Post um Tausende Mark prellen konnte, ist schon eine Rarität in unserer Kriminalistik; und wenn dann das Gericht ihn und nicht die geprellten Institutionen oder ihre Überwachungsinspektoren auf den Geisteszustand untersuchen läßt, so ist das – wie einer meiner ausländischen Freunde zu sagen pflegte – der Absurd.

Wie hoffnungsvoll hatte sich das Leben von Eddi angelassen. Er kam als einziges Kind tüchtiger Eltern zur Welt. Sein Vater ist ein hochqualifizierter Facharbeiter, erfolgreich und angesehen. Seine Mutter tat alles, um ihm, dem kleinen, schmalen, beweglichen, etwas keck in das Leben schauenden Bürschchen, den Weg zu ebnen.

Zum erstenmal unterbrach Eddi seinen vorgezeichneten Lebensweg, als er zwei Jahre vor dem Abitur seine Schule beendete. Sein Wunsch war, die Geheimnisse der modernen Landwirtschaft zu ergründen, und dieser Wunsch wurde ihm erfüllt. Aber sehr bald mußte Eddi erfahren, daß Borstenvieh und Schweinespeck zwar ein idealer Lebenszweck sind, daß aber die Pflege eines Schweinestalls mit sehr viel Mühe und Schmutz verbunden war. Wieder mußte der Lebensweg unterbrochen werden; nun hatte Eddi den sehnlichen Wunsch, sich nur edleren Tieren zu widmen – das sagte er wörtlich vor dem Stadtbezirksgericht Berlin-Pankow.

Es gelang ihm auch, Lehrling im Berliner Tierpark zu werden. Eddi ist jedoch von dem kriminell unbelasteten Tierparklehrling Ede wohl zu unterscheiden; denn Ede hat als Vater, den wir hier unbesorgt mit richtigem Namen nennen dürfen, den bekannten Berliner Zeichner Erich Schmitt.

Aber leider benahmen sich die edleren Tiere des Tierparks im Grunde genauso wie die Schweine in der Landwirtschaftlichen Produktionsgenossenschaft. Sie fraßen und tranken, verdauten, vermehrten sich, wurden krank, mußten gehegt und gepflegt werden, alles Dinge, die mit sehr viel Arbeit verbunden waren. Eddi hingegen wurde nachlässig, er verschloß die Käfige nicht richtig, und als er ertappt wurde, wie er mit einer Luftbüchse auf die zahmen Eichhörnchen Jagd machte, da war die sprichwörtliche Geduld Professor Dathes, des Direktors des Berliner Tierparks, zu Ende.

Ganz kurz war das Gastspiel Eddis bei der Volkspolizei. Auch dort fand er, wie in allen seinen Lehrstellen, keinen Anschluß an die Kameraden. Auch hier fügte er sich nicht der Disziplin, und nach wenigen Monaten gab man ihm den dringenden Rat, einen Antrag zu stellen, von der Verpflichtung entbunden zu werden.

Eddi versuchte sich nun als Krankenpfleger, aber auch das scheiterte an seinem Grundwiderspruch. Er suchte eben eine lohnende Beschäftigung, die nicht mit Arbeit verbunden war. Kurz darauf jedoch glaubte er, das Geeignete gefunden zu haben: bei einem Besuch in West-Berlin traf er einen feinen Herrn, der ihm ein sicheres monatliches Einkommen in Westmark versprach für fast keine Arbeit, nur für die Übermittlung einiger ganz spezieller Nachrichten. Aus diesem mühelosen Einkommen wurde nichts, weil gewisse staatliche Stellen Kenntnis davon erhielten. Er mußte diese Bereitschaft mit einem Jahr Zuchthaus, das über ihn vom Berliner Stadtgericht verhängt wurde, bezahlen.

Nach Verbüßung wollte der nun zweiundzwanzig Jahre alt gewordene Eddi seine landwirtschaftliche Lehre bei einem städtischen Gartenamt endlich beenden. Aber auch hier war es mit seinem Eifer nicht weit her. Er fehlte oft unentschuldigt und hatte ziemlich viel Unfug gestiftet. Man erwog, den überalterten Lehrling Eddi von der Prüfung zum Facharbeiter auszuschließen.

In seinem Arbeitsbuch hob Eddi ganz selbständig seine Stelle als Lehrling auf, trug sich aus und nahm in einem Berliner Metallbetrieb Arbeit auf. Arbeit ist eigentlich nicht der richtige Ausdruck, er hatte sich nur die Stellung besorgt und fuhr dann mit seiner Freundin in den Urlaub.

Hier im Bad begann eine Kette von Dingen, die ihn jetzt wieder vor den Strafrichter brachten.

Er stahl aus einem Hotelzimmer 75,– M, und dann fuhr er zu seinem Vater nach Berlin zurück. In der Schublade des elterlichen Wohnzimmers fand er zwei Sparbücher. Von dem einen hob er einfach das Guthaben ab; er brauchte nur seinen Namen umzustellen, er hieß Eduard-Paul und sein Vater Paul-Eduard. Vor Gericht meinte er, das sei eine ganz harmlose und zufällige Verwechslung. Das Gericht wertete dies aber als Urkundenfälschung – nicht als Diebstahl, weil Diebstahl unter Verwandten nur auf Antrag des Geschädigten verfolgt wird.

Natürlich war jetzt kein Raum mehr für Eddi in der väterlichen Wohnung. Er hatte gehört, bei einem Herrn Jungblut wäre ein Zimmer frei. Er klingelte dort, aber niemand öffnete ihm die Tür. Durch ein offenstehendes Fenster kletterte Eddi in die völlig fremde Wohnung und fand – wie zufällig – dort ein Postsparbuch und ein Sparkassenbuch.

Auf dem Postsparbuch war ein Guthaben von 2300,– M. Angeblich bekam Eddi in West-Berlin von einem Unbekannten den Tip, wie er das Geld abkassieren könne. Der Typ war richtig. Er heftete die Blätter des gestohlenen Postsparbuchs in ein altes Postsparbuch, das einmal auf seinen Namen ausgestellt war, das aber nur noch ein winziges Guthaben enthielt. Er rechnete damit, daß die Postangestellte bei ihrer Arbeitsüberlastung die eingestempelten Nummern auf der Innenseite nicht mit der Nummer des Umschlages verglich. Er hatte richtig getippt, in

Potsdam erhielt er 1430,– M, in Leipzig 850,– M und in Berlin-Pankow 18,– M auf dieses gefälschte Buch.

Da die Sache so glatt ging, holte er sich sein altes Sparkassenbuch vom Jahre 1953 heraus, auf dem auch nur noch eine ganz kleine Summe stand. Er studierte den Prozeß der Eintragungen sehr genau, dann kaufte er sich in einem Spielzeugladen einen Stempelsatz, aus dem er ganz primitiv einen Sparkassenstempel zusammenstellte. Mit diesem Stempel und einigen gefälschten Unterschriften erhöhte er sein Sparbuch um 3000,– M und holte sich dann das Geld im Freizügigkeitsverkehr von Sparkassen und Postämtern in Berlin und Potsdam ab.

Unser Freizügigkeitsverkehr – jeder Inhaber kann mit seinem Sparbuch von jeder Post, Bank oder Sparkasse in der DDR Gelder in unbeschränkter Höhe abheben – ist eine Errungenschaft unseres Staates, eine Erleichterung für alle Sparer, die es meines Wissens in keinem anderen Lande der Welt gibt. Nach den Auskünften des Ministeriums für Finanzen wird mit dieser Erleichterung verhältnismäßig wenig Mißbrauch getrieben. Die Vorteile wiegen die Nachteile um ein Vielfaches auf, das Vertrauen unserer Finanzinstitute auf die Ehrlichkeit der Sparer ist voll und ganz gerechtfertigt.

Nun war Eddi, wie er glaubte, ein reicher Mann. Wie das so üblich ist bei Defraudanten und kleinen Betrügern, schaffte er sich eine neue Freundin an, ein Barmädchen aus West-Berlin. Ein großer Teil der erschwindelten Beträge wurde natürlich in Westgeld umgetauscht.

Da die Sache so glatt gegangen war, mußte sie wiederholt werden. Er ging am 4. August 1961 mit 20,– M zu einer Berliner Sparkassenfiliale und eröffnete mit dieser Summe ein neues Sparkassenbuch. Danach fälschte er das Einzahlungsdatum vom 4. August 1961 auf den 4. August 1960. Wieder holte er seinen Spielzeugstempel und erhöhte das Konto durch mehrere fingierte Einzahlungen, die er über das ganze Jahr von August 1960 bis August 1961 verteilte. Er erhöhte es auf 5170,– M. Mit diesem Sparbuch fuhr Eddi am 5. August 1961 nach Leipzig, ging zur Bank für Handel und Gewerbe, um dort 3000,– M auf einen Schlag abzuheben.

Der aufmerksame Angestellte bemerkte einen Rechenfehler von 100,– M, den er korrigierte. Er hatte kein Mißtrauen gegen die Eintragungen und gegen den Spielzeugstempel, der eigentlich viel länger war als die Gummistempel, die die Sparkassen und Banken üblicherweise verwendeten. Er zahlte 3000,– M aus.

Eddi kaufte sich sofort für 2000,– M ein wenig gebrauchtes Motorrad. Er hatte nie auf einem Kraftfahrzeug gesessen, besaß auch keine Fahrerlaubnis, aber er ließ sich rasch die Griffe erklären und brauste mit dem neuen Motorrad nach Berlin. Zweimal wurde er von der Verkehrspolizei gestellt, einmal auf der Autobahn in Michendorf, und dort erklärte er, er habe seine Fahrerlaubnis in Berlin liegengelassen. Seine Adresse wurde aufgeschrieben, und die Polizisten ließen ihn weiterfahren. Bei der zweiten Kontrolle in Berlin, als er nach den Fahrzeugpapieren gefragt wurde, sagte er, er sei schon in Michendorf kontrolliert worden und dort habe man ihn trotz des Fehlens seiner Fahrerlaubnis weiterfahren lassen.

Die Volkspolizei aber ist wachsamer als die Sparkassen- und Postangestellten. Am nächsten Morgen kam ein Angestellter der Volkspolizei, um sich die angeblich liegengebliebene Fahrerlaubnis anzusehen. Eddi konnte sie nicht finden, und deshalb mußte er zur Inspektion.

Bei der Durchsuchung der Taschen fand man dort ziemlich viel Westgeld. Und da auch eine bedeutende Vorstrafe von Eddi registriert war, wurde ein Haftbefehl beantragt.

Am anderen Tage entdeckte die wachsame Putzfrau der Volkspolizeiinspektion hinter den Rohren der Herrentoilette einige Sparbücher. Und dann kam der Riesenbetrug mit dem Kinderspielzeug zutage.

Diebstahl, Unterschlagung, Betrug zum Schaden von Volkseigentum über 9000,– M, Verstoß gegen die Währungsbestimmungen, Verstoß gegen die Straßenverkehrsordnung. Vier Jahre Zuchthaus brachte das Eddi ein.

Die Angestellten der Bank und auch der Post haben – sehr wenig kritisch – dem ungewöhnlich langen Spielzeugstempel vertraut; besonders der Bankangestellte in Leipzig hätte stutzig werden müssen: Der Rechenfehler im Sparbuch, dann der merkwürdige Stempel, das Abheben einer so großen Summe, und bei genauem Hinsehen hätte er dann auch noch feststellen können, daß die Jahreszahl 1961 auf 1960 unvorschriftsmäßig verbessert war – Grund genug, das Sparbuch überprüfen zu lassen. Wenn aber fünf oder sechs Angestellte auf einen Falschstempel hereingefallen sind, dann muß doch überlegt werden, wie die Stempel der Bankinstitute zu verändern sind, beispielsweise in Kursivschrift, um einen Mißbrauch möglichst auszuschalten.

Da jeder Abholer seinen Personalausweis vorlegen muß und da jede Nummer des Personalausweises notiert wird, stellt sich jeder Betrug spätestens nach vierzehn Tagen heraus. Eine Chance, straflos davonzukommen, gibt es nicht, und wenn die Sparkassen und Banken ihre Stempel etwas komplizierter machen, können wir den Betrug auf ein Minimum einschränken.

Wenn wir einen Gärtnerlehrling vier Jahre ins Zuchthaus stecken, dann ist das eine Erziehungsmaßnahme für einen Schuldiggewordenen, aber wir haben es ihm allzu leicht gemacht, unsere Banken und Sparkassen auszuplündern.

Sind Gerichtsberichte Narreteien?

Als ich von diesem Fall hörte, bekam ich einen großen Schreck. Ich hatte zwei junge Leute zu strafbarem Tun verleitet! Durch meinen Artikel „Betrug – ein Kinderspiel“ waren sie veranlaßt worden, nach dem von mir gegebenen Rezept zu verfahren. Sie hatten, so erfuhr ich, die Sparkassen um mehr als 30 000,– M geschädigt.

Wenn meine Arbeit ein derartiges Resultat hat, wenn dadurch das Volkseigentum so immens geschädigt wird und außerdem zwei intelligente, bisher unbescholtene und fleißige junge Männer für einige Jahre ins Zuchthaus wandern müssen, dann, muß ich folgern, dann ist meine Arbeit schädlich und fehlerhaft. Dann sollte ich lieber das Schreiben einstellen und mich einer nützlichen Arbeit zuwenden.

Im März 1962 berichtete ich über einen Fall von dem Mann Eddi. Eddi hatte Sparkassenbücher gefälscht. Er schrieb mehr hinein, als er eingezahlt hatte, und bestätigte diese Fälschung mit einem Spielzeugstempel. Neuntausend Mark hatte er erbeutet. Ich kritisierte die Angestellten der Post und der Banken; der Stempel war ungewöhnlich lang, die Nummern der Seiten der Sparkassenbücher stimmten nicht mit den Nummern des Deckels überein. Aber ich hatte auch die Fälscher gewarnt. Bei Auszahlung wird die Nummer des Personalausweises aufgeschrieben, und ich schrieb: In vierzehn Tagen ist der Betrüger sowieso entdeckt, es hat keinen Zweck, Sparkassenbücher zu fälschen, denn das Zuchthaus ist euch sicher.

Zwei junge Leute, gerade mündig geworden, also achtzehn Jahre alt, lasen diesen Artikel im Jahre 1962. Sie waren beide damals Lerhlinge, tüchtig und fleißig. Der eine, Gerhard, erlernte in einer großen Maschinenfabrik den Beruf eines Schlossers, der andre, Ludwig, wurde bei der Bewag als Elektriker ausgebildet. Beide sind Kinder aus gesichertem Elternhaus; Gerhard besaß schon als Lehrling ein neues Motorrad, Ludwig hatte sich ein gebrauchtes anschaffen können. Gerhard ist technisch außerordentlich begabt, Ludwig mehr ein intellektueller Typ. Für ihn ist es bezeichnend, daß er theoretisch seine Facharbeiterprüfung mit gut bestanden hat, während es in der praktischen Arbeit bei ihm hapert. Er konnte aber die von ihm geforderte Leistung nachholen. Sein Ziel war, Berufsschullehrer zu werden, ein Ziel, das er nun für einige Jahre aufgeben muß.

Ludwig war es auch, der Geld brauchte. Er war auch aboniert auf die „Wochenpost", er las zuerst den Artikel „Betrug – ein Kinderspiel" und begann ihn zu analysieren. Er sagte sich: Das muß man besser, raffinierter machen. Die Hauptsache, wir haben fremde Personalausweise. Er wußte Gerhard zu überzeugen, der war nach längerem Zureden von dem Gedanken, schnell viel Geld zu ergattern, begeistert.

Ende 1962 begannen die beiden mit den Vorbereitungen. Sie brachen zuerst auf einem Sportplatz in eine Umkleidekabine ein. Die Örtlichkeiten waren Gerhard als Sportler gut bekannt. Sie stahlen dort Jacken und Mäntel, in denen sie Ausweise vermuteten. Und sie nahmen – die Planung eines Verbrechens zieht sofort andere Verbrechen nach sich – auch die Portemonnaies, die Brieftaschen und das Geld, das sie vorfanden, dazu eine Lederjacke, die sie für 250,– M weiterverkauften.

Mit Einlagen von nur fünf Mark eröffneten sie bei verschiedenen Berliner Sparkassenfilialen mehrere Konten unter Vorlage des gestohlenen Ausweises. Gerhard hatte ihn mit Werkzeugen aus seinem Betrieb verfälscht und sein Bild in ihm angebracht, allerdings sehr plump, und den kundigen Augen wäre er sofort als Fälschung aufgefallen.

Weiter hatten sie aus dem Artikel gelernt, der Sparkassenstempel kann ganz primitiv nachgemacht werden. Sie bestellten sich bei einem Stempelmacher mehrere Gummistempel unter völlig harmlosen Bezeichnungen und schnitten sich aus vielen einen brauchbaren zusammen. Dann begannen sie in einer Ruine das Datum der ersten Einzahlung zwei Jahre zurückzudatieren und täuschten eine lebhafte Kontenbewegung vor. So schien es auf den ersten Blick, als ob auf den neuen Sparkassenbüchern etwa viertausend Mark vorhanden waren. Eines dieser Bücher war auf den richtigen Namen ausgestellt.

Dann ging Gerhard mit dem falschen Ausweis und den verfälschten Sparkassenbüchern zu acht verschiedenen Postämtern in Berlin. Und prompt wurde jedes Buch honoriert. 3100,– M bis 3800,– M wurden ihm sofort ausbezahlt. Es ging wie das Kuchenbacken. Mich erstaunt, warum sich keiner der Postangestellten, der vielleicht die Fälschung mit ungeschultem Auge nicht hatte erkennen können, fragte: Warum geht der junge Mann nicht zu seiner Stammsparkasse, wenn er eine so hohe Summe in Berlin abholen will? Ich verstehe nicht, warum nicht ein Sparkassenangestellter bei der kontoführenden Sparkasse angerufen hat, um sich zu vergewissern, ob das auch alles stimme.

So konnten die beiden in wenigen Tagen die horrende Summe von 32 300,– M abheben. Und sie wurden nicht ermittelt. Denn sie waren beide als sehr fleißige Lehrlinge bekannt. Sie machten weiter ihren Facharbeiterbrief. Gerhard bereitete sich auf ein Ingenieurstudium vor, und Ludwig wollte, wie schon erwähnt, Fachschullehrer werden.

Auch die Eltern merkten nichts. Gerhard lebte ziemlich sparsam mit dem ergaunerten Geld, und Ludwig, nachdem er Facharbeiter geworden war, zog von seinen Eltern weg. Aber Ludwig hatte sich an das große Leben und das Geldausgeben gewöhnt. Er ging fein gekleidet, und er war bald mit dem Geld fertig. Er mußte seinen Kumpan Gerhard anpumpen.

„Machen wir noch einmal dasselbe, aber ganz groß“, sagte Ludwig Ende 1963. „Diesmal wollen wir über 100 000,– M erbeuten.“

Gerhard hatte keine große Lust, aber dann reizte es ihn auch. Jetzt stahl Ludwig allein die Ausweise; Gerhard wurde auf andere Weise aktiv. Er wollte jetzt auch das Trockensiegel der Volkspolizei für das zu verfälschende Lichtbild im Ausweis täuschend ähnlich nachmachen. In seinem Betrieb baute er dafür eine Vorrichtung. Das wurde bemerkt. Er sagte, es sei für eine Dynamoanlage seines Motorrades. Man erteilte ihm eine Verwarnung, gab ihm aber die Vorrichtung zurück, aus der wirklich niemand erkennen konnte, was damit beabsichtigt war.

Sie legten 28 Sparkassenbücher mit fünf und zehn Mark an einem Tag in Berlin auf denselben Namen an. Gerhard hatte sich einen Leihwagen besorgt, er hatte auch einen kleinen Unfall, den er nicht meldete. Sie erhöhten wieder die Sparkassenbücher mit ihren falschen Stempeln auf je 4000,– M. Sechs Fälschungen fanden sie ungeschickt, und diese Bücher wollten sie nicht verwenden.

Gerhard ließ sich krank schreiben, Ludwig war ohne Arbeit. Er hatte seinen Posten bei der Bewag aufgegeben, und seine Bewerbung bei einem anderen Betrieb war noch nicht angenommen worden. Sie fuhren mit dem Auto nach Dresden. Sie hatten sich Stadtpläne von Leipzig und Dresden gekauft und darauf die Postämter und Sparkassen vermerkt, auf denen sie Geld abheben wollten.

Frühmorgens gingen sie in eine kleine Sparkassenfiliale in Dresden; dort waren aber noch nicht die 3200,– M vorhanden, die sie abheben wollten. Sie hielten gerade eine derartige Summe für geeignet, sie hätten, wenn sie gefragt worden wären, erklärt, sie wollten sich ein Motorrad kaufen. In der nächsten Filiale wurde ihnen das Geld ausgehändigt. Aber in der dritten Filiale entdeckte die aufmerksame Sparkassenangestellte die Fälschung, und sie bat die beiden in einen Raum der Sparkasse. Sie rissen aus, aber Passanten und Volkspolizisten stellten die Betrüger.

Gerhard und Ludwig sind zwei schlanke, sehr große, begabte junge Leute, nur moralisch tief unterentwickelt. Gerhard muß für vier Jahre und sechs Monate, Ludwig als Anstifter für vier Jahre und acht Monate ins Zuchthaus.

Und nun zu mir, dem dritten Schuldigen, der ich sie auf den bösen Gedanken brachte. Hatte ich verantwortungslos geschrieben?

Ich wußte im Jahre 1962, daß diese Veröffentlichung eine Gefahr für viele darstellte. Zum erstenmal in meiner Tätigkeit sandte ich diesen Artikel, bevor er erschien, an die zuständige Behörde, an das Ministerium für Finanzen, das die Aufsicht hat über alle Sparkassen und auch verantwortlich ist für das Postsparkassenwesen, also für den gesamten Freizügigkeitsverkehr.

Es kam zu einer lebhaften Diskussion über die Nützlichkeit des Artikels, mir wurden einige Änderungen vorgeschlagen, dann war das Ministerium einverstanden, daß dieser Artikel erschien. Und die Sparkassen- und Postangestellten wurden vom Ministerium veranlaßt, diesen Artikel zu studieren.

Aber hat das Ministerium für Finanzen diesen Artikel auch mit der notwendigen Aufmerksamkeit studiert? Denn es steht zum Schluß: „Wenn also fünf oder sechs Angestellte auf einen Falschstempel hereingefallen sind, dann muß doch überlegt werden, wie die Stempel der Bankinstitute zu verändern sind, beispielsweise in Kursivschrift, um einen Mißbrauch möglichst auszuschließen. Und ganz zum Schluß forderte ich noch einmal, die Stempel komplizierter zu machen.

Was aber geschah? Die Betrüger hatten aus dem Artikel Schlüsse gezogen, nicht aber das Ministerium. Erst mußte das Volksvermögen um über 30 000,– M geschädigt werden ohne die Möglichkeit, die Betrüger zu fassen. Dann wurden die Stempel so verändert, daß jeder aufmerksame Angestellte einen falschen Stempel von dem echten unterscheiden kann. Auch heute, glaubte ich, sind sie noch zu einfach. Ich plädiere für Stahl- oder Prägestempel. Jede Fünf-Mark-Note ist so kompliziert und technisch vollendet, daß es fast unmöglich ist, sie nachzumachen. Aber die Stempel, mit denen man ein Sparkassenbuch um 3000,– M verfälschen kann, sind ziemlich einfach nachzumachen. Wohl ist die Ehrlichkeit unserer Bürger sprichwörtlich gut, die Betrügereien im Freizügigkeitsverkehr sind im Verhältnis zu dem gewaltigen Umsatz sehr gering. Aber wir müßten sie ganz ausschalten können.

Das Schreiben und das Lesen von Gerichtsberichten soll nicht nur unverbindlichen Spaß machen wie die witzigen Worte eines Hofnarren, es soll die Menschen auch zum Nachdenken veranlassen und zum intelligenteren Handeln bestimmen; aber nicht nur die zum Bösen bereiten, sondern auch die berufenen Wahrer unseres Volkseigentums, die sich, wie hier, anscheinend nur ungern von einem Nichtfachmann belehren lassen wollten.

Wildromantisch

Herr Heinrich sitzt nicht am Vogelherd – wie es in einem alten deutschen Lied heißt –, er sitzt auch nicht froh und wohlgemut, nein, er muß vier Monate sitzen; das ist eine umständliche und nicht immer erfreuliche Geschichte aus den wildromantischen Tälern des Harzes.

Dort, wo Heinrich der Vogeler harmlosen Vergnügen nachging oder, besser, nachsaß, in Quedlinburg, hat auch unser Herr Heinrich seine Braut. Und sie wird nicht sehr glücklich sein, wenn sie über das Treiben ihres Heinrichs etwas erfährt, das nur sehr hinterhältige Menschen mit der Liebhaberei des Königs in Verbindung bringen könnten.

Einiges hat sie ihm schon verziehen. In Hasselfelde, dem kleinen Harzstädtchen, das angeblich wegen einiger böser Übergriffe von Bergknappen auf ein Nonnenkloster im Mittelalter vom Kaiser in Acht und vom Papst in Bann getan wurde, in Hasselfelde also lebt ein kleines Büblein, dessen Vater Herr Heinrich ist.

Und in einem anderen Städtchen an der wilden Bode wohnt ein genau gleichaltriges Mägdlein, das seinen Ursprung auch von unserem Herrn Heinrich herleitet – an der Bode, die wiederum ihren Namen von dem böhmischen Riesen Bodo haben soll, der einem Hünenkind Gewalt antun wollte und von der Roßtrappe in die seither schäumende Bode stürzte.

Wie man sieht, es tat und tut sich etwas in dieser Hinsicht in den wildromantischen Tälern des Harzes.

Unser Herr Heinrich ist fast ein Hüne von Gestalt, er ist Arbeiter in einem Kalkbruch, das „Moos“ ist bei ihm nicht knapp, und da er einen „Trabant“ besitzt, kann man sich erklären, wie es technisch gesehen möglich war, an so weit auseinanderliegenden Städtchen fast zu gleicher Zeit für gleichaltrige Trabanten zu sorgen. Tatsächlich sorgt er auch heute für sie. 95,– M seines Monatsverdienstes wendet er für die kleinen Trabanten auf.

Eines Nachmittags, als Heinrichs Brigade Überstunden „abbummeln“ wollte, saßen er und alle seine Freunde in der Konsum-Betriebsverkaufsstelle ihres Kalksteinbruchs in Rübeland und spülten sich mit Lagen Lagerbieres den Kalkstaub von ihren Gurgeln.

Ein junges Mädchen, Hella (schwarz war ihr Haar, schwarz war ihr Aug’, leicht war ihr Gewicht und auch ihr Sinn), servierte freundlich, und Herr Heinrich glaubte, nicht zu Unrecht, daß er „Schlag“ bei ihr habe. Schon einmal hatte er sie, die so sehr in festen Händen war, ins Kino eingeladen. Aber beide waren damals nicht hingegangen.

An diesem Nachmittag ging in der Betriebsverkaufsstelle das Bier aus. Heinrich und seine Freunde wollten in einem Gasthaus nebenan weiter ihre Gurgeln reinigen, vorher hatten sie bei Hella noch Schnitzel bestellt, und Hella servierte sie ihnen nun dort in dem anderen Gasthaus. Es gibt doch Kundendienst beim Konsum.

Sie blieb auch eine Stunde mit einem süßen Kirschlikör bei der Brigade sitzen, während ihrer Arbeitszeit. Hella war zweifellos in bezug auf Kundendienst etwas zu gewissenhaft. Dann ging sie in ihre Verkaufsstelle zurück, hatte aber vorher Heinrich, dem in Quedlinburg verlobten Herrn Heinrich, versprochen, später wiederzukommen. Ihre Verkaufsstellenleiterin warnte sie, ihr Freund, der sie erwarte, könne das übelnehmen. Aber im Konflikt zwischen dem Versprechen an Herrn Heinrich und dem Versprechen an Freund und Kollegin siegte der Leichtsinn.

Bald gingen Hella und Heinrich zusammen fort; ob er sie an der Hand gefaßt hat, blieb vor Gericht ungeklärt. Er pries sich als erfahren und verschwiegen in den Dingen der Liebe. Sie erwiderte, der Ihre sei auch kein schlechter Kerl. Was niemand behauptet hatte.

Dann hob der Hüne Heinrich das leichte Mädchen auf und trug es etwas vom Wege ab. Sie strampelte mit den Beinen und sagte: „Ach, laß das doch.“ Aber so leise, daß es die Menschen auf der belebten Straße nicht hören konnten. Die Aussagen Heinrichs und Hellas über den weiteren Verlauf des Abends widersprachen sich in vielen Dingen. Heinrich wollte an diesem Abend, Hella wollte nicht. Das sagten beide. Ob nur an diesem Abend oder überhaupt nicht, dieser Zweifel blieb im Raum.

Das Gericht und selbst der strenge Herr Staatsanwalt neigten mehr zu Heinrichs Version. Hella hatte zwar eine morsche Holzlatte eines Gartenzauns in ihrer Abwehr umgerissen. Aber ich glaube nicht, daß sie ihrem Rosse – wie weiland das Hünenkind – die Sporen gegeben hätte, um über die Felsen sich auf das andere Ufer der Bode zu retten.

Herr Heinrich hatte sie wohl gegen ihren Willen unfein angefaßt, aber er hatte nicht seine überlegenen Kräfte zu Schlimmeren mißbraucht, als er merkte, daß seine Liebe an diesem Abend nicht erwidert werden würde. Sie saßen noch nach vergeblichem Liebesmühen friedlich im Grase und sprachen von diesem und jenem. Ob sie sich an diesem Abend zu einem späteren Zusammensein verabredet hatten, konnte auch vom Gericht nicht geklärt werden.

So war es recht und billig, daß der Staatsanwalt seine ganz bittere Anklage fallenließ und auch das Gericht unseren Herrn Heinrich nur wegen tätlicher Beleidigung verurteilte.

Wohl ereignete dies alles sich in Rübeland, und dieser Name soll von Röveland gleich Räuberland kommen. Die zehn Raubburgen dort sind verschwunden, die Raubritter sind vergessen, aber ein wenig von der Herrenmoral, von dem Herrenrecht scheint in Heinrich zurückgeblieben zu sein. Er ist kein Räuber, er arbeitet vorbildlich, bei seiner Brigade ist er beliebt. Wir wollen ihn wegen seiner Übergriffe nicht in Acht und Bann tun.

Hart zufassen soll er beim Kalksteinbruch, aber zart sein zu den Frauen. Er muß sie achten lernen, sonst wird unsere Gesellschaft ihn hart anfassen.

Aus Gründen der Moral, und nicht nur aus diesen, wäre es Herrn Heinrich zu empfehlen, in Zukunft nur zärtlich mit seiner Braut in Quedlinburg zu sein; sonst wäre er sehr bald genötigt, bei einem Familienausflug seinen „Trabanten" in einen mittelgroßen „Ikarus" einzutauschen.

Apfelmost gegen Gerstensaft

Der Puls unseres Hubert geht etwas langsamer als beim Durchschnitt. Er sieht so aus, als ob er sehr vorsichtig, sehr bedächtig sei. Er spricht langsam, aber leider steckt hinter der gemessenen Sprache nicht viel Nachdenken. Ein Mann von siebenundfünfzig Jahren, von solidem, kräftigem, etwas hagerem Aussehen – kein graues Haar umwölkt seine Stirn –, ein Mann, so möchte man meinen, der auf dem Gipfel seines Lebens, seines Erfolges steht.

Hubert aber steht nicht auf der Höhe seines Lebens. Ein kräftiges Tief beherrscht den Spätsommer seines Erdenwallens. Sein Leben hat er dem Obst- und Gemüsehandel geweiht, aber auf der Leiter dieses so wichtigen Berufszweiges hat er immer nur die unterste Sprosse betreten. Unterbrochen wurde seine Tätigkeit nur durch die Kriegsjahre.

Ungern spricht er über seine friedvolle und nahrhafte Handlungsgehilfentätigkeit; als sein Bataillon bei einem großen Sieg neues Schuhwerk bekam, machte er einige realistische Bemerkungen über die Haltbarkeit von Stiefeln und über die Haltbarkeit von Siegen; Hubert wurde wehrunwürdig. Bis zum Jahr 1944. Als dann auch die Unwürdigsten aus allen Ecken zusammengekratzt wurden, kam auch Hubert wieder zu Wehrehren; später kam er erneut mit dem Barras in Konflikt. Diesmal drohte man ihm sogar mit dem Standgericht. Vor die Wahl gestellt, entweder mit deutschen oder mit ausländischen Kugeln erschossen zu werden, entfernte er sich ohne fristgemäße Kündigung von dem Kriegsgeschäft.

Nachdem alles vorbei war, war seine bescheidene Behausung zerstört, seine Braut nicht mehr auffindbar. Hubert ging wieder dem Obst- und Gemüsehandel nach und trat in die Dienste der HO als Lagerarbeiter und später auch als Verkäufer. Vor dem Bahnhof in Berlin-Treptow verkaufte er Speiseeis, und zwar so erfolgreich, daß die Mitropa ihn sofort engagierte und ihm einen Außenstand anvertraute. Leider wurden seine Einkünfte stark beschnitten. Hubert hatte sich in einem unbedachten Moment allzusehr mit einem lockeren Mädchen beschäftigt; die Dame hatte die Republik verlassen, aber sie nahm ihn als Vater eines unschuldigen Kindes in Anspruch und ließ sein Einkommen bis auf einen dürftigen Rest pfänden.

Um nun den Verlust etwas auszugleichen, verkaufte Hubert nebenbei Lotterielose. Ihm genügte aber nicht die mäßige Provision, er wollte sie ins unmäßige steigern. Über Sonntag nahm er Lose mit nach Hause, öffnete sie über Wasserdampf und wollte die Lose mit den Riesengewinnen herausfingern. Zu seinem Schrecken mußte er erleben, daß in hundert Losen nur sechs Mark Gewinn steckten. Er klebte die Lose wieder zu und teilte den Ertrag mit seiner Lebensgefährtin. Aber der Betrug kam schnell ans Tageslicht und bei einer Nachforschung noch einiges mehr. In seinem Stand wurden Unstimmigkeiten festgestellt. Hubert hatte Schnaps und Tabak entnommen, ohne zu bezahlen. Hierdurch wurde die Mitropa um 386,60 Mark geschädigt. Es gab für den Betrag und die Unterschlagung eine ziemlich heftige Gefängnisstrafe.

Als diese Geschichte ausgestanden war, wurde Hubert wieder von der Mitropa in Gnaden aufgenommen; ihm wurde ein Apfelsaftkeller anvertraut, eine sogenannte Tropfsteinhöhle in einem Stadtbahnbogen am Berliner Bahnhof Treptow. Er hatte einige Kioske und Büfetts mit Apfelsaft zu versorgen. Aber leider war die Geldknappheit bei Hubert nicht bereinigt. Das Kind im fernen Westen ließ weiterpfänden, und die Mitropa wollte ihre verschwundenen Werte wieder zurückhaben, und leider hatte Hubert ab und zu auch Durst, und er konnte nicht mit Apfelsaft gestillt werden.

Einem seiner Abnehmer in einem Mitropa-Kiosk sagte Hubert, der Fahrer der Süßmosterei bekam eine Art Deputat und sei in der Lage, denselben Most ihm zu einem günstigeren Preis zu liefern. Natürlich gegen bar.

„Das ist doch kein Mitropa-Most?"

Hubert legte seine besonnene und besorgte Stirn in noch tiefere Falten und versicherte, daß alles mit rechten Dingen zuginge. So wanderten acht Kisten mit je zwanzig Flaschen aus Huberts Süßmostkeller ohne Lieferschein in den Kiosk. Die Sache wurde nicht bemerkt, denn Hubert ersetzte die unterschlagenen Flaschen durch leere, verkorkte sie und stellte die Kiste mit den leeren Flaschen nach unten und türmte volle obenauf. Immer stimmten bei den Inventuren die Lagerbestände, und die Prüfer kamen nicht auf den Gedanken, daß sie leere Flaschen für voll genommen hatten.

Als eines Tages das Büfett am Bahnhof Treptow renoviert werden sollte, wurde Hubert ganz überraschend vorgeschlagen, in dieser stillen Zeit doch seine Ferien zu nehmen. Er wehrte sich mit Händen und Füßen, aber ihm fehlten Gründe. Er mußte also ganz plötzlich aufhören, und er hatte den Keller gerade nicht richtig nachgefüllt. Nach der Kartothek mußten noch 160 Flaschen Apfelmost dasein, Hubert wollte schnell noch einige Kisten mit vollen Flaschen darüber stellen. Aber das gelang ihm nicht mehr. Es stellte sich heraus, daß in einem komplizierten Mutationsprozeß Apfelsaft in vertrunkene Bierflaschen verwandelt und verschwunden war.

Der Schaden wurde auf 336,– M berechnet, und wegen dieser Unterschlagung muß Hubert drei Monate ins Gefängnis. Er muß sie absitzen, weil er schon kurz zuvor eine Strafe in ähnlicher Sache erfahren hatte.

Vor dem Verfahren war die Konfliktkommission der Mitropa zusammengetreten und hatte von Hubert einen Schadenersatz von 1400,– M verlangt, und Hubert hatte schuldbewußt diesem Schadenersatz zugestimmt.

Hier wurde ihm wahrscheinlich mehr aufgebürdet, als gesetzlich zulässig ist. Natürlich muß er alles, was er gestohlen und unterschlagen hat, voll und ganz ersetzen. Aber alte Inventurdifferenzen darf man jetzt nicht mehr berechnen. Nach dem neuen Gesetz der Arbeit müssen Schadenersatzforderungen, die durch Fahrlässigkeit entstanden sind, innerhalb von drei Monaten geltend gemacht werden, und sie dürfen nicht höher sein als ein Monatsverdienst.

Hubert weiß das sicher nicht; würde er sein Handeln im großen und ganzen besser überlegen, hätte er nie Apfelsaft in Alkohol verwandelt, und er hätte sich auch nicht von einer Konfliktkommission – vorsichtig ausgedrückt – breitschlagen lassen. Denn hinter seiner gemessenen, ruhigen Sprache steht leider kein Nachdenken. Das hat ihm oft genug geschadet, es darf nicht zu seinem Schaden mißbraucht werden.

Die Betten der Frau Lünig

Die Begriffe von Moral sind in München völlig aus den Fugen geraten. Bisher konnte jeder bessere Herr sich auf die Diskretion der Huren verlassen. Das, was dort geschehen ist, hat es in der jahrtausendealten Geschichte der Bordelle noch nicht gegeben.

Wo kommt man denn hin, wenn man die höchste Lust nicht nur mit barem Geld, sondern auch noch mit anderen Unannehmlichkeiten bezahlen muß? Das geht doch gegen die Spielregeln, wenn das in deutschen Landen üblich wird, dann sind die Grundfesten der westlichen Kultur bedroht. Diese Grundfesten müssen geschützt werden, mit allen Mitteln. Von Gehlen, von Globke, vom Bundesinnenminister Höcherl, dem Busenfreund des Freundes schöner Busen, Franz Josef Strauß. Um aber das Abendland der männlichen Freiheit zu schützen, brauchen sie Material, einer gegen den anderen; die Dienste des Herrn Gehlen, die Kartei des Doktor Globke, die Listen des Bundesinnenministers Höcherl. Und so opfern sie alle Sicherheiten, alle Bequemlichkeiten, alle Freiheiten, alle Garantien des bürgerlich männlichen Lebens, ja sogar das Höchste, die Diskretion der Puffmütter.

In München hatte man einige Hurenhäuser aufgestöbert und den Besitzerinnen den Prozeß gemacht. Eine dieser Damen heißt Edda Lünig. Sie wurde von einem Rechtsanwalt Dr. Swoboda verteidigt. In der Voruntersuchung gegen Frau Lünig hatte die bayerische Landespolizei im Auftrag des neuen Bundesinnenministers Höcherl der Frau Lünig mehrere Tage vernommen. Namen wollte die Polizei wissen, Namen von Kunden, von Freiern, wie es in der Fachsprache heißt. Und nach langem Hin und Her, schon um die Polizei milde zu stimmen, brach Frau Lünig ein Geheimnis. Ein Besucher ihres Etablissements in der Münchner Goethestraße sei ein Herr gewesen, der Herrn Dr. Alois Hundhammer verblüffend ähnlich sei. Und diese Aussage stand, nein, sie steht auch noch heute in den Gerichtsakten im Prozeß gegen Frau Edda Lünig. Dr. Alois Hundhammer ist in der bayerischen Politik, ja in der westdeutschen Politik kein Unbekannter. Der sechzigjährige strenge Mann mit dem langen schwarzen Bart ist ein Sittenrichter von hohem Grad, er ist Mitglied der CSU, Ritter vom heiligen Grab, Träger des Silvesterordens, er hat als bayerischer Kulturminister Balletts von Werner Egk verboten wegen Unsittlichkeit. Er ist Vorsitzender sämtlicher katholischer Jünglingsvereine in München. Außerdem ist Dr. Hundhammer ein äußerst intimer Feind von Franz Josef Strauß; nicht wegen der Atompolitik des Kriegsministers, sondern wegen seiner Sittenlosigkeit. Der bayerische Minister hat sogar den Papst angegriffen, weil er einem solchen Haderlumpen wie den Franz Josef in Privataudienz empfangen hatte.

Also, es stand in den Gerichtsakten der Etablissementsbesitzerin Edda Lünig, und man hatte es mit Schmunzeln gelesen, die Hauptverhandlung gegen die Dame war unterbrochen, der Staatsanwalt hatte ihre Sittenlosigkeit gegeißelt, der Rechtsanwalt Dr. Swoboda plädierte auf mildernde Umstände, nicht ohne auf die doppelte Moral anzuspielen, kurzum, ein Prozeß wie tausend andere war in das Urteilsstadium getreten; es hatte sich nichts Besonderes ereignet. Niemand nahm an, daß Frau Lünig nach dem Verfahren etwa der Heilsarmee beitreten würde oder daß irgendein anderes Unternehmen ähnlicher Art, durch diese Strafe veranlaßt, geschlossen werden würde.

An der Verhandlung nahm eine junge, bildhübsche und, wie der Rechtsanwalt glaubte, etwas unerfahrene Referendarin Michaela teil. Der Vorsitzende, ein alter, bequemer Herr, hatte der beflissenen Referendarin die Abfassung der Urteilsgründe übergeben. Dr. Swoboda lud die junge Dame in die Gerichtskantine zu einer Tasse Kaffee ein, sprach über dieses und jenes, natürlich auch über den Prozeß, und der eifrige Anwalt meinte, was wolle man denn eigentlich schon groß von der Frau Lünig. Man könne doch von ihr nicht mehr Moral verlangen als von einem Dr. Hundhammer.

Die bildhübsche Michaela machte Meldung von dieser Äußerung, Dr. Swoboda bekam ein Strafverfahren wegen übler Nachrede des bayerischen Staatsministers.

In dem neuen Verfahren wand sich nun unser lieber Dr. Swoboda wie ein getretener Wurm. Natürlich, so erklärte der angeklagte Verteidiger im altbayerischen Stil und in altbayrischer Ideologie, glaubte er, daß eher der Satan in die Gestalt des Dr. Hundhammer geschlüpft sei, als daß man dem Minister einen Besuch des Lünigschen Etablissements zutrauen könne. Er habe diese Äußerung auch nur getan im Interesse seiner Mandantin, der Frau Lünig. Die moralische Beurteilung sollte in der Abfassung von Fräulein Michaela nicht allzu schlecht werden, damit der Gnadenweg nicht für sie versperrt sei. Leider habe die Referendarin seine vernünftigen Argumente in der Kantine falsch aufgefaßt, und Michaela habe sie als schrecklich unmoralisch bezeichnet, und dann sei eben diese Bemerkung über Herrn Dr. Hundhammer gefallen.

„Was ist Wahrheit?“ fragen wir mit Pilatus. Hatte der strenge bayerische Sittenrichter das Etablissement in der Goethestraße betreten oder nicht? Um diese Wahrheit zu ermitteln, wurden zwei Zeugen geladen. Als erster wurde der Ritter vom heiligen Grab, der ehemalige Präsident des bayerischen Landtags, der ehemalige Kultusminister und Landwirtschaftsminister, das CSU-Mitglied Dr. Alois Hundhammer vorgeladen. Der schwor bei Gott dem Allmächtigen und Allwissenden: „Ich habe Frau Lünig zum erstenmal auf dem Gerichtskorridor gesehen.“ Weitere Fragen wurden an ihn nicht gestellt. Es ist ja bekannt, daß auch ein überführter Bankräuber mit gutem Gewissen beschwören kann, er habe den Direktor der ausgeraubten Bank nie zu Gesicht bekommen. Auch ich bin geneigt, das Herrn Dr. Alois Hundhammer zu glauben.

Aber nun wurde der zweite Zeuge, Frau Lünig, vernommen. Sie sagte etwas anderes, sie bekräftigte es mit ihrem Eid: „Ich habe den Herrn Minister heute zum erstenmal in so kurzer Entfernung gesehen.“ Und wann sahen Sie ihn wohl in weiterer Entfernung, hätte ich fragen mögen, wenn ich das Recht zu fragen gehabt hätte.

Mit 600,– DM Geldstrafe wegen übler Nachrede kam Dr. Swoboda glimpflich davon; und Bundesinnenminister Höcherl hat (man lese einmal Feuchtwangers „Erfolg“ nach, wie man so etwas von jeher in Bayern macht) seinen CSU-Freund und Strauß-Feind fest am Meineidswickel. Von nun an wird er nie mehr wider den Stachel und gegen den Strauß löcken, der Ritter vom heiligen Grab, bis an sein kühles Grab.

Engelsexisch

Sie ist ein rundliches Engelsgesicht, er beim Referat Steuern. Sie hat mit Fischen zu tun, er mit Abend- und Fernstudium. Sie tanzt gern und redet viel, er sieht gern fern, wenn er zu Hause ist, dann ist er ganz häuslich, zu häuslich, was ihr wiederum ein Graus ist, ganz gräuslich.

Ist er aber zur Prüfung in Berlin, dann glaubt sie, daß er, der zu Hause ein Gefrierfisch ist, dort unter fremder Glut auftaut. Ihn wiederum ärgert es, wenn sie mit anderen tanzt; selten genug, daß sie zusammen ausgehen.

Harri, der kleine, schwarzgelockte, stupsnäsig lustig aussehende Steuerreferent mit dem großen Wissen von Zahlen und Veranlagungen, sitzt dann stumm wie ein Kabeljau und träge wie ein Karpfen neben seinem Engelsgesicht. Er nickt wohl zustimmend, wenn ein fremder Kavalier nach altem feudalem Brauch ihm seinen Bückling macht und den Herrn fragt, ob es gestattet sei, mit der rundlich blonden Klarissa zu tanzen.

Zu Hause aber gibt Harri ihr lange nachher nach Art einer Steuereinschätzung Bescheid; über die berufsbedingten Ausgaben beim Besuch einer Tanzgaststätte und über die schlechten Manieren von gewissen Tanzkavalieren, die sich allzuviel aus einer begünstigten Tangotätigkeit herausgenommen hätten. Das sei Gefahrenklasse drei für den Stand der Ehe; er lege Beschwerde gegen ihre Art zu tanzen ein und begründet diese Beschwerde – das Fernsehen vergessend – in einer ausgedehnten Frist von mehreren Stunden.

„Wie du knurrst und lachst und brütest,
wie du dich verdrießlich windest,

wenn du, ohne selbst zu lieben,
dennoch Eifersucht empfindest",

hat einmal Heinrich Heine über eine ähnliche Situation gedichtet. Vielleicht ist es nicht ganz so schlimm mit dem Bestand der Liebe – mit der Eifersucht aber ist es schlimmer, bei beiden. Und da kommt es vor, daß er ihr bei solchen Szenen einen Stoß verpaßt; liebenswürdig und in Sachsen nennt man das einen Schlenkrich, und sie erwidert auch auf engelsächsisch und engelsexisch: „Da hab' ich ihm ein paar geklebt."

Der Jahreswechsel kam. Und dieser Termin ist nicht nur eine Belastung für den im Fischhandel Tätigen, er ist auch ebenso eine schwere Bürde für die Referenten des Finanzaufkommens. Dieser Tag hat nicht nur schicksalhafte Bedeutung für Millionen Karpfen, die geschlachtet und ausgenommen werden, auch für Millionen von Steuerpflichtigen. Wahrlich ein Grund für beide, nach des Jahres Mühen und des Tages Plage das neue Jahr beschaulich und ruhig zu begrüßen.

Sie hatten nur ein befreundetes Ehepaar eingeladen, die beiden Kinder zu Bett gebracht, das älteste, für dessen Sorge Klarissa allein verantwortlich ist, war nicht zu Hause. Eine Bowle war angesetzt, eine Flasche Sekt stand im Kühlschrank, Mützchen, Konfetti und Luftschlangen waren bereitgelegt. Kurzum, alle üblichen Requisiten waren vorhanden, um Fröhlichkeit herbeizuzaubern, die durch fehlende Heiterkeit des Gemüts nicht von selber kommen konnte.

Aber es kamen nicht nur die Freunde, es kamen Verwandte, es kamen Freunde der Verwandten und Verwandte der Freunde. Alle tranken aus der Bowlenschüssel, setzten sich Papiermützchen auf, warfen Konfetti auf den deutschen Perser, ringelten Luftschlangen über die Armleuchter, brannten Löcher in die Tischdecke, zerbrachen die schlanken Sektgläser, Männer küßten Klarissa, und Harri kuschelte sich zu fremden Frauen, und dann trockneten sie sich noch die feuchten Hände an den Übergardinen ab, kurzum, es war eine echte, schöne Silvesterstimmung im altdeutschen Stil.

Gegen zwei Uhr im neuen Jahr bemerkte unser Engelsgesicht, daß ihr stiller Harri verschwunden war und mit ihm auch sein bester Freund. Klarissa und ihre Freundin gingen, sie zu suchen.

„Such ihn nicht im Kollegium
such ihn beim Glas Tokayer",

riet schon Heinrich Heine, aber in den Wirtshäusern der Umgebung war von Harri und seinem Freund keine Spur.

„Such ihn nicht in der Hedwigskirch',
such ihn bei Mamsell Meier."

Auch Mamsell Meier, die Lebdame der Wohngegend, beteuerte hoch und heilig, Harri und seinen Freund an diesem Abend nicht gesehen zu haben, und Mamsell Meier klagte, sie sei an Silvester so allein, und Klarissens gutes Herz wurde weich.

Mamsell Meier ging mit, und nach kurzer Zeit erschienen auch wieder die verschwundenen Ehemänner. Klarissa auf der einen und Mamsell Meier auf der anderen, so nahmen sie Harri in die Mitte. Und da bemerkte unser Engelsgesicht, daß die beiden sich doch schon im neuen Jahre gesehen haben. Wir sind fest davon überzeugt, daß er sie wegen ihres Einkommens aus freiberuflicher Tätigkeit richtig einschätzen wollte.

All das hätte Klarissa, das Engelsgesicht, noch hingenommen. Als aber Harri in einem Anflug von sächsischem Charme ihr erklärte: „Sieh einmal, Klarissa, wie schön Mamsell Meier ihre Haut pflegt und wie angenehm die rotlackierten Fingernägel sind", da warf unser Engelsgesicht die Freunde und Verwandten, die Verwandten der Freunde und die Freunde der Verwandten und die nicht verwandte und nicht befreundete Mamsell Meier kurzerhand hinaus.

Und dann zog das erste Gewitter des neuen Jahres heran. Das Engelsgesicht sagte wahre und bittere Worte. Das habe sie davon, daß sie mitarbeite und mitverdiene, Schellfische und Heringe verkaufe im Konsum, daß sie nicht Zeit habe, ihre Fingernägel so zu lackieren wie so eine. Der ruhige Harri gab ihr jetzt den bekannten Schlenkrich und stieß Klarissa an den

Ofen, und da griff sie in ihrem Zorn zu einem kleinen Küchenmesser.

Die Wunde in Harris Rücken war nur einen Zentimeter tief; er hatte überhaupt nicht gemerkt, daß der Schmerz von einem Stich herrührte. Er markierte, auf den Boden fallend, den Schwerverletzten. Klarissa glaubte, sie habe ihn tödlich verletzt, alarmierte sofort die Volkspolizei. Harri konnte mit einem Pflaster im Rücken noch in derselben Nacht von der Rettungsstelle nach Hause entlassen werden. Klarissa wurde erst in den Morgenstunden des neuen Jahres von der Volkspolizei freigegeben.

Das Engelsgesicht, vom Scham und Reue erfüllt, bot Harri sofort die Scheidung an; Harri, voll Reue und Scham, bat sie zu bleiben. Vor Gericht als schuldbeladener Zeuge versprach er, nie mehr von diesem Messerstich zu sprechen, mit der Erwähnung der gefährlichen Körperverletzung nicht die schon verletzte Ehe zu gefährden.

Das Gericht mußte seines Amtes walten. Der Mann soll den Stich vergessen, das Gericht aber setzte ein Jahr als Frist, und danach soll auch für die Gesellschaft die Sache abgetan sein. Solange muß Klarissa sich bewähren, und die vier Monate Gefängnis bleiben, wenn sie sich in diesem Jahr bewährt, eine Strafe auf dem Papier und keine Strafe, die in der Zelle zu verbüßen ist.

Und in Zukunft, Harri? Sieh nicht so viel fern, schau auch Klarissa an, dein Engelsgesicht. Denk nicht nur an die Steuerveranlagung, denk auch an die Veranlagung deiner Frau. Sie hat genau mit kalten Fischen zu tun, im Konsum; zu Hause braucht sie einen Mann.

Wie sollen Kinder den Eltern Freude machen?

Ein eigentümlicher Liebreiz geht von der sechzehnjährigen Lore aus, keiner im Saal kann sich dem entziehen. Sie ist von kleiner Statur, hat große verschleierte Augen aus schwarzem Anthrazit mit langen Wimpern. Schwarzlockig ist ihr Haar, ein trauriges Lächeln liegt über dem leicht geschminkten Mund. Sie ist kein Kind mehr und will keins mehr sein. Aber die Umwelt, vor allem die Eltern, nehmen davon noch keine Kenntnis. Die, die täglich mit ihr zusammen sind, bemerken die Veränderungen am wenigsten.

Stumm bleibt der schöne Mund der kleinen Lore mit dem traurigen Lächeln, das den Herrn Staatsanwalt erstaunt. Lore macht von ihrem Recht, die Aussage zu verweigern, Gebrauch. Denn ihre Eltern sind angeklagt, beschuldigt, ihr nicht rechtzeitig Hilfe geleistet zu haben, als es um ihr Leben ging.

Die Mutter ist aus härterem Holz geschnitzt als die Tochter, aus ganz anderem. Sie hat die kleine Lore und ihre jüngere Schwester mit in die Ehe gebracht. Später kamen noch zwei andere Geschwister hinzu, das Kleinste ist geistig ein Sorgenkind. Der neue Vater der kleinen Lore ist nicht das, was im deutschen Märchen ein Stiefvater ist, bestimmt nicht. Für ihn ist Lore seine Tochter. Aber sie ist nicht seine Tochter. Er hat in seinem Betrieb als technischer Angestellter einen sehr guten Ruf; die Mutter hat eine Halbtagsbeschäftigung. Beide sind fleißig und gut beleumundet.

Die Harmonie im Leben der Familie ist gestört. Lore arbeitet und muß den Verdienst von drei Wochen abgeben. Das hat zweifellos auch zu Spannungen geführt. Die Kleidung für sie kaufen die Eltern, und in dieser Hinsicht ist unsere kleine Schönheit sicher anspruchsvoller als die Mutter. Aber auch sonst besteht kein Vertrauen zu den Eltern; der Vater, der manchmal gerne trinkt, schlägt oft nicht nur mit der Hand, sondern auch mit dem Stock. Und er meint vor Gericht: „Ich habe Prügel bekommen, mir haben sie nicht geschadet.“ Der Lore aber haben sie geschadet, denn sie erzählt der Mutter nichts mehr von ihren Geheimnissen, von ihren Heimlichkeiten. „Was ich erzähle, sagst du ja doch dem Papa.“

Schon mit vierzehn Jahren ist Lore mit einem Jungen befreundet. Gegen ihn ist nichts einzuwenden; wenn die Eltern etwas Nachteiliges über ihn wüßten, hätten sie es bestimmt dem Gericht erzählt. Von ihrer Tochter sprechen sie nicht gerade sehr schonungsvoll, sie sei eine Herumtreiberin, behaupten sie; sie käme manchmal eine Viertelstunde später als zehn Uhr nach Hause. Sie halte sich auch nicht sauber; Dinge, die eine Mutter vor allem vor fremden Menschen selten vorbringt. Aber hier klingt das unglaubwürdig, es soll nur das eigene Versagen, das eigene Verhalten entschuldigen.

Denn der Hauptgrund, warum zwischen Mutter und Tochter keine Liebe herrscht, ist ein tieferer, Lore verkehrt im Hause der Eltern ihres Freundes: „Und wenn sie von dort kommt, ist sie immer verändert“, sagt die Mutter. „Sie ist uns entfremdet“, behauptet die Mutter, und das ist der wahre Grund, warum die Eltern der Lore ihre erste Liebe verleiden, sie ihr verbieten, ihr nicht mehr gestatten wollen, den Freund zu sehen und ihn zu treffen.

Eines Tages kommt Lore nicht nach Hause. Sie hat die Berufsschule geschwänzt und bleibt die Nacht aus. Die Mutter macht um drei Uhr nachts eine Vermißtenanzeige bei ihrem Polizeirevier; sie sagt aber nicht, wo sie ihre Tochter vermutet; sie ahnt, daß sie sich bei der Großmutter des Freundes aufhält.

Am nächsten Abend läßt die Mutter ihre Tochter von einem anderen Polizeirevier aus der Wohnung der künftigen Schwiegeroma herausholen. Am nächsten Morgen, so droht die Mutter der Tochter, soll es zu einer großen Aussprache kommen.

Aber am nächsten Morgen steht Lore nicht auf. Die Mutter versucht, sie um sieben Uhr zu wecken, doch vergeblich. Die Mutter glaubt, Lore simuliere den Schlaf, aber auch auf den nassen Lappen reagiert sie nicht. Die jüngere Schwester sagt nun der Mutter, Lore habe am Abend ein schweres Schlafmittel eingenommen, das der Arzt dem Vater verschrieben hatte. Die Eltern glauben, es seien nur anderthalb Tabletten im Röhrchen gewesen.

Aber dann findet die Mutter einen Abschiedsbrief. Lore schreibt, daß sie aus dem Leben scheiden wolle, „weil ich Angst habe, daß Ihr mich in ein Erziehungsheim steckt. Damit Du und Papa Ruhe habt. Wenn es nicht im Guten geht, muß es im Bösen gehen."

Merkwürdig ist die Reaktion der Eltern. Die Mutter geht gegen halb neun Uhr ins Polizeirevier, um dort zu melden, daß die Tochter wieder da ist. Der Leiter bittet sie zu einer Aussprache, um sie zu beraten. Er will die Gründe von ihr wissen, die Lore veranlaßt haben, das Elternhaus zu meiden.

Erst im Laufe der Unterhaltung zeigt die Mutter dem Leiter des Polizeireviers den Abschiedsbrief. Sofort schickt er einen Volkspolizisten in die Wohnung, um zu helfen. Der Vater will ihn erst nicht in Lores Schlafzimmer lassen; aber der junge Volkspolizist setzt sich durch. Er sieht die Schlafende, er faßt ihre Hand, sie ist merklich kühl. Sofort alarmiert er einen Arzt, und er läßt Lore in ein Krankenhaus bringen. Erst am nächsten Tage, durch die Wirkung der Gegenmittel, ist Lore überhaupt ansprechbar. Sie hat zweifellos weit mehr als anderthalb Tabletten des schweren Schlafmittels genommen. Ihr Leben war in ernster Gefahr.

Lore wird nun nach Genesung mit Einwilligung der Mutter in ein Heim gegeben. Aber inzwischen haben sich alle versöhnt. Ich bin davon überzeugt, daß weder der Vater noch die Mutter an eine ernste Gefahr geglaubt haben, sie wollten nicht daran glauben. Und trotzdem ist es unnatürlich, daß sie nicht sofort beim Auffinden des Abschiedsbriefes einen Arzt bestellt haben.

Was sie unterlassen haben, ist strafbar, es ist eine unterlassene Hilfeleistung.

Das Gericht sprach auch beide schuldig. Es ließ es bei vier Wochen Gefängnis bewenden; diese wurden nur bedingt ausgesprochen, und die Bewährungszeit ist auf ein Jahr festgesetzt.

Lore will wieder nach Hause zurück. Sie hat die Eltern durch ihre Aussageverweigerung geschont. Die Eltern wollten sie wieder bei sich haben. Es war zu einer ernsten Krise gekommen, zu einer Vertrauenskrise mit fast tödlichem Ausgang.

Wann werden diese Eltern lernen, daß Kinder nicht Kinder bleiben, daß sie ein eigenes, ein anderes Leben begründen wollen? Gewiß, Kinder sollen den Eltern Freude machen. Die größte Freude der Eltern sollte es sein, daß ihre Kinder gute, liebevolle, selbständige und tüchtige Menschen werden, und das können sie nur, wenn sie auf eigenen Beinen stehen.

Späte Räuberin

Das Fräulein Luise ist tiefschwarz gekleidet, es ist von kleiner Statur, geht gebückt, die glatten, schwarzen, mit Grau melierten Haare fallen ihr ins Gesicht. Fräulein Luise hat einen angeborenen Körperschaden und geht auf Krücken. Außerdem hat sie ein nervöses Leiden, sie ist asthmakrank, ihre Aussprache ist durch alle diese Krankheiten schwer verständlich. In ihrer Jugend war sie als Krankenschwester ausgebildet worden, seit dem Jahre 1926 ist sie Invalidenrentner und hat seitdem nicht mehr gearbeitet. Nun ist sie sechzig Jahre alt, und zum ersten Mal tritt sie vor die Öffentlichkeit, angeklagt eines schweren Verbrechens. Die Staatsanwältin wirft ihr einen Raub vor.

Es ist wirklich eine sehr sonderbare Geschichte. Luise lebte still und bescheiden vor sich hin, zusammen mit ihrer Mutter, und die Mutter bestimmte ihr Leben und gab ihr Halt. Aber im Oktober des Jahres 1961 starb die Mutter und ließ Luise, die Unglückselige, allein und völlig haltlos zurück. Die Sechzigjährige ist – das sind ihre eigenen Worte – soweit man ihre Rede überhaupt im Zuhörerraum verstehen konnte – nicht fähig, selbständig über ihr Leben und ihre Rente zu bestimmen. Sie raucht gern und trinkt Bohnenkaffee, aber sie kann ihr Geld nicht einteilen. Ich glaube auch, daß ihr Verstand etwas getrübt ist; eine nachbarliche Freundin, die sich des einsamen Wesens angenommen hatte, erzählte dem Gericht Sonderbares. Luise hatte ihr gesagt, die Nachbarin könne nicht an der Beerdigung von Luises Mutter teilnehmen, sie würde unter Ausschluß der Öffentlichkeit beigesetzt.

Luise war auch nicht in der Lage, den Haushalt ihrer alten

Mutter zu versorgen. Eine Nachbarin mußte dreimal in der Woche kommen zum Kochen, Putzen und Waschen. Nach dem Tode der Mutter geriet das Leben dieses alten Fräuleins völlig aus den Fugen. Oft hielt sie sich bei ihrer Familie in ihrer Wohngegend auf. Sie fürchtete, daß sie dort nicht gern gesehen sei. Um sich beliebt zu machen, brachte sie den Kindern Süßigkeiten und der Mutter Bohnenkaffee mit. Sie machte Geschenke, die weit über ihren Mitteln lagen. Die Frau bat sie, nichts mehr mitzubringen, aber Luise wollte nicht hören. Aus Angst, nicht mehr dort erscheinen zu dürfen, gab sie ihr letztes Geld für Geschenke aus.

Und da sie nicht auskam, hatte sie sich bei den Hausbewohnern kleine Summen geborgt und wußte nicht, wann sie das Geld zurückzahlen konnte. Sie wurde von einer schrecklichen Angst gepackt. Sie redete sich ein, die guten Leute hätten sie deswegen bei der Polizei angezeigt und sie käme wegen ihrer Schulden ins Gefängnis, wie sie glaubte, in den Schuldturm kommen. Sie betrat nun ihre Wohnung nicht mehr, sie nächtigte in Hausfluren, soweit ich es verstehen konnte, erzählte sie sogar, daß sie im Flur ihres eigenen Hauses übernachtet hatte. Und am Tage irrte sie in den Straßen umher, lebte von trockenem Brot.

Eines Abends, als sie völlig erschöpft war, erschien sie bei einer fünfundsiebzigjährigen Rentnerin, einer Freundin ihrer verstorbenen Mutter. Sie bekam ein gutes Abendessen, und dann bat Luise die Frau, bei ihr übernachten zu dürfen. Die alte Dame schlug ihr ein ordentliches Bett auf. Am nächsten Morgen tranken beide zusammen friedlich Kaffee. Luise bat die Frau um Geld, diese konnte ihrem Gast nichts geben. In einem unbewachten Augenblick nahm Luise eine ihrer Gehstützen, schlug der alten Dame damit auf den Hinterkopf, einen zweiten Schlag konnte die Rentnerin abwehren. Aber danach wurde ihr schwindlig, und sie ging in die Küche, um sich ihre Wunde zu versorgen.

Allein im Zimmer, entnahm Luise aus einer Schublade eine Summe von 26,– M (das Geld wurde der alten Frau vom Sozialamt ersetzt). Die Rentnerin mußte ins Krankenhaus, die Wunde versehen und genäht werden. Zum Glück bringen keine ernsten Folgen zurück. Luise wurde in den nächsten Tagen von der Polizei auf der Straße aufgegriffen.

Das Gericht billigte Luise ihres Alters wegen mildernde Umstände zu und verurteilte sie zu neun Monaten Gefängnis, die sie jetzt verbüßen muß.

Leider hatte das Gericht ihr keinen Verteidiger zur Seite gestellt. Wenn irgendein Angeklagter jemals einen Fürsprecher brauchte, dann glaubte ich, war es diese Frau. Auch war Luises Zurechnungsfähigkeit von keinem medizinischen Sachverständigen geprüft worden. Ich halte das für einen ernsten Fehler. Als Laie, der häufig an Gerichtsverhandlungen teilnimmt, glaube ich, daß bei Luise eine Geistesschwäche vorliegt. Sie ist nie ein selbständiger und selbstdenkender Mensch geworden, körperlich und seelisch schwer vorbelaset. Sie glaubte beispielsweise, daß sie wegen ihrer paar Mark Schulden ins Gefängnis kommen würde, sie mied ihre Wohnung deswegen und trieb sich in ihrer Wohngegend in den Hausfluren umher. Ich kann natürlich nicht beurteilen, ob sie ganz oder nur teilweise zurechnungsfähig ist, das kann nur ein Mediziner feststellen.

Was aber sollen die neun Monate Gefängnis? Glaubt das Gericht, sie würde in diesen neun Monaten lernen, für sich selbst zu sorgen?

Ihr Opfer, die Rentnerin, wußte etwas mit ihrer Zeit anzufangen, sie gehört zu den eifrigsten Besucherinnen eines Veteranenklubs. Luise hat den Weg dorthin nie gefunden. Ein Gefängnisaufenthalt wird Luise nicht umerziehen. Sie gehört meines Erachtens in ein Feierabendheim, wo für sie gekocht, gewaschen und ihr Haushalt versorgt wird, wo sie Gesellschaft findet, wo ihr die Sorgen für Wohnung, Essen und Licht, Reinemachen und all die täglichen Dinge abgenommen werden.

Eine solche Lösung hätte einem Gericht unserer sozialistischen Gesellschaft wohlangestanden.

Ein offenes Wort . . .

über eine späte Stellungnahme zur „Späten Räuberin“

„Späte Räuberin“ hieß ein Gerichtsbericht, der am 28. April 1962 in unserer Spalte als „Zeuge in dieser Sache“ erschien. Es war die Schilderung der Tat eines sechzigjährigen Fräuleins, das sich nach dem Tode ihrer achtzigjährigen Mutter im Leben nicht mehr zurechtfinden konnte. Fräulein Luise, so nannten wir die Angeklagte, war seit dem Jahre 1946 berufsunfähig, sie war durch ein schweres Asthmaleiden behindert, ihr Handeln und Denken hatte erhebliche Abweichungen vom Normalen.

In unserem Bericht kritisierten wir, daß das Gericht Fräulein Luise keinen Rechtsanwalt beigeordnet hatte. Wir waren erstaunt, daß ihre Zurechnungsfähigkeit nicht von einem medizinischen Sachverständigen untersucht worden war. Sehr viele Leser schlossen sich unserer Kritik an.

Am 21. Juni erhielten wir eine Stellungnahme des Stellvertretenden Direktors des Berliner Stadtbezirksgerichts Mitte. Sie lautete:

„Zunächst ist festzustellen, daß die Berichterstattung in der ‚Wochenpost‘ im wesentlichen zutreffend ist und anerkannt werden muß. Durch Gerichtsberichte leistet unsere demokratische Presse einen wichtigen Beitrag zur Einbeziehung der Bevölkerung in die Tätigkeit unserer Justizorgane und informiert sie über den humanistischen Charakter des sozialistischen Rechts.

Die Berichterstattung trägt auch dazu bei, Fehler und Mängel in der Arbeit der Gerichte und der anderen Justizorgane aufzuzeigen. Sie dient damit dem Ziel, bei der schnellen Überwindung der Kriminalität und anderer Gesetzesverletzungen, die unseren weiteren sozialistischen Aufbau hemmen, mitzuhelfen. Einige Berichterstattungen zeigen jedoch, daß noch nicht genügend allseitig diesen Gesichtspunkten Rechnung getragen wird. Das gilt auch für die Betrachtungs- und Darstellungsweise im Fall der ‚Späten Räuberin'.

Vergegenwärtigen wir uns noch einmal kurz den Sachverhalt: Die sechzigjährige Angeklagte hatte eine fünfundsiebzigjährige Rentnerin, die ihr vordem noch Obdach gewährt hatte, mit einem Krückstock niedergeschlagen und ihr anschließend Geld aus der Wohnung entwendet.

Das Ziel des gerichtlichen Verfahrens bestand nun darin, einmal die Gefährlichkeit und Verwerflichkeit eines solchen Verhaltens öffentlich festzustellen und gleichzeitig die Maßnahmen festzulegen, die zur Erziehung der Angeklagten notwendig sind.

Die Straftat der Angeklagten besitzt einen hohen Grad der Gesellschaftsgefährlichkeit. Sie hat eine alte Rentnerin hinterlistig mit ihrem Krückstock auf den Kopf geschlagen, um diese, wie sie es selbst sagte, zu betäuben und ihr das Geld wegnehmen zu können. Wie leicht hätte ein solches brutales Vorgehen zu weitaus tragischeren Folgen für die fünfundsiebzigjährige Rentnerin führen können. Derartige Gewaltverbrechen werden mit Recht allgemein verabscheut und sind auch durch das Gesetz mit der schwersten Strafe, nämlich Zuchthausstrafe, bedroht.

Gleichzeitig hatte das Gericht die Persönlichkeit der Angeklagten, ihre Motive und ihr sonstiges Verhalten zu würdigen und unter Beachtung beider Seiten das Urteil zu sprechen.

Die kritischen Hinweise zur Durchführung des Verfahrens sind richtig und sind Veranlassung, noch besser die Rechte der Bürger im Prozeß zu wahren. Im konkreten Fall ist jedoch festzustellen, daß das Gericht der Angeklagten bereits in einem solchen Umfange mildernde Umstände zugebilligt hat, daß auch bei Vorliegen des § 51 Abs. 2 StGB und der Beiordnung eines

Verteidigers eine niedrigere Strafe nicht möglich gewesen wäre ..."

Ist das eine ernste Antwort auf eine ernsthafte Kritik? Bitte, denken wir das noch einmal durch. Fräulein Luise ist eines schweren Verbrechens schuldig gesprochen, vor einem Gericht unseres sozialistischen Staates. Ist sie schuldig?

§ 51 unseres Strafgesetzbuches heißt: „Eine strafbare Handlung ist nicht vorhanden, wenn der Täter zur Zeit der Tat wegen Bewußtseinsstörung, wegen krankhafter Störung der Geistestätigkeit oder wegen Geistesschwäche unfähig ist, das Unerlaubte der Tat einzusehen oder nach dieser Einsicht zu handeln."

Und im Absatz 2 dieses selben Paragraphen heißt es: „War die Fähigkeit, das Unerlaubte der Tat einzusehen oder nach dieser Einsicht zu handeln, zur Zeit der Tat aus einem dieser Gründe erheblich vermindert, so kann die Strafe nach Vorschriften über die Bestrafung des Versuchs (bis auf ein Viertel) gemildert werden."

Weder die Richter noch der Staatsanwalt können beurteilen, in welchem Bewußtseinszustand Fräulein Luise zur Zeit der Tat war. Auch der Kritiker kann das nicht. Das kann nur ein medizinischer Sachverständiger nach einer sehr eingehenden Untersuchung. Und unsere Strafprozeßordnung schreibt in ihrem ersten Paragraphen zwingend vor: Es ist der Zweck dieses Gesetzes, die allseitige gewissenhafte beschleunigte Aufklärung des Sachverhalts sowie die Feststellung des Verbrechens und der strafrechtlichen Verantwortung zu gewährleisten. Wird die Aufklärung der strafrechtlichen Verantwortlichkeit vernachlässigt, fehlt eine Voraussetzung für die – wie es in § 1 heißt – schnelle und gerechte Bestrafung der Schuldigen.

Leider müssen wir das Stadtbezirksgericht Mitte auch noch auf unsere Gerichtsverfassung hinweisen. Dort heißt es: „Das Recht jedes Beschuldigten auf seine Verteidigung wird gewährleistet." Wie soll sich eine Angeklagte aber selbst verteidigen, bei der auch in der Stellungnahme des Stadtbezirksgerichts Mitte die Voraussetzungen des § 51 Absatz 2 (vermindert zurechnungsfähig) als möglich in Erwägung gezogen wurden?

Könnte nicht beim Lesen des Satzes: „Auch bei der Beiordnung eines Verteidigers wäre eine niedrigere Strafe nicht möglich gewesen" der Eindruck einer selbstherrlichen Einschätzung des Gerichtes entstehen?

Der Verteidiger ist unserem Gerichtswesen ein legales Organ der Urteilsfindung. Das Urteil entsteht durch die Erörterung des Für und Wider, durch die Darlegungen und Beweismittel des Staatsanwalts und durch die Argumente der Verteidigung. Viele Angeklagte vor den Kreis- und Stadtbezirksgerichten können sich allein verteidigen. Wer nicht dazu in der Lage ist, dem muß ein Rechtsanwalt beigeordnet werden. Wenn ein wesentliches Element der Urteilsfindung fehlt, ist das Urteil anfechtbar, selbst bei größter Weisheit des Richters.

Die Stellungnahme des Stadtbezirksgerichtes fährt dann fort:

„Die gesamte Persönlichkeit des Angeklagten und auch die sie entlastenden Umstände sind im Urteil berücksichtigt worden und haben in der milden Strafe ihren Ausdruck gefunden. Wenn der Gerichtsreporter bei der Urteilsverkündung zugegen gewesen wäre, hätte er den Ernst erkannt, mit dem das Gericht sich mit dem Schicksal der Angeklagten beschäftigt hat. Er hätte auch erfahren, welche weiteren Maßnahmen neben der Verurteilung eingeleitet worden sind.

Die Angeklagte wurde sofort nach der Urteilsverkündung in ein Haftkrankenhaus überführt, wo sie vom geschulten Personal die Pflege erhält, um so bald wie möglich wieder zu genesen. Von der Staatsanwaltschaft und dem Gericht sind inzwischen Maßnahmen in die Wege geleitet worden, um der Verurteilten bedingte Strafaussetzung zu gewähren mit dem Ziel, sie nach ihrer Entlassung in einem Feierabendheim unterzubringen."

Für Fräulein Luise ist also gesorgt. Wir freuen uns, daß unser Bericht hier noch, d. h. später, eingegriffen hat.

In der bürgerlichen Justiz ist der Fall mit dem Urteilsspruch abgetan. Was später aus dem Schuldigen oder Unschuldigen wird, kümmert Richter und Staatsanwälte nicht. Bei uns ist das anders. Wenn wir dennoch auf den Fall zurückkommen, geschieht das nicht aus Gründen der Rechthaberei. Für die alte Frau ist gesorgt, unser Anliegen hier und heute ist die Verbesserung der Rechtspflege.

Unsere Richter und Staatsanwälte sind nicht unfehlbar. Sie unterliegen der öffentlichen Kritik. Gerade jetzt hat der Staatsrat einige Fehler gerügt. Und nicht umsonst hat Walter Ulbricht auf dem Nationalkongreß sehr ernste Worte über das Wesen unseres Justiz gesprochen.

Er erklärte: „Unsere Richter sind unabhängig und nur dem Gesetz unterworfen. Darauf legen wir großen Wert. Das verpflichtet sie, nach bestem Wissen und Gewissen zu arbeiten, alle Umstände einer Straftat genau zu untersuchen, zu beurteilen und abzuwägen. Sie sind verpflichtet, Recht zu sprechen und Gerechtigkeit zu wahren."

Die Sorge um den Menschen, Kritik und Selbstkritik, das sind die Wesenszüge der sozialistischen Justiz. Sie zeigen die Überlegenheit der sozialistischen Rechtsordnung gegenüber der westdeutschen Gerichtspraxis.

Wo konnte ein Fränkel höchster Staatsanwalt werden? Ein Mann, dessen Beruf es war, das Recht zu beugen, harte Urteile aufzuheben, um Freiheitsstrafen in Todesurteile zu verwandeln. Für ihn hatte die bundesdeutsche Justiz den Posten eines Generalbundesanwalts; für Menschen seines Schlages, für die tausend Blutrichter und Blutstaatsanwälte würde es in unserer Justiz nur einen Platz geben, den auf der Anklagebank.

Wir sind das Gewissen der Nation. Nur durch unseren Protest mußte Fränkel in den „Wartestand" versetzt werden. Unser Staat und unsere Justiz, so sagt das Nationale Dokument, sind Vorbild für ein künftiges Gesamtdeutschland. Wir haben mit der Auswahl der Richter und Staatsanwälte die erste und wichtigste Voraussetzung für eine humanistische Justiz geschaffen.

Diese Voraussetzung aber verpflichtet alle Richter und

Staatsanwälte, nie ihr Herkommen und ihren Auftrag zu vergessen, nie die Tradition der überheblichen unabsetzbaren bürgerlichen Richter zu übernehmen. Durch die genaue Anwendung aller Schutzvorschriften für den Angeklagten erwirbt sich die Justiz des Arbeiter-und-Bauern-Staates im Volk das Vertrauen, ohne das sie als Hüter einer sozialistischen Rechtsordnung nicht leben kann.

Der fast fehlerlose Angeklagte

Das ist ein Verfahren der Superlative. Aus kleinster Ursache entstand der größte Sachschaden, durch einen Menschen, dem vor Gericht das beste Zeugnis von allen Angeklagten, die ich je zu Gesicht bekommen habe, ausgestellt wurde.

Er steht in den besten Jahren, er ist neununddreißig Jahre alt. In seiner Jugend hat er nicht viel gelernt, er kam von der Volksschule sofort in den Krieg. Sohn eines Landarbeiters, selbst zum Landarbeiter bestimmt. Im Krieg, als junger Bursche, ist er ein guter Soldat für eine schlechte Sache, vielfach ausgezeichnet und schnell zum Feldwebel befördert.

Nach dem Krieg kommt er in den Kreis Zwickau. Er arbeitet dort erst auf dem Lande, wie er es von zu Hause gewohnt war, und wird Geschirrführer. Später geht er in die Industrie, als Transportarbeiter, in einen kleinen Betrieb. 1952 fängt er in dem Lager an, in dem er heute noch tätig ist, in dem Betrieb, den er so schwer geschädigt hat.

1952 ist dieser Betrieb noch eine private Großhandlung für Maschinenteile in Zwickau. Dieser Betrieb wird in Volkseigentum überführt, er ist heute das Versorgungskontor für Maschinenbau-Erzeugnisse. Sehr bald wird der eifrige Lagerarbeiter Hilfslagerist, dann Lagerist und später Lagerleiter in dem Betriebsteil, in dem er als Lagerarbeiter eingestellt worden war. Hier lagern einige Millionen Schrauben, Schraubenmuttern, Splinte, Zwischenringe von den kleinsten bis zu den größten Abmessungen. Das Lager beliefert die umfangreiche Maschinenindustrie im Kreise Zwickau, darunter auch die Automobilindustrie.

Seine Arbeit ist vorbildlich. Er arbeitet so gewissenhaft, daß ihm auch ein ähnliches Lager in der Karl-Marx-Stadt unterstellt wird, in der Bezirkshauptstadt, die eigentlich für Zwickau anleitend sein sollte. Dort aber waren fünftausend Lageraufträge im Rückstand, als unser Mann die Lagerleitung übernahm; in kurzer Zeit hat er die Rückstände auf dreitausend heruntergearbeitet, und sie wären ganz verschwunden, wenn er nicht gerade da krank geworden wäre.

Schon 1953 wurde er in die Betriebsgewerkschaftsleitung gewählt; er war dort in der Ferienkommission, in der Kommission für das Wohnungswesen und in der Kommission für das Nationale Aufbauwerk. Oft war er auch Vorsitzender der BGL, er betätigte sich in der Kampfgruppe, er hatte sich für den Luftschutz gemeldet.

Aber er blieb nicht nur ein Werber für das Nationale Aufbauwerk; in jedem Jahr wurde ihm die silberne oder bronzene Aufbaunadel für die eigenen hervorragenden Leistungen verliehen; dreimal war er schon Aktivist des Fünfjahrplanes, zweimal wurde er als Bestarbeiter ausgezeichnet.

Seine Frau arbeitet im selben Betrieb und im selben Lager mit, beide wohnen in einem Mehrfamilienhaus dicht an dem Lagergebäude. Er hat seine Mitarbeiter zu einem vorbildlichen Kollektiv herangebildet, so daß auch die sehr umfangreichen und komplizierten Arbeiten in Zwickau funktionieren, wenn er selber in Karl-Marx-Stadt sein mußte, um dort das Lager zu reorganisieren.

An einem Sonnabendnachmittag beschäftigt sich unser Mann mit seinen Kaninchen, die er auf dem Gelände zwischen seinem Wohnhaus und dem Lager aufzieht. Auf diesem dürren Boden wachsen dürres Gras und anderes Gestrüpp. Das Lager ist von diesem Gelände durch eine niedrige Mauer getrennt.

Da unser Mann in allen Dingen für Ordnung ist, brennt er in jedem Jahr das Unkraut und das Gestrüpp ab, so auch in diesem Jahr. Er wacht darüber, daß das Feuer an diesem Sonnabend auch ordnungsgemäß erloschen ist, und dann geht er in seine Wohnung zum Essen. Aber er ist unruhig, er schaut noch einmal auf den Platz und bemerkt, daß es im großen Lagerschuppen qualmt. Sofort benachrichtigt er die Feuerwehr, er mobilisiert die Nachbarn, versucht selber mit einem Handfeuerlöscher zu retten, was noch zu retten ist, aber es ist alles zu spät.

Das Feuer findet reichlich Nahrung, die hochwertigen Schrauben und die anderen Eisenteile sind in Ölpapier verpackt. Fast das ganze Lager brennt ab. Aus dem großen Sortiment können nur kleine Reste unversehrt geborgen werden. Der größte Teil ist für die Industrie nicht mehr verwendbar und muß an Handwerker zu ermäßigten Preisen abgegeben werden. Ein noch größerer Teil wird als Schrott verkauft.

Die Gebäude und der Sachschaden werden auf eineinviertel Million Mark geschätzt.

Der starke Wind, es herrschte Windstärke 6 bis 8 an diesem Sonnabend, hatte wahrscheinlich Funken durch Mauerlücken in das Gelände des Lagers geweht, und da das Lager eine große Bodenfreiheit hatte – es stand auf niedrigen Stelzen –, konnte der Holzboden leicht Feuer fangen.

Vorbildlich hat sich unser Mann während des Brandes und nach dem Brand eingesetzt. Bei seinem Versuch zu löschen bekam er eine ziemlich starke Rauchvergiftung, so daß er drei Tage ins Krankenhaus mußte. Er verzichtete auf seine Ferien – das ist ungesetzlich und darf vom Betrieb nicht geduldet werden –, um einen Teil des Schadens wiedergutzumachen. Er hat in der kurzen Zeit zwischen Brand und Gerichtsverhandlung schon wieder über 116 Aufbaustunden geleistet.

Staatsanwalt und Gericht hatten es schwer, über diesen Fall zu entscheiden.

Der große Schaden hätte in seiner Auswirkung eine ernste Schädigung unserer Wirtschaftsplanung bedeuten können; durch die Hilfe der benachbarten Versorgungskontore konnte eine direkte Stockung der Produktion in der Maschinenbauindustrie verhindert werden. Eine Gefährdung war durch das leichtfertige Verhalten aber eingetreten.

Trotzdem beantragte der Staatsanwalt nur eine bedingte Strafe, die allerdings hoch ist, zwei Jahre Gefängnis; drei Jahre soll die Bewährungszeit dauern. Das Gericht entschied auch antragsgemäß. Ich glaube, daß hier die Staatsratserklärung richtig verstanden wurde. Trotz des großen Schadens wurde eine bedingte Strafe ausgesprochen. Das Verhalten unseres Mannes vor, während und nach dem Brand gab hier den Ausschlag. Dieses Verhalten wog vor unserem Gericht schwerer als der gewaltige Verlust.

Um Tisch und Bett

Es geht hier um die friedliche Koexistenz, um das Zusammenleben; nicht im großen, von Weltteilen verschiedener Gesellschaftsordnungen, nein, um die kleinste Koexistenz, um das Zusammenleben von Menschen verschiedenen Geschlechts, um eine Ehe. Hier kam es zu Exzessen, zur Scheidung, zur Wiedervereinigung, zur Sachbeschädigung, zur Körperverletzung, zur Strafanzeige, zur Versöhnung und zum erneuten Krach.

1932 ist er geboren, 1933 sie. Am Altersunterschied liegt es also nicht. Ich glaube, es liegt, verzeihen sie den altmodischen Begriff, es liegt an der Liebe. Nicht an den körperlichen Beziehungen, die sind (soweit das der Zeuge in dieser Sache beurteilen kann) ausgezeichnet, an ihren Früchten kann er es erkennen. Es liegt wahrscheinlich an dem, was man mit den Worten Güte, Zärtlichkeit, Vertrauen, Heiterkeit und Freude an der gemeinsamen Arbeit umschreiben könnte.

Er, Horst, der kleine Mann mit dem frischen rundlichen Gesicht, sieht durch seine dicke Hornbrille klüger aus, als er ist. Er wollte Maurer werden, lernte zwei Jahre, dann verbot ihm der Amtsarzt seinen Beruf. Er unterbrach die Lehre, wurde aber, so töricht sind manchmal Patienten, Bauhilfsarbeiter.

Horst meldete sich zur Volkspolizei. Jedoch eines Tages trank er mehr, als ihm gut war, schlief in der S-Bahn ein und wurde im Westsektor herausgeholt. Unentschlossen, wohl aus Furcht vor Strafe, blieb er drei Wochen drüben, unangemeldet, kehrte dann aber zurück. Angeklagt wurde er nicht, mußte aber seinen Dienst bei der Volkspolizei aufgeben. Wieder ging er ins Baugewerbe, 1953 heiratete er Marianne. Drei Kinder haben sie.

Leider muß hier vermerkt werden, daß Horst seit April dieses Jahres keinen festen Arbeitsplatz nachweisen kann; man sieht es aber an der Kleidung, was mit ihm los ist; er arbeitet illegal als Gelegenheitsarbeiter in West-Berlin. So drückt er drüben die Löhne und genießt bei uns alle Vorzüge, die andere für ihn schufen. Da man ihm aber nur illegal provisorische Aushilfsstellen beschaffen kann, hat er viele freie Tage. Er gewöhnt sich das Trinken an.

Merkwürdig geht es bei ihm zu. Horst ist Mitglied der Freien Deutschen Jugend und betreut einen Fanfarenzug. Musikalisch steht er also auf dem Boden der Republik, moralisch sehr daneben. Zeugin und Geschädigte in dieser Sache ist Marianne, seine geschiedene Frau. Sie arbeitet regelmäßig, versorgt die drei Kinder bei einem Nettoeinkommen von 400,– M; alle Sympathien müßten auf ihrer Seite sein. Aber sie sind es nicht. Diese schlanke, junge, blonde Frau mit ihrem anmutigen Gesicht spielt mit dem geschiedenen Mann wie die Katze mit der Maus. Sie hat ihn angezeigt, kurz darauf, wie wir später hören werden, hob sie die Trennung von Tisch und Bett wieder auf. Das wußte die Staatsanwältin und fragte Marianne vor Beginn der Verhandlung, ob sie ihren Strafantrag bezüglich der Körperverletzung nicht zurückziehen wolle. Nein, sagte sie. Also mußte auch hierüber verhandelt werden.

Die Scheidung hatte Marianne eingeleitet. Zugegebenermaßen hatte sie Horst einmal mit seinem Freund betrogen. Er hatte sie deswegen geschlagen, war aber damals wie auch heute noch bereit, alles zu verzeihen. Sie nicht. Die Scheidung wurde ausgesprochen. Marianne bekam die Wohnung und das Sorgerecht für die drei Kinder. Horst muß monatlich 150,– M Unterhalt für drei Kinder zahlen.

Als Marianne in eine kleinere Wohnung ziehen wollte, rief sie Horst zu Hilfe. Er kam sofort, und beide feierten Versöhnung, ganz intim. Marianne lud ihn für den nächsten Tag zum Mittagessen ein. Als er dann kam, sagte sie ihm, er müsse jetzt gehen, sie habe sich mit einem anderen verabredet. Horst gab ihr Ohrfeigen.

Marianne klagte danach über Kopfschmerzen. Sie ging zu einem Arzt und ließ sich krankschreiben. In dieser Zeit feierte sie Verlobung und feierte auch noch drei Wochen krank.

Als Horst an dem Verlobungstage gegen vier Uhr morgens an ihrer Wohnung vorbeikam, hörte er den Lärm vom dritten Stock her. Er ging hinauf, schlüpfte, als die anderen Gäste gerade gehen wollten, hinein. Wieder schlug er Marianne; der neue Bräutigam Freddy mischte sich in den Familienzwist nicht ein. Horst zerriß zwei Kleider, die er, Horst, Marianne geschenkt hatte. Sie hatte ihm schon vorher gesagt, sie lege keinen Wert mehr auf die Geschenke, und auch vor Gericht gab sie diese Äußerung zu.

„Warum gerieten Sie so in Wut?“ fragte die Richterin.

„Bei der Scheidung hatte Marianne mir versprochen, sie würde sich nie mit einem anderen einlassen.“ Dieses unsinnige Versprechen hat Horst geglaubt. Er möchte es heute noch wahrhaben. Es gibt für Horst trotz allem und vor allem auch heute nur eine Frau – Marianne.

In dieser Nacht verlangte der tobende Horst, Marianne solle auf alle Unterhaltsgelder für die Kinder verzichten. Sie war einverstanden, und Bräutigam Freddy setzte eine Verzichtserklärung auf und unterschrieb sie auch noch als Zeuge – eine Verzichtserklärung, die rechtsunwirksam ist, weil ja die Kinder die Empfänger der Unterhaltsgelder sind, sie sind unverzichtbar.

Nach dieser juristischen Meisterleistung gingen der Bräutigam und der geschiedene Mann gemeinsam noch einige Bierchen trinken. Mariannes Verlobung ging in die Brüche. Wieder versöhnte sie sich mit Horst. Warum, fragte die Richterin.

„Wenn mein Mann mir pünktlich den Unterhalt zahlt, kann ich auch für ihn kochen und waschen.“

In dieser Antwort liegt – so leid es mir tut – das ganze Wesen

Mariannes. Hier ist einzig und allein der Schlüssel zu suchen, warum Horst so wurde, wie er heute ist.

Acht Tage vor dem Termin setzte Marianne ihren geschiedenen und wegen Körperverletzung, Sachbeschädigung und Nötigung angezeigten Mann wieder auf die Straße. Jetzt, sagte sie, sei Schluß für immer. Für Horst ist noch nicht Schluß.

Hundert Mark Geldstrafe für die Ohrfeigen, die als Körperverletzung gewertet wurden, und hundert Mark Geldstrafe für die Nötigung, für die erzwungene Verzichtserklärung, sind für Horst ein Erziehungsmittel. Nur sollte er das Geld in ehrlicher Arbeit verdienen.

Mangel an Herz, an Zärtlichkeit, an Einfühlungsvermögen und Vertrauen und Treue sind Unterlassungssünden, sie werden nicht gerichtlich geahndet. Deshalb war Marianne hier nicht angeklagt. Von Schuld freisprechen kann ich sie nicht.

Nachbemerkung: Dieser Bericht stammte ursprünglich aus dem Jahre 1952. Die „Wochenpost“ hatte ihn aus unverständlichen Gründen abgelehnt, aber er erschien dann in meinem Buch „Als Zeuge in vielen anderen Sachen“. Danach entschloß sich die „Wochenpost“ im Jahre 1962, diesen Bericht nachzudrucken. Damals war die Mauer noch nicht vorhanden. So konnte Horst schwarz arbeiten, als Grenzgänger.

Eine Zehntelsekunde unaufmerksam

An dem Mann, der da angeklagt ist, kann man nichts aussetzen. Er hat ein vernünftiges Leben geführt, und nun steht er vor Gericht und ist selber am meisten betroffen.

Nein, hinter mir im Saal schluchzt eine ältere Frau, sie kennt den Angeklagten nicht, sie ist keine Zeugin, sie ist die wirkliche Leidtragende.

Der Lebensweg des Dreiundzwanzigjährigen ist schnell erzählt. Er hat Tischler gelernt, nach erfolgreicher Beendigung der Lehre ist er einem Aufruf zum Bergbau, zur Wismut, gefolgt. Körperlich war er der Belastung der Untertagearbeit nicht gewachsen. Er kehrte zu seinem alten Beruf zurück, er arbeitete bei einem Tischlermeister.

Der aber mischte sich allzuviel in die Liebesgeschichten des jungen Mannes. Mit einer etwas naiven Eifersucht, einer Eifersucht von einer echt handwerklichen Prägung, die einem Meister des 15. oder des 16. Jahrhunderts alle Ehre gemacht hätte. Er wollte dem jungen, frischen Gesellen seine Werkstatt vermachen und ihn mit seiner heranwachsenden Tochter verheiraten. Aber damals war des Meisters Töchterlein erst acht Jahre alt.

Unser junger Mann wollte aber sich nicht den Freuden der Liebe und der Ehe so lange entziehen; er verließ den biederen Meister und trat der Volkspolizei bei; er machte dort seine Fahrerlaubnis und konnte nach fünf Jahren Dienst in Ehren entlassen werden. Endlich wandte er sich seinem Traumberuf zu, er wurde Kraftfahrer. Er hatte mehrere Arbeitsplätze, und seine letzte Stellung war bei einem Berliner Zeitungsverlag.

Er ist weiter noch in dem Verlag beschäftigt, heute noch, allerdings nicht mehr als Fahrer. Aber er hatte sich in seiner Tätigkeit als Chauffeur so viele Kenntnisse angeeignet, daß der Betrieb ihn als Mechaniker für kleinere Reparaturen weiterbeschäftigen kann, bis ihm die Volkspolizei die Fahrerlaubnis wieder aushändigt.

Auf einer Dienstfahrt kam er mit seinem „Wartburg" an eine Straßenkreuzung – nachmittags gegen 17 Uhr – im Berliner Stadtgebiet, an eine Kreuzung zweier gleichberechtigter Straßen. Er hatte kurz zuvor gehalten und einen Kollegen abgesetzt. Er fuhr mit dem zweiten Gang auf die Kreuzung zu, nach übereinstimmenden Aussagen mehrerer Augenzeugen mit einer Geschwindigkeit von 20 bis 25 Kilometern.

Auf der anderen Seite, von rechts, kam ein junger Motorradfahrer. Unser Kraftfahrer hatte ihn nicht bemerkt. Ein Verkehrspolizist, der an dieser Ecke stand, schätzte die Geschwindigkeit des Motorradfahrers auf mindestens 80 Kilometer. Obwohl dieser die Geschwindigkeitsgrenze im Stadtverkehr um mindestens 30 Kilometer überfuhr, hatte er als der von rechts kommende Verkehrsteilnehmer unbedingt die Vorfahrt.

Der Motorradfahrer hatte den „Wartburg" von links bemerkt – wie er es später im Krankenhaus einem Freund erzählt hatte – und versuchte, noch einen Bogen um ihn zu machen, wurde aber am Hinterrad von dem „Wartburg" gestreift und kam ins Stürzen. Seine Geschwindigkeit muß wirklich sehr, sehr hoch gewesen sein, denn das gestürzte Motorrad schleifte 50 Meter weiter über die Straße.

Der junge Mann wurde schwer am Bein verletzt und sofort in ein Krankenhaus gebracht. Dort schlug man ihm eine Amputation des Beines vor, da die Wunde stark verschmutzt war. Das lehnte der Verwundete aber ab. Er bekam darauf eine Spritze gegen Wundstarrkrampf, aber diese blieb wirkungslos. Vier Wochen nach seiner Einlieferung starb der junge Motorradfahrer an den Folgen eines Wundstarrkrampfes.

Sicherlich traf den Verletzten eine schwere Mitschuld an dem Verkehrsunfall, aber er hat seine Mitschuld sehr, sehr teuer bezahlt. Der Fahrer des „Wartburgs", als er die Vorfahrtsregel einen Augenblick außer acht ließ, war jedoch schuldig, war mitschuldig geworden an einer fahrlässigen Tötung.

Die Strafe des Gerichts für eine Zehntelsekunde Unachtsamkeit war hart, ein Jahr Gefängnis, ausgesetzt auf zwei Jahre Bewährung. Die Strafe ist gering, wenn man bedenkt, daß durch die Unaufmerksamkeit ein Mensch sterben mußte, den hinter mir auf der Zuhörerbank eine Mutter beweint.

Kioskverkäufer mit Rennpferd

Weinen hätte man müssen, aber wir haben gelacht über den liebenswürdigen, großen Gerhard mit den Pausbäckchen, mit dem Schnurrbart à la Don Juan und den fünf Vorstrafen, mit dem Mitropa-Kiosk auf dem Ostbahnhof und Bambi, dem Rennpferd, das kein Geld kostete, und dem Defizit von 10 000,– M; wir haben gelacht über seinen schwerhörigen Kollegen, der die ihm zugeschrienen, unangenehmen Fragen nie verstand, aber auf die geflüsterten, nicht so peinlichen Fragen immer eine haargenaue Antwort wußte.

Wir alle hätte weinen müssen, daß ein junger Mann von achtundzwanzig Jahren, der in unserer Gesellschaft noch in die Schule gegangen ist, der Schlosser gelernt hat, der jahrelang danach ein tüchtiger Schlosser war, durch Zufall, Verdienst und Neigung in die für ihn so gefährliche Gastronomie hinüberwechselte und immer wieder – wie es bei Fallada heißt – aus dem Blechnapf fressen mußte. Nicht, weil ihm keine Arbeit vermittelt wurde, nein, im Gegenteil, weil man ihm immer auf seinen Wunsch eine Arbeit gab, die ihn in die Nähe von Geld, Zigaretten, flüssiger geistiger Nahrung und anderen Versuchungen brachte.

Wie oft wurde er schon auf Bewährung entlassen, und auch diesmal ist seine letzte Probezeit noch nicht abgelaufen. Aber daß man in seiner Bewährungszeit ihn und seine leichtsinnige, elegante, schöne, junge Frau sofort bei der Mitropa annahm und erst ihr einmal die Leitung eines Kioskes in der Ladenstraße unten im Ostbahnhof anvertraute und ihn zu ihrem Assistenten machte, das ist schon sehr leichtsinnig. Und daß man ihm dann nach einem Monat, ohne eine Inventur zu machen, die Leitung des großen umsatzkräftigen Kioskes oben auf dem Bahnsteig A anvertraute, ist noch stärker. Es stellte sich aber auch heraus, daß der Kiosk, den seine Frau leitete, ebenfalls eine Minusdifferenz von 1700,– M auswies.

Oben, auf dem Bahnsteig A, ging es so lustig zu. Vom ersten Tage an vermischte Gerhard das Geld der Mitropa mit seinem. Zwei mitarbeitenden Kollegen gab er zuerst einmal 70,– M, das stamme, so sagte er, vom geschickten Bierausschank, und der schwerhörige Kollege, der diese Frage des Gerichts gar nicht verstehen wollte, nachdem ihm die Sache sechs- oder siebenmal vom Staatsanwalt ins Ohr geschrien wurde, bekannte, daß er wohl 50,– M genommen habe. Aber er glaubte, das stamme von den Gewinnen des Rennpferdes Bambi.

Ja, unser Gerhard war ein Rennstallbesitzer, und stolz erzählte er jedem, der es wissen wollte und wissen sollte, davon. Wußte es eigentlich die Kaderleitung der Mitropa?

Das Rennpferd Bambi hatte keinen Pfennig Geld gekostet, so wurde dem Gericht glaubhaft bewiesen. Beim letzten Blechnapflöffeln hatte Gerhard einen Herrn Karl kennengelernt, einen Herrn, der fünf wackere Traber sein eigen nannte. Der aber hatte Schwierigkeiten mit der Rennbahnleitung, denn von ihm war bekannt geworden, daß er auch manchmal auf fremde Rösser sein Geld setzte, auch dann, wenn seine eigenen Pferde mittrabten. Das gilt in Rennstallkreisen als unfein, als unfair, als unsportlich, ja als verboten. Und deswegen durften auf die Pferde aus dem eigenen Rennstall keine Wetten angenommen werden, und das beeinträchtigte natürlich das Geschäft. Herr Gerhard erwarb in der Zeit, als er Chef des Kiosks auf dem Bahnsteig A war, von Herrn Karl ein Rennpferd namens Bambi gegen einen Kaufvertrag, der über 2500,– M lautete. Bezahlen brauchte er nichts. Es war vereinbart, daß die Hälfte aller Gewinne, die Bambi ertraben würde, an Herrn Karl fallen sollte. Damit sollte Bambi zu ihrem eigenen Verkauf beitragen. Als Sicherheit hatte Herrn Karl einen Rückkaufvertrag in den Händen, ohne Datum natürlich. Die Kosten für Wohnung, Trainer und Verpflegung im Monat von 250,– M sollte Kioskleiter Gerhard tragen. Von seinem Gehalt von 450,– M. Über Kleinigkeiten hatte sich Gerhard in seinem Leben noch nie Kopfschmerzen gemacht.

Unten in der Bahnhofswirtschaft der Mitropa wurde ein großes Fest gefeiert, bei dem Kioskleiter Gerhard fünf bis sechs Flaschen Sekt spendierte. Auch das schien der Mitropa-Leitung völlig unbekannt geblieben zu sein, unbekannt wie die Vorstrafen, die Bewährungszeit, wie das Rennpferd. Unbekannt blieb auch die Tatsache, daß Herr Gerhard an einem Tag überhaupt keine Einzahlungen machte, obwohl der Kiosk auf dem Bahnsteig A täglich große Umsätze machte. Aber alle wußten, daß Rennstallbesitzer und Kioskleiter Gerhard nur Westzigaretten, Marke Chester, rauchte.

Weinen müßte man, aber wir haben gelacht, wenn auch mit schlechtem Gewissen.

Wen kann es wundern, wenn nach vierzigtägiger Leitungstätigkeit auf dem Bahnsteig A in diesem Kiosk über 8000,– M fehlten? Wen wunderte es, daß der liebenswürdige Herr Gerhard sich nur an Unterschlagungen in Höhe von vier- bis viereinhalbtausend Mark erinnern wollte. Nachdem die riesige Minusdifferenz aufgedeckt wurde, konnte Herr Gerhard damals nur schnell in den Westen fliehen, und seine Frau fuhr ihm nach. Aber hier im Westen trennten sich die Wege. Frau Gerhard wandte sich ganz der Betreuung amerikanischer Soldaten zu, und Herr Gerhard reichte durch seine Großmutter den Antrag ein, zurückkommen zu dürfen. Und dann kam er und stellte sich der Polizei. Er wußte, was ihn erwartete. Drüben hatte er ähnlich gelebt, er war schon im Besitz einer Fernsehtruhe und hatte schon ein Kraftfahrzeug erworben, ohne Anzahlung. Aber das sei nicht der Grund seiner Rückkehr gewesen, sondern sein schlechtes Gewissen, so sagte Herr Gerhard, und wir müssen es ihm glauben, wir können ihm nichts anderes beweisen.

Merkwürdigerweise und zum Glück für Herrn Gerhard gilt das Mitropa-Eigentum nicht als Volkseigentum, obwohl der übergroße Anteil staatliches Eigentum ist. Deshalb blieb ihm das Zuchthaus erspart.

Und so kommt es, daß Herr Gerhard – das Paßvergehen ist mit einbezogen – zwei Jahre und acht Monate aus dem Blechnapf löffeln muß. Und wenn das ausgestanden oder, besser, ausgesessen ist, sollte man ihm endlich wieder eine gute Arbeit als Schlosser vermitteln. Ihm aber sollte der Rat gegeben werden, um die Mitropa und um die Rennbahn, um Frauen und Sekt, um Rennpferde und Kassenabrechnungen einen großen Bogen zu machen. Dann können wir ehrlich mit ihm und vielleicht auch über ihn lachen, richtig, mit gutem Gewissen.

Der Tierquäler

Die Schulklasse empfand den Antrag des Staatsanwaltes als sehr milde, zu milde; mir erschien er hoch – wahrscheinlich war er angemessen.

Hatte ich vielleicht die Frau mit den fünf Kindern vor Augen, die nun neun Monate sich allein durchschlagen muß, sahen die Jugendlichen nur den Schmerz der Kreatur, die ohne Sinn und Verstand gequält worden war. Der Staatsanwalt dachte, und das sagte er in seinem Plädoyer, in erster Linie an den großen Schaden, der durch Pauls schlechte Arbeit entstanden war, an den Ausfall an Fleisch, an Milch, an Butter. Er dachte an die Möglichkeit, Menschen im Strafvollzug umzuerziehen.

Von diesem Tierpfleger Paul ist nicht sehr viel Gutes zu berichten. Er gehört zu den Menschen, die wandern, von einem Volksgut zum anderen, von der ersten Landwirtschaftlichen Produktionsgenossenschaft zur zweiten. Er bleibt auf keinem Arbeitsplatz lange, sechs, acht, zehn Wochen. Dann steht wieder der Möbelwagen vor seiner Tür, und er zieht in ein anderes Dorf. Er weiß, daß Tierpfleger gesucht sind, und er weiß, daß er überall sein Brot findet, gutes Brot.

Auch in der Landwirtschaftlichen Produktionsgenossenschaft Berlin-Marzahn wurde er angenommen. Trotz seines Bilderbuches – so nannte der Vorsitzende das Arbeitsbuch von Paul. Aber leicht hatte man es ihm dort nicht gemacht. Ernsthaft wurde mit ihm vor dem Eintritt geredet. Paul hatte einiges verschwiegen: zwei Begegnungen mit dem Gericht; die erste Strafe von zwei Jahren Zuchthaus hatte ihren Grund in einem Delikt, das nicht mit seiner Arbeit, sondern mit seinem Verhalten zum anderen Geschlecht zu tun hatte. Die zweite aber hing mit seinem Beruf zusammen. Es war Tierquälerei und Diebstahl; ein Jahr Gefängnis hatte ihm das eingebracht. Aber er brauchte diese Strafe durch den Erlaß des Staatsrates nicht ganz zu verbüßen.

Der Vorstand der Landwirtschaftlichen Produktionsgesellschaft von Marzahn war vorsichtig gewesen, und der Vorsitzende kannte schon seinen Mann, einen Tierpfleger, der in seinem Arbeitsbuch zehn Arbeitsstellen im Laufe von zehn Jahren aufwies, und die nicht einmal hintereinander. Der Vorsitzende wußte also, Paul konnte kein Meister seines Fachs sein; und auch die Auskünfte der beiden letzten Arbeitsplätze waren nicht besonders. Aber Paul wurde trotzdem aufgenommen, weil man der Auffassung war, daß man ihn unter Aufsicht zu einem wirklich guten Genossenschaftsbauern umerziehen könne.

Groß und kräftig sieht Paul aus, er ist vierzig Jahre alt, ein Mann im besten Lebensalter, mit sehr viel Erfahrung, im Vollbesitz seiner Kräfte, in einem Beruf, mit dem er Geld wie Heu verdienen könnte. Er könnte Meister werden, Viehzuchtbrigadier, Vorsitzender einer LPG, alles, alles steht ihm offen, wenn er nur wollte.

Aber seine Stimme ist tonlos und lethargisch langsam. Er ist beleidigt, daß man ihn angeklagt hat. Nein, es sei nicht seine Schuld, alle hätten sich immer gegen ihn zusammengetan. Auch sei das mit seiner Vorstrafe ganz anders gewesen, es wären andere gewesen, die auf die Kühe mit Eisenstangen eingeschlagen hätten. Ihm wurden immer nur die schlechtesten Tiere anvertraut.

Nur in diesem Falle, der jetzt verhandelt wurde, das müsse er zugeben, fühle er sich schuldig. In Marzahn habe man ihm zweiundzwanzig bis dreiundzwanzig Kühe zur Betreuung gegeben, das stimme. Gute Kühe, die er mit der Maschine hätte melken müssen. Aber er habe sie oft gar nicht und nicht genug nachgemolken, so daß es vorkam, daß fünf, ja sechs Kühe erkrankten. Er gebe zu, einige Kühe haben durch seine Schuld

Euterentzündungen bekommen, und sie mußten eine Woche lang gemolken werden, ohne daß die Milch verwendbar gewesen wäre. Und wegen seiner schlechten Arbeit habe man ihm die Kühe weggenommen und ihn als Springer eingesetzt, als einen Menschen, der die Viehgruppen der Melker übernehmen mußte, wenn sie ihren Tag frei hatten.

So kam es, daß er am 22. Februar 1962 im Abkalbstall eingesetzt wurde. Eine Kuh hatte gekalbt. Der Veterinärtechniker hatte bei der Geburt geholfen, und es war alles gut und normal verlaufen. Ein kleines Bullenkälbchen war auf die Welt gekommen.

Pauls Aufgabe war es nun gewesen, das Tier trocken zu reiben mit Stroh, Heu oder mit Lappen und es danach in eine kleine Box zu stellen; denn der Abkalbstall war sehr voll. Er sollte das Tier abreiben und es nicht der Mutterkuh zum Ablecken überlassen, das sei wegen einer etwaigen Übertragung der Tbc nicht ratsam; so hatte ihn der Veterinärtechniker instruiert.

Aber Paul war das zu lästig, er rieb das Tier nicht ab, er ließ es von der Mutterkuh lecken und ging aus dem Stall. Nach einigen Stunden war das Bullenkälbchen von den anderen Kühen totgedrückt worden.

Am nächsten Tag war Paul in einem Stall beschäftigt, er hatte die Kühe, die man ihm an diesem Tage zur Betreuung übergeben hatte, gemolken und gefüttert, aber er weigerte sich, die Kühe zu striegeln; er wollte auch andere Kollegen veranlassen, diese tägliche Arbeit zu versäumen. Der Vorsitzende der Genossenschaft wurde gerufen, und er sagte Paul, wenn er diese so notwendige Arbeit nicht erledigen würde, so müßte ihm die Genossenschaft eine Arbeitseinheit abziehen.

Paul war wütend; er ließ seine Wut an den Tieren aus, und als eine Kuh etwas unruhig stampfte bei seinem sicher nicht sehr sanften Striegeln, schlug er sie mit dem Striegel so über den Kopf, daß er ein Auge traf und es zerstörte. Er meldete diese Verletzung nicht. Erst nach einigen Tagen stellte sich heraus, daß Paul es gewesen war. Er wurde aus der Genossenschaft ausgeschlossen.

Der Staatsanwalt, dem diese beiden Vorfälle bekanntgeworden waren, erhob Anklage nicht wegen Tierquälerei; seine Anklage fußte auf einem viel durchgreifenderen Gesetz. Durch seine nachlässige Arbeit hatte Paul die Wirtschaftsplanung und die Versorgung der Bevölkerung gefährdet. Er hätte den Tod des Kälbchens verursacht. Durch seine schlechte Arbeit im Kuhstall war die Milchleistung von fünf Kühen für mehrere Tage, ja für eine Woche ausgefallen. Und die schwerverletzte, halbblinde Kuh gab monatelang viel weniger Milch, als sie bei ordnungsgemäßer und liebevoller Pflege gespendet hätte.

Die Schüler und Schülerinnen, die sich dem landwirtschaftlichen Beruf zuwenden wollen, forderten vom Gericht, Paul ein Berufsverbot zu geben. Aber das Gericht sah davon ab, es hatte noch Hoffnung. Doch die neun Monate Gefängnis muß er nach dem Urteil des Gerichts unbedingt verbüßen.

Paul, Sohn eines Landarbeiters, war Mitbesitzer einer bestgeleiteten Landwirtschaftlichen Produktionsgenossenschaft gewesen. Er hatte bisher im Monat 700,– bis 800,– M verdient, er hätte auch auf 1000,– M kommen können, von der Jahresausschüttung ganz abgesehen. Sein Vater hatte nicht einmal gewagt, von solchen Arbeitsbedingungen zu träumen. Paul aber zieht mit Frau und fünf Kindern von einer Genossenschaft zur anderen. Er quält nicht nur die Tiere, er quält auch seine Familie. Er ist nicht in der Lage, das Glück, das ihm nachläuft, mit seinen starken Händen zu halten.

Ehe ohne Vertrauen

Klug, solide, tüchtig, kollegial, so sieht Frau Ilse aus. Sie ist keine Schönheit, aber sie wirkt sympathisch, diese Frau von vierzig Jahren. Die Nase ist etwas zu spitz, die Oberlippe etwas zu lang, die Unterlippe zu stark gewölbt, das Haar ist zu sehr erblondet, aber in dem Haus in der Barnimstraße gibt es keine Haarkünstler, und so bahnt sich nach monatelanger Haft das natürliche fahle Braun seinen Weg.

Zuletzt war sie Sachberabeiterin in einem unserer großen Außenhandelsunternehmen. Ihr Lebenswegs ist geordnet gewesen. Ihr Vater war Weichenwärter bei der Reichsbahn. Sie hat Verkäuferin gelernt, immer zur Zufriedenheit aller gearbeitet. Sie hat mit dreißig Jahren geheiratet, ihr Mann ist auch ein Verwaltungsangestellter, ein – wie mir scheint – etwas pedantischer, etwas mürrischer, sehr korrekter Mann mit einem mittleren Einkommen; er ist elf Jahre älter als sie, sieht aber viel älter aus. Frau Ilse hat eine Tochter mit in die Ehe gebracht, die ist heute sechzehn. Und an diesem Mädchen Gabriele hängt Frau Ilses ganze Liebe. Eine gemeinsame, viel jüngere Tochter ist auch noch da, aber von ihr ist wenig die Rede gewesen.

Gabriele wurde bis zu ihrem fünften Lebensjahr bei den Großeltern aufgezogen, ich glaube, verzogen ist der richtige Ausdruck. Und als Frau Ilse heiratete, kam das Mädchen mit in den Haushalt zu ihrer Mutter, und die Mutter verwöhnte das Kind in einer erschreckenden Weise.

Der Familie standen im Monat etwa 1000,– M zur Verfügung. Der Mann behielt für sich ein Taschengeld von 140,– M, auf die Sparkasse brachte er jeden Monat 300,– M, und von diesem Geld wurden die großen Anschaffungen nach gemeinsamer Überlegung gekauft. Kleider, Bettwäsche, Möbel, auch ein Fernsehgerät ist vorhanden. Der Rest stand Frau Ilse für die Haushaltsführung, für Miete zur Verfügung, sie konnte sich auch ein Taschengeld nehmen. Sie steht ja auch im Berufsleben und hat wahrscheinlich für sich ebenfalls eine Summe von 140,– M für Kaffee, Zigaretten und den Friseur verbraucht.

Mit diesem Geld hätte man leben können, und viele, viele Familien müssen mit noch weniger Geld auskommen, und das war auch das Wort, das der Mann immer wieder sagte, das er, als Zeuge gehört, in der Verhandlung vorbrachte.

Frau Ilse aber konnte nicht einteilen. Immer wieder mußte sie sich Geld leihen, von Kollegen, oft von ihren Eltern, und das brauchte sie nicht immer zurückzahlen. Manchmal ließ sie sich auch von ihrem Mann Geld geben, aber das wurde ihr im nächsten Monat vom Kostgeld wieder abgezogen.

Im März 1960 hatte die Tochter Gabriele Jugendweihe. Freunde und Bekannte wurden eingeladen, und der Mann hatte 400,– M für das Fest aus dem Sparkonto zur Verfügung gestellt. Aber Frau Ilse mußte statt sechs Weingläser zwölf kaufen, außerdem waren sie teurer, als der Voranschlag vorsah. Gabriele mußte statt eines Paares zwei Paar Schuhe haben, ein neuer Mantel war unumgänglich, deswegen griff Frau Ilse heftig in ihre Haushaltskasse. Und die wurde leer. Sie hatte 600,– M mehr ausgegeben, als der Mann geplant hatte.

Frau Ilse hatte nicht das Herz – das Wort Mut will ich in diesem Zusammenhang nicht gebrauchen, denn Mut gehört nicht dazu, mit dem eigenen Mann zu reden –, sie hatte also nicht das Herz, dem Mann die Situation zu schildern. Er hätte vielleicht geschimpft, aber, so sagt er heute, er hätte ihr auch aus dem gemeinsamen Sparkonto das Geld gegeben. Er hat also heute noch nicht begriffen, daß das Geld gemeinsam erarbeitet war.

Sie half sich auf eine sehr ausgeklügelte Weise.

Zu ihren Dienstaufgaben gehörte es, die Überweisungen von Rechnungen, also Aufträge an die Notenbank, auszuschreiben.

Bevor sie aber mit ihren Betrügereien begann, ging sie erst zur Sparkasse und richtete sich ein Gehaltskonto ein. Im Betrieb schrieb sie auf die Bankaufträge, auf den sogenannten Sammler, Summen auch über Forderungen, die nicht überwiesen werden sollten, weil das Außenhandelsunternehmen Beanstandungen hatte.

Dieser Sammler wurde, nachdem Rechnungen vorlagen, vom Generaldirektor und vom Hauptkassierer unterschrieben und kam an Frau Ilse zurück. Nun radierte sie die Firmennamen und das Konto aus – sie hatte schon vorher diese fraglichen Firmen und die beanstandeten Summen sehr schwach auf der Schreibmaschine getippt – und setzte ihren Namen und ihre Kontonummer dafür ein. Es waren keine Warenlieferungen, sondern Rechnungen über Werbung, Drucksachen, Messeausstattungen, die über ein allgemeines Kostenkonto liefen. Es begann mit einer Rechnung über 450,– M, es folgten Rechnungen über 170,– und 530,– M. So kamen für die Ausgestaltung der Jugendweihe noch 1150,– M auf betrügerische Weise dazu.

Da es so gutging, blieb sie bei dem Verfahren. Gab es keine zu beanstandenden Rechnungen, so nahm sie sich auch Duplikate von Rechnungen, die schon bezahlt waren, und praktizierte dasselbe.

In fast zwei Jahren ließ sie sich 7750,– M durch diesen Betrug und durch ihre Fälschungen auf ihr Konto überweisen. Wie das Geld verbraucht wurde, darüber konnte sie keine Auskunft geben. Der kleinen sechzehnjährigen Tochter Gabriele mußten nach Meinung der Mutter jede Woche zwei bis drei Paar Dederonstrümpfe gekauft werden.

Der Mann hat von dem großen Zuschuß, der in die Haushaltskasse floß, nie etwas bemerkt. Erst nach langer Zeit fiel dem Betrieb auf, daß einmal eine Überweisung an einen Lieferanten gebucht wurde, mit derselben Summe, die schon früher an ihn bezahlt worden war. Es wurde erst schriftlich bei diesem Lieferanten angefragt und dann noch einmal schriftlich bei der Notenbank, wohin denn diese Überweisung gegangen sei. So konnten Monate ins Land gehen, und Frau Ilse erschwindelte in dieser Zeit weitere Summen. Es dauerte fast zwei Jahre, ehe der Betrug entdeckt wurde.

Ihr Mann hält trotz ihrer schweren Verfehlung zu ihr. Er hat eingesehen, daß sein pedantisches Verhalten das Vertrauen in der Ehe zerstört hat. Ich will nicht behaupten, daß er dadurch mitschuldig geworden ist. Vor Gericht sagt er, daß er erst jetzt sieht, wie schwer es ist, richtig einzuteilen, und wie schwer es ihm ist, nun den Haushalt für drei Personen zu führen. Und in dieser Zeit der Prüfung hat er eingesehen, daß er sich nicht genug um seine Frau und den Haushalt gekümmert hat.

Es war keine gute Ehe, denn das Zusammenleben einer Familie ist nicht mit dem Abliefern des Kostgelds abgetan, so reichlich es auch sein mag. Das Geld muß richtig eingeteilt und geteilt werden, aber genauso wichtig ist es, daß die Sorgen auf beide Schultern gelegt werden. Das Schwierigste aber ist sicher die Erziehung der Kinder. Weil der Vater streng ist, darf die Mutter die Kinder nicht so verwöhnen, wie es Frau Ilse tat. Das Zusammenleben in der Ehe ist eine Kunst, sie muß täglich neu gelernt werden. Hoffen wir, daß nach den zwei Jahren Zuchthaus, die Frau Ilse wegen ihres maßlosen und raffinierten Leichtsinns absitzen muß, es beiden besser gelingt.

Wo sind deine Eltern?

„Wann sind Sie das letzte Mal mit Ihrer Frau und Ihren Kindern spazierengegangen?“ Die Frage des Vorsitzenden ist für Herrn Schulz völlig absurd – wir wollen den Angeklagten Herrn Schulz nennen, aber er heißt ganz anders. Die Frage ist für ihn so unverständlich, als hätte der Vorsitzende sie auf arabisch gestellt.

Dieser kleine Herr Schulz mit dem zarten, faltenreichen Gesicht einer alten Frau hat keinen Sinn für seine Familie. „Ich wollte ja keine Kinder haben“, sagte er klagend vor Gericht, und als er sie hatte, betrachtete er sie einfach als nicht vorhanden. Fast genauso geht er mit seiner Frau um; nicht ganz so, denn sonst weiß ich nicht, wie er zu den Kindern gekommen ist.

Er ist nicht gut, dieser Herr Schulz, ganz schlecht ist er auch nicht, er arbeitet als Hilfsarbeiter im graphischen Gewerbe, aber er trinkt; dreimal hat ihn schon der Amtsarzt in eine Trinkerheilanstalt eingewiesen. „Man hat dort nichts mit mir gemacht.“ So beklagt er sich noch vor Gericht, und er merkt nicht und er weiß es auch nicht, daß letztlich ihm nur ein einziger Mensch helfen kann: nur er und sein Wille.

Seine Frau kann es nicht. Sie ist mit ihm angeklagt, sie hat die gleiche blasse Gesichtsfarbe, ohne Kraft, ohne Saft, gebückt sitzt sie neben ihm. Sie ist wohl zwei Köpfe größer als er, sie ist viel jünger als der dreiundfünfzigjährige Trinker; sie hat ihn sicher nicht aus Liebe geheiratet. Denn an Herrn Schulz ist auch beim genauesten Hinsehen nichts Liebenswertes zu entdecken; vielleicht wollte sie, daß ihr außerehelicher Sohn einen Vater bekomme. Und er hat ihn bekommen, aber was für einen! Dieser Sohn ist ein schlimmerer Ankläger als der Herr Staatsanwalt, er ist Ankläger auch gegen seine Mutter.

Auch er hatte als Kind unter den widrigen Familienverhältnissen zu leiden. Er konnte nur in der Hilfsschule unterrichtet werden; heute, als Siebzehnjähriger, ist er ein gutaussehender, gepflegter junger Mann, der in seinem Beruf etwas leistet. Trotz seines schlechten Elternhauses, trotz seiner mangelhaften Schulerziehung, trotz seiner häuslichen Umgebung hat die Gesellschaft ihn zu einem tüchtigen und ordentlichen Menschen geformt. In seiner Kindheit hat er schlimme Sachen gemacht, er war genauso unerzogen wie heute seine vier kleinen Geschwister. Wegen Vernachlässigung dieser Kinder sind Herr und Frau Schulz angeklagt.

Der siebzehnjährige Sohn wollte seine Mutter veranlassen, sich von ihrem Mann – von Herrn Schulz, wie er immer sagt – zu trennen. Er hat sogar einmal eine Bandaufnahme gemacht von den widerwärtigen Fluch- und Schimpfworten des Herrn Schulz, als der Betrunkene nach Hause kam. Und vor Gericht legt er diese Bandaufnahme als Beweisstück vor. Er schont auch seine Mutter nicht. Er klagt sie an, die Geschwister vernachlässigt zu haben, offensichtlich sagt er vor Gericht so aus, weil er verärgert ist, daß sie sich nicht von Herrn Schulz getrennt hat, wie er es wollte, wie er es ihr geraten hatte.

Bei genauem Abwägen hat Frau Schulz sich gewiß mehr um die vier Kinder gekümmert als ihr Mann. Doch die beiden Schulpflichtigen, der Acht- und der Elfjährige, haben oft wochenlang die Schule geschwänzt. Herrn Schulz wußte davon nichts, er hat sich nie darum gekümmert. Er wußte auch nicht, ob und wann seine Kinder sitzengeblieben sind. Frau Schulz fand wohl nicht die Energie, pünktlich aufzustehen und die Kinder zur Schule zu bringen. Sie hat sie auch nie sauber gewaschen. Nicht einmal in den Tagen und Wochen, als sie selber nicht berufstätig war. Zweimal, im Winter, kam es vor, daß die beiden Schulpflichtigen nachts nicht in die Wohnung konnten, weil Frau Schulz stundenlang bei einer Nachbarin saß. Einmal mußte der Abschnittsbevollmächtigte der Volkspolizei, ein andermal der Hausvertrauensmann die Wohnung mit einem Nachschlüssel öffnen, um die Kinder in die Stube zu lassen.

In den kalten Räumen waren die Kinder nicht zu Bett gebracht worden.

„Sag mal“, fragte der Abschnittsbevollmächtigte den Kleineren, „wo sind deine Eltern?“

„Ich weiß es nicht“, sagte der Achtjährige, „ich glaube, sie sind saufen.“

Auch duldeten beide, Vater und Mutter, daß die Schulpflichtigen Roller, die ihnen nicht gehörten, von der Straße mitbrachten und in der Wohnung aufbewahrten. Sie stellten die Kinder nicht zur Rede, sie fragten nicht nach dem Woher, sie lieferten die wertvollen Spielzeuge nicht bei der Polizei ab. Ja, selbst zur Gerichtsverhandlung erschien Frau Schulz unpünktlich.

Der Elfjährige muß trotz seiner normalen Begabung eine Sonderschule besuchen. Er ist heute noch nicht in der Lage, seinen Namen zu schreiben, weil er durch die häusliche Misere in der Schule nicht mitgekommen war, weil er monatelang ihr ferngeblieben ist. Der Junge getraute sich nicht, zum Turnen zu gehen, weil er kein sauberes Unterzeug anhatte, so erzählte die Lehrerin.

Frau Schulz hat die Kinder meist sogar ohne Brote zur Schule geschickt. Neidisch mußten sie in der Pause auf die anderen sehen, bis die Lehrerin dafür sorgte, daß die beiden verpflegt wurden.

Frau Schulz behauptete, sie habe von ihrem Mann nicht genug Geld bekommen. Zweifellos war es für sie sehr kritisch, in der Zeit, als er zu einer Entziehungskur war. Aber auch dann, wenn genug Geld im Hause war und wenn Frau Schulz mitarbeitete, wie sie es in der letzten Zeit tat, war oft kein Geld vorhanden. Frau Schulz konnte und kann mit Geld nicht wirtschaften. In der Gegend war auch bekannt, daß die beiden Jungens, der Acht- und der Elfjährige, sich Lebensmittel in den Selbstbedienungsläden stahlen.

„Es muß uns einer angeschwärzt haben“, das war die Meinung des Herrn Schulz zur Anklage. Es war der Ersatz für ein Schuldbekenntnis. Zu lange ließ man dem Ehepaar das Sorgerecht für die vier Kinder. Die Zustände, das Saufen des Vaters, das Schwänzen des Unterrichts, die Vernachlässigung in der Pflege waren schon lange bekannt. Erschwert wurden allerdings die Maßnahmen, das soll auch um der Gerechtigkeit willen mitgeteilt werden, daß die Familie sehr häufig die Wohnungen wechselte und immer ein anderer Bezirk und immer ein anderer Jugendfürsorger für die Kinder verantwortlich war. Heute sind die vier Kinder in Heimen untergebracht. Und das Elternpaar, das so wenig für die eigenen Kinder getan hat, steht vor Gericht wegen Vernachlässigung der Aufsichts- und der Fürsorgepflicht.

Herr Schulz hat ein Jahr und drei Monate, Frau Schulz hat ein Jahr Gefängnis dafür bekommen, jeweils bedingt mit einer Bewährungsfrist von drei Jahren.

Aber damit ist das Problem dieser Ehe nicht gelöst. Wir haben kein Patentmittel, ihnen zu helfen. Ist Herrn Schulz überhaupt zu helfen? Sein Betrieb will ihn nicht aufgeben, im großen und ganzen leistet er, wenn er nüchtern ist, ordentliche Arbeit. Frau Schulz könnte es bestimmt schaffen, aber in ihr müßte die Lebensfreude geweckt werden. Vielleicht wäre ihr zu raten, doch die Ehe, die nie eine Liebesehe war, jetzt auch aus Vernunftsgründen zu lösen. Hier wäre eine Scheidung im Interesse der Kinder vielleicht das Gegebene, aber das kann einzig und allein nur Frau Schulz entscheiden.

Da oder wenn

War es ein grammatikalisches, ein juristisches Problem oder eine Frage der Betonung, was hier vor dem Kreisarbeitsgericht in Halle behandelt wurde? Es war mehr. Es war ein Problem der Menschenführung und der Menschenbehandlung.

Der Kläger ist ein großer, hagerer Herr von zweiundsiebzig Jahren. Präzis, agil, redegewandt, vielleicht etwas eigenwillig. Vielleicht sogar halsstarrig. Er klagt gegen den HO-Kreisbetrieb Gaststätten um Bezahlung von drei Arbeitstagen, von drei Tagen, an denen er der Arbeit ferngeblieben war.

Der Herr hatte einmal, noch unter Kaiser Wilhelm, die Verwaltungsakademie besucht, er hat juristische Kollegs belegt, er kennt sich aus mit den Gesetzen, Verordnungen und ihrer Anwendung. Heute bezieht er seine Rente, aber er hat sich nicht in seinem hohen Alter zur Ruhe gesetzt. Und schon deshalb gehört ihm unsere ganze Verehrung. Er hatte schon seit Jahren mit dem HO-Gaststättenbetrieb einen Arbeitsvertrag abgeschlossen, als Nachtportier.

Ja, man ist mit dem alten, korrekten Herrn sehr zufrieden, und einige Jahre später erhöht man ihm seine Bezüge und teilt ihm in einem Schreiben mit, daß er neben seiner Tätigkeit als Nachtportier auch als stellvertretender Geschäftsführer in den Hotelbetrieben eingestellt sei. Auf eigenen Wunsch wurde der alte Herr später nur als Nachtportier beschäftigt.

Die Ergänzung zu dem ursprünglichen Arbeitsvertrag ist – genaugenommen – die Quelle des Ärgernisses, denn der Arbeitsvertrag stimmte nicht mehr. Er hat wohl die Führung des Hoteljournals übernommen und macht das mit größter Gewissenhaftigkeit, aber niemand betrachtete ihn als stellvertretenden Geschäftsführer, wahrscheinlich hatte man ihm diesen Brief nur geschrieben, um ihn in eine höhere Gehaltsstufe einzuordnen.

Es muß leider vermutet werden, daß der HO-Gaststättenbetrieb den alten Herrn in vielen Hotels beschäftigt hatte. Zweimal war er Portier in der „Grünen Tanne“, einmal im „Halloren-Café“ und einmal im Betrieb „Einheit“, auch wurde er in der Verwaltung tätig. Der alte Herr machte das bereitwilligst, aber eines Tages sagte man ihm, er müsse jetzt Portier in einem anderen Hotel sein. Dort, wo er schon einmal war. Und der alte Herr weigerte sich. „Nein“, sagte er, er gehe da nicht hin.

Vor dem Arbeitsgericht führte er aus, hier habe ihn einmal eine Beschließerin aufgefordert, Kohlen aus dem Keller zu holen, und das brauche er doch nicht als stellvertretender Geschäftsführer zu tun.

Dieser alte Herr wird nun zur Direktion des HO-Kreisbetriebes Gaststätten bestellt, und der Direktor sagt ihm einen umstrittenen Satz; der lautet in der Version des Direktors und zweier, allerdings nicht unbeeinflußter Zeugen:

„Wenn Sie sich beharrlich weigern, muß ich Sie fristlos entlassen.“

Der alte Herr glaubt, der Direktor habe gesagt: „Da Sie sich beharrlich weigern, *muß* ich Sie fristlos entlassen.“ Er glaubte, so sagt er vor Gericht, er sei nun fristlos entlassen, und blieb drei Tage der Arbeit fern. Inzwischen hat sich alles wieder eingerenkt, der alte Herr ist wieder bei dem HO-Kreisbetrieb Gaststätten beschäftigt, also der Fall ist nicht besonders schwerwiegend. Aber der alte Herr klagt auf Zahlung von drei Tagen, er behauptet, er sei vom Direktor ohne zwingenden Grund fristlos entlassen worden.

Der Direktor wendet ein, das sei keine fristlose Entlassung gewesen, nur eine Drohung. Mit Recht sagt er, rechtsgültig sei eine fristlose Entlassung, wenn sie schriftlich dem anderen zugestellt sei und die Zustimmung der BGL nachträglich eingeholt wurde. Das habe der Kläger auch sehr genau gewußt als alter Verwaltungsfachmann und Kenner des neuen Gesetzes der Arbeit.

Bei gerechtem Nachdenken ist der umstrittene Satz des Direktors zweideutig selbst in der Form, die von ihm und den Zeugen bestätigt wurde. Man kann ihn als Drohung auffassen, man kann ihn als ausgesprochene Kündigung verstehen. Es kommt hierbei auf die Betonung an. Klar wäre gewesen, er hätte gesagt, dann werde ich Sie fristlos entlassen müssen.

Das Arbeitsgericht mußte sich in seinem Entscheid an die Bestimmungen halten. Eine unmißverständliche fristlose Kündigung war nicht ausgesprochen, der Kläger hatte kein Recht und keinen Grund, der Arbeit fernzubleiben, es mußte also seine Klage abgewiesen werden.

Aber der Kreisbetrieb der HO soll sich nicht allzusehr über diesen Sieg freuen, denn das Kreisarbeitsgericht in Halle mußte ihn heftig kritisieren. Er hatte nicht, wie es das Gesetz der Arbeit zwingend vorschreibt, mit dem alten Herrn einen Arbeitsvertrag abgeschlossen, der ganz genau Arbeitsbereich und Pflichten umschreibt.

Wäre er wirklich stellvertretender Gaststättenleiter gewesen, dann hätte er besondere Pflichten und Rechte, er wäre der Gaststättenleiter in dem Fall, wenn sein Vorgesetzter nicht anwesend war. Dann hätte er das Hausrecht in dem Hotel gehabt, er hätte anderen Angestellten Weisungen geben können, auch die, Kohlen aus dem Keller zu holen.

Auch der häufige Wechsel von einem Betrieb zum anderen, ohne auf das Alter, die Fähigkeiten und den Willen eines Angestellten zu achten, steht nicht mit den Bestimmungen des Gesetzes der Arbeit in Übereinstimmung.

Natürlich kann es in einem HO-Kreisbetrieb des Gaststättengewerbes vorkommen, daß ein Kollege in einem anderen Betrieb aushelfen muß, das weiß jeder, und keiner wird sich dagegen wehren, aber einem zweiundsiebzigjährigen Kollegen muß man einen festen und zuverlässigen Arbeitsplatz geben. Wenn man ihn bittet, und hier muß man das Bitten groß schreiben, einmal in einem anderen Betrieb auszuhelfen, dann muß das auf eine andere Art geschehen, als es bisher in Halle üblich war.

Uwe mit den roten Haaren

Er ist ein Fahrender, ein Zugschaffner, sie ist Tochter und Enkelin von Fahrenden, von Schaustellern, im Wohnwagen geboren und aufgewachsen, und dennoch geht alles in dieser Ehe und einiges in diesem Verfahren quer – in Querfurt vor dem Kreisgericht.

Er ist wegen einer schweren Körperverletzung angeklagt, verübt an einer jungen Frau. Er, der so nett aussehende große, schlanke junge Mann mit dem hellen Blick, dem sauber gescheitelten blonden Haar. Erstaunlich ist nur, daß seine Redeweise nicht so glatt ist wie sein Äußeres. Die Sätze kommen langsam aus seinem Mund, er ist nicht in der Lage, sein Leben und seine bisherigen Arbeitsplätze vom vierzehnten bis zu seinem jetzigen zwanzigsten Lebensjahr in der richtigen Reihenfolge zu schildern.

Vor der Volkspolizei hat er etwas anderes erzählt, nicht aus Böswilligkeit, sondern wegen seines schwachen Gedächtnisses. Und eine Akte, die dem Gericht vorliegt, gibt die Reihenfolge seiner Arbeitsplätze noch anders wieder.

Ja, als Jugendlicher hat er einmal vor Gericht gestanden, auch wegen einer Körperverletzung. Als Strafe ist die Sache gelöscht und darf nicht mehr gezählt und gerechnet werden. Vor Gericht hier erzählt er, er sei aus der sechsten Klasse entlassen, ein pädagogischer Bericht dort aber spricht davon, daß er nur die fünfte Klasse erreicht hat.

Er weiß, daß sein Zurückbleiben in der Schule die Folge zweier Gehirnerschütterungen war. Außerdem sei er als Abc-Schütze einmal ein dreiviertel Jahr im Krankenhaus gewesen.

Er weiß aber nicht, was damals seine Krankheit war. Nach seiner Schulentlassung wollte er Traktorist werden. Sein Vater und seine Mutter, eine sehr geachtete Arbeiterfamilie, schlossen einen Lehrvertrag mit einer Maschinen-Traktoren-Station ab. Aber leider hörte er nach eineinhalb Jahren auf, weil er in der Berufsschule mit der theoretischen Ausbildung nicht Schritt halten konnte.

Und nun geht es bei ihm ein bißchen durcheinander. Im Sommer arbeitet er meist bei Schaustellern; im Winter kommt er nach Hause, arbeitet in Sägewerken, oft als Lagerarbeiter oder als Beifahrer.

Bei einem alten Schaustellerehepaar, Besitzer einer Los- und einer Schießbude, findet er sein Mädchen, die Enkelin der alten Leute. Sie ist ein herbes, kleines, schlankes Ding, breite Backenknochen, ein großer liebenswerter Mund und verschleierte schwarze Augen, vielleicht nicht ganz das, was man ein adrettes, blitzsauberes Mädchen nennt, aber mit dem Hauch der Romantik umwittert, die den Fahrenden anhaftet und den einsamen Alleingänger, den Zurückgebliebenen, den Zurückgesetzten anzieht, den äußerlich so tadellos liebenswürdigen Jungen.

Früh kommt ein Knäblein, Uwe mit den feuerroten Haaren, und der Vater, der Einzelgänger, wundert sich, woher der Kleine wohl diese Haare hat. Die Großeltern und auch seine kleine Geliebte versuchen, ihm das zu erklären. Der Vater seiner, sagen wir es, seiner Frau, auch ein Schausteller, in West-Berlin lebend, habe die gleiche Haarfarbe.

Doch der Zweifel nagt tief in ihm und hat sich eingefressen. Er heiratet wohl die Freundin später, aber sie ziehen noch nicht zusammen. Er nimmt endlich eine feste Stellung bei der Reichsbahn an, sie bleibt bei den Großeltern im Wohnwagen und hilft ihnen. Im Dezember 1961, als schon ein zweites Kindlein auf die Welt kommen wollte, bekommen sie eine Wohnung in Querfurt und wohnen nun endlich beisammen.

Die Reichsbahn ist mit dem jungen Mann im großen und ganzen zufrieden. Er besteht sogar die Prüfung als Schaffner.

Das Zusammenleben der beiden aber ist schwierig. Er raucht viel, er gibt wenig Geld von seinem Verdienst ab, und die junge Frau fährt oft zu den Großeltern, einmal, um den alten Leuten bei ihren Geschäften zu helfen, und dann auch, um selber etwas dazuzuverdienen.

Er findet, daß sie seine Ruhe, sein Essen, seine Wohnung, seine Wäsche, ja seine Persönlichkeit vernachlässigt. Mir scheint es, daß beide noch nicht reif für eine Ehe sind. Es kommt oft, sehr oft zu Streitigkeiten, und in ihm ist immer noch der Zweifel, ob der kleine Uwe mit seinen feuerroten Haaren wirklich diese vom Vater seiner Frau habe; das Kind liebt er nicht.

Sie waren an einem Tag im April zusammen zu den Großeltern gefahren. Er mußte von dort dienstlich nach Leipzig, und sie blieb verabredungsgemäß einen Tag länger bei den Großeltern. Als er nun abends zurück in die Wohnung kam, meinte er, die Wohnung sei nicht aufgeräumt, und er ärgerte sich, daß seine Frau sich schon um dreiundzwanzig Uhr ins Bett gelegt hatte und schlief.

Sein schwaches Gedächtnis war durch den Genuß von sechs bis acht Bieren getrübt, er war wütend, er wußte selber nicht recht, weswegen. Wahrscheinlich, weil die Welt, die Frau, die Ehe, der Hausstand und die Haarfarbe seines Söhnleins sich nicht nach seinen Wunschträumen richtete. Er weckte die Frau, würgte sie, schlug sie, ohne daß irgendein Anlaß vorlag. Er warf den kleinen Uwe auf sie und auch das vier Monate alte Knäblein. Schließlich griff er noch die Nachttischlampe und den Wecker, und alles warf er auf Frau und Kinder.

Die Frau sprang auf, wollte sich und die Kinder retten, er holte ein Brotmesser aus der Küche, stach einmal auf die Frau ein, in die Seite. Sie lief mit ihren Kindern zu Nachbarn, er kam hinterher. Der Nachbar sprach vernünftig mit ihm, und er antwortete auch vernünftig. Er sah schon hier ein, daß er falsch gehandelt hatte, schlug aber, als seine Frau hinzukam, wieder auf sie ein.

Die Verletzung der Frau war nicht allzu schwerwiegend, und die beiden versöhnten sich. Als er aber nach dieser Tat noch einmal auf sie einschlug, verließ die junge Frau ihn mit ihren zwei Kindern und reichte die Ehescheidung ein.

Sieben Monate Gefängnis unbedingt zu verbüßen, war der Antrag des Staatsanwaltes und war das Urteil des Gerichts. Der Staatsanwalt veranlaßte den jungen Mann, seiner Frau den Wohnungsschlüssel zu übergeben. Daß er an der Zerrüttung der Ehe die Hauptschuld trug, das war allen klar und deutlich.

Nicht so klar war für mich, ob der junge Ehemann zum Zeitpunkt der Tat Herr seines eigenen Willens war. Er hatte drei schwere Kinderkrankheiten durchgemacht. Zweimal Gehirnerschütterung, er ist nur bis zur fünften Klasse gekommen, seine Erinnerung hat ernste Lücken. Er kann im Berufsleben seinen Mann stehen, er kann auch auf Fragen einigermaßen klar antworten.

Was aber geschieht mit ihm, wenn ihn etwas aus der Bahn reißt, wenn er glaubt, sich erregen zu müssen? Über seinen Verstand in einem solchen Zustand könnte nur ein Psychiater nach einer sehr eingehenden Untersuchung etwas sagen, und er könnte auch dem Gericht mitteilen, wie man den jungen Mann vor solchen schlimmen, unüberlegten Taten bewahren kann. Es könnte auch ihm zum Vorteil gereichen und vielleicht auch seiner zukünftigen Familie.

Nach einem Beschluß des Staatsrates sollen die Gerichte in Zukunft die kleinen, einfachen Fälle an die Konfliktkommissionen der Betriebe abgeben. Richter und Staatsanwälte haben dann mehr Zeit, die Ursachen derart schwerer Vergehen aufzuhellen.

Wenn irgendwo Überlegungen angestellt werden, man könne einen Psychiater in einem so schwierigen Fall einsparen, dann ist das ein Gedanke, den wir uns nicht leisten dürfen. Sparsamkeit hier ist eine viel zu teure Sache.

Umwege des Rechts

Freispruch wegen erwiesener Unschuld ist immer ein Festtag nicht nur für den Angeklagten; er ist ein Festtag des Rechts, das sich durchgesetzt hat, wenn auch mit Schwierigkeiten, mit Opfern, mit Qualen und, wie in diesem Falle, einzig und allein durch die Hartnäckigkeit eines Rechtsanwaltes.

Ein junger Motorradfahrer, nennen wir ihn Ernst, hatte am 19. Mai 1961 gegen 21 Uhr eine alte Frau angefahren und so schwer verletzt, daß sie nach kurzer Zeit verstarb. Natürlich ist, daß ein jeder diesem jungen Mann die Schuld gibt. Ist ein Kraftfahrer in einen so folgenschweren Unfall verwickelt, dann liegt immer der Verdacht nahe, daß er Bestimmungen der Straßenverkehrsordnung übertreten hat. Daß er vor allem gegen den § 1 verstoßen hat, er hat nicht Vorsicht und gegenseitige Rücksichtnahme geübt.

Bei Ernst ist außerdem zu bedenken, daß er erst seit April 1960 die Fahrerlaubnis hat, daß man sie ihm im Mai 1960 für anderthalb Monate entzog, weil er zugelassen hatte, daß drei Personen auf seinem Motorrad fuhren. Auch nach Auskunft der örtlichen Volkspolizei sei er als schneller Motorradfahrer bekannt. Ernst trug ebenfalls sehr schwere Verletzungen davon. Einen Schädelbruch, Rippenbrüche, einen Nasenbeinbruch, mehrere Wochen mußte er ins Krankenhaus, er hat seinen Geruchssinn verloren.

Folgende Darstellung gab Ernst über das Unfallgeschehen: Auf der Fahrt zu seiner Arbeitsstelle näherte er sich dem Ortsschild Petershagen (Kreis Strausberg). Die Straße hat dort eine leichte, aber übersichtliche Krümmung nach links. Auf der

Landstraße sei er bis zu 80 Kilometer gefahren, und in der Dunkelheit hatte er das Vollicht eingeschaltet. Er hatte aber, da er ständig dieselbe Strecke fahre, wegen der Nähe des Ortseingangs seine Geschwindigkeit auf 50 bis 55 Kilometer ermäßigt.

Er befand sich auf der Mitte der Straße, plötzlich, er schätze acht Meter vor ihm, sei eine ältere Frau von einem kleinen Fußweg her, von dem er bisher keine Kenntnis hatte und der auch nicht angekündigt war, sehr schnell über die Straße gelaufen. Er habe nicht mehr bremsen können, dazu sei seine Geschwindigkeit zu hoch und der Abstand zu klein gewesen, er sei aber so weit wie möglich in einem Bogen nach links um die Frau herumgefahren, aber es habe nichts genützt, die Frau sei ihm in das Motorrad hineingelaufen und wurde von der Lenkstange erfaßt. Vorher habe er die Frau nicht bemerkt, da der Fußweg durch Bäume und Sträucher verdeckt war. Unmittelbare Zeugen des Unfalls gab es nicht.

Im ersten Verfahren vor dem Kreisgericht Strausberg am 27. Juli 1961 trat der in dieser Sache ermittelnde Volkspolizist als Zeuge auf. Er will deutliche Bremsspuren auf dem trockenen Asphalt festgestellt haben, und er schloß daraus, daß Ernst eine höhere Geschwindigkeit als 50 bis 55 Kilometer gefahren sei. Dieser Zeuge behauptete auch, die Spur sei durch das Bremsen der Maschine heiß geworden und bei seinem Eintreffen noch warm gewesen. Durch die Wärme habe sich die Asphaltdecke erweicht und teigartig zusammengeschoben.

Der Volkspolizist hielt auch das Fahren auf der linken Seite und das Schneiden der Kurve für erwiesen.

Er behauptete, dadurch habe die laufende Frau nicht das Licht des Motorrades bemerken können.

Tatsächlich ist ja der Zusammenstoß – und das ist unbestritten – auf der linken Seite der Fahrbahn erfolgt.

Der Rechtsanwalt bezweifelte diese Angaben. Später konnte er durch eine Rückfrage bei der Wetterdienststelle in

Potsdam erfahren, daß die Temperatur an diesem Abend um 19 Uhr 11,6 Grad betrug. Er hielt dieses teigartige Zusammenschieben des Asphalts für unmöglich.

Das Kreisgericht fußte auf der Aussage des Volkspolizisten. Es nahm an, der Motorradfahrer habe mit großer Geschwindigkeit die leicht gekrümmte Straße geschnitten und sei ohne Grund auf die linke Seite der Straße geraten. Es behauptete auch, die Bremsspur betrug elf Meter und verurteilte Ernst wegen fahrlässiger Tötung und Verstoßes gegen die Straßenverkehrsordnung zu einem Jahr und zwei Monaten Gefängnis, ausgesetzt auf zwei Jahre zur Bewährung. Es stellte aber auch fest, daß die alte Dame sich verkehrswidrig verhalten hatte und daß sie auch mitschuldig am Unfall war. Der Staatsanwalt hatte ein Jahr und sechs Monate beantragt.

Rechtsanwalt Dzida legte Berufung beim Bezirksgericht in Frankfurt/Oder ein. Merkwürdigerweise hatten Volkspolizisten kein rechtes Vertrauen zu dem höheren Gericht. In unzulässiger Weise machten sie Ernst Vorhaltungen über das Einlegen der Berufung. Das aber ist ein unveräußerliches Recht jedes Angeklagten, und das Ministerium des Innern hat die Kollegen vom Kreispolizeiamt in Strausberg ernsthaft gerügt.

Der Rechtsanwalt wies in der Berufungsverhandlung darauf hin, daß eine Geschwindigkeit von 50 bis 55 Kilometer noch vor dem Ortseingangsschild nicht als überhöht bezeichnet werden kann. Wenn man 50 Kilometer annimmt, so legt ein Motorrad 13,9 Meter in einer Sekunde zurück, und wenn der Fahrer Ernst also in acht, zehn oder fünfzehn Meter Entfernung die Frau auf der Straße bemerkt habe, konnte er gar nicht mehr rechtzeitig sein Fahrzeug zum Halten bringen.

Bei sehr schnell reagierenden Menschen beträgt der Bremsweg 32, bei normal reagierenden Menschen 46 Meter in der Sekunde. Das Berufungsgericht hatte ernste Zweifel über die Wahrnehmungen des Volkspolizisten, hob das Urteil auf und verwies das Verfahren zur nochmaligen Ermittlung an die Staatsanwaltschaft in Strausberg.

Rechtzeitig machte der Rechtsanwalt das Kreisgericht in Strausberg darauf aufmerksam, den Termin nicht in der Zeit von Weihnachten bis zum 10. Januar anzusetzen, da er sich auf Urlaub befände. Aber wie verhext, jetzt gerade hatte das Kreisgericht in Strausberg es sehr eilig und wählte just den 27. Dezember 1961. Rechtsanwalt Dzida bat am 18. Dezember noch einmal, den Termin zu verlegen. Aber das ging nun anscheinend nicht mehr. Doch es ging, aber das erst, nachdem die Justizverwaltungsstelle in Frankfurt/Oder sich auf Drängen des Rechtsanwaltes eingeschaltet hatte.

Auf eine Anfrage des Rechtsanwalts wurde ihm mitgeteilt, der Angeklagte sei nicht mehr auffindbar und das Verfahren sei eingestellt worden.

Der Angeklagte war verzogen, er war von seinem Betrieb zum Studium delegiert worden; er hatte sich ordnungsgemäß bei der zuständigen Volkspolizei ab- und bei seinem neuen Wohnsitz angemeldet.

Erst nachdem der Rechtsanwalt dem Gericht noch einmal die neue Anschrift des jungen Mannes mitgeteilt hatte, wurde nun am 6. Juni 1962 erneut verhandelt. Ein neuer kompetenter Sachverständiger für Verkehrsfragen war auf Weisung des Bezirksgerichts geladen. Dieser, auch Angehöriger der Volkspolizei, war der Meinung, den Angeklagten träfe keine Schuld an dem tragischen Unfall. Die Feststellungen seines Kollegen in Strausberg zog er in Zweifel. Er räumte eines allerdings ein, ein sehr routinierter Kraftfahrer sei bei derselben Verkehrsituation auf die laufende Frau direkt zugefahren, um ihr die Flucht nach vorn zu ermöglichen, aber das berge natürlich auch ein großes Risiko in sich, wenn die Frau dann plötzlich stehen bliebe. Er konnte keinen Verstoß gegen die Straßenverkehrsordnung feststellen und somit auch kein ursächliches Verschulden an dem Tod der alten Frau. Das Gericht sprach den Motorradfahrer Ernst frei.

Der empfindsame Schläger

Zehn Jahre hat er unter Tage gearbeitet, und diese schwere Arbeit hat den Mann geformt. Er ist achtunddreißig Jahre alt, sehnig und muskulös, seine Sprache ist bedächtig, westfälisch, solide, sein Handeln ist leider nicht immer so.

Seit 1956 lebt er bei uns. Er ist dem Bergbau treu geblieben, aber im Tagebau ist er tätig, im Geiseltal. 1959 – und das ist eine Sache, über die Otto nicht gerne spricht – ist er verurteilt worden wegen eines Paßvergehens; vielleicht waren es Familienzwistigkeiten, Otto will nichts mehr davon wissen, und diese Geschichte ärgert ihn heute noch.

Nach seiner Strafverbüßung glaubte er, das wäre nun erledigt, und für den Staat war es auch abgetan. Man nahm ihn, den tüchtigen Arbeiter, gern wieder in seinem alten Betrieb auf. Die Kollegen wählten ihn bald zu ihrem Brigadier; zweimal wurde seine Brigade als die Beste der Abteilung und als Zweitbeste im ganzen Kombinat prämiiert. Sie kämpfte um den Titel Sozialistische Brigade. Otto ist auch Mitglied der Abteilungs-Gewerkschaftsleitung, er ist verantwortlich für Wettbewerbsfragen, er gehört dem Vorstand der Gesellschaft für Deutsch-Sowjetische Freundschaft an.

Trotz seiner harten Arbeit, trotz seines scharfgeschnittenen Gesichtes und seiner kühnen Nase ist er empfindsam. Das Gleichgewicht seiner Seele wird durch die kleinste Belastung gestört, das Zünglein seiner Seelenwaage schlägt nach der einen und der anderen Seite heftig aus. Überall glaubt er es wispern zu hören: „Der hat einmal gesessen.“ Und er weiß vor Gericht zu berichten, daß einmal zwei Bergleute in seiner Gegenwart laut sagten: „Siehst du, hier braucht man nur einmal gesessen zu haben, und dann wird man etwas."

Im Grunde ist diese Bemerkung sehr positiv für unsere Ordnung und auch für Otto. Die Strafe soll nach der Verbüßung abgetan sein, und dann sollen nur der Mann und die Leistung zählen. Aber Otto wurmt die Strafe sehr, ich glaube, ihn quält am meisten sein eigenes Verhalten. Drüben im Ruhrgebiet hat er zu den fortschrittlichen Arbeitern gehört, und nun hat er einmal in einem unbedachten Augenblick versucht, den Staat, zu dem er sich mit vollem Herzen bekennt, illegal zu verlassen. Die Tat paßt nicht zu dem Mann; die Strafe ist abgesessen, und Otto möchte auch die Sache aus seinem Leben ausradiert haben. Aber das geht nicht, nur die Zeit läßt die Tinte im Buch des Lebens verblassen.

Es war ein heißer Tag gewesen, und Otto hatte viel Staub von der Abraumkippe schlucken müssen. Nach der Arbeit saß er in der HO-Gaststätte und trank Bier – ein bißchen zuviel, er weiß nicht, ob es zehn, zwölf oder fünfzehn Glas waren. Und an diesem Nachmittag gegen 17 Uhr kam ein Tanzzirkel in die Gaststätte, Mädchen und Jungen und ein schmächtiger Tanzlehrer. Aber es war eng und ziemlich laut, die Jugendlichen hatten keinen Platz, man konnte nicht beginnen.

In der Vorstellungswelt Ottos schien es, als ob ein gewisser Kollege August die Jugend am meisten störe. Und nun begann Otto, dessen Sinn sicherlich schon leicht getrübt war, für Ruhe zu sorgen und mit ziemlichem Stimmaufwand den Kollegen August um Rücksicht zu ersuchen. August ließ sich aber von Otto nicht schurigeln: „Ausgerechnet du", so ungefähr soll er gesagt haben, „der du schon mal im Gefängnis gesessen hast, willst hier für Ordnung sorgen." Otto war sehr erregt, er wollte ihn angreifen, ein Kellner kam und trennte die beiden Streitenden.

Kurz darauf gingen zwei Brüder, die mit August an dem gleichen Tisch gesessen hatten, an Ottos Tisch vorbei, auf einem Weg, der bei reichlichem Biergenuß immer notwendig ist. „Sicherlich haben sie an dem Tisch über mich gesprochen", quälte es ihn, und als er glaubte, daß der eine – ein Elektriker seines Betriebes – ihn ziemlich spöttisch angesehen habe, da warf Otto ihm auf dem Rückweg zu seinem Tisch ein Glas Bier nach. Und ein zweites Bierglas schlug er ihm auf den Hinterkopf. Es war der Hinterkopf des jungen Mannes, der nie Streit mit Otto gehabt hatte, der ihn auch nur vom Sehen kannte. Der junge Mann fiel zu Boden.

Bei der nun entstehenden Keilerei bekam Otto auch seinen Teil ab. Aber damit war die Angelegenheit nicht abgetan; jetzt mußte er sich als Angeklagter vor dem Kreisgericht Merseburg verantworten. Den Schaden muß Otto selbstverständlich bezahlen; sechs Tage war der junge Mann arbeitsunfähig, und er klagt die zehn Prozent, um die in dieser Zeit sein Verdienst geschmälert war, mit ein. Eine Wolljacke ist blutig geworden und muß ersetzt werden. Ein Schmerzensgeld von 25,– M hält das Gericht für angemessen und Otto erkennt das auch an. Außerdem maß das Gericht Otto eine Gefängnisstrafe von sechs Monaten, ausgesetzt auf zwei Jahre, zu.

Seine Brigade aber stimmte ungefähr mit acht zu zwei Stimmen dafür, daß er weiter Brigadier bleiben soll. Nur möge man ihm im Betrieb nicht diesen „Wochenpost"-Artikel immer wieder vorhalten. Ich glaube, daß die Brigade und die Kollegen Ottos schon alle sozialistisch arbeiten, dazu haben sie sich verpflichtet, aber sozialistisch denken und handeln ist weit schwieriger, dazu gehört Takt, auch einem so harten Bergmann gegenüber, und dieser, unser Bergmann Otto, der Empfindsame, müßte sich eine seelische Hornhaut zulegen, wie er sie an den Händen hat. Denn Hornhaut schützt vor der Härte der Arbeit und der Umwelt.

Was verderblich ist

In dem Laden hängen acht Urkunden, „Beste Verkaufsstelle im ganzen Bezirk“, Anerkennung für gute Umsatzerfüllung des ganzen Verkaufskollektivs – und die Verkaufsstellenleiterin Frau Greta ist angeklagt, sich gegen die Wirtschaftsstrafverordnung vergangen zu haben.

Es wurde Gericht gehalten nicht nur über Frau Greta, es wurden kritisch die Umstände betrachtet, die zu der Schuld geführt haben; eine Schuld von Frau Greta wurde festgestellt, und sie wog nicht leicht.

Aber viele, viele Dinge haben zu ihrem Versagen beigetragen, und davon soll hier nichts verschwiegen werden.

Frau Greta ist eine liebenswürdige Frau von vierzig Jahren, kluge Augen blitzen unter ihrer Brille hervor, sie scheint energischer, als sie ist, sie weiß ihre Worte wohl zu setzen, sieht ihr falsches Handeln ein und kann sich ihrer Haut wehren. Von einer gewandten Anwältin wird sie verteidigt.

Ihr Mann hat sie böswillig verlassen, und nun muß sie allein für ihre drei Kinder sorgen. Ihr Scheidungsprozeß soll, nach den Worten der Rechtsanwältin, ein Skandal gewesen sein; er war in Stendal anhängig. Dreizehn Termine waren anberaumt, jedesmal mußte Frau Greta mit ihrer Rechtsanwältin dort hin. Welche Kosten, welche Mühe, welche Nerven das verbraucht hat.

Heute zahlt der Mann für seine Kinder einen Unterhalt von je 27,50 M. Er hat inzwischen fünf weitere Sprößlinge mit anderen Frauen. Die Frau hat es in ihrer privaten Sphäre nicht leicht. Ich glaube, ihre Energie, ihre Widerstandskraft sind durch die Sorgen etwas mürbe geworden.

Seit 1954 ist sie erfolgreich in der HO Eisleben tätig gewesen, fast immer als Verkaufsstellenleiterin. Nur in der letzten Verkaufsstelle gab es sehr, sehr ernste Schwierigkeiten. Frau Greta sagt hierzu: „In dieser neuen Verkaufsstelle gab es einen Fleischwarenstand, und von Fleischwaren verstehe ich nichts. Ich habe immer von der HO-Leitung einen Fachverkäufer angefordert, aber man schickte mir nur ungelernte Verkaufskräfte. Nur einmal hat ein gelernter Fleischer eine junge Verkäuferin vier Stunden lang angeleitet. Das war alles."

Liegt also die Hauptschuld hier? Nein, ich glaube nicht. In der Verkaufsstelle sind Dinge vorgekommen, über die jede Hausfrau den Kopf schütteln wird. Einer gelernten Verkäuferin der Lebensmittelbranche dürfte das nicht passieren, auch dann nicht, wenn sie nicht speziell die Fleischerei erlernt hat. Im Kühlraum wurde oft verdorbenes Fleisch neben frischem aufbewahrt. Keine Hausfrau würde so etwas bei sich dulden. Dann wurde das Fleisch, wenn es ganz schlecht war, einfach weggeworfen in einen Graben außerhalb der Stadt.

Ich habe die Vermutung, daß man damals immer sehr reichlich Fleisch bestellte, um den Umsatzplan zu erfüllen, überzuerfüllen, ohne Rücksicht auf Verluste.

Besonders schlimm aber war, daß über das verdorbene Fleisch nie ein Protokoll angefertigt wurde, dann hätte es auch vorschriftsmäßig vernichtet werden können. Aber die HO sollte von diesem Fleisch keine Kenntnis haben. Warum aber warf eine so erfahrene Verkaufsstellenleiterin das verdorbene Fleisch heimlich in der Nacht in den Abfallgraben?

Als Frau Greta einmal länger abwesend war, wurde die Filiale von einer Kollegin geführt, und bei ihr waren Verderbprotokolle in Höhe von 470,– M angefertigt worden. Bei der Übernahme sagte ein Mitglied der HO-Geschäftsleitung zu Frau Greta:

„Wenn es bei Ihnen auch zu solchen Protokollen kommt, dann geht das an die Staatsanwaltschaft."

Es ist kein Wort darüber zu verlieren, wie verderblich eine solche Drohung ist. Es ist immer leichter, mit dem Staatsanwalt zu drohen, als den Ursachen von Mißständen nachzugehen und sie zu beseitigen.

Außer Fleisch wurden auch noch andere unverkäufliche Lebensmittel einfach weggeworfen. Einmal wurde ein Faß Sauerkraut geliefert; da es trocken war, wurde der Sauerkohl ungenießbar. An diesem Verderb ist Frau Greta unschuldig. Aber das Faß wurde nicht zurückgegeben, es wurde, wahrscheinlich unter Drohung des Leitungsmitgliedes, kein Protokoll angefertigt. Diese Sauerkohl wurde weggeworfen. Auch einige Kilo Frischgemüse. In jeder größeren Verkaufsstelle kann es vorkommen, daß einmal ein paar Köpfe Salat liegenbleiben und am nächsten Tag unverkäuflich sind. So etwas muß natürlich ordnungsgemäß abgebucht werden.

Der Kaderleiter des Kreisbetriebes kam einmal in die Verkaufsstelle, weil es Zwistigkeiten unter den Kolleginnen gab. Bei dieser Gelegenheit erfuhr er, daß ein großer Knochen über vierzehn Tage im Kühlschrank aufbewahrt wurde, in dem Kühlschrank, in dem auch Milch, Butter und viele andere Dinge lagen. Der Kaderleiter unternahm nichts. Er sah sich den Kühlschrank nicht einmal an.

Leider ist damit die Kritik an der Geschäftsleitung des HO-Kreisbetriebes Lebensmittel in Eisleben nicht erschöpft. Bei einer Inventur der Verkaufsstelle wurde ein Manko von 3562,– M festgestellt. Frau Greta wurde nahegelegt, dieses Manko aus eigener Tasche zu bezahlen, und dann wolle man die Sache ruhen lassen.

Ein solches Vorgehen ist ungesetzlich. Entweder ist die HO davon überzeugt, Frau Greta hat das Manko vorsätzlich verschuldet, dann kann die HO die ganze Summe von ihr fordern und muß die Volkspolizei oder den Staatsanwalt informieren. Oder die HO glaubt, das Manko sei durch fahrlässiges Verschulden entstanden; dann kann sie nur einen Schadenersatz in Höhe von einem Monatsgehalt fordern nach dem Gesetz der Arbeit. Aber auch ein Verschulden von Frau Greta muß nachgewiesen werden.

Unzulässig ist es, die ganze Summe zu verlangen und die Sache dann zu vertuschen. Daß eine solche Summe von einer alleinstehenden Frau mit drei Kindern nie bezahlt werden kann, ist eine andere Sache.

Leider muß auch noch berichtet werden, daß die junge Staatsanwältin sich diese Sache in der Verhandlung allzu leicht machte. Sie behauptete in ihrem Plädoyer – ohne das zu beweisen –, Frau Greta habe mit bedingtem Vorsatz das Fleisch verderben lassen. Eine Behauptung, die leicht zu stellen und schwer zu beweisen ist. Aber aus ihrer Behauptung folgerte sie, Frau Greta solle an die HO einen Schaden von 870,– M wiedergutmachen. Diesen Schadenersatz hatte die HO gefordert. Und sie beantragte außerdem eine Gefängnisstrafe von neun Monaten bedingt, mit einer Bewährungszeit von zwei Jahren.

Bedingt vorsätzlich handeln heißt in diesem Falle: „Mir ist es gleich, ob das Fleisch verdirbt oder nicht, na wenn schon." Diese Einstellung konnte Frau Greta nicht nachgewiesen werden, und das Gericht hat es auch nicht angenommen. Frau Greta hatte nach dem Urteil des Gerichts sehr, sehr fahrlässig gehandelt, und deswegen sprach es eine Strafe von neun Monaten Gefängnis bedingt, ausgesetzt auf zwei Jahre, aus. Den Schaden, der durch ihre Schuld entstanden war, muß Frau Greta in der Höhe eines Monatsgehalts ersetzen, so wie es das Gesetz vorschreibt.

Acht Urkunden hängen in der Verkaufsstelle, achtmal war das Kollektiv unter der Leitung von Frau Greta das beste in der Umsatzplanerfüllung. Aber die Menge der Arbeit macht es eben nicht allein.

Offener Brief an den Generalstaatsanwalt der DDR

Sehr verehrter Herr Generalstaatsanwalt!

Ein Leser unserer Zeitung, Besitzer einer Vertragstankstelle des VEB Minol, sandte uns beiliegenden Brief. In diesem Schreiben werden die Vertragspartner veranlaßt, die Kunden – um es klar und deutlich zu sagen – zu betrügen.

Der Brief wird eingeleitet mit Bemerkungen über die politischen und ökonomischen Aufgabenstellungen des VEB Minol. Er geht auf das Produktionsaufgebot ein. Der Brief erwähnt, daß eventuelle Mehrmengen bei Benzin Eigentum des VEB Minol sind und bleiben. Und er fährt fort, auf das angelieferte Motorenöl eingehend:

„Wird davon ausgegangen, daß der Vertragspartner die Ware bei Anlieferung bezüglich Menge und Qualität kontrolliert und nur die tatsächlich erhaltene Menge unterschriftlich auf dem Lieferschein bestätigt, kann es im Prinzip zu keinen nennenswerten Minderanlieferungen kommen (siehe TS-Vertrag § 5). Aus diesem Grund ist die Behauptung zulässig, daß die angelieferte Menge bei Ölen nicht mit der verkauften Menge übereinstimmen kann, d. h., die verkaufte Menge Motorenöl ist – bei reeller Kundenbedienung – höher als die angelieferte.

Dieser Fakt findet seine Erklärung in dem Haftvermögen des Öles. Mit anderen Worten, es entstehen, unabhängig davon, ob man es will oder nicht, auf Grund des Wirkens physikalischer Gesetze sogenannte Ablaufmengen.

Die Ablaufmengen sind natürlich in ihrem Volumen unterschiedlich und werden durch verschiedene Faktoren beeinflußt. Solche Faktoren sind u. a.:

das Fließvermögen – Viskosität und Temperatur des Öles bestimmen es,

der Zeitfaktor – der Kunde beeinflußt ihn,

die Abgabemenge – je kleiner die Abgabemenge an den Kunden, desto größer der relative Ablauf.

Wir können mit großer Befriedigung feststellen, daß der vorstehend behandelte Komplex von unseren Mitarbeitern an den eigenen Tankstellen richtig verstanden worden ist; denn ausnahmslos rechnet jede Tankstelle die Verkaufserlöse, die aus dem Verkauf dieses Ölplus (Ablauföl) entstehen, ab. Unsere Mitarbeiter schätzen, daß auf 20 l Motorenöl, das im Kleinverkauf in Verbindung mit einem Kabinett und Meßgefäßen abgegeben wird, zwischen 0,7 und 1,2 l übrigbleiben.

Wir sehen uns veranlaßt, Sie zu bitten, zu überprüfen, inwieweit Ihre bisherige Abrechnungsmethode einer Korrektur bedarf. Beachten Sie bei Ihren Überlegungen den § 2 der Veränderung des TS-Vertrages vom 31. Januar 1961.

Unter der Voraussetzung, daß Sie die Berechtigung unserer Darlegungen anerkennen und in Zukunft die Verkaufserlöse, die aus Motorenölplus entstehen, an den VEB Minol abrechnen, hat unser Betrieb keine Veranlassung, irgendwelche Forderungen an die Vergangenheit zu stellen.

Sollten Sie sich unverständlicherweise dem Inhalt unserer Ausführungen nicht anschließen können, sollten Sie also der Meinung sein, daß an der von Ihnen verwalteten Tankstelle kein Ölablauf entsteht, können wir nicht umhin, die in solchem Falle entgegenstehenden Meinungen durch entsprechende Beweisführung an Ort und Stelle entkräften zu müssen.

Es ist uns nicht möglich, in diesem Schreiben alle Einzelheiten, die diese Frage betreffen, erschöpfend zu behandeln. Darum stehen wir Ihnen für weitere Erklärungen auf Wunsch gern zur Verfügung.

gez. Copius, Hauptbuchhalter."

Sehr geehrter Herr Generalstaatsanwalt, wir vermuten, daß dieser Brief nicht an einen einzigen Tankstellenbesitzer herausgegangen ist, sondern wahrscheinlich an alle Vertragspartner. Von uns aus können wir nicht überprüfen, welche Anweisungen der VEB Minol den Angestellten an den eigenen Tankstellen gegeben hat. Wir vermuten aber, daß hier mit ähnlichen Richtlinien gearbeitet wird.

Wir bitten Sie zu prüfen, ob in diesem Fall nicht eine Strafverfolgung gegen die Geschäftsleitung, bestimmt aber gegen den Unterzeichner des Briefes, Hauptbuchhalter Copius, wegen Anstiftung zum Betrug eingeleitet werden sollte. Bei sehr aufmerksamem Studium des Briefes könnte man fast auf den Gedanken kommen, daß sogar mit einer Erpressung zu rechnen ist.

Eine solche Praxis kann auch zu schweren volkswirtschaftlichen Schäden führen. Es ist bekannt, daß bei allen Zweitaktmotoren ein genaues Mischungsverhältnis zwischen Benzin und Öl vom Werk aus vorgeschrieben ist. Wird dieses nicht eingehalten, so muß das zu frühzeitiger Abnutzung der Motoren führen. Dieses wäre nur eine Nebenfolge.

Welchen großen moralischen und politischen Schaden ein solches Rundschreiben schon erzielt hat, brauchen wir Ihnen nicht zu erläutern. Die ökonomische und politische Aufgabenstellung und das Produktionsaufgebot mit betrügerischen Handlungen verkoppeln zu wollen, ist eine Diskriminierung unserer gemeinsamen Arbeit.

Mit sozialistischem Gruß
„Wochenpost"
Rudolf Hirsch

Anmerkung

In der damaligen Zeit gab es noch nicht Zapfsäulen, die automatisch das Benzin und Ölgemisch für Zweitaktmotoren direkt von der Zapfsäule in den Autotank füllten. Es gab eine Kanne, in der der Tankwart das Gemisch erst durch lose verkauftes Öl vorbereiten mußte.

Not und Torheit der schönen Irene

Husch, war er draußen, der Zeuge, der Erzeuger, der ziemlich klägliche Anstifter allen Elends, nach seiner Aussage, als der Vorsitzende des Gerichts ihm freigestellt hatte, den Saal zu verlassen. Ob er auch die ihm zustehenden Gebühren einkassierte, den Sündenlohn, und ob er danach in die nächste Kneipe ging, um sich nach dieser seelischen Erschütterung einen Harten einzuflößen ... ich weiß es nicht, aber ich vermute es. Denn seinen Spuren bin ich nicht nachgegangen, sondern im Saal geblieben, um über das Schicksal der schönen Irene zu berichten.

Die sprachgewandte, fremdsprachenschreibende Irene, der sträflichen Betörung von Staatsorganen angeklagt, bot einen durchaus erfreulichen Anblick. Ihre wohlgeratenen, etwas auseinanderstrebenden Körperformen waren in ein schickes blaues Kleid gehüllt, eine weiße Kunstblume bezeichnete – höchst überflüssigerweise – den Platz, wo unter ihrem fraulichen Busen ein kühnes Herz schlägt.

Das lang herabwallende, teils hochgekämmte Haar war in Schulterblatthöhe höchst kunstvoll, doch ein wenig lässig eingeschlagen, ihr Mund durch einen roten Stift herzförmig verkleinert, die Augenbrauen indes durch einen schwarzen Strich über Gebühr verlängert, wahrlich eine Erscheinung, die gar manchen wackeren Mann irreführen könnte, ohne daß es zu einem peinlichen Strafprozeß führen müßte.

Und dieses Geschöpf sollte, so war es der Plan der Mutter, ein Junge werden. Daß sie eine prächtig anzusehende Frau wurde, hat ihr die Mutter nie verziehen, aber nun einmal 1931 weiblich geboren und somit 31 Jahre alt, sollte sie einen der älteren besseren Herren aus Beamtenkreisen ehelichen, die zu Kaffee und Kuchen die Mutter in ihr Haus einlud. Daraus wurde nichts. Und auch der Vater hatte nach Irenes Worten kein leichtes Leben, weil er, der damals Arbeitslose, sie, die wohlhabende Frau, geheiratet hatte. Bis zu seinem plötzlichen Tod hatte er über seine Kräfte arbeiten müssen, nur um einen Lebensstandard aufrechtzuerhalten, auf den die Mutter nicht verzichten wollte.

In einem aber, so glaube ich, hatte die Mutter recht: Den Freund Irenes konnte sie nicht ausstehen, den Mann, der den Gerichtssaal jetzt eben so jäh verließ. Er, der freiberufliche Übersetzer – Übersetzer sind im allgemeinen, so meinte Goethe, als geschäftige Kuppler anzusehen, die uns eine halbverschleierte Schöne als liebenswürdig anpreisen. Sie erregen eine unwiderstehliche Neigung nach dem Original. Aber nicht aus diesem literarisch ästhtischen Grunde war sie gegen ihn, nein, weil er ein schlimmer Trinker war.

Im Rausch schlug er die schwarze, sprachgewandte Irene einmal so schlimm, daß sie das Überfallauto alarmieren und dann für einige Wochen ihrem Dienst fernbleiben mußte, und dann vertrugen sie sich wieder. Nach fünfjähriger herzlicher Freundschaft kam es dann so, wie es die Natur für derartige Beziehungen vorgesehen hat. Irene wollte das Kind nicht haben und versuchte einige Wege, um auf erlaubte Weise die Natur zu hintergehen.

Die Mutter war entsetzt, als sie Irenes Zustand bemerkte, sie würde das Kind verbrennen, sagte sie, und überschüttete unsere Schöne mit Spott und Hohn. Laut rief sie ihrer Tochter „Fräulein Mutter“ nach, um ihr das Leben bei den Nachbarn zu vergällen. Genauso schäbig benahm sich derjenige, welcher. Seine Worte: „Laß mich mit dem Dreck in Ruh, das kommt davon, wenn man sich mit Idioten einläßt.“

Angewidert von diesem ständig betrunkenen Mann, der noch von einer anderen Frau als Vater eines Kindes benannt worden war, niedergedrückt durch die gefühlsarme, von kleinbürgerlichen Vorstellungen und Ängsten befangene Mutter, belastet durch eine besonders erschwerte Schwangerschaft, fand Irene nicht die Kraft, sich zu behaupten. Unter dem Druck der sich widersprechenden Empfindungen und der äußerlichen seelischen Einwirkungen kam sie auf einen fast grotesken Ausweg. Am 21. September 1961 ging sie zu ihrem Polizeirevier und erstattete Anzeige gegen drei ihr unbekannte Männer. Vor zwei Monaten, in der Nacht vom 16. zum 17. Juli, sei sie angefallen worden. Sie habe sich geniert, sofort Anzeige zu erstatten, wollte sich nur einer Rechtsanwältin anvertrauen, habe aber in ihrer Stadt keine gefunden. Jetzt aber habe sie die Folgen bemerkt, sie wolle das Kind nicht, das sie nicht in Liebe empfangen habe.

Irene konnte die Männer sehr genau beschreiben. Obwohl die Kriminalpolizei bei einem derart verspätet gemeldeten Verbrechen immer sehr mißtrauisch ist, mußten Ermittlungen eingeleitet werden. Zum Beweise brachte Irene auch noch die Fahrkarte an – denn der Überfall sollte auf dem Heimweg vom Bahnhof zu ihrer Wohnung geschehen sein –, sie wies ihre zerrissene und von Zigaretten angebrannte Kleidung und die Schuhe vor, die beim Schleifen über den Boden zu Schaden gekommen seien.

Man zeigte ihr das Verbrecheralbum, und sie gab an, einen der Täter wiederzuerkennen. Zum Glück war aber der zu Unrecht verdächtigte junge Mann in der Lage, ein Alibi für diese Nacht nachzuweisen. Die Kriminalpolizei beobachtete noch einige Zeit die Gaststätten in der Nähe des Tatortes, um die Unholde zu erwischen.

Die Genehmigung aber, die Schwangerschaft abzubrechen, bekam Irene nicht, da die Behörden ihrem Bericht keinen rechten Glauben schenken konnten. Irene beschwerte sich beim Staatsanwalt über die erfolglose Arbeit der Kriminalpolizei – sie war früher einmal bei der Volkspolizei angestellt gewesen, sie hatte einige Einblicke in den Verfahrensweg. Aber auch der junge Staatsanwalt war skeptisch, manchmal könne eine junge Frau schneller zu einem Kind als zu einem neuen Kleid kommen. Darauf beklagte sich Irene beim Generalstaatsanwalt. Sie schrieb Briefe, flehte, drohte mit Selbstmord. Sie appellierte an den Staatsrat und äußerte, es seien eben noch zuwenig Frauen in hohen Regierungsstellen, um die seelischen Qualen einer Mutter wider Willen zu verstehen. Sie beschwerte sich mit bewunderswerter Tapferkeit bei allen Instanzen über die Unfähigkeit der Volkspolizei, drei Täter ausfindig zu machen, die es nie gegeben hat.

Sie bekannte erst die falsche Anschuldigung, die Irreführung der Volkspolizei, als man ihr einen Brief vorlegte, den sie an die Mutter ihres Freundes gerichtet hatte. Dort war der wahre Vater genannt, dem in Liebe all das gewährt worden war, was die drei sich angeblich mit Gewalt genommen hatten. Und zum traurigen Ende muß noch hinzugefügt werden, Irene brachte ein totes Kind zur Welt.

Nun vertrat gerade der Staatsanwalt, über den sie sich beim obersten Ankläger beschwert hatte, ihre Strafverfolgung. Keine Bitterkeit ließ der junge, zu Unrecht beschuldigte Mann sich anmerken. Er beantragte eine Gefängnisstrafe von fünf Monaten, ausgesetzt zur Bewährung, und die Bewährung wollte er sehr kurz bemessen, ein Jahr. Das Gericht folgte diesem Antrag, und alle waren davon überzeugt, in diesem Jahr und in ihrem künftigen Leben wird die so tüchtige, fleißige, allseitig beliebte Irene sich bewähren.

Sie ist, so mögen es spätere Historiker einmal nennen, wenn sie über die Widersprüche der fünfziger und sechziger Jahre schreiben, sie ist einer der Menschen, die aktiv, fleißig und bewußt das Neue und Gute wollen, aber zu schwach sind, um sich mit heißem Herzen und voller Kraft gegen noch immer wirkende Vorurteile und schlechte Gewohnheiten, die aus einer verflossenen Zeit stammen, zur Wehr setzen.

Nachbemerkung

Dieses Geschehen mit seinem so tragischen Ausgang war die Konsequenz, daß damals in der DDR der § 218 noch Gültigkeit hatte.

Schnecken und Schlacken

Jeder war einzeln eingeladen, der Rundfunk und der Allgemeine Deutsche Nachrichtendienst, das „Neue Deutschland“ und die „Neue Berliner Illustrierte“, die „Lausitzer Rundschau“, die Betriebszeitung und leider, ach, auch die „Wochenpost“ – alle, alle sollten über diese eine Beratung einer Konfliktkommission tief in dem abgelegensten Teil der Niederlausitz berichten.

Als ich all diese Kollegen bemerkte, konnte ich das ungute Gefühl nicht loswerden, hier sollte uns vielleicht ein Musterfall vorgeführt werden, und auch die Menge und der Rang der anderen Teilnehmer verstärkte in mir die Vermutung, das Ministerium für Justiz hatte einen hervorragenden Mitarbeiter nach Kausche entsandt; die Bezirksbehörde der Volkspolizei Cottbus, der Kreisgerichtsdirektor aus Spremberg waren gekommen.

Ich war entschlossen, über diesen Fall nicht zu berichten; wenn alle Zeitungen über dasselbe Geschehen schreiben, so entsteht der Eindruck, eine strafbare Handlung vor einer Konfliktkommission zu behandeln sei etwas Einmaliges, Außergewöhnliches. Dabei laufen viele solcher Verfahren jeden Tag in unserer Republik.

Aber der Fall lief anders, außerplanmäßig, ungewöhnlich.

Am 4. Februar 1962 war in dem Werk Kausche des VEB Braunkohlenwerks „Alfred Scholz“, Welzow (Kreis Spremberg), ein Brand ausgebrochen. Der direkte Schaden war nicht sehr hoch, er wurde auf etwa 200,– M geschätzt, der indirekte wesentlich höher, für viele Stunden mußte die Produktion unterbrochen werden, über 650 Tonnen Briketts wurden nicht hergestellt.

Das Werk Kausche ist ein nicht sehr moderner Betrieb, und wie in jeder Fabrik dieser Art ist die Brandgefahr sehr groß. Deshalb findet man im ganzen Betrieb kein Holzteil. Die Rohbraunkohle wird durch lange Schnecken befördert, diese liegen in großen Blechtrögen; der Staub wird aus ihnen durch eine Innenentstaubungsanlage abgesaugt, die mit einer Luftgeschwindigkeit von 20 Metern in der Stunde arbeitet. Der abgesaugte Staub sammelt sich in sechs großen trichterförmigen Zyklonen, und von dort aus wird er automatisch, wenn der Betrieb läuft, der Braunkohle wieder zugeführt und kommt so in die Pressen. Diese Brikettfabrik Kausche hat eine neue Innenentstaubung.

In der Frühschicht entstand nun in einer der Schnecken ein Feuer, ein kleiner Brand. Der verantwortliche Schichtmeister, Max Lehmann, ließ das ganze Werk anhalten, wie es die Vorschrift will. Die Entstaubungsanlage aber muß weiterlaufen, und sie lief weiter. Mit den Kollegen konnte er diesen Schwelbrand ohne weiteres löschen.

Um nun keine größeren Produktionsausfälle zu haben, gab der Schichtmeister die Weisung, den Teil der Brikettfabrik, der nicht direkt mit dem Feuerherd in der Schnecke verbunden ist, wieder anfahren zu lassen. Er hatte aber nicht bedacht, daß naturnotwendig durch die Entstaubungsanlagen sich Funken, also glühender Staub, in den Zyklonen angesammelt hatten. Durch die Wiederinbetriebnahme des einen Werkteils lief nun der glühende Staub in den Produktionsprozeß, und so entstand der größere Brand.

Der fahrlässigen Brandstiftung beschuldigt, wurde Max Lehmann angeklagt. Das Kreisgericht in Spremberg aber lehnte die Eröffnung des Verfahrens ab und verwies den Fall zur Beratung an die Konfliktkommission des Betriebes „Alfred-Scholz“-Werk.

Die Konfliktkommission ist kein Gericht. Hier heißt es nicht „Angeklagter, stehen Sie auf“, hier heißt es, „Kollege Lehmann“ oder „Maxe“ und das trauliche Du herrscht vor. Es ist eine strenge, aber sehr brüderliche Diskussion über den Fehler eines Kollegen.

Max Lehmann ist ein tüchtiger Mensch, bei den Kollegen beliebt, seine Brigade schätzt ihn, er ist oft ausgezeichnet. Wie es zu dem Brand kommen konnte, wird von dem Vorsitzenden der Konfliktkommission gefragt.

„Die Schnecken waren feuerfrei, als ich die Weisung gab, den einen Betriebsteil wieder fahren zu lassen. Ich kann mir die Ursache des Feuers nicht erklären, die neue Innenentstaubungsanlage ist schuld“, so Max Lehmann.

Und Max Lehmann will das beweisen. Schon im Jahre 1961 hatte es kurz nach Inbetriebnahme der neuen Anlage gebrannt, und der neue Schichtmeister will wissen, daß das Feuer auch damals in der Innenentstaubungsanlage entstanden sei. Der Direktor des Betriebes weiß es besser. Der Untersuchungsbericht von damals besagt, der Brand sei durch das Heißlaufen eines Lagers entstanden. Max Lehmann wendet aber ein, ihm sei die Bedienung der neuen Anlage nicht richtig erklärt worden.

Die anderen Schichtmeister des Betriebes sind mit Max Lehmann nicht einverstanden. Ihnen ist alles ganz genau erläutert worden, und tatsächlich dürfte die Sache nicht so schwierig sein – ich habe sie mir nach der Beratung der Konfliktkommission angesehen –, sie darf nicht schwierig sein für einen Meister, der schon viele Jahre in diesem Betrieb gearbeitet hat und der die Produktionsweise einer Brikettfabrik von der Pike an kennt.

Die Bergbehörde in Senftenberg sagt es durch den Mund eines ihrer Inspektoren: „Die Innenentstaubung, also die Anlage in Kausche, ist der Blitzableiter des Betriebes. Wenn sie in Ordnung ist und richtig bedient wird, vereitelt sie die Katastrophen bei Bränden in der Brikettfabrik.“

„Nach einem Feuer im Betrieb“, sagt der Inspektor, „müssen die Zyklonen kontrolliert werden. Wenn Kollege Lehmann das nicht weiß, dann müßte man ihm eigentlich die Fähigkeiten eines Schichtmeisters absprechen.“

Von vielen Seiten wird auf Max Lehmann eingeredet, und die Beratung der Konfliktkommission wurde für eine Weile unterbrochen.

Nach der Pause gab Max Lehmann wohl zu, er habe einen Fehler gemacht, aber die Entstaubungsanlage sei auch 1961 die Ursache des Brandes gewesen, davon gehe er nicht ab, sie sei mitschuldig.

Was ist mit Max Lehmann los? Erstaunlich ist, als plötzlich ein Kollege auftrat und sagte, „der Maxe hat wohl einen Fehler gemacht, aber er hat recht. Ich würde mich vor der Konfliktkommission genauso verhalten." Dann erfuhr die Konfliktkommission von der Vorsitzenden der Betriebsgewerkschaftsleitung die Lösung für Maxens sonderbares Verhalten. Vor einigen Tagen war er in der Betriebsgewerkschaftsleitung erschienen. „Ich bin freigesprochen, mich trifft also keine Schuld, ich beanspruche deshalb meine Quartalsprämie."

Ich glaube, was in Max Lehmanns Kopf spukte, war keine technische Unklarheit, es war die Unwissenheit über das Wesen der Konfliktkommissionen. Kleinere Vergehen sollen, so sagt der Beschluß des Staatsrates, wenn der Sachverhalt durch die Voruntersuchung geklärt ist und wenn ein nicht allzu großer Schaden entstanden ist, nicht von den Gerichten behandelt und bestraft werden, sondern vor der Konfliktkommission des Betriebes beraten und entschieden werden.

Das ist also kein Freispruch, aber die Beschlüsse der Konfliktkommission sind Maßnahmen der gesellschaftlichen Erziehung. Hier wurde Max Lehmann eine gesellschaftliche Mißbilligung ausgesprochen.

Es war also kein Musterfall. Die Beratung über Max Lehmanns Schuld und Verhalten zeigte alle Vorteile des neuen Verfahrens. Daß es nicht so glatt ging, trotz der vielen Berater, liegt nicht an der Verfahrensweise, es liegt, um im Brikettjargon zu bleiben, an Schlacken in Maxens Bewußtsein.

Von einem, der nicht lernen wollte

Tatsächlich ist von dreien die Rede, aber zwei haben die Ordnung gekannt, nur der eine hat sie nie beherrscht, weil er sie nie gelernt hat. Und alle drei haben falsch gehandelt.

Am 28. April 1962 stürzte in der Berliner Karl-Marx-Allee die flache, gerade frisch betonierte Decke über dem neugebauten Obergeschoß eines Restaurants ein. (Es handelt sich hier um den Bau des bekannten Restaurants „Moskau"). Zufällig befand sich zu dieser Zeit des Unfalls kein Mensch auf oder unter der Decke; der Sachschaden wird auf 15000,– bis 20000,– M geschätzt. Ein solcher Unfall ist, so sagt ein Sachverständiger, eine ernste Kritik an der bisherigen Arbeitsweise der Verantwortlichen.

Angeklagt waren nun der Bauführer, der Oberpolier und der Brigadier der Zimmererbrigade, weil sie die Regeln der Baukunst bei der Errichtung des Trage- oder Leergerüstes verletzt haben sollen.

Der Rohbau sollte am 15. Mai fertig sein, die Bauleitung und die Arbeiter wollten ihre Aufgabe vorfristig erfüllen. Am 2. Mai wäre alles soweit gewesen, wenn das Unglück nicht passiert wäre. Der Bau ist in einer kombinierten Bauweise entstanden. Stahlskelettbau und Betonierungsbauweise zusammen. Die Decke sollte zwanzig Zentimeter stark sein. Um den Beton zu gießen, mußte ein Tragegerüst errichtet werden. Der Bauleiter war verpflichtet, dafür eine statische Berechnung zu machen, damit bei der Überdachung dieses großen Raumes (neunzehn Meter lang und acht Meter breit) nichts passierte. Der Raum hatte eine Höhe von 3,20 Metern.

Vor Monaten waren schon bei Baubeginn vom Betrieb, dem VEB Hochbau in Berlin, 150 Baumstämme – Steifen genannt – in einer Länge von 4,20 Metern bis zu 4,50 Metern für das Tragegerüst bestellt worden, aber nur ein geringer Teil war geliefert. Es waren nur kürzere Steifen am Bauplatz. Darauf beschlossen Bauleiter, Oberpolier und Zimmererbrigadier, ein zweigeschossiges Tragegerüst zu errichten.

Der Bauleiter, ein fähiger Mann von dreißig Jahren, gelernter Maurer, hatte es durch eifriges Studium und große Praxis in seinen jungen Jahren schon zum Bauleiter gebracht. Er hatte neben dem Restaurant noch sechs andere Baustellen zu beaufsichtigen oder einzuplanen und einzurichten. Er machte für das zweigeschossige Tragegerüst eine etwas über den Daumen gepeilte statische Berechnung, allerdings nur auf einem Zettel, und trug diese nicht, wie es seine Pflicht gewesen wäre, ins Bautagebuch ein.

Als Grundlage für seine Berechnung nahm er an, daß die Decke eine Stärke von zwanzig Zentimeter Beton habe, er berechnete die Tragelast auf 420 Kilogramm je Quadratmeter. Er erhöhte diese angenommene Last auf 600 Kilogramm je Quadratmeter, weil er ja mit einer vorübergehenden zusätzlichen Belastung – einer sogenannten Ersatzlast – durch Karren, Schläge und Stöße rechnen mußte. Aufgrund dieser Annahme kam er zu dem Ergebnis, daß die Steifen oder Stützen in einem Abstand von einem Meter aufgestellt werden mußten, und gab eine entsprechende Anweisung an den Oberpolier.

In dieser Berechnung aber steckte schon der erste Fehler. Die Decke wurde nicht in einer Stärke von zwanzig Zentimetern, sondern in einer Stärke von zweiundzwanzig bis fünfundzwanzig Zentimeter gegossen, so daß die normale Belastung je Quadratmeter schon auf 550 Kilogramm anstieg. Mit der Ersatzlast, die man nach den Regeln der Baukunst einplanen muß, hätte er mit einer viel höheren Belastung rechnen müssen.

Der Oberpolier gab aber auch diese Weisung falsch weiter. Er beauftragte den Zimmererpolier, die Steifen in einem Abstand von 1,10 Meter zu setzen.

Nach dem Einsturz wurden aber nur 97 Steifen für das Untergeschoß vorgefunden, so daß man vermuten muß, daß die Zimmererbrigade die Steifen in einem ungefähren Abstand von 1,20 Metern gesetzt hatte. Der Zimmererbrigadier gab aber auch zu, daß er im Obergeschoß des Tragegerüstes mehr Steifen gesetzt hatte als im Untergeschoß. Das ist aber gegen die Gerüstordnung. Bei einem zweigeschossigen Tragegerüst ist es zwingend vorgeschrieben, daß die Steifen genau übereinanderstehen müssen, damit der Druck senkrecht übertragen werden kann.

Die Zimmererbrigade setzte die Steifen in fünf Längsreihen, aber nur die erste, dritte und fünfte Reihe der Steifen wurde durch Rüstbretter kreuzweise verbunden. Diese Befestigung heißt in der Zimmerersprache Verschwertung. Eine Querverschwertung wurde nun in jeder zweiten Reihe vorgenommen. Bei freistehenden Tragegerüsten aber muß jede Reihe längs und quer verschwertet werden. Und alle Steifen müssen durch Keile aus einwandfreiem Holz gesichert werden. Auch das wurde nur teilweise beachtet.

Das Gerüst wurde weder vom Bauleiter noch vom Oberpolier ordnungsgemäß abgenommen. Beide sahen sich wohl das Gerüst an, jeder für sich, ohne die größeren Mängel zu beachten. Einige kleinere Fehler rügte der Oberpolier, aber die Hauptsache übersah er.

Der Bauleiter und der ältere, sehr erfahrene Oberpolier kannten natürlich die Gerüstordnung. Monatlich hält der Oberpolier in allen ihm unterstehenden Brigaden Belehrungen über den Unfallschutz ab. Jeder muß die Teilnahme an dieser Belehrung durch Unterschrift quittieren.

Der Oberpolier sieht ein, daß er grobe Fehler gemacht hatte, aber er glaubt, der Einsturz sei durch äußere Einwirkung herbeigeführt worden. Er glaubt, daß ein Bagger, der nebenan gearbeitet hatte, die Schuld an dem Einsturz trage, und er muß sich von einem Sachverständigen sagen lassen; wenn eine Kaffeekanne dann entzweigeht, wenn man in sie heißen Kaffee hineinschüttet, dann liegt der Fehler am Bau der Kaffeekanne, denn zu diesem Zweck ist sie ja gemacht.

Aber das Erschütterndste an diesem Gerüsteinsturz ist das Eingeständnis des jungen, baumstarken Zimmererbrigadiers. Er kenne, so sagte er, die Gerüstordnung gar nicht, er habe sie noch nie gesehen und gelesen. Das ist genauso erschütternd, als würde ein Richter die Strafprozeßordnung nicht kennen, und ich frage mich, wie kann ein Zimmererlehrling die Gesellenprüfung bestehen, ohne daß er die Grundregeln seines Handwerks gelernt hat.

Schuldhaft haben alle drei Unterlassungssünden begangen. Zwei von ihnen durch Nichtanwendung und einer durch Unkenntnis der festgelegten und sehr präzisen Regeln der Bau- und Gerüstkunst. Der Staatsanwalt wollte ihre Fehler nur mit einem öffentlichen Tadel geahndet wissen.

Das Gericht aber ging berechtigterweise über diesen Antrag hinaus. Es sprach für alle den öffentlichen Tadel aus, und zusätzlich muß der Polier eine Geldstrafe in Höhe von 75,– M bezahlen – er verdient von der dreien am wenigsten – der Bauleiter und der Brigadier zahlen jeder 150,– M Geldstrafe. Der Bauleiter, weil er die Hauptverantwortung für die mangelhafte statische Berechnung und die schlechte Abnahme hatte. Allerdings zeigte sein Verhalten im Prozeß, daß er am gründlichsten die Schlußfolgerungen aus dem Versagen, aus dem Einsturz gezogen hatte.

Der Brigadier muß dieselbe Strafe bezahlen, weil er und seine Brigade das Gerüst schluderhaft errichtet hatten. Und der tiefe Grund ist der, weil sie es taten, um einen hohen Leistungslohn herauszuwirtschaften, und weil der Zimmerbrigadier versäumt hatte, die Grundlagen eines Gerüstbauers zu erlernen und zu beherzigen, weil er die Pflicht des Lernens sträflich vernachlässigt hatte.

Und alle Prozeßbeteiligten wissen, daß dieses Urteil sehr, sehr milde ist. Nur deshalb so milde, weil alle bisher in ihrer Arbeit Gutes geleistet hatten.

Das Minusgespenst

Ein beruflicher Nachteil gereichte mir hier, in Plauen, zum Vorteil. Die Pressebank in deutschen Gerichten steht meist so, daß der Berichterstatter den Angeklagten, wenn er von seiner Bank vor das Hohe Gericht treten muß, nur schräg von hinten sieht. So bleibt ihm das Mienenspiel des Angeklagten bei unangenehmen Fragen verborgen, besonders, wenn Zeugen gehört werden. Aber hier, in Plauen, im Fall der Frau Senta habe ich mehr als die anderen gesehen.

Der Richter und der Staatsanwalt sahen eine etwas kleine, hagere, zierliche Frau von fünfunddreißig Jahren, ihre grauen Augen erschienen verschleiert. Das Auftreten war bescheiden. Ihre Backenknochen sind stärker markiert, als es unserem Schönheitsideal entspricht, auch ihr Mund und ihre Lippen sind prägnanter. Sie könnte – gut geschminkt und frisiert – auf dem Theater eine zarte mongolische Frau darstellen.

Frau Senta lebt in glücklichen Verhältnissen, äußerlich. Ihr Mann hat eine gute Stelle in der Plauener Industrie mit einem Gehalt von 750,– M. Sie, die gelernte Verkäuferin, verdient mit, sie macht Heimarbeit und erhält dafür monatlich etwa 450,– M. Sie arbeitet ruhig, exakt, zuverlässig; das Zeugnis einer früheren Arbeitsstelle ist mehr als durchschnittlich gut; Frau Senta und ihre Familie sind allgemein beliebt und geachtet. Zwei Kinder werden wohlversorgt und behütet, eines ist zehn Jahre, das zweite anderthalb Jahre alt. Die Familie besitzt eine Wohnung in einem der vielen Häuser, die die Plauener Arbeiterwohnungsbaugenossenschaft errichtet hat. Ja, ein Trabant ist bestellt und das Bankkonto von 7000,– M ist schon vorhanden, so daß das Auto, wenn es endlich geliefert wird, bezahlt werden kann. Das Fernsehgerät ist hier schon eine Selbstverständlichkeit.

Seitlich aber, schräg von hinten, sieht der aufmerksame Beobachter einen ganz bitteren Zug um ihren Mund, der senkrecht nach unten verläuft. Da wirkt die Wange um die starken Backenknochen etwas eingefallen, da wird deutlich, daß sie unzufrieden ist und unbefriedigt. Da wirkt das angenehme, unscheinbare, aber nicht reizlose Gesicht entstellt.

Frau Senta glaubt, es hätte bei ihr vor etwa einem Jahr angefangen. Da kaufte sie Strümpfe in einem HO-Laden und sah eine schöne rote Strickjacke liegen. Sie hatte genug Geld in der Tasche, um sie sich kaufen zu können, aber sie kaufte sie nicht, die Strickjacke verschwand unbezahlt in ihrer großen Einkaufstasche, und schnell wurde der Reißverschluß zugezogen.

„Und dann, wenn ich in die Stadt ging, habe ich mir immer etwas mitgenommen." Sie wurde zu einer öffentlichen Gefahr. Im Konsum-Warenhaus war sie sehr häufig in der Konfektionsabteilung; dort hingen die Kleider und Mäntel zur Vorwahl. Sie schlich durch die Reihen, nahm Kleider und Mäntel von den Bügeln, manchmal probierte sie auch und lieferte immer eines weniger zurück, als sie mitgenommen hatte. Fast zwanzig Kleider, drei Damenmäntel, ein Damenkostüm, neun Blusen, sieben Kinderkleider hat sie im Laufe der Monate eingepackt. Sie stahl auch mit Vorliebe Unterwäsche, Charmeuse und Dederon. Sie stahl Schlüpfer und Unterkleider, Taschen- und Wischtücher, Herrenpyjamas und Damennachthemden.

In einem HO-Laden wurde sie von einer aufmerksamen Verkäuferin beobachtet, wie sie auf einem Wühltisch Unterwäsche zusammenrollte. Aber das muß Frau Senta gemerkt haben, sie kaufte in dem Laden etwas und verschwand. Es gab also keinen Grund einzugreifen, aber die Verkäuferinnen wurden auf sie aufmerksam.

„Die Maus ist wieder da", sagten sie, wenn Frau Senta erschien. Immer wurde sie beobachtet, und nichts konnte beobachtet werden. Die Verkäuferinnen informierten sogar die Volkspolizei, versuchten ihr nachzugehen, aber alles vergeblich. Es gab für die Kolleginnen in der Verkaufsstelle keine Handhabe, sie festzuhalten, sie kannten weder Name noch Adresse.

In der Konfektionsabteilung des Konsum-Warenhauses erreichten die Minusdifferenzen noch nicht gekannte Höhen. Immer wieder und wieder entdeckten Verkäuferinnen leere Bügel. Es gab Vorwürfe, Verdächtigungen, die Atmosphäre wurde vergiftet.

Erst eine sehr gewissenhafte ältere Verkäuferin in einem kleinen HO-Geschäft konnte „die Maus" stellen; denn sie hatte bei ihr eine sehr auffallende Veränderung in der Figur bemerkt. Zehn Schlüpfer hatte sie unter ihrem Mantel versteckt.

Merkwürdig, fast alle gestohlenen Kleider, Mäntel und die gesamte Wäsche wurden bei ihr wiedergefunden, alles hing und lag ungebraucht im Kleiderschrank, nur die Strickjacke nicht, der erste Sündenfall; sie wurde getragen. Einige Kleider und ein paar Kinderanzüge hatte sie an Nachbarinnen verkauft. Dinge, wie sie sagte, die ihr und ihrer Familie nicht paßten. Den Nachbarinnen erklärte sie – ganz im Vertrauen, und bitte nicht darüber reden –, sie habe eine gute Bekannte in einem Plauener Konfektionsbetrieb, und die könne leicht angeschmutzte Sachen billig erwerben. Für 3100,– M hatte sie gestohlen, aber nur für etwas über 200,– M hatte sie weiterverkauft.

Und warum? Sie sagt, ihr Mann habe eine Freundschaft geschlossen mit einer anderen Frau, und sie habe Angst gehabt, ihn zu verlieren. Der Vorsitzende Richter, ein älterer Herr, ist mißtrauisch, er kann das nicht recht glauben, und er leistet sich bei der Frage nach dem Motiv einen unfreiwilligen Scherz: „Das waren doch eine Unmenge Sachen; mit Schlüpfer und Wischtüchern, da können Sie doch Ihrem Mann nicht gefallen."

Es ist das Motiv. Und es wird bestätigt durch die sehr genauen Angaben einer Verkäuferin. Der Diebstahl der Strickjacke, die erste Tat also, liegt schon sehr viel länger zurück. Sie weiß fast den Tag noch heute genau, als sie den Diebstahl bemerkte. Es herrschte eine große Aufregung, und er wurde sofort der Kontrollabteilung der HO gemeldet. Es ist die Zeit, da Frau Senta hochschwanger war. Es war wahrscheinlich auch die Zeit, wo sie am meisten fürchtete, ihr Mann könne sich ganz der anderen zuwenden.

Dann bekam das Stehlen für sie einen eigenen Reiz, einen Ersatzreiz. Das konnte der Richter sehr klar ergründen. Das Stehlen wurde zur Manie. Da wurden dann auch Wischtücher und Herrenpyjamas mitgenommen, Dinge, die unnütz waren, weil sie ängstlich vor ihrem Mann verborgen werden mußten. Da wurden die vielen Kleider gestohlen, die sie nur heimlich probierte, aber nie anziehen durfte.

Jahrelang aber spukte das Minusgespenst in den Plauener Textilgeschäften. Ich habe Frau Senta hier so genannt. Seit sie gestellt wurde, haben die Verkaufsstellenleiterinnen und die Verkäuferinnen ruhige Tage.

Frau Senta muß für anderthalb Jahre ins Gefängnis, unbedingt, so entschied das Gericht. Und sie sagt selbst, daß nun endlich alles herausgekommen ist. Sie sei von einem Alp erlöst.

Frau Senta wird sich ändern. Und wenn sie wieder unter uns lebt, sollte ihre schwere Schuld mit der Strafe abgetan und abgegolten sein. Sie ist verantwortlich für das, was sie getan hat, und muß die Folgen auf sich nehmen. Später aber, wenn sie wieder frei ist, liegt es vor allem an ihrem Mann und ihrer Umgebung, sie mit viel Takt und Würde ins normale Leben zu geleiten.

Lob und ein kleiner Tadel für Renate

Die Grübchen und die Wangen, das Näschen und die ungebleichte Haarfarbe könnten von einem Posaunenengel stammen – die Flügel aber müßte der Maler sehr reichlich bemessen, wenn sie im Bedarfsfalle die ziemlich umfangreiche Anziehungskraft der Erde überwinden müßten. Soviel über ihre äußere Erscheinung. Die Stimme hat einen sanft metallischen Altton, der zu Herzen geht und sogar das der Richterin aus dem Stadtbezirksgericht Berlin-Friedrichshain rührt. Das Herz der Richterin, das sonst so streng ist, trägt aber heute den wirklich schönen Namen Clemens, die Gnädige, zu Recht.

Renate ist gestrauchelt, aber keineswegs gefallen. Gefallene Engel haben in der Mythologie einen ziemlich schlechten Ruf. Luzifer, der Lichtträger, soll auch so ein abgestürzter Engel gewesen sein, ehe er die undankbare Rolle des Geistes, der stets verneint, übernehmen mußte.

Nein, unsere liebe Renate – in meiner Praxis hörte ich dieses Wort „lieb" in der Beurteilung ihrer Kollegen zum ersten Mal –, unsere liebe Renate also ist ein Geist, der bejaht, fröhlich und mit vollem Herzen, fast mit zu vollem Herzen.

Sie wurde 1935 als Säugling adoptiert und so im Hause ihrer Pflegeeltern wiedergeboren. Deshalb habe ich ihr hier den Namen Renate, die Wiedergeborene gegeben. Sie wurde zu einem harmonischen Menschen erzogen.

Ihr Pflegevater kam aus dem Krieg nicht mehr zurück. Sie mußte früh ihre Schulbildung abbrechen, um die schmale Rente ihrer Pflegemutter aufstocken zu helfen. Sofort arbeitete sie, verdiente, lernte auf der Volkshochschule Stenografie und

Schreibmaschine, wurde Sekretärin. Als sie merkte, daß in der Produktion mehr zu verdienen sei, ging sie in einen kleinen Metallbetrieb, und heute bohrt sie und stanzt und schneidet Gewinde. Von ihrem Geld hat sie sich einen Motorroller „Wiesel“ zusammengespart.

Ihre Leidenschaft aber heißt Musik – Posaune, dachte ich, oder Cello. Nein, das eine ist ihr sicher zu laut, das andere sicher zu leise, zu weich. Sie hat sich dem Akkordeon verschrieben, aus, ich möchte fast sagen, charakterlichen Gründen. Es ist ihre Lust und Liebe, alten Leuten Freude zu machen. Sie geht, eingeladen von der schönen und großen Organisation der Volkssolidarität, in Veteranenklubs und Feierabendheime und spielt dort. Gefragt, ob sie etwas dafür bekäme, antwortet sie, ja ... das Fahrgeld und manchmal eine Tasse Kaffee. Mit dieser Antwort hatte Renate die Herzen aller im Gerichtssaal gewonnen.

Eines Abends war sie eingeladen, im Klub der Bauarbeiter in Berlin zu spielen; sie war mit ihrem „Wiesel“ hingefahren. Es war auch eine Berufskapelle da, die heiße Rhythmen von sich gab. In den ausgedehnten Pausen spielte Renate den Ausgleich, Walzer, Rheinländer, Tango. Und dann trank sie um 19 Uhr ihre erste Flasche Bier, sie sagte, leider Gottes habe ich sie auch noch selber bezahlt. Dann aber wurde dem Posaunenengel spendiert, ich weiß nicht, wieviel.

Es ging bis zum nächsten Morgen halb vier Uhr. Und als dann das letzte „Auf Wiederseh’n, bleib’ nicht so lange fort“ verklungen war, nahm Renate ihr Akkordeon und ihren „Wiesel“ und wollte schnell nach Hause. Es sei schon hell, meinte sie, und machte die Beleuchtung nicht an. Es sei aber noch dunkel, meinte die Besatzung eines Funkwagens, und hielt den vorsichtig motorrollernden Posaunenengel an und wollte eine Mark für das unbeleuchtete Fahren kassieren.

Renate zahlte, ohne auch nur mit der Wimper zu zucken. Das kam den Ordnungshütern ungewöhnlich und verdächtig vor. Das passiert ihnen sonst zur nächtlichen Stunde nie. Wie man’s macht, ist es eben verkehrt, wenn man’s verkehrt gemacht hat.

Da ließen sie unsere Renate in ein Röhrchen hauchen, und das verfärbte sich sehr.

Der Blutalkoholspiegel, im Krankenhaus bei der nun nüchtern gewordenen Renate wissenschaftlich festgestellt, zeigte 2,20 pro mille Alkoholgehalt. Das ist fast schon so viel, wie ein starker Mann braucht, um völlig vom Sattel gehauen zu werden.

Renate wurde als erstes sofort ihre Fahrerlaubnis los, und dann wurde sie angeklagt. Inzwischen aber hat sie ihre Erlebnisse in ihrem Betrieb und bei ihren Freunden erzählt und jeden gewarnt, lernt von mir, laßt eure Mühlen lieber stehen, wenn ihr getrunken habt, übergebt sie der Volkspolizei, macht es ja nicht so, wie ich es dummerweise getan habe.

Es ist ein Fall, der bei uns normalerweise vor die Konfliktkommission gehört. Aber der kleine Betrieb, in dem Renate arbeitet, hat keine, und so mußte die Sache vor Gericht verhandelt werden.

Darf es aber bei uns zweierlei Recht geben? Menschen, die zufällig in einem Großunternehmen arbeiten und ähnliches ausgefressen haben, werden nicht mehr angeklagt, können also nicht verurteilt werden. Die anderen, die Freiberuflichen, die Hausfrauen und Rentner oder die in einem kleinem Betrieb, wie Renate, wären also schlechter gestellt. Ja, selbst wenn sie nur einen öffentlichen Tadel vom Gericht bekämen, der würde im Strafregister eingetragen. Die härteste Maßnahme aber, die eine Konfliktkommission beschließen kann, gesellschaftliche Mißbilligung, ist keine Vorstrafe.

Diese Überlegungen hatten sich auch die Staatsanwältin und das Gericht gemacht. Obwohl sich Renate grob gegen die Straßenverkehrsordnung vergangen hatte, obwohl sie also schuldig war, sah das Gericht von einer Bestrafung ab. Es hielt den Entzug der Fahrerlaubnis, (worüber die Volkspolizei in eigener Zuständigkeit entscheidet) für eine ausreichende Bestrafung. Und vielleicht darf ich hier auch an die Volkspolizei appellieren, nur ein einziges Mal: „Laßt Renate nicht allzulange warten. Sie will mit ‚Wiesel‘ und Akkordeon die Veteranenklubs und Feierabendheime in ganz Berlin beglücken. Nur für eine Tasse Kaffee und nur für . . . Kaffee.“

Nachbemerkung

Inzwischen sind für Bürger, die in eine ähnliche Situation kommen wie Renate, für die es keine Konfliktkommission gibt, Schiedskommissionen in jedem Stadtbezirk Berlins und in jedem Kreis eingerichtet worden.

Mann oder Männchen

Mit seinen achtzehn Jahren ist er volljährig, aber mit seinen achtzehn ist er noch kein Mann; Peter hat die Kinderschuhe – wenn auch Größe 44 – noch nicht abgestreift. Schon wenn er den Mund aufmacht, merken alle, auch die Mädchen, dieser Riesensäugling steht erst im Anfang seines Stimmbruchs. Er ist üppig ins Kraut geschossen und wäre gern das, was er zu sein scheint.

Das Gefährlichste für ihn ist das Wort: Du traust dich wohl nicht. Schon früher ist er einmal in eine böse Geschichte hineingeraten, als er strafrechtlich auch noch nicht erwachsen war. Eine Gruppe von Freunden hatte ihn aufgefordert, eine Mutprobe abzulegen und Fahnen abzureißen. Und er tat es. Die anderen flitzten weg, als die Polizei kam, er aber blieb. Damals hatte ihn der Jugendrichter vernünftig eingeschätzt. Er wurde zu einer bedingten Freiheitsstrafe verurteilt, die aber heute als Vorstrafe nicht mehr gerechnet wird. Leider aber ist der Charakterzug dieses Peter nicht gelöscht.

In der Nacht nach dem Himmelfahrtsfest war Peter einsam. Er, der so gern ein Mann sein möchte, hatte den Tag wie alle Möchtegerne verbracht. Er hatte Bier und Schnaps getrunken, zu Hause in Berlin-Blankenburg. Sein Vater wollte ihn aus der Kneipe holen, er wurde trotzig und fuhr, mutig und stark geworden, nach Treptow, um tanzen zu gehen. Aber um Mitternacht waren schon alle Lokale geschlossen, und deshalb stieg er wieder in die letzte S-Bahn ein, in Richtung Bernau, um nach Hause, nach Blankenburg, zu fahren.

Er war allein in seinem Abteil, konnte durch die Glastür in

ein anderes Abteil sehen, das für Reisende mit Traglasten reserviert ist. Dort saßen zwei junge Männer in seinem Alter, von ähnlicher Körpergröße und Körperkraft; sie beschäftigten sich etwas zu intensiv mit einem zierlichen, sehr zarten Fräulein. Und er sah, wie plötzlich das kleine Fräulein die beiden bärenstarken Burschen ins Gesicht schlug.

Der Größere von beiden, ein sehr eleganter junger Mann, hielt ihr die Hände fest, das Mädchen konnte sich noch einmal losreißen, sie packte ihn an seinem feinen, seidenen Regenmantel und zerriß ihn. Der Bursche gab ihr jetzt mit seiner Pranke eine Ohrfeige. Und nun legten die beiden das Mädchen auf die Bank.

Der Zug war inzwischen in Buch angekommen. Peter ging in das Abteil nebenan, aber leider nicht, um dem kleinen Fräulein beizustehen. Wir würden ihn hochachten, wenn er es getan hätte. Vielleicht wäre er geschlagen worden, aber er brauchte gar nicht so mutig zu sein, nur die Notbremse hätte er bedienen müssen. Dann würden die Mädchen sagen: Das ist ein Kerl. Alle wären trotz seines Stimmbruchs jetzt schon auf ihn aufmerksam geworden. Er hätte, was er am meisten ersehnt, ihre Liebe vielleicht nicht erworben, aber ihre Achtung.

Er unterstützte das Mädchen nicht. Er half den beiden Burschen, indem er das arme kleine Fräulein noch am Bein festhielt.

Die drei verhinderten, daß andere Fahrgäste in das Abteil kamen, natürlich auch, daß das Mädchen ausstieg. Die beiden anderen Burschen benahmen sich ganz abscheulich, am schlimmsten der Größte. Sie kannten das kleine Mädchen nicht, sie hatten es ganz zufällig in der S-Bahn getroffen. Peter wollte sich auch gern als Männchen hier aufspielen, aber es kam nicht dazu, denn der Zug war inzwischen in Bernau eingetroffen, und das war die Endstation.

Die Schaffnerin, die kontrollierte, ob alle Fahrgäste ausgestiegen seien, fand das kleine Fräulein in Tränen aufgelöst im Abteil. Es erzählte stockend, was vorgefallen war. Die Burschen hatten zusammen den Bahnhof verlassen und marschierten zu Fuß nach Zepernick. Von dort wollten sie nach Berlin fahren, aber schon war die Volkspolizei benachrichtigt, und sie wurden noch am Bahnhof verhaftet.

Der Hauptschuldige ist neunzehn Jahre alt. Ein Riese von Gestalt, als junger Mann nicht unerfahren mit Frauen. Er lebt sonst stumpf vor sich hin, hat schon einigemale vor den Richtern gestanden, meist wegen Lappalien, groben Unfugs und Beleidigung. Er war einmal als Bohrer, als Anlernling in einem Metallbetrieb tätig, er konnte aber dem Richter heute nicht erzählen, zu welchem Zweck die Werkstücke gebraucht wurden, an denen er arbeitete. Er kennt den Begriff Toleranz nicht – nicht bei Menschen und nicht beim Bohren.

Sein Freund, etwas kleiner, ist der einzige, der einen Beruf erlernt hat, aber er steht anscheinend ganz unter dem Banne seines Kumpanen, und er wußte bis zu diesem Abend nichts von Frauen. Unter dem Einfluß von sehr viel Alkohol war er auch bereit, alles mitzumachen.

Und Peter? Er ist kein guter Schüler gewesen. Als Hilfsarbeiter ist er in einer kleinen Möbeltischlerei tätig und streicht dort Garderobenschränke an. Ihm ist diese Arbeit jetzt langweilig geworden, er möchte heute noch mit achtzehn Jahren Bäcker lernen; aber sein Vater ist dagegen, er will, daß sein Sohn jetzt schon sehr, sehr viel Geld verdient. Peter verdient gut, aber da er keine Lust mehr an der Arbeit hat, fängt er an zu schludern.

Zuchthausstrafen gibt es für die beiden Haupttäter, zwei Jahre für den „Chef" und ein Jahr vier Monate für den Freund. Peter kommt noch mit zwölf Monaten Gefängnis davon. Er hätte in dieser Konfliktsituation, die ihm in der Nacht nach dem Himmelfahrtstag begegnete, zeigen können, ob er ein Mann geworden ist. Jedem zwingt das Leben einmal eine Entscheidung auf, und in Minuten, ja oft in Sekunden zeigt es sich, ob man sich als Mann oder gar als Held bewährt oder ob man nur ein Mitmacher und Mitläufer ist.

Der gepfändete Teddybär

Die meisten Ehegeschichten haben drei Ecken – sie sind Dreiecksgeschichten –, diese hier hat deren vier. Und deshalb fällt es schwer, hier zur Verfremdung und zum besseren Verständnis historische Namen zu geben. Am besten geht es noch mit dem Nibelungenlied, wenn wir uns den Spaß erlauben, Brunhild und Kriemhild in eine Person zu verschmelzen, und dieser so Neugewonnenen den beziehungsreichen Namen Hilda als gemeinsamen Nenner zu geben.

Der zarte König Gunther hatte die fast gleichaltrige blonde und kräftige Hilda geheiratet. Mit seinen jungen Jahren war er Herrscher in einem kleinen Königreich. Aber Kinder hatten die beiden nicht. Im Jahre 1958 mußte Gunther oft und lange in das Nachbarreich der West-Goten reisen, und Königin Hilda war oft sehr einsam.

Es muß berichtet werden, daß die Königin Hilda nicht in ihrer Kemenate saß und nur auf die Heimkehr ihres Gemahls wartete. Sie war in einem anderen (Be-)Reich beschäftigt. Dort jedoch war auch der Recke Siegfried tätig, nicht als Vasall König Gunthers, ich möchte fast sagen, er war ihm dienstrangmäßig ebenbürtig, aber an Körperkräften überlegen.

Und so geschah es: Als König Gunther heimkam, fand er seine Hilda in gesegneten Umständen vor, und er wunderte sich sehr. Bald ward ihm kund, daß seine Gemahlin den Anfechtungen ihrer Begierde und den Schwüren des Recken Siegfried nicht hatte widerstehen können. Sie hatten sich, bewußt und gewollt, zusammengetan, um der Kinderlosigkeit der Ehe König Gunthers Einhalt zu gebieten.

Gunther war ob der ungermanischen Untreue seines Weibes und der Sittenlosigkeit des schon verheirateten Recken Siegfried sehr erzürnt. Er begehrte Scheidung von seinem ihm anvertrauten Weibe. Sie wurde ihm gewährt. Königin Hilda war stolz genug, sofort zuzustimmen. Gunther, ein Edler seines Zeichens, übernahm als der wirtschaftlich Stärkere auch die nicht unerheblichen Kosten dieses jetzt friedlichen Streites. Das Gericht mahnte ihn aber, nach der Geburt des von ihm nicht verursachten Nachwuchses dessen Ehelichkeit anzufechten und ja die Frist von einem Jahr nicht zu versäumen, sonst wäre es für ewig und alle Zeiten zu spät.

Im Mai 1958 wurde eine kleine, fröhlich qietschende – in Ermangelung eines geeigneten Wormser Namens sah ich mich pietät- und taktlos im Naumburger Dom um –, also eine kleine, fröhlich quietschende Reglindis geboren.

Hilda, besorgt, ihr etwas aus den Fugen geratenes Liebes- und Eheleben neu zu ordnen, ging zur Rechtsantragsstelle des Stadtbezirksgerichts Berlin-Treptow und wollte von sich aus die Vaterschaft König Gunthers gerichtlich anfechten. Sie können das nicht, wurde ihr fälschlich bedeutet, das müsse Reglindis tun. Im allgemeinen macht sich ein Säugling höchst selten Gedanken darüber, wem er sein Dasein verdankt. Der Klageschrift zufolge war Reglindis ein außergewöhnliches Kind. Es erhob Klage gegen König Gunther und gab Hilda Prozeßvollmacht. Das Gericht bemerkte bemerkenswerterweise die rechtswidrige Form nicht.

Es wurde festgestellt, beschlossen und verkündet: Nicht König Gunther, sondern der Recke Siegfried ist Vater Reglindis'. Der Recke wurde verpflichtet, vom Wonnemonat Mai 1958 an 100,– M an Reglindis zu zahlen. Und Siegfried zahlte.

Alles wäre schön und gut, wenn es nicht ein Kammergericht in Berlin gegeben hätte. Das bekam Wind von der rechtswidrigen Klage des Säuglings und hob in einem Kassationsverfahren das Urteil auf, und somit war König Gunther wieder Vater von Reglindis. Das Kammergericht sagte: Eine Vaterschaftsanfechtungsklage könne nur von der Mutter oder dem Vater, der es nicht sein will, oder vom Staatsanwalt als Person der öffentlichen Aufsicht angestrengt werden.

Jetzt nun klagte der Staatsanwalt. Es hatte sich aber inzwischen etwas Neues herausgestellt. König Gunther und Hilda hatten beide nicht ganz und gar die lautere Wahrheit gesagt, sie hatten nur ein klein bißchen geschwindelt. Und dieser winzige Schwindel, diese einmalige und unterdrückte Wahrheit ergab: Ganz ausgeschlossen war es nicht, daß der zarte König Gunther, trotz seiner Reisen zu den West-Goten, der Vater von Reglindis ist.

Nun waren erbbiologische Gutachten notwendig, für die vermeintlichen Väter, für die unvermeidliche Mutter und für die jetzt drei Jahre und drei Monate alte fröhliche Reglindis. Aber auch hier konnte man in Bezug auf die Vaterschaft nicht in den Tempel der Gewißheit eingehen. Und so entschied das Stadtbezirksgericht, ohne irgendeinen Zeugen zu hören: Wir können uns nicht anders helfen, König Gunther ist und bleibt der Vater.

Der Staatsanwalt, des ewigen Streitens müde, legte keine Berufung ein und ließ nun, mir nichts, dir nichts, nachdem die Justiz schon genug versiebt hatte, das Urteil rechtskräftig werden.

Inzwischen hatte sich Hilda bei den unbeweibten Männern umgesehen, sich einen König Etzel erkoren und sich mit ihm vermählt. Nun forderte Recke Siegfried, der bewußte und gewollte natürliche Vater, Träger einer seelischen Hornhaut, von der fröhlichen Reglindis die bisher von ihm gezahlten Unterhaltsgelder zurück; nachdem er von den Richtern in Treptow erfahren, daß er nicht der Vater sei.

Weil nun Gefahr bestand, daß auch der Teddybär gepfändet und öffentlich versteigert werden sollte, beauftragte die kleine Reglindis Hilda, König Gunther in Anspruch zu nehmen. Der erschrak sehr, denn Reglindis war jetzt vier Jahre und vier Monate alt, und er mußte befürchten, daß er an den begehrlichen und ehebrecherischen Siegfried 5200,– M auf einen Schlag zu zahlen hatte. – Wobei ich diesmal abweichend vom Nibelungenlied Gunther und nicht Siegfried als den Gehörnten bezeichnen muß.

In dem nun, ich weiß nicht wievielten Rechtsstreit der Väter der fröhlichen Reglindis, sprach der Richter ein vernünftiges Wort. Siegfried hat kein Recht, den Teddybär zu pfänden. Das kleine Mädchen hat sich nicht ungerechtfertigt bereichert. Es hat das Geld für Milch, Grießbrei, Windeln, Hemdchen und Höschen ausgeben lassen. Und wenn Reglindis nichts zurückzahlen muß, braucht König Gunther sein Säckel nicht aufzutun, um die ihm aufgesetzten Hörner auch noch bar zu bezahlen.

König Etzel hat sich bereiterklärt, als der wirklich lachende Dritte, das süße Geschöpf Reglindis zu adoptieren.

König Gunther ist damit, als der noch rechtmäßige Vater, einverstanden. Aber die Ehe zwischen Hilda und Etzel muß nach den Bestimmungen des Referates Jugendhilfe mindestens ein Jahr Bestand haben.

Und so findet diese traurige Geschichte, entstanden durch den bedenklichen Verfall einer Ehe, einen höchst sittlichen und moralischen Abschluß.

Bauen und Richten

Dort, wo das neue, vielstöckige Fernsprechzentralamt in Berlin gebaut wird, in einer kleinen Bürobaracke, tagt ein Gericht der Bauarbeiter, eine Konfliktkommission des Baukombinats. Bisher hatten sie Bauten zu richten, bestrebt, Stein, Beton, Stahl und Holz ineinanderzufügen. Das können sie, das haben sie gelernt. Und heute ist ihnen die Aufgabe übertragen, über Menschen zu richten. Über Kollegen, die von der Norm abgewichen sind. Sie machen es genauso bedächtig, so ruhig, als müßten sie ein nicht genau passendes Fertigteil zurichten, um es in den vorgesehenen Raum hineinzurücken.

Vier Fälle stehen zur Beratung, alle des Berichtens wert. Hans Dieter, ein siebzehnjähriger junger Mann mit schwarzen, sanften Augen, schwarzem Haar und einer schwarzen Lederjacke, etwas rundlicher als der herkömmliche südländische Typ, der die Mädchenherzen gern und oft zum Klopfen bringt, ist der erste Fall. Er muß, da noch nicht volljährig, seinen Vater mitbringen. Fünfmal hat er an Sonnabenden die Berufsschule geschwänzt, den Besuch sich aber selber durch eine falsche Unterschrift bestätigt. Er hat sich an diesen Tagen Berlin gründlich angesehen. Der Betrieb hat ihm aber den Besuch der Berufsschule bezahlt. Urkundenfälschung hat er begangen und, wenn man genau hinsieht, auch einen Betrug.

Vor Scham möchte er in den Boden verschwinden, aber keine wohltätige Versenkung öffnet sich ihm. Er ist der Beste in der Berufsschule gewesen. Auch als Arbeiter in seiner Brigade gilt er als tüchtig und zuverlässig. Die älteren Bauarbeiter, die Mitarbeiter der Konfliktkommission, schilderten in düsteren

Farben, was alles geschehen kann, wenn er so weitermache. Das jedenfalls kann Hans Dieter nicht wieder passieren: Er ist nicht mehr berufsschulpflichtig.

Die Konfliktkommission schlägt vor, daß Hans Dieter dem Betrieb das zu Unrecht erhaltene Geld in wöchentlichen Raten von 5,– M zurückzahlt, und erleichtert können Vater und der schwarzäugige Sohn zustimmen und gehen.

Die drei anderen Fälle, völlig verschieden voneinander, haben jedoch alle die gleiche Ursache: Alkohol. Hartmut, ein tüchtiger, sehr beliebter Bauarbeiter um die Dreißig, ging nach der Arbeit mit einigen Kollegen in die Mitropa Berlin-Adlershof; vier halbe Liter Bier und zwei doppelte Harte. Dann wollte er mit seinem Moped nach Hause fahren.

Die Kollegen sagten: „Mensch, laß die Mühle stehen." Aber leider griff keiner durch, Hartmut fuhr los und wurde von der Volkspolizei gestellt. Wieder erzählten die Mitglieder der Konfliktkommission dem Hartmut traurige Fälle von Kollegen, die in ähnlichen Situationen ernstlich zu Schaden gekommen waren.

Der Brigadier bezeichnet Hartmut als einen der Besten in seiner Brigade. In seinem Heimatort ist er Gemeindevertreter. Sein Ruf ist ohne Tadel. Die Konfliktkommission empfahl Hartmuts Brigade, in einer Frühstückspause noch einmal über seine Straftat zu sprechen. Und der Brigadier sollte verpflichtet werden, auf die strikte Trennung zwischen Feuerstuhl und Feuerwasser bei Hartmut zu achten.

„Wie kann er das", meinte der Übeltäter, „wenn ich auf dem Heimweg bin. Das kann ich nur selber." Und er wird es, ohne Frage, denn er weiß auch, ein zweites Mal kommt er vor Gericht.

Ein hagerer junger Mann mit quergestreiftem schwarz-weißem Pullover, mit geschniegeltem dunklem Haar und langen Koteletten ist der dritte Fall. Ernst wohnt in einer Landgemeinde vor den Toren Berlins. Er hatte einen ganzen Sonntag trinkend in einer Kneipe verbracht und schlug dort einen anderen Mann völlig grundlos zu Boden. Vorbestraft ist Ernst nicht, aber im vorigen Jahr war er am Himmelfahrtstag an einer Schlägerei beteiligt. Sein Leumund in seiner Gemeinde ist nicht der allerbeste. In der Arbeit steht Ernst aber seinen Mann.

Ernst meint, die Sache sei schon erledigt. Er ist am Tag darauf zu dem Verletzten gegangen, hat sich entschuldigt und ihn gefragt: „Wieviel Schmerzensgeld verlangst du?“ Und der hat 150,– M gefordert. Sofort hat Ernst seine Brieftasche gezückt und bezahlt. Seine Brigade hat ihn schon wegen dieser Sache zweimal von der Prämie ausgeschlossen; das konnten sie, denn es steht ausdrücklich im Brigadevertrag: Unsozialistisches Verhalten kann zu Prämienentzug führen.

Einer der Bauarbeiter schlägt bei der Verhandlung vor, Ernst zu Aufbauschichten zu verpflichten. Und des Übeltäters Brigade ist auch sogleich mit dem Vorschlag zur Hand. Eine neue Baustelle muß eingerichtet werden, da könne Ernst doch morgens etwas früher kommen.

Nein, das geht nicht, sagt der Vorsitzende. Das darf die Konfliktkommission nicht beschließen. Aufbauschichten sind und bleiben freiwillig.

Ernst aber greift den Vorschlag auf. Er ist ein begeisterter Fußballspieler und hat schon immer geholfen, seinen Fußballplatz zu verschönern. Es ist für ihn selbstverständlich, sich zu weiteren zwanzig Stunden zu Nutz und Ehren seines Vereins zu verpflichten.

Der letzte Fall ist der schwierigste. Gerd leitet eine zweiundzwanzig Mann starke Brigade, das ist keine leichte Aufgabe; einige ehemalige Grenzgänger sind auch darunter. Gerd leistet eine hervorragende Arbeit, seine Brigade ist immer vornean bei der Planerfüllung.

Der ruhige, sympathische, junge blonde Mann, Familienvater, auch in den dreißiger Jahren, hat sechs Jahre in der Grenzpolizei gedient und ist in Ehren entlassen. Er wohnt in Berlin in einem Haus in der Nähe der Staatsgrenze. Eines Abends war auch er mit Kollegen trinken gegangen, Wein und Bier durcheinander; er weiß selber nicht mehr wieviel. Nachts um zwei Uhr, in der Absicht nach Hause zu gehen, lief er an der Wohnung vorüber und näherte sich den Grenzanlagen. Von einem Volkspolizisten, der ihn stellen wollte, sagte er, es sei ja nur ein Katzensprung bis nach Westberlin. Der Betrunkene wurde von dem jungen Volkspolizisten aufgefordert, mit in den Revierraum zu kommen – die Aufforderung klang vielleicht für den berauschten Gerd nicht höflich. Er fing an zu schimpfen, mit häßlichen, beleidigenden Worten; das, was er sagte, war Staatsverleumdung. Er wurde in der Nacht festgehalten, am nächsten Tag aber durch die gemeinsame glänzende Beurteilung seines Betriebes und der Betriebsgewerkschaftsleitung wieder freigelassen.

In der Konfliktkommission wurde sehr heftig diskutiert, ob der junge Volkspolizist sich in dieser Nacht klug verhalten hatte. Viele meinten, er hätte an Gerds Ausweis sehen können, daß der Betrunkene ganz in der Nähe wohnte, er hätte ihn nach Hause bringen können. Aber allen war klar, auch Gerd, daß er sich ganz falsch verhalten hat. Ein Brigadier darf sich nicht so sinnlos besaufen, er darf auch seinen ehemaligen Kameraden an der Grenze den Dienst nicht noch erschweren. Er sollte jetzt im Oktober Aktivist werden, aber dem konnte die Betriebsgewerkschaftsleitung nicht zustimmen.

Die Konfliktkommission sprach in diesem Fall das ernsteste Wort, das ihr zu Gebote steht: Gesellschaftliche Mißbilligung und Veröffentlichung dieser Entscheidung am Schwarzen Brett des Betriebes.

Richten heißt zurechtrücken, ins Lot bringen. Und ein gut gerichteter Bau ist beständig und stark und schön.

Unbescheiden und unzufrieden

„Lange durch die Welt getrieben“ hat’s den schwarzen Ludwig, „immer doch ist er geblieben nur ein ungeschickter Gast.“ Ist es erlaubt, Eichendorffs schöne Verse anzuwenden für einen schweren Räuber?

Ludwig ist ein Vagant, mit welligem, schwarzem Haar, einem energischen faltenreichen Gesicht, er kann nicht Wurzeln schlagen, zweimal schon ist er als Landstreicher in Haft genommen worden und als Dieb, weil er, wie er erzählt, Gänschen gestohlen und geschlachtet hat. Der Krieg hat den fünfundvierzigjährigen nicht sonderlich klugen Mann demoralisiert.

Er ist nach der Gefangenschaft noch lange freiwillig als Landarbeiter in Frankreich geblieben. Manchmal arbeitet er im Senftenberger Kohlenrevier als Kipper oder als Bandschipper, er verdient gut, aber es macht ihm viel Mühe. Und immer wieder packt ihn die Lust zu stromern.

Seit einigen Monaten arbeitet er bei einem Schausteller. Und mit ihm kommt er, der schon alte Kunde dieses Überbleibsels aus der Tippler- und Vagantenzeit, in die neuerbaute Stadt, nach Eisenhüttenstadt.

Und er trifft hier auf dem Rummelplatz Dietmar, einen Dreiundzwanzigjährigen, auch er ist bei einem Schausteller angestellt. Dieser Dietmar stammt aus dem Kreise Prenzlau. Dort lebte er bei seiner Mutter. Sie, durch den Krieg verwitwet, wurde Landarbeiterin, und damals, als die beiden sich trafen, ist sie eine Genossenschaftsbäuerin. Mit Dietmars Schulbesuch lag es sehr im argen. Es war ein weiter Weg bis zur Schule, und er ist nur bis zur vierten Klasse gekommen. Aber er wurde auch

Mitglied in dieser Genossenschaft und hatte dort auch gut gearbeitet. Er erzählt noch vor Gericht mit Eifer und Stolz, daß sein Kollektiv als bestes in der Tierpflege ausgezeichnet wurde.

Aber später gab es Differenzen, vor allem mit seiner Mutter. Die Wohnung war wohl zu klein, vielleicht genierte sich die Mutter, weil sie das Zusammenleben mit mehreren Männern versucht hatte. Und nun war wieder ein anderer in die Stube gezogen und wollte sie mit ihr teilen. Das war wohl der Grund, weswegen Dietmar wegziehen wollte. Also trat er aus der Genossenschaft aus und zog mit den Schaustellern weg.

Und an diesem Abend, um den es hier geht, schloß er sich dem älteren, erfahrenen Ludwig an, und beide tranken. Sie tranken sehr viel. Jeder mindestens acht Glas Bier. Der Ältere dazu noch zwei oder vielleicht sogar drei Glas Schnaps, der Jüngere aber an die acht. Ludwig trank so viel, daß sein Geld zu Ende war, und Dietmar mußte ihm noch für das letzte Glas Bier dreißig Pfennig leihen.

An der Theke sieht Ludwig einen Schlosser, einen mit Beruf und fester Wohnung. Der betrinkt sich sinnlos.

„Der hat aber Rotfedern", sagt Ludwig im Gaunerjargon, er sieht die roten Fünfzigmarkscheine des Schlossers. „Wir müssen sie ihm abnehmen."

Der willensschwache, stark von Alkohol getrübt, der jüngere Dietmar will das nicht. Und er zögert, er hat so etwas noch nie gemacht, aber er kann dem Drängen des älteren, erfahrenen Ludwig nicht widerstehen. Die beiden verlassen die Gaststube und warten an der Tür auf den Betrunkenen.

Noch einmal will Dietmar weg, aber der Wille des anderen ist stärker.

Als der Wirt Feierabend gebietet, verläßt auch der Betrunkene das Restaurant. Er will nach Hause, die beiden folgen ihm so, daß er es nicht bemerkt. An einer ruhigen Stelle hält Dietmar ihm die Hände fest. Ludwig wirft ihn zu Boden und zieht ihm den Personalausweis mit dem Geld. 110,– M sind in der Tasche. Ludwig wirft den Ausweis sofort weg, und im Wohnwagen Dietmars teilt Ludwig mit dem anderen das Geld. Jeder bekommt 55,– M.

Am nächsten Morgen wacht Dietmar mit schwerem Kopf auf; er entdeckt die 55,– M und erinnert sich, woher das Geld stammt. Ihn packen Angst und Reue. Er erzählt einem Kollegen, was vorgefallen war. „Du mußt sofort zur Polizei und dich stellen, sonst kann das schlimm werden." Dietmar ist bereit, aber in diesem Augenblick kommt der Besitzer des Karussells und gibt Dietmar einen Auftrag. Er soll etwas in der Stadt besorgen. Dietmar geniert sich zu sagen, was ihm da passiert ist und was er nun tun möchte. Erst will er also den Auftrag seinens Chefs erledigen.

Auch der Betrunkene und Beraubte erwacht mit schwerem Kopf am nächsten Morgen. Er erinnert sich dunkel, daß er, er weiß nicht von wem und von wie vielen, auf dem Heimweg überfallen wurde. Er hat auch leichte Schürfwunden von dem Fall. Er geht zur Volkspolizei, meldet den Überfall, den Verlust seines Ausweises und daß ihm etwa 100,– M fehlen.

Ein solcher Raub ist sehr selten in Eisenhüttenstadt. Die Volkspolizei erkundigt sich zuerst bei den Schaustellern. Es fällt dort der Name: Ludwig. Der Tathergang war sehr schnell zu ermitteln. So kam es, daß auch Dietmar von der Volkspolizei geholt wurde, ehe er sich stellen konnte.

Schwerer Raub, sagt das Gesetz, wenn ein Raub von mehreren oder auf offener Straße begangen wurde. Dies also war schwerer Raub schon aus zwei Gründen. Und bei Ludwig konnte der Staatsanwalt keine mildernden Umstände finden. Er war zweimal vorbestraft, hatte den Jüngeren, Willensschwachen, noch verleitet. Und der Staatsanwalt beantragte die vom Gesetz vorgesehene Mindeststrafe von – fünf Jahren Zuchthaus. Dietmar aber war unvorbestraft, er war immer arbeitsam, seine schlechte Schulbildung, durch Alkohol und durch das Hinzutreten des anderen wurde er enthemmt. Das war auch nach der Meinung des Staatsanwalts ausreichend, um ihm mildernde Umstände zuzubilligen. Er soll nach Antrag des Staatsanwalts für zweieinhalb Jahre ins Gefängnis.

Das Gericht aber wich wesentlich von diesen Anträgen ab, und es begründete sein Urteil sehr eindrucksvoll:

Die harten Strafbestimmungen über den schweren Raub, so sagt das Gericht, sind in einer anderen Zeit entstanden, in der bürgerlich-kapitalistischen Welt. Die Gesetze waren dazu erlassen, das Vermögen der Begüterten zu schützen. Auch ist ein Raub ein sehr schweres, ein hart zu bestrafendes Verbrechen. Aber der Raub ist in unserer Gesellschaft eine seltene Erscheinung. Wir sollen, so sagt das Gericht, die harten Strafbestimmungen nicht formal anwenden. In einem Fall wie diesem können mildernde Umstände angewandt werden, auch wenn sie in der Person des Täters nicht zu finden sind, diese mildernden Umstände. Aber weil ein zu altes Gesetz nicht mehr formal auf die heutigen Bedingungen anzuwenden ist.

Mit dieser klugen Begründung wurde Ludwig zu der immer noch sehr schweren Strafe von zweieinhalb Jahren Gefängnis, Dietmar aber zu der Mindeststrafe (bei mildernden Umständen) zu einem Jahr Gefängnis, verurteilt. Beide müssen sie sofort verbüßen. Und Dietmar will dann das ihm nicht bekömmliche Leben des Fahrenden endgültig aufgeben und wieder in der Landwirtschaft arbeiten. Und die Mitarbeiter des Rats des Kreises Prenzlau sollten ihm dabei behilflich sein.

Der „schwere“ Räuber Ludwig aber soll das Landstreichen, das Rotfedern und das Gänschenschlachten gänzlich aufgeben und wieder Kipper im Senftenberger Revier sein und bleiben. Das alles will das Gericht von Eisenhüttenstadt mit diesem Urteil erreichen. Es will und es kann aus den Entwurzelten wieder Menschen mit Heimat, mit Liebe, mit Freude und Freunden machen.

Und wenn durch diese Verhandlung und durch diesen Bericht auch der Beraubte des Sich-sinnlos-Betrinkens leid würde . . . es wäre fast zuviel auf einmal verlangt. Aber wir Sozialisten sind eben unbescheidene und unzufriedene Menschen gewesen und werden es auch bleiben.

Der Dunst der großen weiten Welt

Sie war einmal die Allerbeste, sie durfte schon als Lehrling auf die Leipziger Messe, allerlei servieren; auf der Messe der Meister von Morgen glänzte sie, die Marion mit dem hellblonden, kurzgeschorenen Knabenkopf. Aber sie war bestimmt kein Musterknabe weiblicher Prägung.

Servieren, tranchieren, büfettieren lernte sie mit geschmeidiger Eleganz, leider ach auch kokettieren, obwohl das berufsfremd bleiben sollte, besonders in einem Café der Berliner Innenstadt, in das der Dunst der großen weiten Welt überreichlich hineinströmt.

Ihre Beziehungen zu ihrem Abschnittsbevollmächtigten waren getrübt, denn abends war sie einer Clique von Rauhbeinen, Laternenzerschmeißern und Kofferheulern zugetan, und sie wollte dem eifrigen Ordnungshüter keine Internas über ihre Freunde preisgeben.

Schwarz war sein Haar und sein Aug' und sein Schnurrbart, leicht getönt war seine Haut, gebrochen seine Rede, und wenn die Musik im Café etwas vom brennendheißen Wüstensand spielte, sah sie ihn an und träumte davon, ihn mit weißem Burnus unter Palmen wandeln zu sehen. „O Mustapha" spielte die Kapelle, und exotisch sah er aus. Er hatte sich jedoch den deutschen Verhältnissen und seinem Verhältnis angepaßt und ließ sich Fred nennen.

Zwei Versionen gab es, wie sie sich kennenlernten. Sie sagte, er habe ihr im Café einen Kaugummi angeboten, den sie ablehnte, aber am Abend danach sei sie mit ihm ein Stück spazierengegangen, nicht unter Palmen, sondern Unter den Linden.

Er sagte, sie habe ihn sofort nach ausländischen Zigaretten gefragt, und da habe er nicht nein sagen können. Von ihm aber sei das nur Gefälligkeit gewesen; er sei Bildhauer, habe in Paris studiert und arbeite jetzt bei einem Kunsttischler in West-Berlin. Und Absichten habe er überhaupt nicht gehabt auf den weißblonden Marion-Knabenkopf, er habe eine Freundin im östlichen Teil Berlins, und das wisse man auch an der Staatsgrenze, nur zum Lieben und nicht zum Schieben sei er fast täglich zu uns gekommen.

Auch leugnete Fred, ab und zu mal einen braunen Nylonmantel an Marion geliefert zu haben. Das seien Hirngespinste. Er verbarg seine ganze Tätigkeit und seine häufigen Besuche mit dem Mantel der Liebe. Tatsächlich aber hatten vier Freundinnen von Marion wirkliche Nylongespinste erhalten. Und eine von ihnen drückte auch noch den Rest der Anklagebank. Sie hatte den Mantel und noch drei Schachteln Zigaretten weiterverkauft; ummünzend den Dunst der großen weiten Welt aus nordafrikanischen Händen in schnöden Händlerprofit.

Wieviel Zigaretten können in der Türfüllung eines Opel Rekord versteckt werden? Das war und blieb das Hauptthema des Prozeßtages. Die blonde Marion hatte vor der Polizei gesagt, es seien siebenundzwanzig Stangen gewesen (die Stange zu zwanzig Schachteln). Vor Gericht kürzte sie diese schwere Belastung um 95 Prozent und behauptete, es seien genau siebenundzwanzig Schachteln gewesen.

Die Wahrheit konnte ziemlich genau ermittelt werden durch einen Landsmann unseres Fred. Er war arbeitslos und beschäftigungslos in West-Berlin verblieben, er wartete auf seine liebe Schwester, und Mutti aus Tunis schickte ihm monatlich Geld. Aber er schwindelte noch vor Gericht mit dem Umrechnungskurs seiner Dinare. Und mit Zigarettenschiebungen hatte er nie etwas zu tun, nur ein einziges Mal, als er den Leihwagen seines Freundes ganz allein über die Grenze fuhr.

Dieser Freund hatte wirklich siebenundzwanzig Stangen gekauft. Das bestätigte der Landsmann. Aber nicht alle siebenundzwanzig Stangen seien in die Türverkleidung gegangen, ein Teil blieb in West-Berlin, und einen anderen Teil habe Fred, der im östlichen Teil von Berlin noch in den Wagen zugestiegen war, an einen anderen Unbekannten im fahrenden Auto übergeben. Der Rest aber ward zu mitternächtlicher Stunde in das Zimmer von Marion gebracht worden, also es waren weniger als siebenundzwanzig Stangen, aber mehr als siebenundzwanzig Schachteln. Dazu noch ein brauner Nylonmantel und ein Paar blaue Niethosen. Und das alles mußten Marion und Fred bekennen.

Vier Monate wird Fred und drei Monate sein Landsmann die nicht taufrische Luft der engen Rummelsburger Zellenwelt verspüren. Auch Marion hat ihr Näschen für einen Monat in den Duft der Barnimstraße gesteckt. Bei ihr aber lag kein Fluchtverdacht mehr vor, und sie konnte, nachdem sie gestanden hat, das Sitzen aufgeben. Aber noch zwei Monate verblieben ihr als Reststrafe, und sie wird sich zwei Jahre bewähren müssen, ehe das von ihrem Schuldkonto gestrichen ist. Die Freundin kam mit einem öffentlichen Tadel und 50,– M Geldstrafe davon.

Sie sollte gerade die Fachschule für Gastronomie besuchen, sollte Wirtschaftsleiterin werden, aber daraus kann nun vorläufig nichts werden. Sie arbeitet wieder, allerdings nicht mehr in dem Café in der Innenstadt, sondern etwas weiter draußen in einem Restaurant, wo es eher nach Bockwurst und Sauerkraut riecht als nach den Dattelhainen des Orients. Wo das Trinken größer geschrieben wird als die Trinkgelder, wo an der Garderobe mehr Mäntel aus grünem Loden als aus braunem Nylon abgegeben werden. Dort, wo das Herz des ehrlichen Berliners schlägt, der Casino und Turf raucht und – wenn es hoch kommt – Inka.

Die vergifteten Hunde

Das kleine, schmale Fräulein mit den fröhlichen Augen und dem gütigen, von tausend Fältchen durchzogenen Gesicht, mit der grauen Pelzmütze und der seltsamen Bekleidung ist eine bekannte, liebenswerte Erscheinung in der Stadt. Die Großmütter der heutigen Quedlinburger Abc-Schützen haben bei ihr gelernt. Kunsterziehung und Zeichnen; aber leider mußte Fräulein Milde – sie heißt wirklich so und ist wirklich so – schon 1928 den Schuldienst aufgeben, da ihr Gehör von Jahr zu Jahr schlechter wurde. Sie kaufte sich ein kleines Grundstück am Stadtrand, auf einem Berghang gelegen, mit einem wunderschönen Blick in ein liebliches Tal, sie legte sich dort Terrassen an und begann, auch die Fundamente zu einem Haus zu bauen. Aber leider reichte ihr Geld nicht aus, sie hatte nur genug zu einer kleinen Wohnlaube mit zwei Zimmerchen.

Mit ihrer Feder und ihrem Holzschnitzmesser gestaltete sie die Türme und Tore, die Bäume, Winkel und Gäßchen, das Schloß und den alten romanischen Dom ihrer geliebten Stadt. Ihre Blätter ließ sie auf Karten drucken und in Mappen sammeln. Ihre Zeichnungen erschienen in vielen Kunstzeitschriften.

Und in den ganzen Jahren hing ihr kleines Herz an ihrer Hundezucht. Das war ihre Leidenschaft und ein bescheidener Erwerb, die Schäfermeister der Umgebung kauften gerne die vielprämiierten Schäferhunde aus ihrem Zuchtzwinger. So lebte sie all die Jahre still vor sich hin, nur vom fröhlichen Gebell ihrer Hunde umgeben, niemandem zuleide.

Eines Tages fand sie ihre Hunde tot – vergiftet, bis auf zwei.

Es kam zu Auseinandersetzungen mit Nachbarn, und sie wollte sich Schutz bei dem Schiedsmann ihres Bezirks holen, der auch nicht sehr weit entfernt von ihr wohnte. Der versprach ihr seine Hilfe, und er kümmerte sich ein wenig um das nunmehr vierundsiebzigjährige Fräulein. Ihre Wohnlaube war baufällig geworden, die Stufen ihrer Treppe sind heute noch in einem so schlechten Zustand, daß man jeden Tag einen Unfall befürchten muß.

Der Schiedsmann – er ist auch Schöffe beim Kreisgericht –, in einem großen volkseigenen Baubetrieb tätig, machte ihr einen Vorschlag. Sie möge ihm das schöne Grundstück kostenlos überlassen, er wolle auf dem Fundament ihres unvollendeten Wohnhauses weiterbauen und ihr in dem neuen Haus auf Lebenszeit Wohnrecht in zwei Zimmern gewähren. Fräulein Milde war sehr angetan von diesem Vorschlag, und am 14. Februar 1961 schlossen sie vor dem staatlichen Notar in Quedlinburg einen Schenkungsvertrag ab. Es wurde jedoch versäumt, schriftlich festzulegen, in welcher Zeit der neue Grundstückseigner das Haus fertigbauen sollte, und wann also Fräulein Milde in den Genuß ihres kostenlosen Wohnrechts kommen konnte.

Der neue Eigentümer hatte es nun nicht mehr so eilig; er errichtete auf dem Grundstück erst einmal einige massive Schuppen, und die Beziehungen zu Fräulein Milde wurden immer schlechter, die Schuldfrage soll hier nicht untersucht werden.

Eines Tages fuhr ein Krankenwagen bei Fräulein Milde vor, und sie wurde ziemlich barsch von zwei Pflegern aufgefordert, einzusteigen. Sie erklärte, sie sei nicht krank, und bevor sie in ein Krankenhaus ginge, wolle sie erst einmal ihre Ärztin konsultieren. Die Pfleger hatten kein Verständnis, und sie brachten sie ins Krankenhaus in Thale – obwohl die Kreisstadt Quedlinburg auch ein Krankenhaus hat. Es ist erwiesen, daß der Schiedsmann und nunmehrige Eigentümer des Grundstücks das Krankenauto bestellt hat – vielleicht sogar aus der berechtigten Sorge um die Gesundheit des alten Fräuleins. Es gibt aber auch in der

Stadt Gerüchte, die etwas anderes sagen. Jedenfalls stellten die Ärzte in Thale eine gewisse körperliche Erschöpfung bei der alten Dame fest, aber keine akute Krankheit, die eine so plötzliche, außergewöhnliche Maßnahme notwendig gemacht hätte. Fräulein Milde wurde dort einige Zeit aufgepäppelt und natürlich wieder nach Hause geschickt. Sie hat den Verdacht, daß der neue Grundstückseigner sie auf diese ungewöhnliche Weise für den Rest ihres Lebens in einer Nervenheilanstalt unterbringen wollte – er kann das natürlich nicht, und ich hoffe, daß auch ein solcher Verdacht völlig unbegründet ist. Nun hatte sie den dringenden Wunsch, den lästigen Mann wieder loszuwerden. Sie wandte sich hilfesuchend an das Lehrerkollegium ihrer alten Schule, und hier fand sie Hilfe. Auch einige sehr beherzte Mütter standen ihr nun zur Seite. Fräulein Milde beauftragte einen angesehenen Rechtsanwalt, den Beschenkten zu verklagen, ihr das Grundstück wieder zu übereignen und vom Grundstück zu verschwinden.

Das Kreisgericht in Quedlinburg hörte den Schiedsmann, der konnte nicht nachweisen, daß er ernsthafte Bemühungen gemacht hatte, ein Haus zu bauen. Er hatte sich, wie das Urteil ausführte, äußerst fahrlässig verhalten. Er hatte versäumt, sich vor Abschluß des Vertrages zu vergewissern, ob er seiner Verpflichtung – das Haus zu bauen – auch nachkommen konnte. Sogar nach Abschluß hatte er keinen Antrag auf Baugenehmigung gestellt. Das Kreisgericht stellte fest, wenn in einem solchen Vertrag kein Termin für die Gegenlieferung – das Gewähren des Wohnrechts – ausgemacht ist, so ist dieses Recht sofort fällig. Der Schiedsmann wurde also verurteilt, in die Rückauflassung im Grundbuch einzuwilligen und die Wiedereinsetzung von Fräulein Milde als Eigentümerin zu beantragen.

Das ist gut und richtig. Aber kann dieser Herr ein Schiedsmann in Quedlinburg bleiben, und sollte man seinen Betriebskollegen raten, ihn wieder als Schöffen zu wählen? Ob sein Handeln lauter war? Ich weiß es nicht, aber eines weiß ich: Er genießt nicht mehr das uneingeschränkte Vertrauen der Bevölkerung, das er zum Amt des Schiedsmann und als Laienrichter am Kreisgericht braucht.

Fräulein Milde will weiter in ihrer Laube wohnen bleiben. Sie ist ein Naturkind und will auf gar keinen Fall in ein Feierabendheim. Aber ihre Laube muß renoviert werden, es ist – offen gesagt – eine Schande für die Stadt Quedlinburg, wie eine alte, verehrungswürdige Künstlerin dort wohnt. Es gibt einen Kulturfonds, der die Mittel hat, es gibt eine Volkssolidarität, die ihr mit Rat und Tat und einem verantwortungsvollen Pfleger zur Seite stehen muß. Es gibt eine Abteilung Finanzen beim Rat der Stadt, die ihr die Hundesteuer erlassen kann, denn die Hunde sind bei ihrer Taubheit ihr einziger Schutz. Und es gibt – ich bin in solchen Dingen sehr unbescheiden – eine Sozialversicherung, die ihr einen Hörapparat überreichen könnte.

Und es gibt auch viele, viele Junge Pioniere in Quedlinburg, die könnten für die alte Dame einiges tun. Was sie machen könnten, das sollte ihnen überlassen bleiben, aber sie könnten die Stufen reparieren, den Garten pflegen und mit bunten Blumen bepflanzen. Denn auch in Quedlinburg gelten die Pioniergesetze – alten Leuten zu helfen –, und wäre es nicht schön, wenn die Pioniere der Lehrerin ihrer Großmütter ein wenig zur Seite stehen würden.

Ein offenes Wort . . . über das Lächeln eines Stadtrates

Unsere kleine Geschichte über die alte Dame, die Künstlerin und Lehrerin Dorothea Milde, hat viele Gemüter bewegt. Nicht zuletzt auch die ihrer Mitbürger in der wunderschönen alten Stadt Quedlinburg. Sie sandten ihr Blumen und Geschenke. Und sie kamen selbst, einige Familien und auch eine junge Lehrerin, aus ihrer alten Schule, brachten gemeinsam das kleine Stübchen in Ordnung, und die Männer reparierten kleinere Defekte an Dach und Wänden. Die Jungen Pioniere wollten ihren Garten pflegen, und da die örtliche Kreispionierorganisation sehr zögernd diese Initiative unterstützte, gingen sie, wie echte Pioniere, auf eigene Verantwortung hin und begannen den Garten umzugraben. Ein kleiner Junge aus einer anderen Stadt schrieb Fräulein Milde einen Brief, er habe auch einen Hund, und er würde mit ihm gern nach Quedlinburg kommen und den Täter, der ihre Schäferhunde vergiftet hatte, aufspüren.

Nicht so einfach und so natürlich und so naiv reagierte die Stadtverwaltung. Wegen der sehr sanften Kritik an der Sorglosigkeit der Verwaltung kam der Sitzungsmechanismus in Bewegung. Er trieb wunderliche Blüten; anscheinend ist Kritik in der Verwaltung dieser Blumenstadt ein sehr seltenes Gewächs, es wird weder geschätzt noch gepflegt.

Auf einer Sitzung, die in der Ursula-Götze-Schule in dieser Stadt stattfand, äußerte der Sekretär des Rates der Stadt, der Stadtrat Paul Schröder: „Es kostet mich ein Lächeln, dann geht das Bauamt raus; die machen die Bude dicht. Und dann kann sie (Fräulein Milde) sich weigern, soviel sie will, dann muß sie raus. Dann kommt sie in eine andere Wohnung oder in ein

Feierabendheim." Und zu der jungen Lehrerin, die als Parteisekretärin der Sozialistischen Einheitspartei Deutschlands sich verantwortlich fühlte für das Schicksal von Fräulein Milde: „Wenn du Spaß hast, kannst du dann draußen deinen Walzer tanzen." Ich nehme zu seinen Gunsten an, daß er in diesem Augenblick vergessen hatte, daß die junge Lehrerin gehbehindert ist. Inzwischen hatte die „Wochenpost" erfahren, daß der Rat der Stadt Quedlinburg in seinem Haushaltsplan keine Mittel hat, die Wohnlaube instand zu setzen. In wenigen Minuten fanden sich einige Künstler und Schriftsteller, die aus Solidarität folgendes Telegramm an den Bürgermeister sandten: „Die unterzeichneten Künstler und Schriftsteller garantieren für das Aufbringen der Kosten für eine würdige Instandsetzung der Wohnlaube unserer Kollegin Dorothea Milde. Willi Bredel, Lea Grundig, Auguste Lazar, Rosemarie Schuder, Rudolf Hirsch." Mit einem herzlichen Brief bedankte sich die Stadtverwaltung für die rasche Hilfe und nahm das Angebot an. Wir könnten so mit der Regelung zufrieden sein. Es geht uns aber nicht allein um die Wohnung einer alten Dame. Es ist nicht nur eine Frage der Baukunst. Es ist ein Problem der Staatskunst, es ist eine Beziehung zwischen dem Bürger und seinem Staat.

Sicherlich ist der Kollege Paul Schröder ein tüchtiger Verwaltungsfachmann – ich habe nicht das Gegenteil gehört. Wir wollen ihm auch nicht wegen seiner dummen Äußerung – wie man so sagt – die Beine weghacken. Aber vielleicht sollte er selbst einmal seine Verwaltungsmethoden überprüfen. Lächeln ist gut, tanzen ist besser, wir haben etwas übrig für freundliche und heitere Menschen. Aber ein Verwaltungsangestellter ist kein König, kein absoluter Herrscher; er sollte sich auf den Rat der Fachleute stützen. Wie wenig der Kollege Schröder auf die freiwillige Mitarbeit gutwilliger Menschen wert legt, zeigte seine Anordnung. Er ließ den Direktor der Ursula-Götze-Schule unterrichten, der jungen Lehrerin von dem erwähnten Telegramm nichts zu sagen. Kann man irgend jemand Vorwürfe machen, daß er sich an unsere demokratische Presse gewandt hat? Das ist von anderer

Seite geschehen mit den Worten: „Was kümmerst du dich um diese Sache, wir haben wichtigere Aufgaben.“ Es gibt vielfältige und wichtige Dinge in einer Stadt. Und im Vordergrund stehen ohne Zweifel die Fragen der Wirtschaft. Aber im Sozialismus soll die Wirtschaft nicht Selbstzweck sein und nicht Profitinteressen dienstbar. Sie soll einzig und allein dem Wohl der Gesamtheit, dem Wohl der Menschen dienen. Und wer hätte die liebevolle Sorge nicht nötiger als ältere alleinstehende Menschen. Für diesen edlen Zweck sollte eine Stadtverwaltung sich auf viele ehrenamtliche Helfer stützen. Und die Kollegen Bürgermeister, Stadträte und Gemeindevertreter sollten versuchen, diese aktiven Menschen zur Mitarbeit zu gewinnen, sie dürfen nicht abgeschreckt und bestimmt nicht beleidigt werden. Mögen diese Kollegen, bitte sehr, ihr gewinnendes Lächeln benutzen, die ehrenamtlichen Helfer zu ermutigen. Nur die Mitarbeit vieler, die guten Willens sind, kann Mißstände aufspüren und beseitigen. In Quedlinburg war es eine Wohnlaube, in anderen Städten und Gemeinden mögen es andere Fragen sein.

Und wenn jemand Kritik übt, darf man nicht reagieren: „Na warte, dir werde ich zeigen, was eine Harke ist.“ Die Harke ist ein nützliches Instrument für die Bodenbearbeitung, für Menschenbehandlung ist sie nicht geeignet. Die Könige und die Führer haben wir beseitigt, der Weg zur sozialistischen Demokratie ist beschritten, aber leider steckt noch in einigen Menschen der tausendmal verfluchte preußisch-bayerische Obrigkeits- und Untertanenstandpunkt. Durch Dekrete und Verordnungen wird er nicht abgeschafft. Eine sozialistische Verwaltung, die von Herz zu Herz spricht und den Verstand gebraucht, kann das ändern. Und mit den dahingegangenen Herrenmenschen sollte auch jedes Lächeln vergangen sein, daß die Herzen erstarren läßt, denn unser Lächeln kann nur freundlich sein.

Ihr Rudolf Hirsch

Der Mann, der sein eigener Neffe war

Der da, der mit einer geschmeidigen Stimme überschnell spricht, kann keinen Satz zu Ende bringen, denn schon wieder fängt er den nächsten flüsternd an. Er wirkt wie ein Überbleibsel einer vergangenen Zeit. Tief steckt in seiner Denkweise alte Gewohnheit, sein Handeln – jawohl sein Handeln – bewegt sich in alten Formen, in alten Vorstellungen. Ein Stückchen handeln, so meint er, sei höher geachtet und besser bezahlt als ein Tag Arbeit.

Menschen seines Schlages scheitern auch drüben im Land des Kapitals, aber dort sind sie eine Massenerscheinung. Sie bevölkern fast so häufig wie betrunkene Verkehrssünder die westlichen Gerichtsstuben. Bei uns muß man sie schon mit der Lupe suchen.

Drüben glauben oft die Gescheiterten, der Vertreterberuf sei ihre letzte Zuflucht. Man sagt dort: Wer nichts hat und nichts kennt, der wird Agent für zwei Prozent. Aber die Untüchtigen und Gewissenlosen verkaufen dann Ware, die ihnen nicht gehören, rechnen sie nicht ab, sie nehmen sich, um überhaupt existieren zu können, etwas vom fremden Gut und kommen dann wegen Betruges, wegen Unterschlagung vors Gericht. Sie wandern in die Gefängnisse, und nach der Entlassung müssen sie wieder eine Agentur übernehmen. Vorbestrafte stellt man nirgendwo drüben gerne ein, und das alte Lied beginnt von neuem.

Herr Bernhard ist Sohn ehrlicher Eltern. Er lernte in einem Magdeburger Großhandelsgeschäft, er weiß, was Kammgarn, Cheviot, was Fresko ist, er kann Crêpe de Chine von Crêpe Satin unterscheiden, niemand kann ihm Kunstseide als reine

Seide verkaufen, er weiß, wo man Knöpfe, wo man Haken und Ösen, Schnallen und Nadeln, Gummiband und Litze, Spitzen und Tücher einkaufen kann, kurzum, er ist ein Textil- und Kurzwarenhändler hohen Grades.

Aber er lebte in einer Zeit, da die Hemdenstoffe meist braun gefärbt wurden und die Herrenanzüge meist von grauem Stoff waren. Auch er mußte diesen grauen Anzug anziehen und in den Krieg marschieren. Viele graue Monturen bekamen schlimme Löcher, aber Herr Bernhard hatte Glück, er kam unversehrt nach Magdeburg zurück und wurde sehr bald Sachbearbeiter für Schuhe und Kleider beim Rat der Stadt; diese Tätigkeit fand bald ein Ende, und wir hoffen, daß dies Ende ehrenhaft war. Aber wir wissen es nicht. Die Versuchung war groß, und die Tuche waren knapp, die Herr Bernhard zu verteilen hatte.

Er begann, ehrlich zu arbeiten, doch das war mühsam. Und er beantragte eine Genehmigung für ein Wandergewerbe, und auch das wurde ihm gewährt. Einmal in dieser Zeit wurde er schon wegen Betrugs verurteilt, konnte aber trotzdem sein Gewerbe beibehalten. Aber dann gab es eine zweite Strafe wegen Steuerhinterziehung, und 1954 eine ganz harte Strafe wegen fortgesetzten Betruges. Und dann war die Zeit des ambulanten Handels vorbei, die Gewerbegenehmigung wurde ihm nicht wiedererteilt.

Als er nun nach langer Haftzeit aus der Strafanstalt entlassen wurde, bekam er sofort eine Stellung bei der Volkseigenen Großhandelsgesellschaft in Burg – erst als Lagerist und dann als Außenverkäufer. Hier wußte man von seinen Vorstrafen, aber wie das bei uns so üblich und richtig ist, wurde ihm sofort eine Chance gegeben. Doch Herr Bernhard fing an zu bummeln, und als man ihn deswegen zur Rede stellte, war er beleidigt und gab seine Arbeit auf.

Aber noch war er nicht verlassen, er ging zur Post und wurde sofort wieder angenommen. Man war mit ihm zufrieden. Er galt als ein sehr gewandter, liebenswürdiger Kollege, intelligent, und er sollte weiterkommen. Man schlug ihn sogar zur Betriebsakademie vor. Leider fiel er langsam wieder in sein altes Lotterleben zurück. Noch einmal wurde er ermahnt und zur Rede gestellt. Und wieder gab er die Arbeit auf.

Noch während seiner Tätigkeit bei der Post hatte Herr Bernhard angefangen, sich ein neues „Handelsunternehmen“ aufzubauen.

„Ich wollte das Massenbedarfsgüterprogramm unserer Regierung verwirklichen“, sagte Herr Bernhard vor Gericht. Und zu diesem Zweck schrieb er Postkarten an viele Firmen und Handelsgesellschaften. Er bezeichnete sich als Firma Bernhard, Kurzwarenhändler en gros. Er machte Bestellungen für Litzen und Bänder, für Knöpfe und Schürzen, Netze aller Art, Schmuckwaren, Filetdecken. Und die Firmen lieferten ihm Waren und Muster. Nach vierzehn Tagen sollte er sie bezahlen. Aber bezahlen tat Herr Bernhard grundsätzlich nicht.

Wenn die Mahnungen dringend wurden, schrieb er: „Mein Berliner Vertreter ist nach Westdeutschland geflüchtet. Er hat einen Teil des Berliner Warenlagers mitgenommen. Ich bitte um Aufschub.“ Oder wenn es schlimm wurde: „Mein Bruder ist gestorben. Ich stehe in Fusionsverhandlungen mit dem Unternehmen meines Bruders.“ Und wenn mit Zahlungsbefehlen gedroht wurde, schrieb er, sein Betrieb habe gerade Ferien. Und wenn die Mahnungen immer dringlicher und dringlicher wurden, dann schrieb Herr Bernhard: „Sehr geehrte Firma, ich bin der Neffe des alten Herrn Bernhard. Mein Onkel ist leider schon etwas alt. Er hat ein wenig die Übersicht verloren. Ich leite jetzt das Unternehmen und werde sobald wie möglich die Rechnungen regulieren.“

Wenn Privatfirmen einem Mann Waren auf Kredit geben, den sie nicht kennen, von dem sie nur eine Postkarte in der Hand haben, dann ist das höchst leichtfertig, aber sie riskieren nur ihr eigenes Geld. Doch wenn volkseigene Betriebe genauso leichtfertig sind, dann hört die Gemütlichkeit auf. Und ausgerechnet die Großhandelsgesellschaft in Burg, bei der Herr Bernhard früher einmal tätig war und die aus seinen Kaderunterlagen genau wissen mußte, was mit ihm schon einmal los war, diese Großhandelsgesellschaft lieferte Herrn Bernhard auf seine Postkarte hin Waren im Werte von über 540,– M.

Die Volkseigenen Industriewerke in Bernau können eine Summe von 2650,– M in ihren großen Schornstein schreiben. Bei einer ihrer Mahnungen hatten sie noch dem säumigen Herrn Bernhard eine neue Offerte unterbreitet.

Wenn seine Lieferanten nur einmal bei der Industrie- und Handelskammer in Magdeburg angefragt hätten, ob ihr eine Firma Bernhard bekannt sei, mit einem Brief, der zwanzig Pfennig Porto gekostet hätte, dann wären ihnen die riesigen Verluste erspart geblieben. So aber beträgt der Gesamtverlust der privaten und volkseigenen Betriebe über 7000,– M.

Manchmal versuchte Herr Bernhard auch die bekannte Methode, ein altes Loch mit einem neuen zu stopfen, aber die meisten Werte flossen, in Geld umgemünzt und flüssig geworden, in das gierige Loch, in die eigene durstige Kehle.

Dreieinhalb Jahre Zuchthaus sind eine harte Strafe. Die 50,– M Geldstrafe wird er verschmerzen können, sie spielen bei seinen Schulden keine Rolle mehr.

Wir aber dürfen nicht dulden, daß unser Volksvermögen durch einen solchen kapitalen Dummkopf und Möchtegern-Kapitalisten und Verbrecher verschleudert und vergeudet wird. Die Angestellten der volkseigenen Betriebe, die diesem Mann so leichtfertig Kredit gaben, die das Vermögensinteresse des Volkseigentums so fahrlässig hüteten, die sollten moralisch und auch finanziell zur Verantwortung gezogen werden.

Die blauen Steppdecken

Die Kreisstadt Seelow im Oderbruch hat zwei Bahnhöfe (Stadt und Mark), einen Flugplatz, einen Sender und ein Kulturhaus im klassischen Stil. Die Bahnhöfe liegen weit von der Stadt entfernt. Der Flugplatz ist für Dünger- und Streumaschinen bestimmt, der Sender ist nur eine Relaisstation.

Das Kulturhaus von Seelow, das neue Warenhaus und viele Neubauwohnungen stehen im krassen Gegensatz zu dem etwas traurigen Straßenbild. Die Neuzeit geht in Seelow merkwürdig behutsam vor, um die Stadt zu gewinnen. Sie macht manchmal einen Riesensprung und fällt dann wieder in ihre Lethargie zurück.

Viele leitende Angestellte der Kreisstadt eilen um fünf Uhr nachmittags zu den beiden Bahnhöfen (Stadt und Mark), um sich so schnell wie möglich in ihre Wohnstätten und Wohnstädte zurückzuziehen. Still liegt der Markt, verlassen die Gassen. Das mag ein wenig lieblos klingen; Seelow hat bestimmt auch seine Schönheiten und Vorzüge. Sie liegen sicherlich mehr im Inneren und sind für den oberflächlichen Betrachter nicht sofort erkennbar.

Der Kreisstaatsanwalt von Seelow spricht in seinem Plädoyer lang und breit über den Staatsratsbeschluß zur Verbesserung der Rechtspflege. Das sind gute Worte. Er klagte Frau Guste wegen Untreue an genossenschaftlichem Eigentum an. Untreue ist immer eine schwere, aber auch eine schwierige Angelegenheit. Frau Guste habe, nach der Anklage des Staatsanwaltes, vorsätzlich die ihr kraft eines Treueverhältnisses obliegende Pflicht, fremde Vermögensinteressen (die der Konsumgenossenschaft) wahrzunehmen, verletzt und dadurch dem Konsum einen Nachteil zugefügt.

Hier – Frau Guste war Verkaufsstellenleiterin im Konsum – muß untersucht werden, hat Frau Guste vorsätzlich, das heißt gewußt und gewollt, die ihr bekannten Pflichten verletzt, sind durch die bewußte Pflichtverletzung dem Konsum Nachteile entstanden.

Es ist bei der Untreue (im Gegensatz zu der Anklage wegen Unterschlagung) nicht erforderlich, daß der Schuldige sich bereichert hat; Untreue aber ist ein Vergehen, das härter bestraft wird als Unterschlagung, weil Untreue eben nur leitende Angestellte begehen können. Ohne Frage, ein Verkaufsstellenleiter ist ein solch leitender Angestellter.

Sie wohnt in einem kleinen, etwas abgelegenen Dorf im Kreis Seelow, ihr Mann ist erfolgreicher und zufriedener Genossenschaftsbauer mit einer kleinen Hauswirtschaft, zwei Schweinen, Hühnern, Gänsen und Enten.

Frau Guste ist dreiundvierzig Jahre alt, leidend, und kann in der Genossenschaft nicht mitarbeiten. Sie hatte vor einigen Jahren beim Rat des Kreises um eine Gewerbeerlaubnis für Wäschenähen in ihrem Dorf nachgesucht. Das wurde ihr unverständlicherweise verweigert, weil sie, obwohl sie früher einmal das Weißnähen gelernt hatte, keine Lehrlingsabschlußprüfung gemacht hatte. Frau Guste war vor und während des Krieges als Wäscherin und Plätterin tätig. Am Wochenende mußte sie damals auch die gebügelten Hemden an die Kunden ausliefern und Geld kassieren. Sie durfte auch einigen Kredit geben. Wenn dies als Tätigkeit im Handel bezeichnet werden kann, das also war ihre ganze Handelstätigkeit und ihre ganze Handelserfahrung.

Nach dem Kriege heiratete sie, sie half, soweit sie das konnte, ihrem Mann, einem ehemaligen Gutsarbeiter bei der Neubauernsiedlung. Sie hat ein intelligentes, etwas energisches, einprägsames, aber strenges Gesicht.

In dem Dorf hat die Konsumgenossenschaft ein Geschäft. Es

ist mit vielen Waren ausgestattet, Textil- und Wirtschaftswaren werden dort verkauft, Stoffe, Gardinen aller Art, Haushalts- und Kurzwaren, ja Waschmaschinen, Eisschränke kann man dort beziehen. Auch von einem Moped war die Rede. Daneben Pullover, Strickwaren, Babyschuhe, ja sogar etwas Konfektion, also ein Warenhaus im kleinsten Stil. Das Warenlager hat einen Wert von etwa 100 000,– M.

Seit zehn Jahren war eine andere Frau dort Verkaufsstellenleiterin, sie schied im Februar 1961 aus, und Frau Guste wurde gefragt, ob sie nicht diesen Posten übernehmen wolle. Frau Guste füllte einen Fragebogen in der Kreis-Konsumgenossenschaft aus und wurde engagiert.

Der Hauptbuchhalter gab ihr einige Stunden lang Unterweisungen, wie sie die Kassenabrechnung machen müsse und welche Listen sie eintragen sollte. Ob ihr die Richtlinien 16 und 17 ausgehändigt wurden, hat sich nie klären können. Der Hauptbuchhalter meint, er hätte jedem neueingestellten Kollegen die Richtlinie ausgehändigt, die Richtlinie 16 wäre nur beschränkt vorhanden gewesen.

In der Kaderleitung quittierte sie auch, sie habe das Heft über die Rechte und Pflichten eines Verkaufsstellenleiters bekommen. Und sie sei auch mündlich eingehend über diese Frage belehrt worden. Frau Guste behauptete aber im Prozeß, das Heft habe sie nie gesehen. Mündlich wurde sie nicht belehrt. Sie habe alles unterschrieben, weil sie das als eine Formsache betrachtete. Das Vorstandsmitglied für Kader, also Personalfragen zuständig, habe sie nie belehrt, das mußte er in der Verhandlung vor dem Kreisgericht zugeben. Und auch seine Mitarbeiter haben ihn dort nicht vertreten. Die Unterschriften, die Frau Guste gab, besagen also über diesen Punkt gar nichts.

Das konnte also nicht gutgehen, und das ging auch nicht gut. Schon eine Strumpffachverkäuferin beispielsweise braucht eine Lehrzeit von mindestens zwei Jahren, und dann ist sie noch lange keine Verkaufsstellenleiterin in einem Strumpfspezialgeschäft. Und ein Verkaufsstellenleiter eines Strumpfspezialgeschäfts ist auch nach langen Berufsjahren erst fähig, ein Kaufhaus oder ein Warenhaus mit Waren so vieler Sorten zu leiten.

Hätte man in diesem etwas abgelegenen, schwer zugänglichen Dorf also die Verkaufsstelle schließen müssen, wenn keine geeignete Fachkraft vorhanden war? Nein. Aber es wäre die Pflicht gewesen, Frau Guste mindestens vierzehn Tage oder einen Monat lang zu veranlassen, sich bei einem bewährten Verkaufsstellenleiter in einem ähnlich gelagerten Geschäft einzuarbeiten. Bei Inventuren wurde der Laden sowieso acht Tage lang geschlossen.

Es wäre für alle Beteiligten besser gewesen, in dieser Frage vorsichtiger vorzugehen. Oder ein bewährtes Vorstandsmitglied hätte Frau Guste im ersten Monat an Ort und Stelle in die Gepflogenheiten des sozialistischen Handels mit Rat und Tat einführen müssen.

Aber nichts geschah. Vom April 1961 bis November 1961 arbeitete Frau Guste ohne ernsthafte Kontrolle. Sie steigerte den Umsatz, sie war bei den Kunden beliebt. Sie verkaufte monatlich für 20 000,– bis 22 000,– M, sie verkaufte ganz allein. Im November stellte eine Inventurbrigade ein Manko von 11 000,– M fest. Die Kriminalpolizei wurde von diesem großen Manko in Kenntnis gesetzt, sie machte sehr, sehr umfangreiche Ermittlungen, fast ein Jahr lang. Es fand sich kein Hinweis, daß Frau Guste in die eigene Tasche gewirtschaftet hatte.

Es besteht die Möglichkeit, daß in diesem sehr engen, mit Waren vollgestopften Laden gestohlen wurde. Ein Bekannter hatte auch im Lager des Ladens in der Nacht einmal Licht gesehen. Frau Guste wurde darauf aufmerksam gemacht. Am nächsten Morgen brannte dieses Licht nicht mehr. Frau Guste gab dieser Sache keine Bedeutung. Erst nach dem Aufdecken des Mankos erinnerte sie sich daran. Es ist also möglich, daß sich ein Dieb einen Nachschlüssel zum Lager gemacht hatte. Möglicherweise hat aber auch Frau Guste nicht richtig abmessen können. Vielleicht aber haben alle diese Ursachen zu diesem erschreckend hohen Manko beigetragen. Wegen des Mankos wurde keine Anklage erhoben. Inwieweit Frau Guste schadenersatzpflichtig ist, das kann nur vom Arbeitsgericht geklärt werden.

Die Volkspolizei fand aber etwas anderes, ein Heftchen, in dem viele Namen standen und Zahlen dahinter, und fast alle Namen waren wieder ausgestrichen. Gefragt, was dies zu bedeuten habe, sagte Frau Guste, sie habe einigen Leuten Ware ohne Bezahlung mitgegeben, aber nur solchen, die sie sehr gut kannte. Wenn eine Frau vom Felde kam und etwas Nähzeug haben wollte, habe sie es ihr mitgegeben, auch wenn sie kein Geld bei sich hatte, und sie schrieb diesen Namen und den Betrag in ihr Büchlein ein. Wenn es bezahlt wurde, strich Frau Guste das aus.

Der Friseurmeister des Dorfes sah ein Moped bei Frau Guste stehen. Er wollte es kaufen, hatte aber an dem Abend das Geld nicht bei sich. „Nehmen Sie es mit und bringen Sie mir das Geld morgen früh." Auch dieser Betrag wurde eingetragen, bezahlt und gestrichen.

Der schwerwiegendste Fall war der: Eine Frau bestellte bei Frau Guste zwei grüne Steppdecken, obwohl Steppdecken in diesem Laden nicht geführt wurden, gab Frau Guste die Bestellung weiter. Es wurden ihr blaue Steppdecken geliefert, und die Kundin nahm die Decken nicht. Eines Tages kam eine andere Kundin in den Laden, sah die Steppdecken: „Ach, haben Sie jetzt blaue Steppdecken?"

„Wollen Sie sie haben?"

„Nein, ich habe jetzt kein Geld."

Und Frau Guste vereinbarte mit der neuen Kundin ein Abzahlungsgeschäft über mehrere Monate. Ähnliche Geschäfte machte sie auch beim Verkauf von Strickjacken. Als die Polizei das Heftchen in die Hand bekam, waren noch einige Posten offen. Frau Guste kassierte sie. Ein Verlust ist der Konsumgenossenschaft durch diese seltsame und nicht erlaubte Kreditgewährung nicht entstanden – nicht ein Pfennig Verlust.

Jeder Angestellte im Konsum und auch in der HO weiß, daß

es verboten ist, auch nur eine Stecknadel auf Kredit abzugeben. Wußte das Frau Guste? Mündlich belehrt war sie nicht. Wie war es in ihrem Dorf bisher gehandhabt worden?

„Ich habe nie etwas angeschrieben“, erklärte die Vorgängerin von Frau Guste mit betont lauter Stimme. Wenn ein Kunde etwas nicht bezahlen konnte, habe ich ihm die Ware gegeben und den Kassenzettel in die Kasse gelegt. Wenn er das Geld brachte, habe ich den Bon erst laufen lassen.“

Also hatte auch die Vorgängerin Ware auf Kredit abgegeben. Ja, selbst der Vorsitzende des Vorstands der Kreiskonsumgenossenschaft Seelow hat bei Frau Guste für 15,– M auf Kredit gekauft. Mit Ach und Krach, mit Hängen und Würgen mußte er das, als Zeuge vom Gericht geladen und gehört, zugeben. Er war zu der Zeit der Einstellung Vorstandsmitglied für Personalfragen. Also hätte er Frau Guste eingehend über die Rechte und Pflichten eines Verkaufsstellenleiters belehren müssen, und er hat es nicht getan. Er ging sogar mit schlechtem Beispiel voran. Und wie ein Witz klingt es, daß Mitglieder der Inventurbrigade, die das gewaltige Manko feststellten, auch im Laden von Frau Guste auf Kredit Ware entnahmen.

Der Kreisstaatsanwalt machte es sich meiner Meinung nach in seiner Anklage etwas zu leicht. Er addierte die Summen, die in dem Büchlein enthalten waren, einfach zusammen und behauptete, Frau Guste habe für über 9000,– M Kredit gegeben.

Frau Guste jedoch meinte, sie habe durchschnittlich nur für etwa 70,– bis 80,– M Außenstände gehabt. Beides scheint nicht genau die Wahrheit zu sein. Wahrscheinlich waren es etwas mehr, wahrscheinlich 250,– bis 270,– M durchschnittlich, die dem Konsum an barem Geld gefehlt hatten, die aber am nächsten oder übernächsten Tage eingegangen waren. Wenn man hiervon den Zinsverlust errechnen würde, käme man auf die bescheidene Summe von etwa 6,– bis 7,– M, das war auch die Meinung des Verteidigers von Frau Guste.

Wenn ein Verkaufsstellenleiter Kredit gibt und wenn er darüber belehrt ist, daß er das nicht darf, ist er als Verkaufsstellenleiter nicht mehr tragbar. Das ist unbestritten. Entsteht ein Verlust, hat er Untreue begangen, auch das ist juristisch nicht geklärt, es wäre höchstens Untreue mit bedingtem Vorsatz mit der Frage, wenn der Kunde nicht bezahlt. „Na wenn schon." Das wäre der bedingte Vorsatz. Und kein Verlust durch Kreditgewährung. Selbst das milde Urteil des Kreisgerichts Seelow, sechs Monate Gefängnis, bedingt ausgesprochen, bedarf einer Prüfung.

*

Das Bezirksgericht Frankfurt/Oder sprach in einer Berufungsverhandlung Frau Guste mangels Beweises frei – nachdem dieser Bericht in der „Wochenpost" erschienen war.

Bei einer Flasche Likör

Mit einer gewissen Lust und Behagen erzählt Bruno, wie er im Militärwaisenhaus erzogen, geprügelt und gedrillt wurde. Wie er, der Sohn einer armen Kriegerwitwe, mit zwölf Geschwistern dort wieder auf den neuen Krieg dressiert wurde. Aber wie er schon in der Lehre, im graphischen Gewerbe, den Drill, die monarchische Gesinnung und das ganze Schingderassabum verlor im harten Existenzkampf um Lohn und Brot.

Heute ist er ein gereifter Mann, seine hohe Stirn – manche nennen es Halbglatze – ist von einem schwarzen, mit weißen Fäden durchwirkten Haarkranz umwoben, und seine klugen Äuglein unter einer sehr dicken Hornbrille, ruhend auf einer spitzen Nase, versteckt. Wenn man ihn so sieht, so glaubt man, hier steht ein Kapellmeister, ein Musikant, aber höchst seriös und zuverlässig, der keine falschen Töne und keine Taktlosigkeiten durchgehen läßt, nicht bei sich und nicht bei den anderen.

Er ist kein Musikant. Er ist seinem Beruf, dem Buchdruckergewerbe, treu geblieben, und er kann stolz auf seine Erfolge dort sein. In seinem Betrieb, so sagt er wörtlich, läßt er keine Prämie aus. Und die Kollegen bescheinigen ihm, Bruno ist ein Spitzenarbeiter, er erreicht die höchste Arbeitsproduktivität. Dann ist er auch noch gesellschaftlich sehr rege im Betrieb, stellvertretender Vertrauensmann in der Gewerkschaftsgruppe und im Wohngebiet Vorsitzender der Sozialkommission im Wirkungsbereich der Nationalen Front.

Also keine Flecke auf der Weste? Doch leider auch Flecke, Alkoholflecke.

Bruno hat schon den Status des Großvaters erreicht, aber seine Ehe ist mit der Würze des beginnenden Alters nicht besser geworden. Er meint, seine Frau sei nicht mit ihm gewachsen, sie sei eifersüchtig ganz ohne Grund, sie glaube ihm die häufigen Sitzungen abends und nachts nicht.

Es war Ende Juli, und Bruno hatte Ferien, verregnete Ferien, wie wir alle in diesem Jahr 1962, und er war sonderbarer Stimmung. Er sei, so sagte er, deprimiert wegen des Todes seines Stiefvaters gewesen und erhoben wegen der baldigen Niederkunft seiner Schwiegertochter. Also ging er frühmorgens in eine Kneipe und trank. Bruno glaubte, es seien acht bis neun Bier und acht bis neun Schnäpse gewesen. Das glaubte man ihm nicht am Gericht. Ein Zeuge meinte, es seien nur vier Biere und Schnäpse gewesen.

Auf der Straße wurde Bruno von einer ihm unbekannten jüngeren Frau angesprochen, ob er nicht der Herr Bruno sei, der Vorsitzende der Sozialkommission.

Diese junge Frau ist ein blasses, schmächtiges, schwächliches Menschenkind. Sie hat eine schwere Rückgratoperation hinter sich, sie ist nur fähig, Halbtagsarbeit zu leisten und verdient deswegen in einem großen Chemiebetrieb um die 200,– M netto. Einen dreizehnjährigen Sohn nennt sie ihr eigen, der Vater dieses Jungen ist in Westdeutschland. Diese junge Frau muß den Mann einmal sehr, sehr geliebt haben. Aber der hatte ihr verschwiegen, daß er längst verheiratet war. Sie erfuhr es erst, als der kleine Junge schon unterwegs war. Damals bat er sie händeringend, ihm ja keine Vaterschaftsklage zuzusenden, er wolle schon alles so regeln. Und bis zum 13. August 1961 schickte er ihr illegal, unter Ausnutzung des Währungsgefälles, einen Betrag, für ihn war es ein Trinkgeld, sie nahm es, obwohl sie wußte, daß eine solche Zahlungsregelung nach den Gesetzen unserer Republik verboten war. Aber nach dem 13. August blieben diese Gelder eben aus.

Nun traf sie nachmittags um drei Uhr den Herrn Bruno, der einen so guten Namen in der Wohngegend hatte, von dem sie auch wußte, daß er in der Sozialkommission tätig war. Ihm wollte sie sich anvertrauen.

Er könne auf der Straße keinen Rat erteilen, und die junge Frau bat ihn in ihre Wohnung. Er behauptete, er habe gesagt, es ginge heute sowieso nicht, er habe getrunken, aber davon will die junge Frau gar nichts gehört haben. Unbestritten aber ist: Herr Bruno ging mit. Unbestritten ist auch, daß Herr Bruno den Sohn der jungen Frau auf die Straße schickte, um eine halbe Flasche Likör zu holen. Danach verließ der Junge die Wohnung.

Nach einem oder nach sechs Glas Likör scheint bei Herrn Bruno das Erinnerungsvermögen ausgesetzt zu haben, nicht ganz, er weiß, daß er zu der jungen Frau Irmchen gesagt hat und sie Brunolein. Das bestreitet die junge Frau, die völlig nüchtern geblieben war. Bruno aber behauptet, die junge Frau habe ihm sofort ihr Schlafzimmer gezeigt. Sie hingegen, er habe in seiner ehrenamtlichen Funktion eine Wohnungsbesichtigung verlangt und bekommen. Unbestritten ist, daß die Flasche Likör umfiel, nach ihrer Darstellung bei einer unerlaubten Handgreiflichkeit, nach seiner Darstellung bei einer ungeschickten Bewegung.

Der jungen Frau muß man mehr glauben. Sie behauptete, er habe von ihr etwas mit Drohung erreichen wollen. Er habe gesagt, er sei Mitglied des ZK der SED und durch ihn könne sie sofort festgenommen werden. Das ist eine dumme und unwahre Drohung, die kein vernünftiger Mensch ernst nimmt. Sie ließ sich auch nicht ganz einschüchtern, sie wies ihm die Tür, und erst nach mehrmaliger Aufforderung verschwand er. Aber sie zeigte ihn auch nicht an. Erst als sie Nachbarn die ganze Geschichte erzählte, kam sie zur Kenntnis der Polizei. Und als die Volkspolizei sie hören wollte, machte die junge Frau einen Selbstmordversuch, wahrscheinlich, weil sie von Bruno doch eingeschüchtert war.

Ist ihm aber, dem vorbildlichen Arbeiter und eifrigen ehrenamtlichen Funktionär, eine solche Tat überhaupt zuzutrauen? In seinem Lebenslauf gibt es einen merkwürdig ähnlichen Hinweis. Aus einem Betrieb wurde er trotz vorbildlicher Arbeit fristlos entlassen – vor vielen, vielen Jahren –, weil er in der Trunkenheit zu einer Kollegin beleidigend wurde.

Das Gericht nahm zu seinen Gunsten an, daß Bruno nach dem Genuß des Likörs plötzlich sinnlos betrunken war, daß er Dinge tat und Drohungen aussprach, die, für sich allein betrachtet, Hausfriedensbruch und Nötigung waren. Da er aber seiner Sinne nicht mehr Herr war, kann er nur wegen verbrecherischer Trunkenheit bestraft werden. Die vier Monate Gefängnis, bedingt ausgesprochen, sind eine sehr, sehr ernste Warnung für ihn. Natürlich ist er als Mitglied der Sozialkommission nicht mehr tragbar. Er muß auch damit rechnen, daß seine Partei ernst mit ihm sprechen wird, daß ein solches Benehmen mehr Schaden bringt als hundert gute Taten.

Aber sprechen wollen wir auch mit der jungen Frau. Wir wollen ihr keinen Prozeß machen wegen des Verstoßes gegen die Währungsbestimmungen, aber sie muß endlich aufwachen, sie muß aufhören, Rücksicht zu nehmen auf einen rücksichtslosen Mann. Er muß seine Unterhaltszahlungen in voller Höhe in D-Mark auf das Ausgleichskonto leisten, das zwischen beiden deutschen Staaten vereinbart ist. Dann wird der jungen Frau der Betrag 1:1 ausgezahlt, und für die westdeutschen Kinder ist dann auch Geld vorhanden, wenn deren Väter bei uns wohnen.

Sind klare Verhältnisse gegeben, dann fehlt jeder Grund für vertrauliche Besprechungen bei einer halben Flasche Likör.

Mangelnde Liebe – Lebensgefahr

Es hätte fast eine Anklage wegen versuchten Mordes gegeben. Nein, töten wollte sie nicht, aber was sie tat, hätte leicht tödlich ausgehen können. Das erste Opfer wäre ihr Vater gewesen.

Und es geht hier in dem Verfahren vor der Jugendstrafkammer um Vater und Tochter. Wenn mangelnde Liebe und vergessene Geburtstage, unterlassene Zärtlichkeit, wenn Gefühlsarmut strafbar wären, dann müßte der Vater hier Mitangeklagter sein.

Margit, die große, wohlgewachsene, fast Siebzehnjährige, mit den braunen Haaren und dem etwas kindlichen Schnütchen, hat ihre leibliche Mutter nie richtig gekannt. Sie verließ ihren Mann, Margits Vater, als die Kleine ein Jahr alt war; sie wohnt drüben und schreibt ab und zu der großen Tochter eine Postkarte. Erst wuchs Margit bei der Oma und dann bei der Tante auf. Der Vater, ein Fleischer, heiratete ein zweites Mal und nahm die Tochter wieder zu sich. Aber auch diese Ehe scheiterte, und nun kamen viele Frauen ins Haus. Und auch eine wurde wieder offiziell Mutti bei Margit.

Aber nicht lange, da war auch diese Ehe zu Ende, und die zweite geschiedene Frau zog wieder ein; sie wohnt auch noch heute dort, und zu ihr hatte Margit einmal echtes Vertrauen, aber leider ist auch diese Gemeinsamkeit wieder zerbrochen, und die zweite Frau will jetzt auch ausziehen. Die beiden, allerdings noch geschiedenen Eheleute, haben das gemeinsame Schlafzimmer verlassen. Schon diese kurz gefaßte, sehr nüchterne Schilderung der verworrenen Familiengeschichte zeigt, daß hier kein echtes Zu-Hause-Gefühl, keine echte Bindung, keine Wärme entstehen konnten.

Der Vater hat immer gut für seine Tochter gesorgt. Sie bekam satt zu essen, sie hatte Kleidung und Wäsche, Bücher, Radio und Fernsehen. Auch eine Lehrstelle bei der HO hat ihr Vater ihrem Wunsche entsprechend besorgt. Aber einen Vater hatte sie nicht. Niemals ist er mit ihr am Sonntag spazierengegangen, niemals in den Tierpark, nicht ins Kino und nicht ins Theater. Er kommt abends von der Arbeit nach Hause, trinkt einige Flaschen Bier und schläft dann regelmäßig schon auf der Couch ein. Nie hat er an ihren Geburtstag gedacht, und Weihnachten zog sang- und klanglos vorüber.

Eine Episode kann Margit dem Vater nie und nimmer vergessen. Zur Jugendweihe hatte sie einen neuen Hüfthalter bekommen. Sie hatte ihn schon vorher getragen, und am Festtag soll der schon etwas ramponiert gewesen sein. Der Vater bemerkte das und schlug mit ihm auf Margit ein. Es gibt, das sollen sich Eltern und Erzieher immer vor Augen halten, Situationen – besonders an solchen für Kinder bedeutsamen Tagen –, die unvergessen bleiben, die auf ihre Einstellung, auf ihre Zuneigung und Achtung zu den Eltern bestimmend wirken. Seit diesem Tage reifte in Margit der Wunsch, ich will weg von zu Hause, weg will ich. In ein Jugendheim oder ein Lehrlingswohnheim.

Ein junger Mensch, das ist jedem Erwachsenen bekannt, braucht Verständnis, Vertrauen, Liebe, ja auch Zärtlichkeit. Einmal ein Stündchen, wo man sich mit dem jungen Menschen zusammensetzt und mit ihm über Sorgen spricht. Sorgen, die die Eltern haben, Sorgen vielleicht, die die Kinder haben. So entsteht Vertrauen. Ein Versuch, die zweite Mutti, die zweite geschiedene Frau des Vaters für sich zu gewinnen, schlug fehl. Margit hatte das Gefühl, daß sie die Geheimnisse, die sie ihr anvertraute, sofort dem Vater preisgab. Und der Vater prügelte das nun schon fast erwachsene Mädchen nicht gerade selten.

Was aber Margit zu Hause entbehrte, eben dieses Vertrauen

und diese Zärtlichkeit, das mußte sie naturgemäß woanders suchen. Sie hatte viele Freundinnen und vielleicht auch Freunde, aber ich glaube nicht, daß der Vater recht hat, als er sie vor Gericht als Herumtreiberin bezeichnete. Sie blieb auch schon nächtelang von zu Hause weg, sie kam einmal von einem Ausflug derangiert wieder. Der Vater gab ihr einen Stubenarrest von sechs Wochen.

Margit empfand und empfindet diese Behandlung als ungemein kränkend und empörend. Sie hätte vielleicht die echte Sorge des Vaters eher begriffen, wenn der Vater ein Vorbild, ein Beispiel gewesen wäre. Aber das große Mädchen hatte zuviel in seiner Kindheit gesehen, die vielen Frauen, der häufige Wechsel, der Hang zum Alkohol. Moral aber kann ein Erzieher nur verlangen, wenn er selbst Moral vorlebt. Margits Vater aber machte sich mit der Moral vor ihr nur lächerlich, und seine Verbote erschienen tyrannisch, willkürlich, hassenswert. Und dann kam es eben zu der gewaltsamen Explosion. In der Zeit, da Margit ihren Stubenarrest hatte, wollte sie mit einer Freundin in ein Kino gehen. Die Stiefmutter war mit ihrem zwölfjährigen Jungen ausgegangen, der Vater – müde von der Arbeit und vom Bier – war auf der Couch eingeschlafen. Margit übergoß ein Federkissen mit etwas Feuerzeugbenzin, steckte Papier hinein und schob das alles unter die Couch und zündete es an. Sie knallte die Zimmertüre sehr laut zu, so daß der Vater zu seinem und zu ihrem Glück noch rechtzeitig aufwachte. Er konnte noch löschen, ehe es für ihn und das große Wohnhaus zu einer Katastrophe kam.

Margit übernachtete bei einer älteren Arbeitskollegin, und ihr erzählte sie am nächsten Morgen, was sie angerichtet hatte. Auf deren Veranlassung stellte sie sich der Polizei.

Es sah wirklich wie ein versuchter Mord aus, aber Margit leugnete die Tötungsabsicht. „Ich wollte so erreichen, daß ich zwangsweise von zu Hause wegziehen mußte.“ Bei mildester Auslegung hatte sie aber dennoch ein gemeingefährliches Verbrechen begangen, vorsätzliche Brandstiftung. Und da diese

Brandstiftung an einem bewohnten Hause gelegt wurde, mußte man sie sogar strafgesetzlich als schwere Brandstiftung bezeichnen, ein Delikt, das bei Erwachsenen mit Zuchthaus bis zu fünfzehn Jahren bestraft wird und für das es keine mildernden Umstände gibt.

Aber Margit war sechzehn Jahre alt, als sie das Feuer legte, das fast zu einer Katastrophe geführt hatte. Bei einer Sechzehnjährigen aber gelten andere Maßstäbe, sie werden nach dem Jugendgerichtsgesetz verurteilt.

Für Margit wurde auf unbestimmte Zeit Heimerziehung angeordnet. Sie bleibt in einem Jugendwerkhof, in dem sie sich wohl fühlt, schon heute, und in dem sie beliebt ist. Dort ist bereits heute ihr Störrischsein verschwunden; aber hart für sie ist, daß sie die so erfolgreich begonnene Lehre nicht beenden kann. Die Praxis in der Küche mag dort ihre Kenntnisse in der Lebensmittelbranche ergänzen.

Sie hat eingesehen, wie verbrecherisch sie handelte. Aber in der Haft ist noch ein zweites Motiv sichtbar geworden: Geltungssucht. Hier schrieb sie an eine bekannte Schauspielerin, sie möchte zum Theater. Sie hat es bisher anscheinend noch nicht bemerkt, daß ihr dazu noch sehr viel fehlt, vor allem Bildung, Klugheit, Disziplin. Sie wollte vielleicht auch hier wieder eine Rolle spielen, vielleicht war sie beherrscht von dem Wunsch, sich hervorzutun, und das ist das Gefährliche in ihrem Wesen, das die Heimerzieher erkennen müssen.

Aber wird auch der Vater erkennen können, daß der wirkliche Vater nur der ist, der nicht nur Erzeuger, sondern auch Erzieher ist?

Gier und Tod

Bei meinen Darstellungen von Vergehen und Verbrechen versuche ich immer, zwei Dinge zu beachten: die Schuld des Rechtsbrechers und das Versagen der Umwelt. Ich bemühe mich, Fehlerquellen, die das Verbrechen begünstigt haben, offen auszusprechen, damit in ähnlichen Situationen nicht wieder schwache Menschen zu ähnlichen Dingen verleitet werden.

Die Verbrechen, über die ich heute berichten will, sind jedoch so unerhört und so außergewöhnlich, daß jede Verallgemeinerung eine Beleidigung wäre. Konnte der junge Mann, der Ehemann, die Folgen seiner Diebstahlshandlungen, seiner Strafen auch nur ahnen? Nur hätte er bedenken müssen: Werde ich gefaßt, kann meine junge Frau, die ein Kind von mir hat und die wieder schwanger ist, allein durchkommen? Die Bedrängnis konnte er voraussehen. Wie furchtbar aber die Folgen seines Tuns waren, das allerdings war nicht voraussehbar.

Er war unberührt, als er sie kennenlernte. Sie, Jutta, hatte schon einige Erlebnisse, sogar eine Schwangerschaftsunterbrechung, als sie sechzehn war, hinter sich. Er konnte ihr das sehr bewegte Vorleben nie verzeihen, und er hatte sie immer in Verdacht, daß die alten Bindungen nicht ganz gelöst waren.

Die junge Frau Jutta hatte ihre Mutter früh verloren, im Jahre 1940, als sie, einjährig, ein Schwesterchen bekam. Der Vater kümmerte sich nicht mehr um die beiden Kinder, und Jutta wuchs sehr verwöhnt und verzogen bei den Großeltern auf.

Sie bekam achtzehnjährig, 1957, ihr erstes Kind, Wolfgang, an dem sie heute noch sehr hängt, das sie um keinen Preis der Welt missen möchte. Kurz vor ihrer Niederkunft heiratete sie den natürlichen Vater des Kindes. Die junge Frau bekam eine gute Wohnung. Jutta wurde allgemein als eine sehr gute, tüchtige, saubere Hausfrau geschildert. Der junge Mann, er ist groß, hübsch, stattlich, hatte eine gut bezahlte Arbeit als Schlosser. Aber in seinem Werk stahl er Werkzeuge in sehr, sehr großem Umfang. Die Diebereien wurden entdeckt und der junge Mann wurde 1959, als Jutta im achten Monat war, in Haft genommen. Sie ging in dieser Zeit zu dem zuständigen Staatsanwalt, schilderte ihre Situation und erwirkte, daß ihr Mann von der Untersuchungshaft verschont wurde – allerdings nur vierzehn Tage, kurz vor dem Prozeß wurde er zum zweiten Mal in Haft genommen. Er bekam eine Strafe von zwei Jahren Zuchthaus.

Die Ehe war nie gut gewesen. Er hatte sie sehr oft wegen nichtiger Anlässe geschlagen, auch wegen der alten Geschichten.

Kurz nach der zweiten Inhaftierung kam das zweite Kind zur Welt. Die kleine rundliche Jutta mit den schwarzen langen Locken war in einer peinlichen Situation. Sie bekam monatlich 180,– M, davon mußte sie 40,– M allein für Miete bezahlen, und die Familie hatte außerdem noch monatlich 80,– M abzuzahlen.

Das staatliche Kindergeld von 600,– M bei der Geburt des zweiten Kindes hatte sie wahrscheinlich schon ganz für sich verbraucht. Um Hilfe von anderen Stellen bemühte sie sich nicht. Wenige Tage, nachdem Jutta mit dem Kind aus der Klinik kam, tötete sie das Neugeborene. Niemand konnte ahnen, daß es eine vorsätzliche Tötung war. So wurde die Tat nicht entdeckt.

Jutta begann sofort zu arbeiten, und zwar als Aufwartung in einem Feierabendheim. Wie glücklich hätte sie eine alte Dame machen können, wenn sie damals sie gebeten hätte: „Passen Sie in der Zeit, in der ich arbeite, auf meinen Säugling auf."

Nein, diesen Weg und die vielen anderen Möglichkeiten, mit ihren Schwierigkeiten fertig zu werden, hat sie nie beschritten. Die Tötung des Kindes, das sie unter Qualen geboren hatte, das ein Recht auf ein eigenes Leben hat, erschien ihr als der einzige Ausweg aus der beklemmenden Situation.

Während der Mann in Haft war, fand sie einen neuen Freund,

und wieder meldete ein Kindlein seinen Lebensanspruch an. Der Mann, der sein natürlicher Vater war, verließ Jutta sehr bald, und die junge Frau fand wieder einen anderen. Der verliebte sich sehr, er war bereit, sie zu heiraten, wenn der im Gefängnis sie freigäbe. Das kommende Kind wie auch den kleinen Wolfgang wollte er als seines anerkennen.

Jutta besuchte ihren Mann in der Haftanstalt. Erst verschwieg sie diesem ihren Zustand, aber zum Schluß konnte sie ihn nicht verbergen. Er war sehr zornig und entschlossen, wohl ihr die Untreue zu verzeihen, aber er wollte keinesfalls das kleine Kind in seinem Haus aufnehmen.

Nach einem Jahr wurde der Mann plötzlich aus der Haft entlassen. Er kam nach Hause zurück, seine Frau war nicht da. Er sah sie mit einem anderen auf der Straße. Sein Zorn wurde größer, er trank, er schimpfte, aber er blieb dabei, alles sei vergeben, doch das Kind muß aus dem Haus.

Nach der Geburt, ihr Mann hatte sie in der Entbindungsanstalt häufig besucht, bemühte sich Jutta, um das kleine Kind von einer anderen Familie adoptieren zu lassen. Ihr wurde von den zuständigen Stellen gesagt, das sei möglich, aber frühestens nach den ersten sechs Wochen.

Wieder tötete Frau Jutta das Kind. Man war in diesem Todesfall schon sehr mißtrauisch, und die Obduktion konnte bei dem Säugling eine Nabelsepsis feststellen, eine Vergiftung, die auch ohne das Zutun der entmenschten Mutter wahrscheinlich zum Tode geführt hätte. Die Ärzte nahmen sogar an, das Kind sei an dieser Sepsis verstorben.

Die Ehe, die durch die Tötung des zweiten Kindes aufrechterhalten werden sollte, zerbrach. Die beiden ließen sich scheiden. Wieder fand die junge Frau viele Männer, die sich mit ihr nur für einen Tag abgaben. Und als sie von irgendeinem, der sie sehr bald verließ, wieder schwanger war, da fand sie, jetzt dreiundzwanzig geworden, einen jungen Mann, der sie heiraten wollte. Der wieder bereit war, den jetzt vierjährigen Wolfang und das zu erwartende Kindchen zu adoptieren.

Das Kindchen kam zur Welt. Die beiden Kindestötungen vorher hatten den Geist von Frau Jutta schon so barbarisch gemacht. Sie bringt das dritte Kind in einer Klinik zur Welt, kommt mit dem Neugeborenen nach Hause. Der junge Mann, der sie heiraten wollte und dieses Kind adoptieren wollte, kümmerte sich sehr um das Kind, das nicht von ihm war. Er wusch sogar die Windeln. Aber sie? Nach zehn Tagen, als sie einmal allein zu Hause war, tötete sie auch das dritte Kindchen.

Aber nun wird die Polizei aufmerksam. Sie ermittelt. Und sie befragt die Mutter, bei der schon drei neugeborene Kinder auf unerklärliche Weise zu Tode kamen. Tod durch Ersticken konnte festgestellt werden.

Sie kann vor dem Bezirksgericht Magdeburg keine Gründe angeben, warum sie auch das dritte Kind tötete. Sie sagt nur, zweimal habe man es nicht bemerkt, und so würde es auch jetzt gutgehen. Hat tief in ihr die Angst gesteckt, wird auch dieser Mann des Kindes wegen mich verlassen? Wollte sie unabhängig bleiben, wieder ausgehen können, wieder einen neuen Mann für sich gewinnen. Sie war stumpf geworden, sie steht moralisch tiefer als jedes Tier. Das Leben, dem sie so gierig verfallen ist, gönnt sie ihren eigenen Kindern nicht.

Der Zweite Strafsenat des Bezirksgerichts in Magdeburg verurteilte sie zu lebenslangem Zuchthaus.

Wie man Kohlen macht

Die Kohlen stimmten nicht. Überhaupt nicht. Und es begann, weil die Kohlenarbeiter glaubten, in Zukunft würden ihre „Kohlen“ nicht mehr stimmen.

Im VEB Kohlehandel, Lager Nordost, sollten mit dem Monatsanfang neue Normen eingeführt werden; das war in einer Betriebsversammlung lang und breit erörtert und beschlossen worden. Die Arbeitsproduktivität im Kohlentransport sollte gesteigert werden, aber es wurde den Arbeitern klar und deutlich gesagt, ein jeder wird genausoviel „Kohlen“ mit nach Hause zu Mutti bringen wie bisher. Ein System war ausgeklügelt worden, unendlich kompliziert. Die Fachleute des Kohlentransportes hatten es verstanden, so sagten sie.

Nur vier jüngere Transportarbeiter waren mißtrauisch. Sie saßen nach der Versammlung in der Kneipe und fingen an zu klönen. „Wir werden in zehn Tagen also 200,– bis 300,– M weniger verdienen, was ist dagegen zu machen?“ Und einer sagte: „Wißt ihr was, das ist ganz einfach, dann machen wir eben ein bißchen HO-Kohlen.“

Alle verstanden sofort, was damit gemeint war, ein fünfter wurde in das System eingeweiht, und dann ging es los.

Der VEB Kohlenhandel liefert den Berliner Haushalten die Kohlen in Körben. Jedes Lieferauto hat eine Waage, und die Kohlenarbeiter sind verpflichtet, dem Kunden die Körbe auf der Waage vorzuwiegen. Sie bekommen für diese Arbeit ein Wiegegeld extra. Das Wiegegeld steckten die fünf weiter in die Tasche und stellten es in Rechnung, aber gewogen wurde nur noch selten. Und Kunden bekamen in diesen Tagen viel, viel weniger, einmal am Gewicht und zum anderen auch an der Anzahl an Körben, als sie bezahlt hatten.

Wenn die fünf dann noch ein Trinkgeld bekamen für ihre schnelle und gute Belieferung, dann fragte einer von ihnen: „Brauchen Sie noch ein paar Zentner HO-Kohlen, wir haben zufällig noch etwas auf dem Wagen.“ Und sehr häufig kauften die Kunden nun auch fünf, sechs oder zehn Zentner dazu, weil es ja so bequem war.

So kam es, daß die Menschen in Berlin-Treptow dennoch ihre ganze Kohlenmenge bekamen, allerdings zahlten sie zuviel, viel zuviel. Natürlich stellten die fünf keine ordnungsgemäßen Rechnungen über die sogenannte HO-Kohle aus, sondern quittierten das so nebenher auf der Rechnung der anderen Kohle. Alles wäre, so weit, so gut oder besser, so schlechtgegangen, wenn die fünf richtig gerechnet hätten. Aber sie hatten überhaupt falsch gerechnet.

Denn nach den neuen, wie es so schön heißt, „lohnpolitischen Maßnahmen“, wurde ihr Einkommen nicht um einen Pfennig geschmälert, im Gegenteil, sie verdienten ganz regulär sogar noch etwas mehr als nach dem alten Lohntarif. Aber sie rechneten auch falsch auf ihren regulären Quittungen, die sie den Kunden gaben. Und einer beschwerte sich. So kam die ganze Sache ans Licht.

In vierzehn Tagen hatten die fünf eine Menge von sieben Tonnen in die eigene Tasche verkauft. Also um sieben Tonnen Hausbrand hatten sie eine ganze Reihe Treptower Bürger heftig betrogen. 750,– M hatten sie untereinander verteilt.

Diese Angelegenheit wurde vom Gericht der Konfliktkommission des VEB Kohlehandel zur Beratung übergeben, dem Organ zur Erziehung und Selbsterziehung der Arbeiterklasse.

In dieser Beratung wurde vieles und auch Gutes gesprochen. Die fünf wurden rhetorisch gefragt, was wohl ihre Frauen sagen würden, wenn sie bei den Einkellerungskartoffeln auf ähnliche Weise beschummelt würden. Sie schwiegen. Sie schwiegen leider etwas zuviel. Nur zwei von den fünf kamen überhaupt zu Wort, von den anderen habe ich nicht eine Silbe vernommen.

Der Vorsitzende der Konfliktkommission versäumte, jeden einzelnen aufzufordern, einmal zu der traurigen Geschichte Stellung zu nehmen. Es wurde fast nur darüber beraten, ob Kontrollmöglichkeiten gegeben sind, ob die Gewichtsangaben an den Waggons stimmten, wie die Gesamtmenge der Kohlen auf den Autos festgestellt werden könne, ob die Lieferung von geschütteten oder gepackten Briketts zweckmäßiger sei, und welche Verteilungsmöglichkeit den Betrug leichter oder schwerer mache.

All das sind sicher sehr wichtige Fragen, und sie müßten auch bei der Beratung einer Konfliktkommission behandelt werden. Sie gehören zum Thema. Aber es ist eine Frage der Technik, oder ist es eine Frage der Erziehung und Selbsterziehung? Erst durch das Eingreifen des Richters, der die Sache an die Konfliktkommission abgegeben hatte, wurden die Versäumnisse der Beratungsführung ausgeglichen und das Hauptthema wieder auf die Tagesordnung gebracht.

Ein Kohlenträger wird für seine sehr schwere körperliche Arbeit sehr gut bezahlt. Keiner hat es nötig zu schummeln. Wer betrügt, schädigt seine Mitbürger. Oft sind es Arbeiterfamilien, die viel weniger Einkommen haben als die Transportarbeiter des Kohlenhandels.

War es überhaupt ein Fall für die Konfliktkommission? Im Grunde ja. Bei zweien allerdings bin ich anderer Meinung, da hätte man schon gerichtlich vorgehen müssen. Kurz vor dieser „Absprache“ über das „Machen von HO-Kohle“ hatte sich ein Kunde beim Rat des Stadtbezirks, Abteilung Finanzen, beschwert. Man habe ihm statt 35 Körben nur 28 geliefert. Aber er habe den vollen Preis bezahlt. Die Abteilung Finanzen stellte dann die beiden schuldigen Kohlenträger fest und gab ihnen eine Ordnungsstrafe von 50,– M wegen Preisüberschreitung. Die beiden konnten das aus ihrer Trinkgeldkasse sehr schnell bezahlen.

Sicherlich war ihr Handeln auch ein Preisverstoß, aber tatsächlich war es mehr, es war ein Betrug. Und das hätte die Abteilung Finanzen an die Volkspolizei oder den Staatsanwalt abgeben müssen. Wäre dieser erste Verstoß richtig untersucht worden, vielleicht wäre es nie zu dieser bösen Sache gekommen.

Ein Kollege machte einen brauchbaren Vorschlag: In Zukunft sollen bei der Bestellung die Kunden darauf aufmerksam gemacht werden, selber darauf zu achten, daß die Körbe abgewogen werden. Ein alter Genosse sagte etwas sehr Treffendes über Arbeiterehre. Er als Kommunist habe auch im Kapitalismus die Menschen nicht betrogen, eine solche individuelle Bereicherung, einen Betrug hätten alle klassenbewußten Arbeiter schon damals strikt abgelehnt.

In der Beratung der Konfliktkommission wurde nur darüber gesprochen, ob und wann die fünf Kollegen den zu Unrecht gemachten Gewinn zurückzuzahlen hätten. Sie erklärten sich nach einigem Hin und Her bereit, das Geld in kleinen Raten an die Volkssolidarität abzuführen. Das wurde zum Beschluß erhoben. Und das Ja der fünf Kollegen war bei dreien das einzige Wort, das ich von ihnen gehört habe.

Nur der Vorsitzende der Konfliktkommission sprach, die anderen, die mit zu beraten hatten, schwiegen. Beginnt so die Selbsterziehung und die Selbsterkenntnis?

Im Advokatenland

Terra advocatorum heißt das schöne Land ganz im Süden unserer Republik, auf deutsch Vogtland. Die Grafen von Eberstein, die Fürsten Reuß älterer und jüngerer Linie, die Vögte zu Weida, die Herren von Lobedaburg, die Grafen von Orlamünde, die Markgrafen von Meißen, die Könige von Böhmen, Herzöge und Kurfürsten von Sachsen, ernestinischer und albertinischer Observanz, feilschten und teilten, kauften und rauften sich um dieses Land, um seine Pfründe und seine Lehen, um seine Zinsen und seine Gerechtsame.

Terra advocatorum könnte auch Advokatenland heißen, aber heute haben es die Advokaten, die Rechtsanwälte schwer, durchzukommen und Klienten zu finden. Das Gefängnis ist fast leer, und durch die dunklen Gänge des Gerichtsgebäudes, das das Kreisgericht Plauen-Land und das Kreisgericht Plauen-Stadt und das Kreisarbeitsgericht in sich birgt, spürst du kaum einen Hauch. Die Beziehungen der Menschen, so scheint es, sind friedlicher geworden, und die kleinen Fälle werden von den Konfliktkommissionen der Betriebe und in Zukunft auch von den Schiedskommissionen in den Wohngebieten entschieden.

Nur noch an diesem Montagmorgen ist es etwas lebhafter, vier Zeugen sitzen tief verfeindet in dem dunklen Gang, der oben auf dem Amtsberg dem Kreisgericht Plauen-Land zugeteilt ist, und warten ungeduldig und nervös viele kostbare Stunden darauf, aufgerufen und gehört zu werden.

Tagsüber schmort die stämmige Frau Mathilde fleißig und umsichtig Kabeljaus und Flunder, Rotaugen, Barsche – apropos etwas barsch soll sie nach Meinung ihrer Kollegen selber sein. Boshafte Leute, schon zu den Tagen Kaiser Augustus' in Rom, behaupteten, daß die im Fischhandel tätigen Frauen das sprichwörtliche Stummsein ihrer Handelsware ausgleichen durch erhöhten Stimmaufwand. Das stimmt natürlich nur in Ausnahmefällen. Frau Mathilde aber ist tatsächlich ein solcher Ausnahmefall.

Ihr Mann verkörpert die Staatsgewalt – allerdings nur, wenn es brennt. Er ist ein verdienter Angehöriger der Feuerschutzpolizei und untersteht zwei Vorgesetzten; im Notfall seinem dienstlichen, und privat scheint er jedoch sich der Disziplinargewalt von Frau Mathilde zu fügen.

Frau Mathilde ist angeklagt, aber nicht vom Staatsanwalt, sondern vom stellvertretenden Bürgermeister ihres Dörfleins. In diesem Fall tat Frau Mathilde das, was jeder Angeklagte tun möchte, aber nicht kann, sie erhob Widerklage gegen ihren Ankläger. Das ist aber nur im Privatklagefall möglich. Beide Parteien haben sich je einen der behäbigen Advokaten für teures Geld beigeordnet.

Frau Mathilde mit ihrem Feuerwehrmann bewohnt ein Zweifamilienhaus, das der Herr stellvertretende Bürgermeister käuflich erworben hat, mit erklärter Absicht, die eine Wohnung, wenn sie frei wird, selber zu beziehen. Und er hat auch – das ist der tiefere Grund des Streites – ein Auge auf das Heim von Frau Mathilde geworfen. Er möchte es gern seinem Töchterlein zuschanzen.

Sehr böse soll sich Frau Mathilde über diese Angelegenheit geäußert haben; der alte Herr möge sich lieber einen Sarg statt eines Hauses kaufen, will eine Frau im Autobus gehört haben. Frau Mathilde konnte sich trotz starken Nachdenkens nicht an diese häßliche Äußerung erinnern, so blieb diese Behauptung unbewiesen auf dem Amtsberg im Lande der Advokaten stehen.

Der Mietvertrag zwischen den beiden sich befehdenden Parteien hatte eine Klausel über eine Gerechtsame, über ein Nutzungsrecht, von dem sich Generationen von Advokaten hätten ernähren können. Im Hausgarten stehen Frau Mathilde und ihrem Mann zwei Beete zur Verfügung, werden sie nicht ordentlich bestellt, so kann der Eigentümer diese mit Gras besäen und sie selber nutzen.

Und dieses Recht hatte der Herr stellvertretende Bürgermeister zum Ärger von Frau Mathilde schon in Anspruch genommen.

Nun erschien er eines Tages bei dem Feuerwehrmann und sagte, er wolle jetzt auch sein Holz für den Winter auf dem Hofe lagern. Die beiden Herren kamen schnell überein, und der Herr stellvertretende Bürgermeister konnte sein Holz neben dem Holzplatz des Feuerwehrmanns schichten.

Abends aber, als Frau Mathilde von ihrer Bratarbeit nach Hause kam, war sie mit dieser Regelung nicht einverstanden. Scheibchenweise würden ihr die Rechte nach Art einer Salami abgeschnitten. Erst seien ihr die Beete weggenommen worden, jetzt der Holzplatz, und sie erteilte ihrem Mann den Befehl, das Holz des stellvertretenden Bürgermeisters an einer anderen Stelle zu lagern. Der gehorchte. Am anderen Tag kam es zu einer Auseinandersetzung, und der Herr stellvertretende Bürgermeister verlangte Kellerschlüssel, Balkonschlüssel und, was am schlimmsten war, auch den Waschhausschlüssel.

„Das sind ja Nazimethoden!“ rief Frau Mathilde vom hohen, umstrittenen Balkon herunter. Diese Bemerkung gab Frau Mathilde vor Gericht zu. Der Herr stellvertretende Bürgermeister und seine Gattin wollten so etwas Ähnliches wie „Nazibruder“ verstanden haben. Und das traf den alten Herrn an einer sehr wunden Stelle. Denn früher einmal sei er Sparkasseninspektor gewesen und soll auch irgendwann einmal der Nazipartei beigetreten sein. Der Herr stellvertretende Bürgermeister hat längst eingesehen, daß das ein Irrweg war. Er hat sich bereitwillig der neuen sozialistischen Ordnung zur Verfügung gestellt, ehrenamtlich ist er stellvertretender Bürgermeister und ehrenamtlich als Vorsitzender der Volkssolidarität tätig. Er war nur ein kleiner Mitläufer gewesen, ein Mitläufer, wie es Millionen gab. Heute ist er beleidigt, wenn man diese alte Geschichte wieder aufrührt, und dieses Beleidigtsein ehrt ihn.

Der Herr stellvertretende Bürgermeister soll, wie es Frau Mathilde in ihrer Widerklage behauptet, nun gesagt haben: „Halten Sie Ihre große Fresse“ oder „Halten Sie Ihre dreckige Schnauze“. Der alte Herr aber wehrt sich und sagt wörtlich: Das Wort „Eff“ (für Fresse) oder das Wort „S.C.H.“ (für Schnauze) kommt nie über meine Lippen. Ohrenzeugen, die das nicht gehört haben wollen, waren natürlich nicht vorhanden.

Es ging ein schöner langer Wintermorgen ins Land, ehe Klarheit herrschte über das, was Frau Mathilde wirklich gesagt hatte, und Klarheit über das, was nicht zu beweisen war. Sie wird bald das Haus mit dem Herrn stellvertretenden Bürgermeister teilen müssen. Und es erscheint ihr nach vielem Zureden doch besser, sich hier auf dem Amtsberg mit dem Herrn zu vergleichen. Also nahm sie das häßliche Wort „Nazimethoden“ mit dem Ausdruck des Bedauerns zurück, und der Herr stellvertretende Bürgermeister verzichtete auf ein Urteil des Gerichts. Es wurde auch vereinbart, daß ein unparteiischer Herr die Gerechtsame für Holzplatz und Kohlenkeller genau festlegt, damit Recht und Gerechtigkeit einziehen in dem schönen Land, in dem heute nicht mehr die Vögte, Markgrafen, Fürsten und Kurfürsten Rechte und Pfründe, Zinsen und Gerechtsame untereinander teilen; in dem heute eine Fischbratköchin und ein stellvertretender Bürgermeister in friedlicher Koexistenz miteinander und nebeneinander leben können und in dem ein tüchtiger Feuerwehrmann darüber wacht, daß aus einem schwelenden Feuer kein Brand entsteht.

Aufstieg und Sündenfall

„Mit siebzehn fängt das Leben erst an“, so heißt ein vielgesungenes Lied; soll es mit sechsundzwanzig verpfuscht sein? Wegen einer Dummheit, einer, zugegeben, sehr schweren Dummheit?

Es geschah in einer unserer nördlichsten Städte, einer mittelgroßen, wo zwar nicht jeder jeden kennt, wo aber Carlo sehr bekannt ist. Als junger Lehrer war er nicht sonderlich aufgefallen, weder nach der besonders guten noch nach der schlechten Seite. Bei den Schülern ist er ohne Zweifel beliebt, denn er ist ein Sportsmann, er hat lange im Haus der Pioniere gearbeitet. Neben dem Sport hat er sich noch der russischen Sprachlehre gewidmet.

Bekannt ist er in der Stadt als der Trainer und Mannschaftsleiter der führenden Fußballmannschaft. Und dort ist er erfolgreich. Durch seine Energie ist der Mannschaft ein langgehegter Traum erfüllt worden: der Aufstieg in die Bezirksliga. Und der Aufstieg war der Anlaß zu einem tiefen Sturz, zu einem Fall, zu einem Sündenfall.

Es wurde im Sportlerheim das historische Ereignis gefeiert. Die Elf war vollzählig vertreten, mit Ehefrauen und Freundinnen, wie es sich unter Sportsleuten geziemt, aber die waren nicht alle gekommen. So war auch des Lehrer Carlos Frau zu Hause geblieben, sie hatte Wäsche. Hätte er ihr doch dabei geholfen, wie wohl wäre es ihm heute! Die Fehlenden wurden ergänzt durch eine andere Elf, eine Handballmannschaft – in diesem korrekten Wort liegt ein sprachlicher Irrtum, denn diese Mannschaft ist völlig weiblichen Geschlechts.

Der Held des Tages und der Held der Feier war Carlo, der Lehrer. Und diese Heldenverehrung hat ihm nicht sonderlich gutgetan, denn er galt schon immer bei den Kollegen des Lehrerkollektivs als ein wenig überheblich, als nicht ausgeglichen, als schroff, als taktlos. Die älteren Pädagogen glaubten jedoch, das würde sich bei ihm mit der Zeit legen. Es wurde bei dieser Feier unziemlich viel getrunken; ein Widerspruch unserer Sportpraxis, denn der Sport sollte den Körper ertüchtigen und dadurch den Geist gesund erhalten nach dem zu oft zitierten und zu wenig beherzigten Grundsatz. Aber sportliche Erfolge werden, da sie häufig nur als Selbstzweck erscheinen, mit Alkohol begossen, und es geschieht oft, daß nach sportlichen Heldentaten der gesunde Körper einen verwirrten, ungesunden Geist bekommt. Und so war es auch mit Carlo; denn siebzehn Biere haben noch nie den Geist eines Mannes erleuchtet.

An diesem Abend tanzte er mehrmals mit Martel, einem schlanken, blonden Mädel, neu in die Handballmannschaft aufgenommen. Eine Arbeiterin, die Interesse für den Lehrerberuf hat. Und sie fragte den jungen Mann sehr eingehend nach dem Werdegang und den Aussichten im Lehrerberuf. Diese Begegnung und diese Gespräche sind ihr noch genau in Erinnerung; er jedoch, der Vielgefeierte, kann sich an den Tanz und die Gespräche mit Martel nicht mehr erinnern.

Martel war aber nicht trainiert, nicht im Handballspiel und nicht im Trinken. Nach einigen Doppelten und einigen Bieren ging sie ins Freie und fiel um. Sie war besinnungslos.

Ihre Freundin, Mannschaftskapitän der Damen-Elf, und der junge Lehrer Carlo, Mannschaftskapitän im Fußball, bestellten ein Taxi und brachten Martel nach Hause.

Dort war niemand anwesend, der sich um Martel hätte kümmern können, und der weibliche Kapitän hatte ein Baby zu versorgen und wohnte draußen in einem Vorort. Sie mußte weg, und Carlo blieb allein mit der Bewußtlosen. Ihr wurde übel, und Carlo tat alles, um die Folgen zu beseitigen.

Ja, und er wurde zudringlich. Nach den geltenden Strafrechtsbestimmungen ist es ein Verbrechen, das mit Zuchthaus bis zu zehn Jahren bestraft wird, bei mildernden Umständen muß Gefängnis nicht unter sechs Monaten erkannt werden. Martel, mit achtzehn Jahren verlobt, hatte noch nie etwas Ernstes mit einem Mann zu tun gehabt.

Die Freundin hatte später Bedenken bekommen, als sie sich überlegte, daß die völlig betrunkene Martel mit dem angetrunkenen jungen Lehrer allein geblieben war. Sie ging am nächsten Morgen zu ihr hin und erkundigte sich und erfuhr, was geschehen war. Und so wurde es der Volkspolizei bekannt.

Der Alkohol hatte Carlos negative Eigenschaften, seine Überheblichkeit gesteigert, und alle seine Hemmungen waren beseitigt worden.

Das Gericht billigte ihm mildernde Umstände zu, es wertete seine Untat als das, was es war, als ein einmaliges, aber sehr schweres Entgleisen. Zehn Monate Gefängnis lautete das Urteil. Die Strafe wurde bedingt verhängt, zwei Jahre muß Carlo sich bewähren. Er scheidet aus dem Schuldienst aus, denn jetzt ist er vorbestraft, und er hat sich als Erzieher unmöglich gemacht. Nach zwei Jahren tadelfreien Verhaltens wird diese Strafe als gelöscht gelten.

Denn wir sind von der erzieherischen Kraft der Arbeit und der sozialistischen Gesellschaft überzeugt. Deswegen gelten bei uns andere Vorschriften als in Westdeutschland. Einmal ist Carlo als Sechsundzwanzigjähriger gestrauchelt. Wir wollen ihn deswegen nicht für immer fallenlassen.

Reue vor Gericht ist leicht, und die Entschuldigung bei Martel ist fast zu billig. In seiner Arbeit – als gelernter Schlosser wird er sehr schnell eine gute Möglichkeit finden – muß er beweisen, daß sein Bekenntnis erst der Beginn seiner Wandlung ist. Dann besteht nach Meinung der Schulbehörde die Aussicht, daß Carlo etwa mit dreißig Jahren wieder in einer anderen Stadt als Lehrer tätig sein kann.

Der ungehörte Zeuge

Das Kuriose an der Geschichte hatte uns drei Gerichtsreporter zu dieser Verhandlung gelockt. Wir suchten das Komische, und wir fanden den Ernst. Äußerlich betrachtet war es ein Fall, der uns noch nie begegnet war, eine untypische Angelegenheit. Und während der Verhandlung merkten wir beschämt, daß gerade dieser Prozeß typisch ist für die Erfahrung, wie schwer es ist, sich vom alten Denken zu lösen, wie kompliziert, zum neuen Handeln zu kommen. Das trifft hier auf den Angeklagten zu, aber auch auf den Staatsanwalt und das Gericht.

Das Versorgungsdepot Pharmazie beliefert Apotheken, Krankenhäuser und Polikliniken mit Arzneimitteln und auch mit technisch-medizinischen Geräten und Materialien. Allein an Medikamenten sind 3500 verschiedene Sorten ständig am Lager. Von drei Lagern ist hier die Rede. Kastanienallee und Rosenthaler Straße für den Vertrieb von Medikamenten, und Reinhardtstraße für medizinisch-technische Geräte. Im Lager Kastanienallee wurde Horst 1960 als Transportarbeiter eingestellt. Sein Ruf war gerade nicht sehr gut. Er hatte eine Vorstrafe hinter sich, eine wenig schöne Geschichte – sprechen wir nicht darüber.

Der junge Mann war fleißig und geschickt. Er fand sich schnell in der schwierigen Materie zurecht, er wurde Hilfsexpedient und in kurzer Zeit Expedient. Sehr bald darauf Versandleiter. Ganz glatt war sein Aufstieg nicht; er war auch eine Zeitlang als Beifahrer tätig. Er machte seine Fahrerlaubnis, die wurde ihm aber nach sehr kurzer Zeit für ein Jahr entzogen; er hatte einen kleineren Zusammenstoß verursacht, bei seiner

Blutprobe fanden sich noch erhebliche Spuren eines Trinkgelages vom vergangenen Tag.

Das Trinken war bei Horst zu einer Angewohnheit geworden. Während des Dienstes trank er täglich mehrere Flaschen Bier. Und da sein Geld nicht immer ausreichte, suchte er Ersatz und fand ihn im Depot. Dort gibt es ein Kräftigungsmittel „Biofungin", ein Präparat, dem elf Prozent Alkohol zugesetzt sind, von dem man täglich 1 bis höchstens 3 Eßlöffel nehmen soll, denn es enthält Eisen und auch Spuren von einem sehr gefährlichen Gift: Strychnin. Horst fing an, „Biofungin" flaschenweise auszutrinken. Seine Neigung und die leeren Flaschen wurden bald entdeckt. Er bekam einen strengen Verweis, wurde von seinem Posten als Versandleiter abgelöst. Er kam in das andere Lager Rosenthaler Straße als Transportarbeiter.

Das schlug zum Guten an. Horst trank ein Vierteljahr lang nichts mehr, keinen Tropfen. Aber dann wiederholte sich alles. Horst war fleißig und tüchtig, er wurde auch hier wieder Hilfsexpedient, Expedient und dann Versandleiter. Mit seinem unaufhaltsamen Aufstieg nahm auch sein Hang zum Alkohol zu. Und wieder begann er heimlich unheimlich viele Flaschen „Biofungin" auszutrinken. Und er verführte sogar noch andere Kollegen zu diesem zweifelhaften Genuß. Die Sache hatte noch andere, bittere Folgen: Horsts Zähne wurden schwarz, und er bekam Nierenbluten, wahrscheinlich hing das alles mit dem vielen Eisen und den Spuren von Strychnin zusammen. Wieder wurde es entdeckt. Wieder gab es einen Verweis. Horst verpflichtete sich schriftlich, künftig das gesellschaftliche Eigentum zu achten. Der Betrieb hatte mit ihm Geduld, fast möchte ich sagen, eine ungesetzliche Geduld, eine übergesetzliche Engelsgeduld.

Aber trotz aller Unterschriften, trotz der bösen gesundheitlichen Folgen stahl und trank Horst weiter. Da endlich wurde die Angelegenheit der Volkspolizei übergeben, so kam die Sache vors Gericht. Und der Betrieb tat das einzig Vernünftige, Horst wurde in den dritten Betriebsteil, in das Auslieferungslager für medizinisch-technische Geräte versetzt, wo es zwar Gläser und Flaschen, aber keine ihm gefährlichen Flüssigkeiten gibt.

All das erfuhr das Gericht von Horst und dem Leiter des Lagers in der Rosenthaler Straße, der bestätigte auch noch, daß Horst sonst ein fleißiger und gewissenhafter Mensch sei – indes hätten bei der Inventur 300 „Biofungin"-Flaschen gefehlt. Der BGL-Vorsitzende, der auch als Zeuge geladen war, kam nicht zu Wort.

Der Staatsanwalt hielt Horst sein großes Sündenregister vor. Die Vorstrafen, die Geschichte mit der Fahrerlaubnis, das viele Trinken, die Engelsgeduld des Betriebes, den großen Schaden am Volkseigentum, an seiner Gesundheit und das Verleiten anderer Kollegen. Er beantragte eine Gefängnisstrafe von sechs Monaten unbedingt zu verbüßen, da alle anderen Erziehungsmittel bei Horst versagt hätten.

Das Gericht zog sich zur Beratung zurück. Horst ging ziemlich betreten nach Hause, um am anderen Tag sein Urteil in Empfang zu nehmen; im Saal verblieben der Staatsanwalt, drei Gerichtsreporter, der Lagerleiter und der ungehörte BGL-Vorsitzende. Und der beschwerte sich beim Staatsanwalt, er, der Staatsanwalt, habe sich nicht an den neuen Staatsratsbeschluß über die Rechtspflege gehalten. Seit September arbeite Horst in dem Lager, in dem er, der BGL-Vorsitzende, auch tätig sei. Horst habe sich gewandelt. Er tränke keinen Tropfen mehr, auch sonst könne er dem Gericht noch einiges über die Arbeitsweise und die häuslichen Verhältnisse von Horst erzählen. Aber vor allem müsse das Gericht die Einstellung des Täters nach dem Aufdecken seiner Straftat berücksichtigen. Wir drei Gerichtsreporter unterstützten diese Kritik.

Der Staatsanwalt hörte sich alles an und nahm es sich zu Herzen. Er bat das Gericht, noch kein Urteil zu fällen, sondern erst am nächsten Tag das Versäumte nachzuholen und den BGL-Vorsitzenden zu hören.

Und das Gericht hörte ihn. Der Kollege Siegfeld – hier wollen wir ihn zu seinem Ruhm mit dem richtigen Namen nennen –

legte eine Verpflichtung aller Mitarbeiter des Lagers in der Reinhardtstraße auf den Tisch, für Horst die Bürgschaft zu übernehmen. Er schilderte, wie Horst trotz seiner schweren Verfehlungen sich immer für den Bereitschaftsdienst eingesetzt und wie er sich bei den ausgedehnten Überstunden während der Ruhrepidemie bewährt hatte. Nachtzeit und Feiertage hätten keine Rolle bei Horst gespielt. Er glaube, daß Horst durch seine schlechten Wohnverhältnisse zum Trinken gekommen sei, sein Zimmer sei nicht gut heizbar, die BGL wolle sich dafür einsetzen, daß ihm, seiner Frau und seinen zwei Kindern eine bessere Wohnung zugewiesen würde.

Der Übeltäter stand in einem neuen Licht. Auch hatte sich der Kollege Siegfeld Gedanken gemacht, wie Horst den Schaden bereinigen könne. Er wolle vorschlagen, Horst sobald wie möglich wieder im Bereitschaftsdienst zu beschäftigen, damit die Hälfte des Überstundengeldes etwa zur Regulierung des Schadens benutzt werden könne.

Der Staatsanwalt stellte einen neuen Antrag: Sechs Monate Gefängnis, aber bedingt ausgesetzt mit einer langen Bewährungszeit von drei Jahren und mit der Anregung, Horst möge sich verpflichten, mindestens ein Jahr den Betrieb nicht zu wechseln. Das Gericht schloß sich diesem Antrag an.

Ohne daß der BGL-Vorsitzende es betont hatte, wurde durch ihn die Empfehlung des Staatsrates schon Wirklichkeit: Er war als Beauftragter aller Kollegen, als gesellschaftlicher Verteidiger aufgetreten. Er hatte damit nicht nur Horst gedient, er hatte auch das Gericht vor einem Fehlurteil bewahrt, und er hatte seinem Kollektiv durch das Eintreten für einen gefährdeten Kollegen eine neue edle und schöne Aufgabe gegeben.

Der Kreisbaudirektor von Osterburg

Der junge Mann wirkt, oberflächlich betrachtet, jünger als er ist, hört man ihn aber zu den strittigen Fragen Stellung nehmen, dann ist der Eindruck: das ist ein gereifter, in sich gefestigter Mann von hohem Wissen und hoher Bildung; dann wirkt er älter als er ist, älter als dreißig Jahre.

Er ist schmal und sehnig, Wassersportler, einmal Mitträger eines deutschen Meistertitels gewesen. Sein Haar hat einen Stich ins Rötliche, seine weiße Haut ist durch Sommersprossen leicht gedunkelt.

Noch nie sah ich einen Angeklagten, der so souverän die Prozeßmaterie beherrschte, der seine Absichten und seine Ziele so dem Gericht darlegen konnte – darlegen, das ist sein Lieblingswort, das er in jedem zweiten Satz zu seiner Verteidigung sagt, das immer ein Angriff ist, mehr selbstsicher als bescheiden vorgetragen.

Erstaunlich ist seine Entwicklung. Nach seiner Schulentlassung geht er in die Maurerlehre und beendet sie mit dem Prädikat „sehr gut". Dann erlernt er den Beruf eines Zimmermanns und hier erwirbt er das Prädikat „gut". Er beginnt ein Studium an der Technischen Hochschule in Dresden. Dann aber werden sein Vater und später seine Mutter republikflüchtig.

Man mindert ihm unverständlicherweise 1953 das Stipendium, und er ist nicht mehr in der Lage, seinen mit ihm zurückgebliebenen Bruder zu unterstützen. Er verläßt also die Hochschule, geht in einen Kreisbaubetrieb im Bezirk Magdeburg, und von dort aus wird er als hochbegabter Fachmann zum Studium auf die Ingenieurschule für ländliches Bauen nach Gotha delegiert. Ein Studienjahr wird ihm sofort geschenkt; er schließt als erster und, wie ich höre, bisher als einziger Absolvent die Prüfung mit Auszeichnung ab.

Nach diesen Erfolgen wird er mit 25 Jahren sofort Kreisbaudirektor im Kreis Osterburg, Bezirk Magdeburg. Im Bezirk wird er sehr häufig und gern als bester Kreisbaudirektor gerühmt und gelobt. Dieser Mann ist nun angeklagt vor dem Bezirksgericht in Magdeburg, beschuldigt, er habe vorsätzlich und fahrlässig den Wirtschaftsablauf erheblich gestört, weil er behördliche Anordnungen nicht oder falsch ausgeführt habe.

Herr Wilfried hat nicht nur Schaden verursacht, er hat viel Gutes und Nützliches geschaffen. Er hat als Kreisbaudirektor in Osterburg die Verpflichtung übernommen, bei der Projektierung und Fertigung von Silos und Rinderoffenställen durch die Verwendung von vorgefertigten Bauelementen 196 000,– M zu sparen; er hat tatsächlich 157 000,– M eingespart. Er hat durch seine Fähigkeiten und seinen Elan die Bauproduktion im ländlichen Bauwesen im Kreis Osterburg um 100 Prozent gesteigert. Und auch an seinen großen Fehlern ist er nicht allein schuldig.

Der bisherige Leiter der Abteilung Landwirtschaft im Kreise Osterburg hätte nach den Weisungen des Kreisbaudirektors Aufträge für die Vorplanung aller ländlichen Baumaßnahmen rechtzeitig übergeben müssen. Und eben dieser Leiter der Abteilung Landwirtschaft mußte zugeben, das sei nie geschehen. Er habe in seiner Abteilung keinen Sachverständigen für die Vorplanung gehabt, es hätte ein Baufachmann sein müssen, eine Planstelle war dafür da.

Aber niemand, weder der Vorsitzende des Rates des Kreises noch der jetzt angeklagte Kreisbaudirektor, hatten ihm einen Fachmann zugeordnet. Diese wichtige Vorplanungstätigkeit machte der Referent für tierische Produktion in der Abteilung Landwirtschaft so nebenher.

So gab es überhaupt keine Vorplanung, alles mußte im Laufe eines Jahres projektiert und gebaut werden; dabei wurden Fehler gemacht, es wurde immer viel mehr projektiert, als ausgeführt werden konnte. Das ist eine kostspielige und zeitraubende Angelegenheit.

Es gab im Kreisbauamt in Osterburg eine Entwicklungsgruppe, die hätte nach den bindenden Vorschriften nur Objekte im Bauwert von 50 000,– M projektieren dürfen. Der Kreisbaudirektor Wilfried aber gestattete, daß Anlagen im Bauwert von etwa einer halben Million Mark entworfen wurden. Auch projektierte der Kreisbaudirektor in seiner Freizeit selber. Er hätte es nur als sogenannter „Subunternehmer" für Bauobjekte in der Kostenhöhe von 10 000,– M tun dürfen. Er nahm größere Sachen in Angriff, machte aber in seiner Kostenberechnung nur 10 000,– M zur Grundlage seiner Spesen. Er arbeitete also sehr viel und sehr billig im Interesse der sozialistischen Landwirtschaft. Strafrechtlich ist ihm daraus bestimmt kein Vorwurf zu machen. Im Gegenteil.

Aber diese Überschreitung ist in anderer Hinsicht außerordentlich bedenklich. Dem Kreisbaudirektor untersteht auch die staatliche Bauaufsicht im gesamten Kreis; also ein Angestellter seines Amtes mußte die Dinge, die er, sein Chef projektiert hatte, genehmigen oder ablehnen. Helden dieser Art sind leider dünn gesät, auch in Osterburg. Und es kam nie zu einer Beanstandung. Außerdem war der Leiter der staatlichen Bauaufsicht in Osterburg fachlich nicht sehr versiert. Es war ein junger Mann, er mußte sich sehr häufig den Rat des besonders befähigten Kreisbaudirektors einholen.

Aber eines hätte die staatliche Bauaufsicht beanstanden müssen, und sie hat es nie kritisiert. Während der ganzen Tätigkeit unseres Kreisbaudirektors Wilfried wurden für alle Neubauten im ländlichen Bereich keine Gutachten von der zuständigen Wasserwirtschaftsdirektion eingeholt. Das ist eine zwingende Vorschrift für jedes Bauvorhaben, die nicht übersehen werden darf.

Die Qualität des Wassers hat sich im gesamten Kreisgebiet sehr verschlechtert, da die Abwässer aus den neuerbauten Stallungen nicht nach fachlichen Gesichtspunkten geklärt oder abgeleitet wurden. Aber diese Mißachtung der Vorschriften hatte noch viel schlimmere Folgen. Bei einer Offenstallanlage in Meseberg wurden die Bedenken der ansässigen Genossenschaftsbauern nicht beachtet. Sie hatten gewarnt, an der Stelle, die für den Stall vorgesehen war, dort zu bauen; sie behaupteten, daß der augenblickliche Grundwasserstand eine Ausnahme sei, im allgemeinen wäre der Grundwasserspiegel wesentlich höher.

Aber diese Warnung wurde ohne Gutachten in den Wind geschlagen. Und das Ergebnis: In der Abwassersammelgrube stieg das Wasser jetzt 50 cm hoch, die ganze Stallanlage ist deswegen nicht nutzbar.

Mit noch böseren Folgen endete ein Bau in Giesenslage. Es sollte dort eine komplette Milchviehstallanlage gebaut werden. Bei der Projektierung, die der Kreisbaudirektor selber machte, wurden keine unveränderlichen Höhenbezugspunkte angegeben. Auch wurde hier bei der Wasserwirtschaftsdirektion kein Gutachten eingeholt.

Und nun kam ein Fehler nach dem anderen. Der Baubetrieb richtete sich nicht genau nach der Projektierung. So kam es, daß der neue, hochmoderne Fischgrätenmelkstand heute ständig im Grundwasser steht. Er ist also für den Zweck, für den er gebaut wurde, nicht verwendbar.

In Giesenslage kam also ein Fischgrätenmelkstand zum Erliegen wegen zuviel Wassers – in Rossau passierte dasselbe wegen Wassermangels. Auch hier wurde kein wasserwirtschaftliches Gutachten angefordert. Es wurde gebaut. Und als die Stallanlage fertig war, mußte man nach Wasser bohren, aber vergeblich. Die landwirtschaftliche Produktionsgenossenschaft muß für diese Fehlinvestition im Jahr 2700,– M Zinsen zahlen und muß warten, bis eine Wasserleitung von weit her gebaut wird. Dann kann sie diese Melkanlage vielleicht benutzen.

Eine Landwirtschaftliche Produktionsgenossenschaft in Kossebau, ein Musterbetrieb, wollte für ihre Herdbuchtiere einen Kuhstallumbau durchführen lassen. Da das dem Kreisbaudirektor im Augenblick zu schwierig war, überredete er, als der erste Vorsitzende gerade nicht da war, den zweiten Vorsitzenden, die Mittel für diesen Umbau statt dessen für den Neubau einer Siloanlage zu verwenden. Und der zweite Vorsitzende ließ sich beschwatzen. Das war eine offene Mißachtung der genossenschaftlichen Demokratie, denn der Stallumbau war von der Mitgliederversammlung beschlossen worden und vom Rat des Kreises genehmigt und bestätigt.

Wir wollen auch die guten Seiten des Kreisbaudirektors betrachten, er hatte sehr viele. Unter seiner Leitung wurde ein neuartiges Futterhaus entwickelt und gebaut, das im Gegensatz zu den bisherigen Futterhäusern in der modernen und billigen Plattenbauweise errichtet wurde. Seine Initiative war in dieser Arbeit glänzend, aber Kollege Wilfried betrachtete alle gesetzlichen Vorschriften als „Bürokratie". Und er mißachtete die Erfahrungen der Praktiker.

Sein Bau war im großen und ganzen gelungen, aber er ging den Hinweisen der Genossenschaftsbauern, daß die Wärmedämmung nicht ausreichend sei, nicht nach, und auch nicht kleinen Mängeln in der Futtertransportanlage. Er hatte nicht einmal, wie es vorgeschrieben war, sein neues Objekt, seinen Versuchsbau vom Bezirksbaudirektor begutachten lassen. Er baute einfach fünf neue Futterhäuser mit den gleichen Fehlern.

In den zwei Tagen der Verhandlung vor dem Bezirksgericht in Magdeburg habe ich mir immer die Frage vorgelegt: Was ist dieser Wilfried für ein Mensch? Und ich mußte – dieser Vergleich ist heute gar nicht so ungewöhnlich – immer an den Roman „Schlacht unterwegs" von Galina Nikolajewa denken. Ist er ein Walgan oder ein Bachirew? Wilfried ist beides. Er ist überheblich, der Kritik nicht zugänglich, aber in ihm stecken wie bei Bachirew viele Ideen und Initiativen, er scheut die Bürokratie.

Vielleicht ist ihm, dem Hochbegabten und Befähigten, dem sehr Jungen, das Amt zu Kopfe gestiegen, weil er in technischer Hinsicht und geistiger Beweglichkeit den meisten seiner Kollegen vom Rat des Kreises überlegen war.

Dieser Prozeß vor dem Bezirksgericht in Magdeburg ist etwas Neues in der deutschen Rechtsgeschichte. Dieser Prozeß will dem Wilfried vor Augen führen: Sieh dich an, wie fehlerhaft du oft gehandelt hast, wenn du nicht geduldig und aufmerksam auf die oft schwerfällig vorgetragenen Hinweise und Bedenken der Genossenschaftsbauern geachtet hast, die mit ihrer harten Arbeit auch deinen Wohlstand vergrößern.

Das Gericht fällte einen Schuldspruch und sprach für ihn eine bedingte Gefängnisstrafe von sechs Monaten aus. Es bedurfte dieser rein formellen Strafe gewiß nicht. Sie steht in keinem vergleichbaren Verhältnis zu dem materiellen Umfang des Schadens, den der Kreisbaudirektor angerichtet hat. Der Prozeß hat ihm und vielen anderen leitenden Bauingenieuren und staatlichen Leitern gezeigt, welche Fehler entstehen können, wenn man sich leichtfertig über Anordnungen und über Erfahrungen anderer hinwegsetzt.

Er ist böse geworden, dieser Wilfried, beleidigt besser gesagt, als dieses Verfahren angestrengt wurde; er ist in einen halbstaatlichen Betrieb gegangen als Maurerpolier. Obwohl man ihm einen seinen Fähigkeiten und seiner Ausbildung entsprechenden leitenden Posten angeboten hatte, nachdem er als Kreisbaudirektor einfach nicht mehr zu halten war.

Herrn Julius' seltsame Rentenwege

„Helfen Sie mir in meiner schweren Not“, so hieß es in einem Brief, den mir Herr Julius, Genossenschaftsbauer aus einer kleinen Stadt im Kreise Aschersleben, schrieb. Er habe beim Ausladen von Kalikunstdünger einen schweren Unfall erlitten. Sein Rentenanspruch sei bis zum heutigen Tage nicht erledigt, schon seit achtzehn Monaten kämpfe er um sein Recht.

Der Unfall, den Herr Julius erlitten haben will, war kein alltäglicher. Er habe, so sagte er, am 13. Juni 1961 allein 256 Säcke Kunstdünger im Gewicht von je einem Zentner in einen Düngerschuppen abgeladen und sei bei dieser schweren Arbeit ohnmächtig geworden. Am darauffolgenden Tag, am 14. Juni, sei er in ein Krankenhaus gekommen. Dort wurde tatsächlich ein Herzschaden festgestellt. Ob dieser durch das Abladen entstanden war? Die Ärzte konnten das nicht mit Bestimmtheit feststellen, aber sie hielten es für möglich. Die Deutsche Versicherungsanstalt bezweifelte das. Die Kreisbeschwerdekommission hatte eine Unfallrente, die Herr Julius beantragt hatte, abgelehnt; es waren Zweifel aufgetaucht, denn ursprünglich hatte Herr Julius behauptet, er hätte am 14. Juni nachmittags die Kunstdüngersäcke abgeladen. Aber das konnte ja nicht stimmen, denn an diesem Tag lag Herr Julius schon mit seinem Herzschaden im Krankenhaus.

„Das ist ein Irrtum“, behauptet Herr Julius, er weiß es genau, es ist am 13. Juni gewesen. „Irren ist menschlich“, das sagt er jetzt, das sagt er mehrere Male in der Verhandlung.

Auch auf dem Unfallmeldeformular waren Unstimmigkeiten, der Ort des Unfalls wurde anders bezeichnet, als es Herr

Julius mündlich behauptet hatte. Und nun wurde gegen den ablehnenden Bescheid der Kreisbeschwerdekommission vor dem Bezirksarbeitsgericht Halle verhandelt. Herr Julius hatte einige Zeugen benannt, die seine Angaben bestätigen sollten. Das Bezirksarbeitsgericht hatte beschlossen, seine zweite Sitzung in der Landwirtschaftlichen Produktionsgenossenschaft zu halten.

Herr Julius, ein äußerlich kräftiger, gedrungener Herr, ein, man möchte fast sagen, Kerl wie ein Baum, hat eine wechselvolle Lebens- und eine recht seltsame Rentengeschichte. Er hat schon den Ersten Weltkrieg mitgemacht. Dort bekam er einen Kopfschuß und eine Beinverletzung, er wurde Invalidenrentner, denn durch die Kopfverletzung war eine Epilepsie entstanden. Aber Herr Julius arbeitete unverdrossen, er wurde erst Rangierer bei der Reichsbahn, wurde Beamter und Zugschaffner, ergriff dann die Zollkarriere und brachte es bis zum Zollassistenten oder bis zum . . . wir wissen es leider nicht ganz genau. Herr Julius hatte einmal angegeben, er sei Zollinspektor gewesen, heute jedoch meint er, Zollsekretär sei die höchste Sprosse gewesen, die er erklommen hat. Unterlagen darüber hat er nicht mehr, er stammt aus Oberschlesien und unverkennbar ist sein harter, slawisch gefärbter Dialekt.

Aus der Gefangenschaft des Zweiten Weltkrieges entlassen, ließ sich Herr Julius im Kreise Aschersleben nieder, erhob Anspruch auf seine Invalidenrente und bekam sie auch. Es wurde bei der Berechnung sein Rang als Zollinspektor nach seinen Angaben zugrunde gelegt.

Wunderbar aber sind Herrn Julius' weitere Wege. Als er 65 Jahre alt wurde und als „ganz zufällig" seine bisherige Invalidenrente in eine Altersrente umgewandelt wurde, da besserte sich zum Glück für uns alle seine Gesundheit; epileptische Anfälle, so sagt er heute, hat er seit mindestens zehn Jahren nicht mehr gehabt. Er trat nun mit 65 Jahren in eine große Landwirtschaftliche Produktionsgenossenschaft als Mitglied ein. An anderen Leiden – außer seinen Kopf- und Beinverletzungen aus dem Ersten Weltkrieg und der daraus entstandenen Epilepsie –

kam sich Herr Julius trotz mehrfachen Befragens des Herrn Vorsitzenden nicht mehr besinnen.

Der erste von Herrn Julius benannte Zeuge ist ein alter Genossenschaftsbauer, grauhaarig, überaus korpulent, verarbeitet, mit einem echten Humor und einem Gefühl für Recht. Ungeduldig wartend, bis er wieder zur Arbeit kommt, betrachtet er Herrn Julius' Ansprüche ziemlich mißtrauisch und riet dem Herrn Vorsitzenden, dem Direktor des Bezirksarbeitsgerichts, zum Schluß: „Nehmen Sie ihn kräftig aufs Visier." Er hatte wohl einen von Herrn Julius vorgeschriebenen Zettel unterschrieben. Darin wird behauptet, und der alte Genossenschaftsbauer hat es durch seine Unterschrift bekräftigt, Herr Julius sei am 13. Juni beim Säckeabladen zusammengebrochen. Ob es genau der 13. Juni war, kann sich der alte Bauer nicht mehr besinnen.

Ein anderer Genossenschaftsbauer, kräftig und rotblond, war auch dabei. Den Tag weiß er auch nicht mehr. Auch ihm hat Herr Julius einen vorgeschriebenen Zettel vorgelegt zum Unterschreiben. Darauf stand: „Ich bestätige, daß Herr Julius 256 Sack Kunstdünger allein abgeladen hat." Aber dieser Bauer erklärte: „Das unterschreibe ich nicht, denn die Säcke hast du nicht allein abgeladen." Von einer Ohnmacht weiß dieser Bauer nichts. Aber dieser Zeuge hat als einziger Augenzeuge die offizielle Benachrichtigung der Deutschen Versicherungsanstalt unterschrieben, ohne sie richtig durchzulesen. Hier war ein ganz anderer Ort als Unfallstelle angegeben, nämlich Kartoffelmietenplätze und nicht der Düngerschuppen.

Herr Julius hatte dem Bezirksarbeitsgericht auch einen Leistungszettel der Genossenschaft als Beweis eingesandt. Dort hatte er das Abladen von 256 Säcken eingetragen ohne eine Bestätigung des Brigadiers, wie es üblich ist. Die übrigen Leistungen waren bestätigt, aber Herr Julius hatte die Daten so verändert, daß die letzte Eintragung, das Abladen der 256 Säcke, auf den 13. Juni fallen mußte und konnte.

Mit einer großen Ruhe, mit einer sehr vorbildlichen Höflichkeit sah sich der Vorsitzende Richter das alles an. Er vernahm auch den Wirtschaftsleiter der LPG und ließ sich das Tagebuch vorlegen. Dort stand: Am 9. Juni waren 17,1 Tonnen Kalikunstdünger angekommen und abgeladen. Und es ergaben auch die Leistungsnachweise der anderen Brigademitglieder, daß diese Brigade am 9. und 10. Juni mit dem Abladen von Düngersäcken beschäftigt war. Für den 13. und 14. Juni gab es andere Leistungsnachweise. Aus all dem war klar, Herr Julius hatte am 9. und 10. Juni beim Abladen der Düngersäcke geholfen. Er hatte zweifellos dabei geäußert, ihm falle die Arbeit schwer, aber er hatte an den nächstfolgenden Tagen noch fleißig bei anderen Arbeiten mitgeholfen. Von einem plötzlich auftretenden Herzfehler durch dieses anstrengende Säckeabladen konnte also keine Rede sein. Und zum Schluß zeigte der Vorsitzende Herrn Julius noch alte Versicherungsunterlagen, auf denen stand: 1949 schon war bei Herrn Julius ein schweres Herzleiden festgestellt worden.

Noch peinlicher war es für Herrn Julius, als der Vorsitzende ihm vorhielt, er habe eine zu hohe Rente bekommen, da er angegeben hatte, er sei Zollinspektor gewesen. Heute behauptet er, er habe es nur bis zum Zollsekretär gebracht. Er wird wahrscheinlich etwas von seiner Rente zurückzahlen müssen.

Das Gericht aber kritisierte die falsche, ein halbes Jahr nach dem angeblichen Unfall abgegebene Meldung, die von einem Augenzeugen unterschrieben war, der in Wirklichkeit nichts gesehen hatte und der nichts bezeugen konnte. Herrn Julius' Ansprüche wegen der Arbeitsunfallrente wurden endgültig und rechtskräftig abgewiesen. Das Gericht hatte den Rat des alten, verarbeiteten, grauhaarigen Genossenschaftsbauern beherzigt und Herrn Julius recht kräftig aufs Visier genommen.

Röhrender Hirsch und Doppelnelson

Seine Skala ist reich, sie geht vom straflosen, unmoralischen Pumpen bis zum sträflichen Betrug. Und Egon weiß nie, wann er die Grenze überschreitet. Er versucht meist erst den straflosen Weg: „Ich bin in Geldverlegenheit", sagte er zu dem Nachbarn, „pump mir fünf oder zehn oder zwanzig oder fünfzig Mark. Ich zahle sie dir morgen, übermorgen, nächste Woche zurück."

Das ist noch kein Betrug, denn zum Betrug gehört das, was das Gesetz sprachlich unlogisch, aber juristisch präzis verlangt. Vorspiegelung falscher oder das Unterdrücken wahrer Tatsachen, also die Erregung eines Irrtums. Auf einfache Pumpversuche reagieren Egons Nachbarn fast alle sauer, denn sie kennen ihn. Aber sie kennen auch seine Frau – notabene seine dritte Frau –, und die mögen sie alle gut leiden. Doch auch diese dritte Frau hat sich von ihm scheiden lassen. Vor Gericht behauptet er, sie würden doch wieder zusammenbleiben. Und wenn Egon sagt, meine Frau ist im Krankenhaus, sie ist leidend, ich will ihr etwas mitbringen, dann öffnet er mit dieser Tour die Herzen und die Brieftaschen seiner Nachbarn. Und hiermit überschreitet er die Grenze zwischen straflosem Pump und strafbarem Betrug, denn er hat nie die Absicht, seiner Frau etwas Eßbares mitzubringen, sondern einzig und allein die Sucht, selbst viel und nicht allein zu trinken.

Mit Herrn Egons Arbeitsstellen ist es immer etwas kompliziert. Er findet sie genauso schnell, wie er sie los wird. Sein adrettes Äußeres nützt ihm beim Ankommen, und sein zerrüttetes Innenleben beschleunigt sein Weggehen. Herr Egon ist ein guter Mittvierziger, wie es so schön heißt. Mit seinen melierten, straff zurückgekämmten Haaren, seinem winzigen gepflegten Schnurrbärtchen, seiner dunklen, breiten Hornbrille ist er, wie eine geprellte Dame von ihm sagt, außerdem noch ein genialer Mann. Ob Genie oder nur Talent, das weiß ich nicht, aber nach Bernard Shaw ist das Tragischste ein Mann von Genie, der nicht auch ein Ehrenmann ist, und Herr Egon also ist im Sinne von Shaw eine tragische Figur.

Er kann malen, er hat die Kunstgewerbeschule besucht und auch die Hochschule für Bildende Kunst. Ohne mit der Wimper zu zucken, hat ein älterer Herr aus seiner Nachbarschaft ihm ein Bild abgekauft, darstellend vierundzwanzig Kosaken, und ihm dafür 600,– M auf den Tisch des Hauses gelegt. Also, Herr Egon betreibt keine brotlosen Künste, seine Kunst hat einen respektablen Marktwert, aber er betreibt seine Kunst nicht. Wie es mit dem Kunstwert aussieht? Ich weiß es nicht, ich habe nichts von ihm gesehen und verstehe auch wenig davon. Seine Themen sind nicht gerade originell und modern, sie sind sozusagen zeitlos; denn röhrende Hirsche gab es schon bei den vorgeschichtlichen Darstellungen der Höhlenbewohner.

Eine jüngere Dame, Waltraud heißt sie wahrhaftig, hatte Gefallen an diesem uralten Motiv und bezahlte Herrn Egon 75,– M für das liebeskranke Tier im Wald und in Öl. Er brachte ihr auch ein solches Bild, aber er hatte das schon jemand anderem verkauft. Herr Egon verlangte von Frau Waltraud den Hirsch in Öl und Wald zurück, angeblich, weil er das einmalige Kunstwerk für sich noch kopieren wollte. Und dann brachte er Frau Waltraud nichts mehr, er brachte ihr nichts, was sie sich in ihr Schlafzimmer hätte hängen können. Erst als sie sehr energisch wurde, übergab er ihr eine friderizianische Quadrille, aber von der wollte Frau Waltraud nichts wissen.

Vielen anderen Nachbarn, es waren fast zwanzig aller Größen und Altersstufen, erzählte er von seiner Frau und hob von ihnen Gelder in Höhe von fünf bis fünfzig Mark ab. Anderen sagte er, er müsse eine Reise nach Cottbus machen, und fuhr auf der Schmalspurbahn des Betruges in die nächste Kneipe. Einem wildfremden Mann machte er glauben, er sei beim Deutschen Fernsehfunk angestellt, müsse eine Dienstfahrt machen und habe dafür kein Geld. Einem Nachtwächter, der früher einmal Schwergewichtsmeister im Ringen war, hatte er auch fünf Mark abgerungen, und als dieser von dem schwebenden Verfahren gegen Egon hörte, schrieb er an das Gericht, wenn er nicht bald zu seinem Geld komme, würde er auf Herrn Egon einen Doppelnelson ansetzen. Damit meinte er zweifellos nicht zwei britische Vizeadmirale vom Format eines Nelson, sondern das, was wir früher in der Schule einen Schwitzkasten nannten oder so etwas Ähnliches.

Als das Strafverfahren lief, hatte Herr Egon gerade Arbeit als Lackierer in einem kleinen Betrieb, aber seine Tätigkeit war mehr die eines Pumpers als die eines Spritzmeisters. Er blieb häufig unentschuldigt seiner Arbeit fern, fünf Tage lang in der kalten Silvesterzeit. Vor Gericht behauptete Herr Egon, er wäre damals bettlägerig gewesen und so allein, daß er nicht einmal dem Betrieb telefonisch Bescheid sagen konnte.

Wer Pech hat, so sagt man, dem bricht sogar der Finger in der Nase ab. Herr Egon hatte solches Pech, denn als eine weitere, sehr komplizierte Borgangelegenheit zur Sprache kam – es handelte sich um das Leihen von Geld, um einen Pfandschein auszulösen –, zog Herr Egon aus seiner Brusttasche ein riesiges Bündel von Pfandscheinen heraus, und da entdeckte die Richterin, daß Herr Egon in den Tagen, da er angeblich völlig hilflos zu Bette lag, in die Stadt gefahren war, um die Bettkissen seiner geschiedenen und im Krankenhaus liegenden Frau zu versetzen.

Seine Maltalente hatte Herr Egon, das soll hier zu seinen Gunsten auch berichtet werden, unentgeltlich in den Dienst einer Sichtagitation gestellt und unter anderem für eine Institution die Erstürmung des Winterpalastes in Petersburg 1917 gemalt. Auch dieses Werk kenne ich nicht, aber ich frage mich, wem nützt es, wen rührt es, wen überzeugt es? Ist eine solche

Maltätigkeit ohne innere Anteilnahme nicht dem Drehen einer Gebetsmühle gleichzusetzen?

Den Betrug an den vielen, oft sehr wenig begüterten Nachbarn wertete das Gericht als Betrug und den geringen Umfang seiner nützlichen Arbeit und sein bummelndes Verhalten nach dem Aufdecken seiner Straftat für die Frage, ob Herr Egon eine bedingte oder eine unbedingte Strafe verdient hatte.

Das Gericht sandte ihn ohne Bewährungsfrist fünf Monate in ein Haus, in dem er die Pritschen nicht versetzen und höchstens Wasser pumpen kann.

Die zerrissene Rechnung

Zwei Frauenschicksale kreuzten an diesem kalten Januarmorgen ihren Weg. Sie hatten sich wahrscheinlich nie gesehen, sie kennen sich nicht, für beide war dieser Tag, ob sie es nun heute schon wissen oder nicht, ein Tag des Gerichts.

Die eine, Jüngere, weiß es bestimmt: Sie war angeklagt. Aus ihrem Leben kenne ich einiges, ich kann versuchen, es nachzuzeichnen. Sie muß, wie viele ihrer Generation, und keiner kann ihr daraus heute einen Vorwurf machen, ein begeistertes BDM-Mädchen gewesen sein. Sie trat mit 18 Jahren der NSDAP bei, damals, 1944, als sie ihre Schneiderlehre beendet hatte, bekam sie auch ihr erstes Kind, einen Sohn. Als der Krieg vorbei war, arbeitete sie auf dem Lande. 1946 kam das zweite Kind, eine Tochter. Sie hat es sicher in dieser Zeit schwer gehabt, allein mit zwei kleinen Kindern. Sie ging in die Stadt zurück als Reinemachefrau, als Waschfrau, als Hauswartsfrau. Später geht sie in den Konsum als Bürokraft, wird Fachverkäuferin. Verkaufsstellenleiterin. Heute ist ihr Sohn 18 Jahre, die Tochter 16. Mit dem Jungen hat sie es schwer, die Tochter ist heute schon in der Lehre.

1949 heiratet die kleine, rundliche Frau mit dem gutmütigen, wenig ausgeprägten Gesicht. Aber die Ehe wurde ein Fehlschlag. Der Mann war Trinker, und nach elf Jahren wird sie nach vielem Zank und Streit geschieden. Und wieder muß sie für ihre Kinder alleine sorgen. Sie steht auch in bewußter Selbstisolierung. Von keiner Organisation will sie mehr etwas wissen, sie tritt bewußt nicht einmal dem FDGB bei. „Einmal", so sagt sie vor Gericht, „bin ich in der NSDAP organisiert gewesen. Deswegen hat man mir Vorwürfe gemacht. Das passiert mir nun nicht wieder. Und außerdem habe ich am Verreisen kein Interesse.“

Den bitteren Weg der Erkenntnis, wie Feuchtwanger einen Entwicklungsprozeß nennt, den hat sie nicht beschritten. Sie ist stehengeblieben im Jahre 1944, enttäuscht, resigniert. Beruflich jedoch ist sie mitgegangen.

Beim Konsum hat sie es bis zum Verkaufsstellenleiter gebracht. In ihrem Geschäft, in dem Haushaltsartikel aller Art verkauft werden, macht sie ihre Arbeit gemeinsam mit einer älteren, erfahrenen Verkäuferin. Morgens früh und abends spät ist immer eine allein im Dienst.

Leider erfuhren wir nichts im Prozeß über den Umsatz dieses Geschäfts. Wir hörten nur einiges über Manko, über mehrere Mankos.

Im Juli 1960 wurde sie Verkaufsstellenleiterin, im November fehlten schon 139,– M bei der Inventur. Nach weiteren elf Monaten war das Manko 1200,– M. Nach den Ursachen wurde nicht geforscht. Nach weiteren zwei Monaten gab's wieder eine Differenz von 560,– M. Auch die wurden ohne Prüfung hingenommen. Im August 1962 aber war die Sache ganz schlimm. Eine oberfächliche Prüfung ergab schon ein erhebliches Manko. Jetzt wurden ernsthafte Untersuchungen gemacht, aber eine Schuld der Verkaufsstellenleiterin konnte nicht nachgewiesen werden, deshalb war sie wegen des Mankos nicht angeklagt.

Aber etwas anderes stellte sich noch heraus. Eine Rechnung des Großhandelskontors Haushaltswaren über 491,– M wurde gesucht; die mit der Inventur beauftragte Kolonne forderte sie an. Die Verkäuferin hatte die Rechnung mit allen Durchschlägen gesehen; sie war ordnungsgemäß abgeheftet. Die auf ihr berechneten Artikel waren in der Verkaufsstelle angekommen; ihr Eingang war quittiert. Unsere Verkaufsstellenleiterin aber behauptete damals, die Rechnung sei ihr nicht bekannt; sie hatte sie heimlich herausgenommen und zerrissen in der Hoffnung, das Manko würde nun um 491,– M sich verringern. Natürlich war diese Hoffnung Unfug, das Großhandelskontor hatte schon gemahnt und konnte einen quittierten Lieferschein vorweisen. Das Manko wurde also auf 2261,– M festgelegt.

Die junge Frau war als Verkaufsstellenleiterin nicht mehr möglich, der Konsum wollte sie als Verkäuferin weiterbeschäftigen, aber das wollte sie nicht aus verschiedenen, auch aus finanziellen Gründen. Sie schied aus dem Konsum aus und wurde Schaffnerin bei der Straßenbahn, bei der sie heute noch ist.

Wäre sie jedoch beim Konsum geblieben, dann hätte man zweifellos die ganze Geschichte der Konfliktkommission übergeben. Durch das Vernichten der Rechnung, einer Urkunde, war dem Konsum kein materieller Schaden entstanden. Es mag für den Konsum und seine Buchhaltung nachteilig sein, weil es Irrtümer und Nachfragen gegeben hatte. Die Konfliktkommission hätte vielleicht in diesem Fall sogar ihre schärfste Maßnahme beschlossen, sie hätte der Verkaufsstellenleiterin eine gesellschaftliche Mißbilligung ausgesprochen.

So aber kam dieser Fall vor das Stadtbezirksgericht Berlin-Lichtenberg, und eine Staatsanwältin erhob Anklage wegen Urkundenvernichtung.

Ich kenne den Entwicklungsweg der Staatsanwältin nicht; ich weiß, daß sie seit etwa zehn Jahren in dieser Funktion tätig ist. Sie hat ohne Zweifel ihre Verdienste, aber auch sie scheint stehengeblieben zu sein. Sie hat die Anregungen des Staatsrates über die Verbesserung der Rechtspflege – in diesem Fall zumindest – sich nicht zu eigen gemacht. Sie beantragte gegen die Verkaufsstellenleiterin eine Gefängnisstrafe von drei Monaten, sie wollte sie bedingt verurteilt wissen, denn die junge Frau sei noch nicht vorbestraft und habe auch immer fleißig gearbeitet; sie würdigte auch, daß sie es mit ihren zwei Kindern in ihrem Leben nicht leicht gehabt hatte.

Man mag einwenden, es sei ja eine bedingte Verurteilung beantragt gewesen, das heißt die junge Frau brauche nicht zu sitzen. Aber wir müssen einen Antrag eines Anwalts unseres Staates ernst nehmen. Drei Monate Gefängnis für eine zerrissene Rechnung? Und das kommt dann ins Vorstrafenregister, zwei Jahre lang. Nur, weil die junge Frau nicht mehr im Konsum arbeiten wollte? Weil sie jetzt Straßenbahnschaffnerin geworden ist.

Die Temperatur an diesem Tag: 20 Grad C minus. Bestimmt ist diese Arbeit bei der Straßenbahn gegen die Beschäftigung beim Konsum kein Zuckerlecken. Und die Staatsanwältin hatte niemand vom Betrieb geladen, der über die Arbeitsweise der jungen Frau etwas Positives oder etwas Negatives aussagen konnte. Dazu wäre sie, wenn sie beabsichtigt, einen solchen Strafantrag zu stellen, verpflichtet gewesen. Das ist im Erlaß des Staatsrates zwingend vorgeschrieben. Es muß das Verhalten eines Angeklagten nach Aufdeckung seiner Straftat unbedingt berücksichtigt werden. Vielleicht hatte man niemand von der Straßenbahn geladen, weil die Arbeit der Verkehrsbetriebe in diesem kalten Winter besonders schwierig ist. Die Mutmaßungen, die junge Frau sei dem Alkohol sehr ergeben, hatten sich in der Verhandlung nicht bestätigt. Ja, selbst wenn diese stimmen würden, wäre das auch noch kein Grund für einen Strafantrag von drei Monaten Gefängnis.

Das Gericht, unter Vorsitz einer sehr klugen Richterin, und unter Mitwirkung von zwei Schöffen sprach einen öffentlichen Tadel aus. Es ging in seiner Urteilsbegründung gar nicht auf den Antrag der Staatsanwältin ein, ich glaube, es war die härteste Kritik, die das Gericht hiermit aussprach.

Trägheit des Denkens

Dieser kleine Fall trägt die anspruchsvolle Überschrift „Trägheit des Denkens", und diese Überschrift könnte – bei gründlichem Überlegen – fast über allen Geschichten stehen, die wir unter der Spalte „Zeuge in dieser Sache" veröffentlichen. Denn diese Trägheit, das Nicht-zu-Ende-Denken, die Vermutung, es wird schon gutgehen, es ist bisher immer gutgegangen, ein bißchen Glück gehört zur Branche, diese Einstellung zum Leben, zur Liebe, zur Arbeit, zur Politik befällt uns sehr oft – täglich haben wir mit ihr zu ringen. Die Trägheit des Denkens kann tödlich werden, sie kann Brände entfachen; hier war es nur ein kleiner Brand.

Ein tüchtiger Handwerksmeister Karl, ein kleiner, wendiger Mann, Bauschlosser, hat in Berlin-Mitte einen kleinen Betrieb. Er beschäftigt elf Kollegen. Sein Verhalten ist ohne Tadel, er tut als Staatsbürger seine Pflicht, mehr als seine Pflicht, er arbeitet viel im Nationalen Aufbauwerk, er hat die Einkaufsgenossenschaft seiner Berufssparte mitbegründet, er ist im Elternausschuß der Schule tätig, in die seine Kinder gehen, auch macht er dort aus Gefälligkeit Reparaturen. Bei ihm ist Hans als Schweißer tätig, auch ihm ist aus seinem Vorleben nichts vorzuwerfen, es sei, daß er einmal als Grenzgänger tätig war, und diesen an sich berechtigten Vorwurf macht dem sonst unbescholtenen Hans der Vorsitzende des Gerichts in einer etwas zu barschen Art. Auch aus Trägheit, aus Gewohnheit, nicht eingedenk der Forderung des Staatsrates, sich auch im Gericht eines kameradschaftlichen Tones zu befleißigen. Daß beide noch immer als „Angeklagte" vom Vorsitzenden tituliert werden, ist eine weitere Trägheitserscheinung. Ich sehe noch immer nicht ein, warum Menschen, die sich – wie in diesem Falle – wegen einer Fahrlässigkeit zu verantworten haben, nicht mit ihrem bürgerlichen Namen angeredet werden.

Handwerksmeister Karl wurde von seinem Rat des Stadtbezirkes Mitte eröffnet, die Gebäude, in denen er seine Werkstatt hat, werden im Zuge des Neuaufbaus des Berliner Stadtzentrums abgerissen. Für ihn und seinen Betrieb werden entsprechende Räume im Stadtbezirk Friedrichshain neu gebaut. Es fanden Besichtigungen und Besprechungen statt. Es wurde festgestellt, daß der Betrieb des Herrn Karl einen Tauchraum benutzt, indem die Metallerzeugnisse, zum Beispiel die Schneegitter für Hausdächer, mit einer Rostschutzfarbe versehen werden. Diese Farbe muß mit einem sehr feuergefährlichen Lösungsmittel verdünnt werden. Gefahrenklasse Ia.

Ein solch kleiner Raum wurde auch im Neubau errichtet. Trägheit Nummer eins: Der staatlichen Bauaufsicht wurden die Pläne für diesen Raum nicht vorgelegt; er wurde vom Rat des Stadtbezirks Friedrichshain ohne Genehmigung gebaut. Der Bau war fertig, Meister Karl wurde gedrängt, schnell die alten Räume zu verlassen. Der neue Bau war aber noch nicht von der Bauaufsicht abgenommen, auch hatte die Volkseigene Wohnungsverwaltung, der Eigentümer des Neubaus, den Bau noch nicht, wie es vorgeschrieben ist, gegen Feuer versichert. Herr Karl gab aber schon die Weisung, mit dem Umzug zu beginnen. Er war zu dieser Zeit in Urlaub gefahren, und seine Schwester, die bei ihm als Buchhalterin tätig ist, hatte die Geschäftsführung in dieser Zeit. So wurde auch die Tauchanlage in den neuerrichteten Bau schon umgesetzt.

Zwei Versäumnisse müssen weiter festgestellt werden: Die Volkseigene Wohnungsverwaltung und der Rat des Stadtbezirks Friedrichshain durften den Umzug nicht gestatten, ohne vorher die Räume von der staatlichen Bauaufsicht abnehmen zu lassen. Herr Karl oder sein von ihm eingesetzter Stellvertreter mußte, bevor er mit dem Umzug anfing, die Genehmigung der

Arbeitsschutzkommission einholen. Herr Karl behauptete vor Gericht, er wisse das nicht, aber das ist nicht stichhaltig, es gehört zu seinen Pflichten als Betriebsinhaber, das zu wissen.

Nun wurde in dem neuen Tauchraum noch nicht richtig gearbeitet, denn die Eingangstür war nicht verschließbar. Aber in der Tauchrinne war noch oder schon flüssige, verdünnte Farbe. Es wurde auch schon auf dem neuen Gelände getaucht, aber im Freien. Die gefärbten Teile wurden zum Trocknen in dem Tauchraum aufgehängt. Die Tür konnte nicht verschlossen werden, weil ein Eisenriegel überstand. Es wäre die Aufgabe des Baubetriebes gewesen, die Räume schlüsselfertig abzuliefern, aber auch das wurde – durch Trägheit – versäumt. Schweißer Hans machte sich lobenswerterweise daran, ohne Auftrag, die Tür in Ordnung zu bringen. Er deckte die Tauchrinne, die unmittelbar neben der Tür stand, mit einigen Blechstücken zu, legte seine Schürze noch über die Blechstücke, öffnete die Tür weit in den Hof hinein und begann nun, das überstehende Eisenstück abzuschweißen. In wenigen Sekunden qualmte es in der Tauchrinne. Als Herr Hans die Schürze und die Bleche abnahm, schlugen ihm die hellen Flammen entgegen. Ein glühendes Schweißteilchen war in die unzureichend abgedeckte Farbrinne gelangt und hatte einen Brand verursacht. 400,– M Schaden waren entstanden.

Wäre Hans nicht von dieser Trägheit des Denkens befallen, dann hätte er die Tür ausgehängt. Er hätte auf dem Hof das Eisenteil abgeschweißt.

Das Gericht stellte fest: Hans hatte allein die ihm bekannten Arbeitsschutzbestimmungen über das Schweißen vernachlässigt. Er hatte den Schaden allein verursacht, und er wurde deshalb vom Gericht öffentlich getadelt.

Obwohl auch Meister Karl zwingende Vorschriften mißachtet hatte, wurde er vom Gericht freigesprochen. Sein Versäumnis hatte den Brand nicht verursacht, er hatte schnell handeln wollen, um den Fortgang des Aufbaus des Berliner Stadtzentrums nicht zu hindern.

Freigesprochen oder getadelt, Richter, Schöffen, Staatsanwalt und Zuhörer, wir alle haben gelernt: Die Trägheit, das Nicht-zu-Ende-Denken, ist ein Erbübel, das jeder in sich bekämpfen muß.

Die verlorenen Schuhe

Die rötlichblonden langen Locken fallen auf; das Gesicht ist groß, mit einer feinen, langen, etwas spitzen Nase, ungeschminkt, ungepudert. Sie steht gelassen vor dem Gericht, unberührt von Gemütsbewegungen. Ihre Gestalt ist kräftig und nicht sehr modisch gekleidet. Sie sieht treu aus, treu wie Gold, Sonja, die Stepperin.

Nein, sie steppt nicht im Zirkus oder im Varieté, sie steppt auch nicht mehr in der Produktionsgenossenschaft der Schuhmacher „Modeschuh", leider. Sie ist im Augenblick ohne Arbeit, sie hat schon die Einstellung als Weichenreinigerin bei der Reichsbahn in der Tasche. Die ganze Geschichte mit Sonja ist schiefgelaufen, wie die Absätze ihrer etwas ausgetretenen schwarzen Schuhe.

Sonja hat die Schule in einer Kreisstadt im Bezirk Frankfurt/Oder nur bis zur sechsten Klasse besucht. Sie ist in keiner Weise mitgekommen, sie hat wenig Selbstvertrauen. Von ihr wird ihre Arbeit sogar schlechter eingeschätzt als vom Vorstand der Genossenschaft. Halt fehlt ihr, der Neunzehnjährigen, sie steht allein.

Ihre Mutter ist gestorben, ihr Vater hat den Ruf eines Trinkers, außerdem ist er lungenleidend. Mit Sonja hat er immer Differenzen gehabt, und sicherlich liegt die Schuld überwiegend beim Vater. Sie wohnt jetzt bei einer Schulfreundin, teilt mit der Mutter der Freundin ein Zimmer und zahlt wie ein Familienangehöriger dort nur ein mäßiges Kostgeld von wöchentlich 35,– M.

Sie wurde angelernt in einer Schäftestepperei und kam nach

Berlin in die Handwerkergenossenschaft „Modeschuh". Dort war sie erst in der Schäftestepperei tätig, und später kam sie in eine der Annahmestellen für Schuhreparaturen. Das war sehr praktisch, denn sie konnte durch ihre jahrelange Tätigkeit in der Stepperei auch kleine Reparaturen an den Schuhen machen. Sie verdiente 360,– M bis 380,- M; sie wurde, als sie 18 Jahre alt war, als Mitglied aufgenommen, Mitinhaber einer schönen, gut eingerichteten und gut geleiteten Genossenschaft. Sie bekam das Statut ausgehändigt.

Nun besteht bei manchen Menschen noch immer der Aberglaube, daß alles, was gedruckt ist, auch gelesen wird. Sonja könnte als Gegenbeweis dienen, sie hat zum Beispiel das Statut ihrer Genossenschaft nie gelesen, nie angesehen. Selten ging sie zu den Hauptversammlungen, aber es kam auch niemand von den älteren Meistern zu ihr und sagte: „Sieh mal, Sonja, jetzt bist du mit uns gleichberechtigt. Alles hier ist auch deins, wenn du gut arbeitest, erhöhst du unsere Jahresausschüttung. Lerne weiter, bilde dich in der Stepperei aus. Wir brauchen dich, und du brauchst uns." Dieses und vieles andere blieb ungesagt und ungetan.

Sonja fühlte sich weiter als Angestellte des Vorstandes, leider als schlechte Angestellte; sie konnte auch mit ihrem verdienten Geld nicht wirtschaften.

Einmal bekam sie einen schönen Pumps in ihrer Größe mit hohen Absätzen zur Reparatur. Ja, den müßte man besitzen, sagte sie sich, und dann nahm sie ihn mit nach Hause. Und als die Kundin kam, suchte sie, alle Kollegen suchten, und der Pumps war nicht mehr da, und die Genossenschaft mußte nach vielem Hin und Her für den verlorenen Schuh Schadenersatz bezahlen. Viel Ärger, viel Verdruß.

Und einige Monate später kam ihr wieder ein Pumps in die Quere, mit einem graziösen Schleifchen und einer interessanten Lochung. Sonja war verlobt, wollte tanzen gehen in den neuen Schuhen mit den Schleifchen und der interessanten Lochung. Und ihre ganze Seligkeit hing an diesen Schuhen, und sie nahm die Schuhe mit. Wieder Suchen, Ärger, Schimpfen, Verdruß, und die Genossenschaft mußte den Schaden bezahlen.

Und im Winter fehlten Sonja weiße, gefütterte Stiefeletten, weil es kalt war und sie kein Geld hatte, sich neue zu kaufen. Und da nahm sie wieder ein Paar, ohne viel zu denken. Sie war schon frech geworden, sie zog diese Stiefeletten sogar auf dem Weg zur Arbeit an. Nur bei der Arbeit trug sie ihre eigenen Schuhe und versteckte die Stiefeletten im Kleiderschrank.

Die Kundin aber ließ sich nicht mit Vertröstungen und Schadenersatz abspeisen, sie schaute Sonja nach und erblickte ihre Schuhe an Sonjas Füßen. Da endlich kamen diese dummen Diebereien ans Tageslicht.

Der Vorstand entließ Sonja sofort. Er hatte vor Jahren einmal bei einem anderen ungetreuen Mitglied den Beschluß gefaßt, Mitglieder, die die Genossenschaft bestehlen, sofort auszuschließen. Und der Vorstand ist auch sicher, daß die kommende Hauptversammlung diese Maßnahme gutheißen wird.

Die drei Paar gestohlenen Schuhe konnten den Besitzern zurückgegeben werden. Wenn sie sie nehmen wollen, ist der Schaden, den die Genossenschaft durch Sonjas Diebstähle erlitten hat, gering. Der noch verbleibende Rest wird auf alle Fälle durch Sonjas Anteil und durch die ihr noch zustehende Jahresausschüttung gedeckt. Die Strafe von drei Monaten Gefängnis – auf zwei Jahre ausgesetzt – ist juristisch gerechtfertigt.

Was fehlt Sonja? Erziehung, Erziehung durch Gleichaltrige, Einsichtige, durch Ältere, Erfahrene, Erziehung aber ist – auch das ist nichts Neues – am wirksamsten durch Arbeit. Durch Arbeit mit einem, für ein und in einem Kollektiv. Erziehung kann aber nicht geleistet werden, wenn man den Bagatelldieb aus dem Kollektiv ausmerzt. Dann begibt man sich dieser Möglichkeit. Die Genossenschaft der Schuhmacher leistet in der Produktion und im Herrichten von Schuhen Vorbildliches. Wie aber ist es mit dem Herrichten von schwachen Charakteren?

Wenn unser Staat einem Ersttäter wie Sonja eine Bewährungszeit zubilligt, muß dann eine Genossenschaft strenger sein als Staatsanwalt und Gericht, darf sie das, kann sie das? Schuhmacher haben seit langem bei uns den Ruf, geduldig, humorvoll, poetisch und weise zu sein. Eine Genossenschaft der Schuhmacher in unserem Staat, in unserer Gesellschaft sollte zudem auch sozialistisch denken, sie sollte von der Wandelbarkeit eines jungen Menschen überzeugt sein, sie sollte mehr Zutrauen zur eigenen Kraft haben.

Briefmarkenschatz im Keller

Die Metallbriefmarke aus der Sowjetunion, ein Einzelstück, ein Unikum, auf das jeder Sammler stolz ist, verriet ihn. Lutz wollte die Marke auf einem Philatelistenabend im Kulturbund eintauschen. Dort war der hübsche, große, junge Mann schon bekannt. Sein unbeschwertes Gesicht fiel nur durch die schwarzen, fast buschigen Augenbrauen auf, sonst hätte dieses kindliche Antlitz einem 14jährigen frischen Jungen wohl angestanden, für einen 20 Jahre alten ist es allerdings etwas ungewöhnlich.

Dieser Zwiespalt ist der Wesenszug seines Charakters, der Kern seiner Untaten, seines gefährlichen Tuns und seiner kindlichen Reaktion. Es ist keine neue Erkenntnis, daß Verbrechen in unserer Gesellschaft dumm sind; sie bringen dem Täter meist mehr Schaden als irgend jemand andern. Aber bei Lutz treibt diese Dummheit gar seltsame Blüten. Lutz begeht zuchthauswürdige Taten, verzichtet aber noch vor der Entdeckung von sich aus auf einen sehr großen Teil seiner Beute.

Genau ist sein Geburtstag nicht bekannt. Er kennt den Namen seiner Eltern nicht; aufgezogen wurde er von einer Pflegemutter, einer einfachen, tüchtigen Arbeiterfrau, die fast mehr für ihn getan hat, als es eine natürliche Mutter für ihr Kind tun kann. Sie war auch durch den Krieg allein geblieben, nahm sich des Findelkindes an, hatte aber wenig Freude an ihm. Er machte ihr schon in der Schule Schwierigkeiten, mußte in Heimerziehung gegeben werden; immer lief er davon, sechsmal, und zurück zur Pflegemutter, die ihn trotz aller Plackereien wieder aufnahm, ihn sogar unterstützte, wenn er der Heimerziehung entfliehen wollte. Einmal türmte er nach West-Berlin, kam aber bald zur Pflegemutter zurück, sie versteckte ihn wochenlang, um ihm die Unannehmlichkeiten einer Vernehmung zu ersparen.

In der Schule blieb er mehrmals sitzen, eine richtige Lehre hat er nie angenommen. Er versuchte es ganz kurz als Gehilfe bei einem Dachdeckermeister und dann in einigen anderen Betrieben; ein Jahr blieb er im Kabelwerk Oberspree, aber er bummelte dort häufig. Immer wieder kroch er ins warme Nest seiner Pflegemutter, die ihm, dem hübschen, kindlichen Jungen alles verzieh und sich für ihn abplackte. Und zum Schluß bemühte sich Lutz gar nicht mehr um Arbeit.

Er ist nicht ohne Interessen, er geht sogar manchmal ins Theater, die „Weber" hat er gesehen, aber, so sagt er, er findet überhaupt nicht den richtigen Anschluß, und deshalb habe er auch seine Stelle im Kabelwerk Oberspree aufgegeben; sein Hauptinteresse sind Briefmarken, besonders aus der DDR. Er sammelt, tauscht, kauft, verkauft. Doch seine Arbeitsunlust ist sogar so groß, daß er seinen Stolz, seine schöne Sammlung fast aller in der DDR erschienenen Marken verkauft hat, um sich von diesem Erlös über Wasser zu halten. Als Mitglied besucht er regelmäßig die Tauschabende im Kulturbund.

Dort traf er einen gleichaltrigen jungen Mann. Bernd. Der ist Maurer, verheiratet, Vater zweier Kinder; in dieser Familie ist Lutz ein gerngesehener Gast. Die gemeinsame Liebe zu den kleinen bunten Bildern, die zwar manchmal auch heute noch zur Frankierung von Briefen und Paketen verwandt werden, die aber in fast allen Staaten der Welt in immer neuen Varianten extra für Liebhaber hergestellt werden, diese gemeinsame Leidenschaft fügen den völlig haltlosen Lutz und den wenig gefestigten Maurer Bernd zusammen. Obwohl Bernd regelmäßig arbeitet, kann er die Miete für seine schöne Wohnung nicht bezahlen und wird nach einem Gerichtsurteil zwangsweise in eine kleine, schlechtere Wohnung umquartiert.

Der Grund ist der, Lutz und Bernd haben eine weitere gemeinsame Liebe entdeckt, die Liebe zu Bier und Schnaps. Inzwischen, und das muß unbedingt vermerkt werden, hat Bernd wieder fleißig gearbeitet und einen Großteil seiner Mietschulden beglichen.

Nach einem solchen Bierabend geht Lutz allein, ziemlich benebelt, nachts um zwei Uhr nach Hause. Er kommt an dem Geschäft eines ihm bekannten Briefmarkenhändlers vorbei. Mit einem Stein zerschlägt er ein Schaufenster, entfernt die Scheiben, zerritzt sich die Hand, klettert etwas blutend hinein und durchwühlt den Laden. Er nimmt das, was er glaubt unbedingt haben zu müssen, hauptsächlich Marken aus seinem Sammelgebiet der DDR. Auch nimmt er Serien aus der Sowjetunion mit, einige leere Kataloge. Unbemerkt verläßt er den Laden. Er behauptet, nicht Werte gestohlen zu haben, sondern Briefmarken als Sammler. Auch DDR-Sperrmarken habe er nicht mitgenommen, weil er die aus seiner alten Sammlung habe.

Am nächsten Morgen sieht er sich an, was er gestohlen hat. Er ist ein bißchen erschreckt, überrascht, geht zu Bernd und berichtet, was er angerichtet hat. Der erschrickt; aber auch seine Reaktion ist falsch, anstatt zu sagen, melde dich, mach reinen Tisch, sagt er ihm: „Verschwinde, sonst kommt die Sache heraus." Bernd sieht sich die gesamte Beute einmal an, er schätzt den Katalogwert heute auf zehn- bis elftausend Mark. Der bestohlene Briefmarkenhändler beziffert seinen Verlust auf etwa fünfeinhalbtausend Mark.

Nun verschenkt Lutz – er sagt, etwa die Hälfte – an Bernd, der meint, es sei ungefähr ein Drittel gewesen.

Lutz hat wenig Lust zu verschwinden, und nun sagt Bernd ihm: „Vorläufig wollen wir die Marken aus dem Geschäft nicht tauschen und nicht verkaufen." Aber bei Lutz brennt es. Er arbeitet nicht und muß also zu Geld kommen. Die Metallbriefmarke aus der Sowjetunion, die Lutz auf einem Tauschabend anbietet, macht den Händler und seine Freunde auf den jungen Mann aufmerksam. Sie melden ihren Verdacht der Volkspolizei. Lutz wird erst einmal gehört, und er warnt Bernd. Der junge

Maurer trifft seine Vorsichtsmaßnahmen, er steckt die gestohlenen Briefmarken in Gläser, verpackt die mit Ölpapier, steckt sie in eine Kiste und vergräbt und vermauert sie im Keller seines Wohnhauses. Dort werden die Briefmarken gefunden. Und bei der Haussuchung in Lutz' Wohnung findet die Volkspolizei auch noch eine Taschenuhr, die Lutz, wie er selber erzählt, einem Betrunkenen nachts aus der Tasche gezogen hat.

Eine bedingte Verurteilung kommt nur für Bernd, den fleißigen Maurer, als Hehler in Frage. Fünf Monate Gefängnis beantragt der Staatsanwalt, und genauso entscheidet das Gericht und gibt ihm eine Bewährungszeit von zwei Jahren. Aber das wirkliche Problem liegt bei Lutz. Inzwischen ist seine Pflegemutter gestorben, und der junge Mann steht nun ohne jeden Halt, ohne jede Bindung da. Er ist demoralisiert, er hat schon lange nicht mehr gearbeitet. Er wird zu einer Gefängnisstrafe von einem Jahr verurteilt und sitzt die Strafe jetzt ab.

Das Gericht stellt in seinem Urteil fest: Nach der Strafverbüßung muß er durch Arbeit in ein festes Kollektiv gebracht werden. Er wird unsere Gesellschaft, wenn er aus dem Gefängnis entlassen wird, vor eine schwere Aufgabe stellen. Sie ist nicht mit dem Urteil und nicht mit einem Zeitungsartikel gelöst. Ein Mensch, ohne richtige Erziehung, ohne Bindung muß schon in der Haft auf einen neuen, richtigen Beruf, auf einen Anschluß an die Gesellschaft vorbereitet werden. Eine schöne, aber unendlich schwere Aufgabe für unseren Strafvollzug.

Bitten um gutes Wetter

Wir alle sind Erben – im Guten wie im Bösen. Wir alle schleppen in unserer Lebensgeschichte, in unserer Erziehung, in unseren Gewohnheiten, in unserer Denkweise, in unseren Wünschen, Zielen und Träumen, in unseren Freuden und in unseren Leiden – manchmal auch in unseren Krankheiten und Gebrechen ein Stückchen Geschichte unseres Volkes. Das Gute in der Überlieferung sollten wir pflegen, das Schädliche bekämpfen. Dem Menschen ist eine Einsicht, eine Urteilskraft, ein Wille gegeben, die richtige Einsicht über die Vergangenheit zu gewinnen, nach dieser Einsicht in die Gegenwart für die Zukunft zu handeln, das macht den Menschen erst zum wahren Menschen.

Über fünfzig Jahre ist Günter alt, aber heute noch ist er belastet von seinen Kindheitserinnerungen. Seinen Vater verlor er im Ersten Weltkrieg, seine Mutter konnte sich nicht mehr zurechtfinden, und sie schied durch eigene Hand aus dem Leben. Der kleine Günter kam ins Waisenhaus. Schon als kleiner Bub mußte er arbeiten, er wurde in der Erntezeit vom Waisenhaus an Bauern vermietet. Er kam zu einem Windmüller in die Lehre. Das Lehrgeld bekam das Waisenhaus, und er durfte von seinem Verdienst pro Woche fünfzig Pfennig behalten. Bis zu seinem einundzwanzigsten Lebensjahr durfte er keine Stellung ohne Zustimmung des Waisenhauses annehmen.

Erst im Jahre 1931 wurde er selbständig, er heiratete, und 1936 wurde ihm eine Tochter geboren.

Aber die so lange erkämpfte Selbständigkeit wurde ihm schon bald genommen, als der Gangsterchef Hitler Soldaten benötigte, um fremde Länder zu besetzen. Günter zog mit; als er in Berlin um drei Tage Urlaubsverlängerung bat – seine Frau war krank –, wurde ihm nein gesagt. Er blieb trotzdem, meldete sich, kam aber wegen Urlaubsüberschreitung vor Gericht und bekam drei Monate Gefängnis. Aus dem Straflager brach er aus und hielt sich während des Krieges in Berlin verborgen. Er wurde von der Militärpolizei ergriffen und zum Tode verurteilt.

Das Todesurteil wurde in eine Zuchthausstrafe von fünfzehn Jahren umgewandelt. Günter kam ins KZ. 1944 war er wieder wehrwürdig und wurde in ein Strafbataillon gesteckt. Zum Minensucher ausgebildet, wurde er an die Front geschickt, um das Vaterland zu retten, das Vaterland, das ihm den Vater und die Mutter geraubt hatte, das ihm die Jugend gestohlen und abgehandelt hatte, das ihn, den kaum Opponierenden, dann noch zum Tode verurteilt hatte. Aber auch der Dienst im Strafbataillon ging schlimm für ihn aus. Er erhielt eine schwere Verletzung am Kopf, heute leidet er noch an häufig wiederkehrenden Krämpfen, an Störungen im Stoffwechselablauf.

Er kam 1946 zurück, wurde erst in der Universitätsklinik in Greifswald gepflegt. Seine Frau und seine Tochter fand er im zerstörten Berlin nicht wieder. Er wurde Hilfsarbeiter in einer Brauerei, und da er dort gefällig und beliebt war, wählten ihn die Kollegen in die Betriebsgewerkschaftsleitung. Bei dem Zusammenschluß aller Berliner volkseigenen Brauereien wurde er Vorsitzender seiner Abteilungsgewerkschaftsleitung, kam auch in die Betriebsgewerkschaftsleitung und war dort so etwas wie ein hauptamtlicher stellvertretender Vorsitzender.

1950 bekam er Nachricht von seiner Frau. Die hatte geglaubt, das Todesurteil an ihm sei vollstreckt worden. Sie hatte im Krieg einen Holländer kennengelernt, ihn geheiratet und war nach dem Krieg zu ihm nach Holland gezogen. Nun wollte die Tochter heiraten, und die holländischen Behörden verlangten, da sie noch nicht einundzwanzig Jahre alt war, die Zustimmung des Vaters oder seinen Totenschein. Günter verzichtete auf seine Frau und auf seine Tochter, als er hörte, daß es den beiden in Holland gutging, und er ließ sich scheiden.

Durch seine Kopfverletzung kann Günter wenig Alkohol vertragen. Sein Unglück aber war, daß er in einer Brauerei beschäftigt wurde. Und dann, das sagt Günter von sich, hat er noch eine Eigenschaft, er will immer den guten Onkel spielen. Seine Beliebtheit wollte er erhalten und erkaufen durch Lagen. „Ich wollte dadurch um gutes Wetter bitten." Auch sonst macht er gerne den guten Onkel. Er hat Kinder gern um sich, und von den Kolleginnen, die Sonntagsschicht haben, leiht er sich die Kinder der alleinstehenden Frauen aus und gibt für sie viel Geld her.

Aber es ist nicht immer sein Geld. Er kommt mit seinem guten Verdienst als hauptamtliches Betriebsgewerkschaftsmitglied nicht aus. Er vergreift sich an den Geldern, die die Kollegen für Ferienschecks ihm übergeben haben und die er für einige Zeit an die Kontrollkarten der Gewerkschaftskartei angeklammert hat. Erst glaubt er, er kann sich das Geld – ausleihen, dann merkt er, daß ihm auch im nächsten Monat Geld fehlt, und er leiht weiter, bis es zum Schluß 330,– M sind. Dann manipuliert er mit einer Summe von 500,– M des Kultur- und Sozialfonds, die fälschlicherweise auf das BGL-Konto überwiesen wurde. Er bekommt den Auftrag, das Geld zurückzuüberweisen, und fingert so lange, bis es auf seinem privaten Konto erscheint.

Günter war in den Jahren ein angesehener Mann geworden, er wurde auch zum Vorsitzenden seiner Kleingartenanlage gewählt. Auch hier leitet er 925,– M Gelder, die dem Verband gehören, auf sein Konto und unterschlug sie.

Schon immer war Günter in nervenärztlicher Behandlung, und das Gericht ordnete, nachdem seine Verfehlungen bekannt geworden waren, eine Untersuchung an. Durch seine schwere Verwundung ist sein Nervensystem in Mitleidenschaft gezogen. Der geringste Genuß von Alkohol wirkt sich bei ihm sehr schädlich aus. Sein Gutachter hält ihn für seine Taten nur bedingt zurechnungsfähig. Auch haben seine schweren Erlebnisse in der Kindheit einen stark gesteigerten Geltungstrieb erzeugt.

Er, der von Jugend an Unterdrückte, wollte eine Rolle spielen, die ihm nicht gegeben war.

Heute arbeitet er als ungelernter Arbeiter in einem anderen Werk. Dort ist er gewissenhaft. Der freundliche ältere Mann mit dem etwas dreieckig geformten Kopf und den grauen Haaren ist beliebt. Obwohl er weniger verdient als zuvor, hat er schon angefangen zurückzuzahlen. Eine Frauenbrigade hat sich seiner angenommen, sie haben ihre Brigadierin zum Prozeß geschickt. „Wir wissen, was er getan hat, wir kennen sein Leiden, wir kümmern uns um ihn, wir kommen gut mit ihm aus, wir glauben, daß wir ihn unterstützen können, wir glauben, daß er sich in unser Kollektiv einordnet."

Das Gericht sah trotz seiner erheblichen Unterschlagungen, es fehlen in den verschiedenen Kassen über 2000,– M, von einer unbedingten Gefängnisstrafe ab, wegen seiner eingeschränkten Verantwortlichkeit. Es verurteilte ihn zu einer bedingten Strafe von 15 Monaten und setzte eine lange Bewährungszeit fest, drei Jahre.

Schon durch die Haltung der neuen Kollegen hat Günter erkennen können, daß er nicht Lagen schmeißen muß, wenn er um gutes Wetter bitten will. Um das gute Wetter, das ihm so lange durch die schlimme Geschichte unseres Vaterlandes vorenthalten war. Das gute Wetter, das für ihn in unserer Ordnung immer da war, das nur gefährdet war durch seine eigene Großmannssucht.

Waschhaus oder Buddelkasten

Aller Schmutz dieser Welt wird vom Wasser und mit Wasser abgewaschen. Wäsche ist nicht nur eine Tätigkeit, es sind auch die Kleidungsstücke, wie Hemden, die uns näher sind als die Röcke. Und die Wäsche in des Wortes doppelter Bedeutung liegt tüchtigen Hausfrauen am Herzen, Waschtage sind Zeiten der Erregung, besonders wenn der Weg zum Waschhaus umstritten ist wie der positive Held in der Literaturdiskussion. Hier aber haben wir einen unumstrittenen positiven Helden, einen nach allen Regeln der Kunst lupenreinen. Tamino steht an der Spitze eines Kollektivs, wie könnte es auch anders sein, er stützt sich auf die breiten Massen, verkörpert durch die am Weg zum Waschhaus interessierten Damen, er hat ein Maximal- und ein Minimalprogramm, er orientiert sich auf die Zukunft, auf das Keimende im Mutterschoß. Mit Bravour gewinnt er die erste Instanz, und als ihm der Gegner die zweite auch noch aufzwingt, weiß er sich einer streitbaren Rechtsgelehrtin zu versichern; von ihr erzählt man sich, daß sie im Sport und in der Anwaltschaft schon manche Hürde im Galopp genommen hat. Tamino weiß diese Dame so von sich und seiner gerechten Sache zu überzeugen, daß sie sogar auf ihr Honorar verzichtet.

Tamino ist der Vorsitzende einer Hausgemeinschaftsleitung, und er erscheint vor Gericht mit seinem ganzen Chor, indem die Sopran- und Altstimmen stärker – auch in des Wortes doppelter Bedeutung – vertreten sind als die Tenöre und Bässe.

Die Gegnerin ist die Königin der Nacht, trotz ihrer negativen Heldenrolle von gewinnendem Äußeren, Herrin und Eigentümerin des Hauses mit zwei Aufgängen und zwei Waschküchen.

Den Kampf um die Öffnung der zweiten Waschküche führt Tamino im Auftrag der ganzen Hausgemeinschaft. Die Königin der Nacht gab an, sie habe die zweite Waschküche schon im Jahre des Unheils 1939 geschlossen und diesen Raum für sich privat eingerichtet. Aber sie hatte die schwere Zeit vergessen, sie hatte damals nebenan im Luftschutzkeller mit einigen ihrer Mieter gezittert und sich gefürchtet. Und diese Mieter wußten, das Waschhaus war damals noch Waschhaus. Es waren also keine wohlerworbenen Rechte, als sie 1947 diese zweite Waschküche für die Mieter schloß. Damals wurde dieser Raum im Souterrain als Dunkelkammer (wie sich alles so findet) für den Gatten, den Prinzgemahl der Nacht, eingerichtet und dann später zu einem Raum für Gäste und fürs Fernsehen.

Nun mußten die Mieter vom zweiten Aufgang bei Wind und Wetter, bei Schnee und Eis einen langen Umweg durch den Garten zu dem einzig verbliebenen Waschhaus machen, mit ihren schweren Waschkörben. Der Kampf um die Öffnung des anderen Waschhauses wird nun schon seit fünfzehn Jahren geführt.

Dieser Streit hatte für manchen Mieter nur noch symbolischen Charakter, einige hatten schon elektrische Waschmaschinen in ihrer Wohnung, andere ließen außerhalb waschen. Sie hätten vergnügt auf den Waschhausschlüssel und den Zugang zum Waschhaus pfeifen können. Aber sie taten es nicht, teils aus Solidarität, teils aus Daffke. Die Öffnung des anderen Waschhauses war das Panier, mit dem Tamino die ganze Hausgemeinschaft nahtlos zusammenschweißte.

Aber unser Held träumte auch von der Zukunft. Er war vom Sieg der gerechten Sache durchdrungen. Würde nach dem gewonnenen Prozeß nicht die schöne Gemeinschaft im Sande verlaufen? Sand, das war es, worauf es jetzt ankam, zwar soll man auf Sand nicht bauen, Sand ist aber auch ein wichtiger Bestandteil für die Bereitung des härtesten Betons. Es war ihm nicht unbekannt geblieben, daß in dem völlig kinderlosen Haus mit den zwei Aufgängen zwei junge Ehepaare ihren Einzug gehalten hatten. Und die ganze Hausgemeinschaft hatte ärztlich begründete Aussichten auf häufiges Windelwaschen. Tamino forderte von der Königin der Nacht die sofortige Wiederherstellung eines alten Buddelkastens. Noch vor der glücklichen Niederkunft mußte dieser Buddelkasten mit feinstem weißen Sand gefüllt werden – die Staatliche Plankommission sollte auf einen so vorausschauenden Mitarbeiter aufmerksam gemacht werden.

Die Königin der Nacht aber griff der Entscheidung des Gerichts und des Perspektivplaners vor. Der Hölle Rache kochte in ihrem Herzen, sie füllte den alten Buddelkasten statt mit weißem Sand mit Mist und schwarzer Erde, pflanzte darauf Erdbeeren und verzauberte den Buddelkasten in eine landwirtschaftliche Nutzfläche. Und dann erklärte die Königin der Nacht, daß sie Tamino als Leiter der Hausgemeinschaft nicht anerkenne und nichts mit ihm zu tun haben wolle.

Die Verhandlung vor der zweiten Instanz war ganz auf die Arie des Sarastro gestimmt, die da lautet: „In diesen heiligen Hallen kennt man die Rache nicht." Zuerst wurde der stolzen Königin der Nacht bedeutet, daß sie nicht entscheiden kann, wer das Vertrauen der Mieter genießt. Ihr wurde auch mit Zustimmung von Tamino recht gegeben, daß angesichts des erzielten technischen Fortschrittes eine einzige Waschküche für die Familien ausreichend sei. Dagegen verpflichtete sich die Königin der Nacht nach ernstem Zureden des Gerichts, in sechs Wochen durch den ehemaligen Luftschutzkeller einen Zugang zum anderen Waschhaus zu brechen, so daß die fleißigen Wäscherinnen vor Wind und Wetter geschützt sind. Das Verlangen der Mieter, das eine Waschhaus von dem anderen durch eine zugemauerte Tür endgültig zu trennen, konnte der Richter abbiegen. Die Königin aber war einverstanden, daß die Tür von Tamino und seinen Getreuen durch einen Riegel verschlossen werden kann. Auf ein Recht aber verzichtete die Königin nicht, auf die Schlüsselgewalt. Sie hat das Vorrecht, die Ordnung im Waschhaus zu bestimmen, und dieses Recht wird sie um keinen Preis der Welt an Tamino abtreten.

Der Buddelkasten aber soll auch wieder Buddelkasten werden, denn schon müssen für zwei Kindlein Windeln gewaschen werden. Über diese Dinge konnte man sich mit Hilfe der Rechtsanwälte beider Seiten einigen. Und die Kosten dieses Rechtsstreits? „Das überlassen wir dem Gericht", die kühne Hürde nahm die Rechtsanwältin Taminos im Galopp. Und in der Kostenfestsetzung wog das Gericht die berechtigten und unberechtigten Forderungen weise gegeneinander ab. Drei Viertel der Kosten des Streites trägt die Königin, ein Viertel die Hausgemeinschaft, was nicht sehr viel ist, denn der Streitwert war auf 300,– M festgesetzt, und die Rechtsanwältin hatte sowieso verzichtet.

Ein Staatsanwalt hatte mitgewirkt mit Rat und Tat, und er machte einen ganz merkwürdigen Vorschlag, der aber leider im Raum unbeachtet blieb: „Wie wär's, wenn die Königin der Nacht sich plötzlich in eine gute Fee verwandeln würde. Wenn sie die überflüssige Waschküche als Zeichen eines Neubeginns der guten Hausgemeinschaft zur Verfügung stellte, als Kulturraum."

Der Zeuge in dieser Sache würde eine Einladung zur Einweihung nicht ablehnen. Und dann könnte die Hausgemeinschaft, an der Spitze Tamino, die verwandelte gute Fee in die Komische Oper zur „Zauberflöte" einladen. Und alle, alle könnten dem Gesang der drei Knaben lauschen, die dort von der Decke schweben: „O holde Ruh, steig hernieder, kehr in des Menschen Herzen wieder, dann ist die Erd' ein Himmelreich und Sterbliche den Göttern gleich."

Geld für nichtgeregneten Regen

Merkur, der flinke Götterbote, ist der Gott der Händler und der Betrüger. Billig einkaufen, teuer verkaufen, ist in der Welt des Privateigentums, im Konkurrenzkampf, im Kräftespiel von Angebot und Nachfrage Ziel des Handels, eine Methode, schnell reich zu werden. Und etwas Teures als wohlfeil anzupreisen, etwas Schlechtes als erste Qualität an den Mann zu bringen, das ist die Kunst der Reklame. Genau läßt sich Reklame vom Betrug nicht mehr unterscheiden. Irgend jemand soll getäuscht werden in der Absicht, dem Verkäufer einen Vermögensvorteil zu verschaffen, und das Vermögen des Käufers soll geschmälert werden. Nun gilt der Vermögensvorteil, den der Verkäufer sich verschafft, nicht als rechtswidrig, denn es herrscht ja die Freiheit, die Preise so hoch wie möglich festzusetzen, die Freiheit der Preisfestsetzung ist ein Recht all derer, die etwas zu verkaufen haben. Ein Recht der Warenbesitzer, das sie um keinen Preis veräußern wollen, also ein unveräußerliches, das einzige unveräußerliche Recht. Diese Wirtschaftsform etwa die soziale Marktwirtschaft zu nennen ist auch ein Betrug – nebenbei bemerkt.

Auch bei uns gibt es noch eine Privatwirtschaft. Aber das Recht des billigen Einkaufens und des teuren Verkaufens ist eingeschränkt. Es gibt für fast alle Waren und Leistungen staatliche Festpreise. Sie müssen eingehalten werden. Wer sich nicht daran hält, kann gerichtlich belangt werden; verkauft aber jemand ein X für ein U, macht er unwahre Angaben, dann braucht er sich nicht zu wundern, wenn ihm eine Anklageschrift wegen Betrugs ins Haus flattert.

Bisher mußten wir große Hochachtung vor dem starken Mann in den besten Mannesjahren haben, den wir hier Albert nennen wollen. Er ist das dreizehnte Kind eines Maurers und Kleinbauern. Er hatte nie einen richtigen Beruf erlernt, als junger Mann war er nur in der elterlichen Landwirtschaft tätig. Aus dem Krieg kam er mit einer Rückgratverletzung nach Hause. Erst konnte er nur als Schrankenwärter arbeiten, später als Gleisbauarbeiter bei der Reichsbahn. Dort bildete er sich weiter, wurde Rottenmeister. Danach ging er in einen privaten Gleisbaubetrieb als Schachtmeister und Bauführer, dieser Betrieb wurde später volkseigen. Ohne theoretische Ausbildung leistet er eine Arbeit, die sonst meist nur ein Ingenieur übernimmt. Und das, was unter seiner Leitung geschaffen wird, ist hieb- und nagelfest. Siebzehn Verbesserungsvorschläge sind von ihm verwirklicht worden, darunter die Konstruktion einer Betonreinigungsanlage. Aber leider hat dieser so tüchtige Mann eine Schattenseite. Er will schnell, ganz schnell reich werden, auch auf Kosten anderer.

Im Jahre 1960 fragt ihn der Dienstvorsteher eines Berliner Bahnhofs, ob er, Albert, nicht für eine Gasleitung die Ausschachtungsarbeiten übernehmen könne. Albert sah hier eine Chance, schnell zu Geld zu kommen, er sprach mit seiner Brigade, ob sie diese Arbeit nicht am Sonnabend und Sonntag ausführen könne, und die ganze Brigade war einverstanden. Albert machte einen Kostenanschlag, und der wurde akzeptiert. Die Arbeiten wurden gemacht, die Rechnung nach dem Kostenanschlag aufgestellt und auch bezahlt. Nur war die Rechnung nach den Richtlinien der Reichsbahn ausgestellt. So hätte Albert für die Baustelleneinrichtung höchstens sechs Prozent der ganzen Kosten einsetzen dürfen, er ließ sich aber zwölf Prozent überweisen.

Bei einer späteren Überprüfung stellte sich heraus, daß Albert auch sonst die Preise weit überschritten hatte. Er hatte eine falsche Bodenklasse eingesetzt, er hatte Absteifungen berechnet, die gar nicht gemacht wurden und nötig waren, auf der

Rechnung standen Fahrgeld und Trennungszuschläge für die Kollegen, die sie nie von ihm bekamen.

Ähnliche Dinge kamen in zwei anderen Fällen vor. Von einem volkseigenen Kohlenhandelsunternehmen und von einem „Volkseigenen Einkaufs- und Absatzbetrieb", beide in den Randgebieten von Berlin, wurden ihm auf dieselbe Sonnabend- und Sonntagsweise Arbeiten übertragen. In beiden Fällen sollten er und seine Brigade alte Gleisanschlüsse wieder gebrauchsfähig machen. Es waren Gleise, die seit dreißig Jahren nicht mehr benutzt worden waren. Die Kostenanschläge und die genauso gemachten Rechnungen peilte Albert über den Daumen. Er gab Namen von einer Brigade an, die er nie mit dieser Arbeit beschäftigt hatte. Auch überschritt er wieder die Festpreise, die die Reichsbahn in einem Katalog für derartige Arbeiten verbindlich festgelegt hat. Auf den Rechnungen standen Schlechtwetterstunden, obwohl es an den Tagen, an denen die Arbeiten ausgeführt wurden, nie geregnet hatte.

Viele der Kollegen, die Albert als Lohnempfänger aufgeführt hatte, waren vor Gericht geladen, und sie mußten zu Alberts Schmach bekennen, daß sie nie an den Gleisbauarbeiten beteiligt waren. Seine Rechnungen enthielten also Lohn für Menschen, die nichts gemacht, und Ausfallzahlungen für Stunden des Regens, der nie geregnet hatte.

Es ist natürlich schwer für eine VEAB oder einen Kohlenhandelsbetrieb, zu untersuchen, ob die Preise für die Arbeiten richtig waren. Das kann nur ein Eisenbahnfachmann überprüfen. Und im Grunde waren alle Betriebe froh, daß damals die Arbeiten überhaupt und fachmännisch gemacht wurden.

Nur eine seltsame Tatsache bewahrte Albert vor einer Verurteilung als Betrüger. Er konnte darlegen, daß er nie eine Absicht gehabt habe, sich unrechtmäßig zu bereichern. Er war während der Arbeiten nicht dabei, er konnte geltend machen, die Irrtümer in seiner Rechnungslegung habe er nicht bewußt eingefügt.

Aber es waren Verstöße gegen die Preisverordnung. Sie konnten festgestellt werden. Und diese Verstöße sind auch dann strafbar, wenn sie fahrlässig gemacht werden. Nur wird ein solches fahrlässiges Vergehen vor Gericht nicht so hart bewertet wie ein erwiesener Betrug. Über 5400,– M hatte sich Albert ungerechtfertigt angeeignet, und diese Summe muß er nun wieder herausgeben. Ein Jahr Gefängnis wurde ihm bedingt zugesprochen, zwei Jahre Zeit hat er, sich zu bewähren. Seine positiven und seine negativen Leistungen waren vom Gericht ausgewogen, und die positiven gaben dafür den Ausschlag, daß Albert nicht unbedingt ins Gefängnis muß.

Dicht zusammen lagen bei Albert Betrug und Preisüberschreitung. Er ist noch einmal sehr gut davongekommen. Darüber wollen wir uns mit ihm und für ihn freuen. Und wir haben die Hoffnung, daß er in Zukunft seinen guten Kopf und seine geschickten Hände für die Verbesserungsvorschläge einsetzt. Dabei wird er besser fahren. Den Gewinn kann er behalten, denn die Prämien, die er dafür bekommt, hat er verdient, und die sollen ihm bleiben.

Schutzbedürfnis oder Erziehung

Die umgekehrte Situation haben wir schon tausendfach gehört: Ein junger Mann verläßt aus irgendwelchem Grunde unsere Republik, wird drüben in Westdeutschland mit dem harten, unerbittlichen Kampf aller gegen alle nicht fertig und gleitet ins Kriminelle ab. Hier aber kommt ein junger Mann zurück aus dem Westen zu uns, er findet sich nicht zurecht und wird kriminell. Um so wichtiger, daß wir die Ursachen aufhellen, um so mahnender, daß wir nicht selbstzufrieden werden.

Er ist ein sehr hübscher junger Mann mit hoher Stirn, braunen Haaren, ordentlich anzusehen, ein, man möchte sagen, gutbürgerlicher Bankangestellter, ein wenig füllig, er flößt Vertrauen ein. Tatsächlich ist er ein Arbeiter, Sohn eines Arbeiters aus Güstrow, der im Krieg von den Nazis erschossen wurde. Ein guter Schüler war er nicht, zweimal ist er nicht mitgekommen und mußte sitzenbleiben. Seine Mutter heiratete kurz nach dem Krieg einen Kaufmann, der es mit der Ehrlichkeit nicht so genau nahm; er wurde verurteilt und ging nach der Verbüßung seiner Strafe mit seiner Frau und dem damals 14jährigen Bruno in den Westen. In Hamburg beginnt Bruno beim Großvater eine Klempnerlehre. Er kann sie nicht beenden, weil der Großvater stirbt. Und nun führt er seine Lehre in Duisburg zu Ende. In einem Lehrlingswohnheim wohnt er und muß für Kost und Logis 200,– M zahlen. Dabei gehen das Lehrlingsgeld und seine Kriegsopferrente drauf, und es bleiben Schulden übrig. Seine Mutter hätte sie zahlen müssen, denn Bruno ist nicht volljährig. Aber sie zahlt nicht, und so bleibt er auf den Schulden hängen. Jetzt, da er Geselle ist, soll er noch für diese Schulden aufkommen; es ist wohl der Hauptgrund, daß er zu uns kommt, nach Güstrow zurück, wo er, wenn auch mit sehr mäßigem Erfolg, in die Schule gegangen war. Es kommt vielleicht noch hinzu, daß er sich nie mit seinem Stiefvater vertragen hatte.

Gerne wird er bei uns aufgenommen, ihm wird sofort Arbeit in einer großen Produktionsgenossenschaft des Handwerks in der heutigen PGH Metall vermittelt. Und dort schickt man ihn sofort zu Außenreparaturen in Privathaushalte. Wahrscheinlich ist er unbeholfen und noch ungeschickt. Die Leute merken am Dialekt, daß er von drüben kommt, und die erste Frage lautet fast immer, ob er etwas ausgefressen habe. Noch mehr verwirrt es ihn, daß einige Leute ihm wegen seiner Rückkehr hämische Dinge an den Kopf werfen. Es macht Bruno völlig unsicher. Auch glaubt er, viele Aufträge nicht ausführen zu können und nicht abrechnen zu dürfen. Und da er für seine Leistungen bezahlt wird, macht ihm das sehr viel Sorgen.

Bruno kam sicher, wie er heute sagt, mit vielen falschen Vorstellungen zu uns. Auch sein Arbeitseifer ist nicht gerade vorbildlich. Aber war es richtig, den Jungen, gerade ausgelernten Gesellen als Einzelhandwerker sofort loszuschicken? Eine Arbeit, die einen ungefestigten Menschen zum Bummeln reizt? Wohl hilft ihm sein Meister, ein 62jähriger Herr, immer. Er sorgt auch, daß Bruno wegen seiner dauernden Geldschwierigkeiten Vorschuß bekommt; aber Bruno ist isoliert. Und meist ist er mit seinem Radio allein, und das ist auf den Sender Hamburg eingeschaltet.

Eines Abends kommt es zu einer Diskussion über die Schutzmaßnahmen an unserer Staatsgrenze. Bruno äußert sich, die Westpolizisten hätten volles Recht, auf unsere Grenzsoldaten zu schießen. Das hört man in der PGH, und Bruno wird darauf fristlos entlassen. Eine straftrechtliche Verfolgung dieser Staatsverleumdung ist nicht vorgesehen. Der Entlassene wendet sich an die Abteilung Inneres beim Rat des Kreises und bittet um Hilfe und Unterstützung. Die bekommt er auch sofort, und es wird ihm eine neue Arbeit bei einem kommunalen volkseigenen

Baubetrieb vermittelt. Als Klempner kommt er zu einem jungen stellvertretenden Meister, der übergibt ihm die Montage einer Kunststoffrinne. Bruno ist nicht gewohnt, mit dem Material zu arbeiten, und es dauert lange, ehe er die Sache bewältigt. Der junge stellvertretende Meister schüttelt nach einem Tag den Kopf. Er will den neuen jungen Arbeiter nicht in seiner Brigade haben. Er soll jetzt erst einmal in einer Transportbrigade arbeiten, und Bruno ist einverstanden, weil er gehört hat, dort könne er viel verdienen. Aber dieses Versprechen wird nicht realisiert. Er soll in einer sogenannten Lehrlingsbrigade anfangen, und dort wäre sein Lohn ein viel, viel geringerer. Und nun bleibt er jeder Arbeit fern.

Er ist, wie gesagt, isoliert. Die Tante, die in Güstrow wohnt, hat nie etwas von ihm wissen wollen. Arbeitskollegen hat er sich nie angeschlossen. Jetzt hat er nur noch seine Freundin. Und nun begeht er in fast jeder Nacht einen Einbruch. Es beginnt in der Kantine der Sporthalle, dann in Büros staatlicher und genossenschaftlicher Betriebe. Immer sucht Bruno Geld, er nimmt aber auch andere Wertsachen, Tonbandgeräte, eine Schreibmaschine und Werkzeug. Entweder öffnet er die Tür mit einem Nachschlüssel, oder er steigt durch zerschlagene Fensterscheiben ein.

In den sechs Wochen hat er in 16 Büros und Läden eingebrochen. Ganz Güstrow ist erregt, man vermutet eine Bande von Einbrechern. Vierzehn Fälle gibt Bruno zu, zwei davon sind Einbrüche in privaten Einzelhandelsgeschäften.

Als er gefaßt wird, erschwert er die Ermittlungen sehr. Einmal faselte er von zwei Mittätern, deren Namen er aus einer geheimnisvollen Ursache nicht preisgeben könne; seiner Freundin gegenüber hatte er Andeutungen gemacht, daß er im Auftrag von westlichen Geheimdienststellen nachts tätig ist. Das alles ist gesponnen. Aber bevor man das Hauptverfahren eröffnet, wird Bruno einem Psychiater vorgestellt. Der hält ihn nach eingehender Untersuchung für voll verantwortlich, bescheinigt ihm aber, daß sein Geltungstrieb demonstrativ hysterische Züge aufweist. Er begeht in der Haft zwei Selbstmordversuche.

Der Gesamtschaden – mit allen Beschädigungen an Schlössern, Scheiben, Schreibtischen – beträgt 3600,– M. Fast alle gestohlenen Wertgegenstände konnten bei Bruno aufgefunden und wieder zurückerstattet werden, so daß ein noch zu tilgender Rest von knapp 2000,– M verbleibt. Das Gericht ging zweifellos in seinem Urteil vom Schutzbedürfnis der Gesellschaft aus, als es den jungen Mann wegen seiner Einbrüche und wegen der Staatsverleumdung zu einer Gesamtstrafe von zweieinhalb Jahren Zuchthaus verurteilte. Das Gericht hatte in der Verhandlung mehrmals Gelegenheit, die Gedankenlosigkeit zu rügen, die die Leitung der Produktionsgenossenschaft und die der Baubetriebe bei der Einstellung und bei der Behandlung eines Neubürgers gezeigt hatten. Auch hätte der Rat des Kreises, Abteilung Inneres, Bruno sofort an einen stationären Produktionsbetrieb vermitteln müssen, damit er in einem festen Kollektiv sozialistische Produktionsverhältnisse und sozialistische Arbeitsmoral in Aktion kennenlernen könne.

Ob eine Zuchthausstrafe notwendig war zur Erziehung eines Neunzehnjährigen, darüber gibt es – auch in der Redaktion der „Wochenpost" – sehr verschiedene, sehr auseinandergehende Ansichten. Ich halte diese Strafe für nicht angemessen, und ich hoffe, daß das Bezirksgericht Schwerin diesen Fall in der zweiten Instanz überprüfen wird.

Bedingt oder unbedingt, das ist hier die Frage

Es wird uns am Radio und am Fernsehen, mehr oder weniger talentiert, oft vorgesungen und vorerzählt, die Liebe sei ein seltsames Spiel. Seltsame Wege geht sie oft, die Liebe – ob sie ein Spiel ist? Wenn das tatsächlich manchmal so ist, dann geht es den Erwachsenen wie den Kindern beim Spielen: Wird von einem die Spielregel verletzt, wird es blutiger Ernst. Dann gibt es Zank und Streit, Tränen und manchmal auch Prügelei, es regiert nicht die Liebe, sondern die Faust.

Udo ist trotz seines vollendeten und gutgelungenen Körperwuchses unausgegoren. Er ist schon das zweitemal Ehemann, er ist schon das zweitemal Vater geworden. Beides sagt nur, daß er die körperliche Reife eines Zweiundzwanzigjährigen besitzt. Seelisch und moralisch steht er noch auf dem Standpunkt des Einkriegezecks, des Versteckens mit Anschlag, des Drittenabschlagens. Beruflich hatte er schon die erste Sprosse des Erfolbereits zum Einrichter in einem großen volkseigenen Berliner Betrieb gebracht. Sein Arbeitseifer war sehr schwankend gewesen, er hatte wohl brauchbare Verbesserungsvorschläge eingereicht, und gleichzeitig war er ein Muster an Unpünktlichkeit; fachlich war er seinen Aufgaben, so wie es schien, gewachsen.

Es gab auch Krach in seiner zweiten Ehe, schon wieder war Scheidungsklage eingereicht. Udo lud ein kleines, etwas struppiges, schwarzhaariges Fräulein zu einem Glase Bier ein. Dort stellte sie die Gretchenfrage des modernen Mädchens, nicht nach der Religion, sonden: „Bist du verheiratet?“ Udo antwortete zweideutig: „Ich bin geschieden.“ Für das schwarzhaarige Mädchen war nun alles klar. Der junge Mann imponierte ihr, die etwas zu lüstern geratene Oberlippe reizte sie, die langen Augenbrauen gefielen ihr, sie sagte nicht nein. Er zog zu ihr und brachte nach und nach seine Sachen, seine Foto- und seine Filmausrüstung mit. Die Schwarzhaarige erfuhr dann aber so nebenbei, daß die Scheidung von der zweiten Frau nicht durchgeführt wurde. Gretchen wollte ihren Liebhaber aber auch nicht heiraten, das hätten, so sagte sie vor Gericht, ihre Verwandten nicht zugelassen. Von den Richtern befragt, ob sie nicht selber den Mann ihrer Wahl aussuchen würde, meinte sie treuherzig und offen: „Udo hat zwei Kinder, und ich denke im Traum nicht daran, zeitlebens für fremde Kinder zu arbeiten."

Also Liebe war es nicht, große Liebe, das wußte das schwarzhaarige Gretchen, und das fühlte auch der dunkelblonde Udo. Und er lauschte eines Abends am Fenster einem Gespräch in der Parterrewohnung. Da sagte das Gretchen zu seiner Mutter: „Mutter, den Udo, den habe ich mir ja nur aus Rache genommen, weil mich der vorletzte Mann, den ich wirklich geliebt habe, verlassen hatte." Und das kränkte Udo. In der nun folgenden Auseinandersetzung über den Wert der Liebe schlug Udo aus Rache das sich rächende Gretchen ins Gesicht, so daß die Lippen bluteten.

Es kam zu einer Versöhnung, und Udo blieb. Und so saßen sie und tranken selbstgekelterten Obstwein. Und als Gretchen des Weines voll war und zu Bett gehen wollte, sich ihrer Kleider entledigte, da holte Udo ganz unbemerkt seine Filmkamera „Admira" und hielt die Szene in allen Einzelheiten fest. Als dann die Racheliebe zwischen beiden längst aus und zerbrochen war, zeigte Udo aus purer Rache diesen Schmalfilm durch eine Vergrößerungslupe seinen Arbeitskollegen.

Noch böser endete die Freundschaft mit einem anderen, sagen wir braunen Gretchen, einer Arbeiterin, die zwölf Jahre älter ist als er und deren Ruf ich nicht beschreiben möchte. Das heißt nicht unbedingt, daß er unbeschreiblich ist. Sie lernten sich in einer Kneipe kennen und nach durchzechter Nacht auch lieben. Sie sagte vor Gericht, daß sie durch eine dumme Frage sofort herausbekommen hatte, daß er verheiratet war. Sie legte diesem Problem keine große Bedeutung bei.

Sie erklärte ihm sogar ganz frank und frei: „Du bist verheiratet und hast zwei Frauen, warum sollte ich nicht auch zwei Männer haben."

Wieder war Udo beleidigt, er wollte Schluß machen und lud sie zu einem Abschiedstrunk ein. Das sei bei ihm üblich. Damit war sie einverstanden, und der Trunk endete in fröhlicher Gesellschaft um halb zwei. Das braune Gretchen ging allein nach Hause. Die anderen aber tranken weiter, und um halb vier, als alle Kneipen geschlossen waren, zog Udo mit den drei anderen vor des braunen Gretchens Tür. Und da sie sehr unsanft klopften, öffnete es und ließ die bezechte Gesellschaft ein. Udo machte ihr Vorwürfe über eine peinliche Geschichte und schlug wieder zu. Diesmal traf er das braune Gretchen mit der Faust so unglücklich an der Stirn, daß eine Nebenader der Schlagader platzte. Das Mädchen wurde für einige Wochen arbeitsunfähig geschrieben.

Als der Betrieb von Udos üblen Schlägereien erfuhr, wurde er fristlos entlassen. Aber nun geschah etwas Merkwürdiges, Unerwartetes. Udo ging hinauf zum Direktor und erklärte: „Ich sehe ein, ich habe mich scheußlich benommen. Bitte geben Sie mir Gelegenheit, mich zu bewähren, ich nehme jede Arbeit an." Der Direktor sorgte dafür, daß Udo als Transportarbeiter im Kohlenkeller eingestellt wurde. Dort arbeitete er nun schon seit Monaten. Er ist pünktlich, gewissenhaft, höflich. Auch hat er sich trotz allem mit seiner Frau völlig ausgesöhnt.

Das Gericht stand bei Udo vor einer sehr schweren Aufgabe. Der Staatsanwalt hatte eine unbedingte Gefängnisstrafe wegen fortgesetzter Körperverletzung und wegen Beleidigung (wegen der Filmaffäre) von fünf Monaten und zwei Wochen beantragt. Udo habe sich wie ein Rowdy den beiden Frauen gegenüber benommen, er habe keinen Respekt vor der Würde der Frau.

Das stimmt zweifellos. Aber hatten gerade diese beiden Frauen bei Udo Respekt einflößen können? Er ist, und darüber gibt es keine Frage, scharf zu verurteilen, denn der körperlich überlegene Mann darf nie und nimmer schlagen. Das Gericht hatte zu entscheiden zwischen der Verteidigung, eine bedingte Strafe auszusprechen. Über die Höhe der Strafe gab es keine Meinungsverschiedenheiten, und die blieb auch im Urteil. Die Verteidigerin führte ernste Argumente ins Feld. Udo hatte sich nach der letzten Tat gewandelt, das ist unbestritten. Schon die Bitte, im Betrieb zu verbleiben, war der erste Schritt auf einem sehr unbequemen Weg. Der bequeme Weg und der leichtere wäre gewesen, Arbeit als Facharbeiter in einem anderen Betrieb zu suchen und zu finden. Und die Verteidigerin sagte: „Setzen Sie die Bewährungszeit auf drei Jahre fest, diese lange Zeit ist der Umerziehung dienlicher als eine Strafe, die Udo sofort verbüßen müßte und die dann für ihn erledigt wäre."

Das Gericht entschied sich für die bedingte Strafe und für die drei Jahre lange Bewährungszeit, und es legte fest, wie es einem Mann zu ergehen hat, der die Liebe als ein seltsames Spiel betrachtete und der mit der Faust seine Spielregeln durchsetzen wollte. Aber es war dessen überzeugt, daß seine jetzige bessere Einsicht zum Anderswerden nicht zu spät, sondern noch rechtzeitig kam, um ihn vor einer sofortigen Gefängnisstrafe zu bewahren.

Hätte man nicht . . .?

Kein Geld zu haben ist eine sehr kostspielige Angelegenheit. Ein kapitalarmer kapitalistischer Staat zum Beispiel kann Abhilfe schaffen, indem er Anleihen aufnimmt; je schlechter seine Lage, um so höher die Zinsen, um so teurer ist das Beleihen künftiger Einkünfte; der Mangel erlangt eine eigene Organisation und vergrößert von sich aus das Defizit.

Als Notstandsarbeiter war Robert 1950 beim Abriß der Reste der Reichsschuldenverwaltung in West-Berlin beschäftigt. Das Beseitigen der Trümmer einer Schuldenverwaltung sogar kostet noch Geld. Wie schrecklich teuer es ist, Schulden zu haben, das haben Sie selber miterlebt, Herr Robert!

Robert hätte es außerdem besser wissen müssen als wir Laien, denn er hatte einmal mit gutem Erfolg Bankkaufmann gelernt. Sein schmaler, kahler Schädel mit der hervorspringenden Nase gibt dem kleinen, energisch aussehenden Mann die Fassade eines cäsarähnlichen Bankdirektors.

Er kam im Jahre 1951 zu uns und hat immer als Industriekaufmann gearbeitet. Es soll früher auch einige Mißhelligkeiten gegeben haben. Er war durch einen Mediziner einmal in eine Opiumgeschichte verwickelt. All das ist nicht sehr schlimm gewesen, wir dürfen ihn als unbescholtenen und fleißigen Mann achten. Und in seiner letzten Arbeitsstätte, beim VEB Technische Gase in Berlin, war er sehr angesehen als Sachbearbeiter in der Abteilung Arbeit und sogar einige Zeit als ihr kommissarischer Leiter. Alles hat er nach dem Urteil des Betriebes recht gut gemacht.

Im Jahre 1954 heiratete Robert zum zweiten Mal. Er hatte

aus seiner ersten Ehe für zwei Töchter zu sorgen, dann gab es noch eine Unterhaltsverpflichtung für ein außereheliches Kind. Ich glaube, er hat dieses Kindchen seiner zweiten Frau ganz unterschlagen, und er kam so in Schwierigkeiten. Er hatte außerdem noch Schulden und die hatte er verschwiegen. Die neue Ehefrau aber führte vom ersten Tag ihrer Herrschaft ein strenges Regiment. Robert mußte am Gehaltstag alles abliefern, er bekam täglich eine kleine Summe für Zigaretten und Fahrgeld. Da aber Robert außerdem noch ein Freund des Weines war und manchmal auch Kollegen einlud, erhöhte sich seine Schuldenlast. Von diesen Schulden versuchte er herunterzukommen durch intensives Lottospiel. Für Lottoscheine gab er monatlich etwa 90,– M aus. Er bekam auch immer Geld gepumpt, denn er war ein angesehener Mann durch die Stellung, die ja faktisch zur Leitung des Betriebes gehörte.

Am 20. Juli 1962 aber zerbrach seine Ehe vollends. Die Frau hörte nicht auf, Robert Vorwürfe zu machen über das veschwiegene uneheliche Kind, es gab Szenen über das Trinken und über die Schulden. Sie ließ sich scheiden, er aber hängt heute noch an seiner Frau. Und um die gleiche Zeit wurde Robert zum Werkleiter bestellt. Der hatte gehört, daß er überall Menschen angepumpt hatte, Kollegen, auch Arbeiter aus dem Betrieb. Natürlich ist so etwas für einen Mitarbeiter der Abteilung Arbeit und ganz besonders für den kommissarischen Leiter dieser Abteilung unmöglich. Seine Autorität war hin. „Kündige du", sagte der Werkleiter zu Robert, und Robert reichte die Kündigung ein.

Das war für den Werkleiter das einfachste. Es stellte sich aber heraus, daß dies ein böser Fehler war, er hätte mit ihm sprechen können und müssen, hätte ihm eine andere Arbeit, sagen wir in der Lohnbuchhaltung, anbieten können und müssen. Er hätte ihm sagen müssen: „Jetzt, da du geschieden bist, verfügst du über dein Einkommen allein. Sage mir, wieviel Schulden du hast, und wir wollen einmal sehen, wie wir dir helfen können." Wäre so mit Robert gesprochen worden, dann wäre es vielleicht nie zu diesem Prozeß, nie zu einer vierzehnmonatigen Gefängnisstrafe gekommen.

Hauptverantwortlich ist natürlich Herr Robert für seine Taten. Aber allein fand er nicht die Kraft, einmal ehrlich Bilanz zu ziehen und sein Leben neu zu gestalten. Er schied also aus dem Betrieb auf eigenem Wunsch aus. Er hatte Ehe und Existenz fast am gleichen Tage verloren. Robert hatte ein Herzleiden, und die Sozialversicherung schickte ihn, den Entlassenen, erst einmal zur Kur. Dort fand er unter den Rekonvaleszenten schnell Anschluß und Freundschaft, wie das bei uns so üblich ist. Und mit den neuen Freunden wollte Robert Wein trinken, Ausflüge machen und vor allem seine Tips weiterspielen, denn die Schuldenlast verfinsterte sein Gemüt. Er erzählte seinen Freunden, daß er ein Postsparbuch habe, das sei liegengeblieben, und seine Wirtin würde es ihm nachschicken. So pumpte er den einen um 55,– M und den anderen um 50,– M an.

Vorher noch im Betrieb hatte er einem neueingestellten Kollegen erzählt, er könne ein Motorboot für 4000,– M kaufen, das mindestens 8000,– bis 9000,– M wert sei. Es fehlen ihm, Robert, gerade 1000,– M, und beim Wiederverkauf des Motorboots, der in etwa 15 Tagen stattfinden könne, würde er ihn am Mehrerlös mit 200,– oder 300,– M beteiligen. Robert bekam auch dieses Geld und zahlte damit andere Schulden ab. Die übelste Geschichte aber leistete sich Robert bei einem ihm bekannten alten Rentnerehepaar. Er bot sich an, ein wenig im Garten auszuhelfen, und erzählte, er habe gekündigt und wolle nun Mitglied in einer Handwerkergenossenschaft werden. Dazu brauche er 3000,– M. Er versprach ihnen, für die geliehenen 3000,– M 4000,– M zurückzuzahlen. Im Vertrauen auf seine bisherige gute Stellung, auf sein bescheidenes und sicheres Auftreten gaben die alten Leute ihm ihre ganzen Ersparnisse.

Aber diese Schulden konnte Robert nicht mehr zurückzahlen, wie er es bisher immer getan hatte, kleinere Schulden durch größere abzudecken. Er hatte seine Stellung verloren, er hatte auch seinen Knöchel gebrochen, wahrscheinlich in Trunkenheit. Als dann Anzeige erstattet wurde, als eine Gerichtsladung kam, verließ er sein Zimmer, er verließ Berlin und war nicht mehr auffindbar. Er trieb sich, entwurzelt, verzweifelt, in den Wartesälen in der Nähe von Brandenburg rum, und dann stellte er sich der Volkspolizei.

Wenn es eine gute Menschenführung im Betrieb gegeben hätte, so glaube ich, wäre es nie zu diesem Verfahren, zu dieser menschlichen Tragödie gekommen, und das Rentnerehepaar wäre heute noch im Besitz seiner Spargroschen. Ich bin überzeugt, daß in vielen ähnlichen Fällen besser gearbeitet wird, nur die schlechten Beispiele erfährt die Öffentlichkeit.

Robert muß in der Haftanstalt bleiben, im ganzen vierzehn Monate wegen seiner Betrügereien. Weil er, der gelernte Buchhalter von 54 Jahren, es nicht verstanden hat, sein Leben zu ordnen, weil er nie Bilanz gezogen hat, weil er geglaubt hatte, es müsse einmal in der Welt des Lottos ein Wunder geschehen. Weil er mehr dem Glück vertraut hatte als seinem eigenen Willen und seiner eigenen Kraft.

Der direkte und indirekte Heiratsschwindler

Die Natur hat ihn mit allen Vorzügen bedacht, die ein Mann sich nur wünschen kann. Und er hat damit gewuchert. Das große Plus seiner tadellosen Erscheinung, seines charmanten Wesens hat er in ein gewaltiges Minus verwandelt; immer wieder müssen Gefängnismauern dazwischentreten, damit die Welt, die Frauen und auch die Männer vor ihm geschützt werden; das, was ihm zum Vorteil hätte gereichen können vor allen anderen Unscheinbaren, das gereichte ihm nur zum Nachteil.

Wo kommt er her, der große, schlanke junge Mann mit der hohen Stirn, den hellbraunen Haaren, den stahlblauen ehrlichen Augen? Direkt aus dem Gefängnis in West-Berlin; dort saß er zwei Jahre lang wegen Unterschlagung, Betrugs und Wirtschaftsvergehens. Er kehrt zu uns zurück, er ist einmal bei uns groß geworden und hat gelernt. Er wird aufgenommen mit der Bedingung, in seinem alten Betrieb wieder als Elektroschlosser zu arbeiten. Aber er kommt aus mir nicht ganz geklärten Gründen nicht zurecht. Reibereien entstehen, er arbeitet nur wenige Tage, und dann gibt er es auf.

Schuld? Es ist eine üble Geschichte, die er so bereitwillig, fast genüßlich erzählt. Vieles, ja alles gibt er zu und spart nicht an Selbstkritik. Er führt an die mangelnde Erziehung bei seinen Großeltern – seine Eltern hat er nicht gekannt. Und seine Frau, die Dame, wie er sie nennt, die Friseuse, die Grenzgängerin, die ihren spanischen Schäferhund mehr liebte als ihn, die ihn schlug, sie sei schuld an der Fehlentwicklung. Die ihn betrog, den Betrüger, die sich scheiden ließ, als er im Gefängnis saß. Eine schillernde Vorgeschichte, schillernd wie der schwarzbraune Changeantanzug, den er mit lässiger Eleganz trägt. Er bringt zweimal etwas fertig, dieser geleckte Adonis, was ich noch nie im Gerichtssaal erfahren habe, den indirekten Heiratsschwindel. Er bekennt, von einer „Nichte“ Geld bekommen zu haben, weil die ihm glaubt, daß er die viel ältere Tante heiraten würde.

Und der zweite Fall – er trifft einen tüchtigen jungen Mann, den er vor neun Jahren einmal im Gefängnis kennengelernt hatte. Der andere ist etwas geworden, ist gefestigt, und er hört von dem Adonis, daß er gerade aus dem Westen zurückgekommen ist. Er glaubt ihm und gibt ihm 100,– M, damit er, der Adonis, eine Wohnung für den neuen Ehestand einrichten kann.

Am schlimmsten aber plünderte er eine ältere Frau aus; sie hat einen schweren Beruf, der sehr viel Selbstüberwindung und Verzicht fordert. Sie lernt den jungen, sehr attraktiven Mann in einem Tanzlokal kennen – es ist für sie zu schön, um wahr zu sein, und es ist nicht wahr. Sie nimmt ihn schon am ersten Abend mit. Und er spricht sofort von Heiraten.

Was er ihr alles erzählt, er sei im Deutschen Innen- und Außenhandel beschäftigt und besäße einen Wagen. Von dem sieht sie nie etwas, nicht einmal eine Zulassung, aber sie hört sehr oft von dem Auto reden, daß es in Reparatur sei. Sie gibt ihm 1000,– M und mehr. Und dann ist er verschwunden. Weg sind auch ein Perlonmantel und ein Pfund Kaffee. Nach fünf Tagen ist der Mann wieder da. Er hätte beruflich in Westdeutschland zu tun gehabt, den Mantel und den Kaffee habe er mitnehmen müssen, weil er vor einiger Zeit aus Westdeutschland Kaffee und Mantel ähnlicher Qualität eingeführt habe, und diese Dinge hätte er nun wieder an der Grenze vorzeigen müssen. Der Wagen ist wieder in Reperatur und kostet wieder Geld. Fast 3000,– M holt sie von der Sparkasse.

Den Kaffee hat er bei einer anderen, Jüngeren getrunken, der er auch den Mantel schenkte. Die Frau lebt in dieser Zeit in einem Rausch, sie wehrt sich mit Händen und Füßen gegen das Erwachen, sie will die Länge des Traumes ausdehnen, und das kostet sie ihre ganzen Ersparnisse.

Und dann, als nichts mehr bei ihr zu holen ist, siedelt er sofort zu einer Freundin und Kollegin seines Opfers über. Die weiß einiges, wie er die ältere Kollegin ausgeplündert hat, aber sie, die Jüngere, die gerade Geschiedene, ist davon überzeugt, daß er sie liebt und sie heiraten wird. Er bringt ihr in den neuen Haushalt noch Geld mit, das er von der anderen älteren Freundin hat. Aber ihr nimmt er auch 400,– M ab und von einer Bekannten noch 585,– M für eine Waschmaschine, die er durch seine Stellung beim Außenhandel besorgen könne.

Er plündert Rentnerinnen aus, die von den beiden Kolleginnen gepflegt worden waren. Er erschwindelt sich Geld unter allerlei Vorwänden, er stiehlt sogar Seife und Knacker von den Rentnerinnen, nichts ist ihm zu teuer, nichts ist ihm zu gering. Und im Bekennen ist er nicht kleinlich. Auch ein gehäkeltes Taschentuch, das er nicht genommen hat, erkennt er an als von ihm gestohlen.

Auf einem Bahnhof in Leipzig lernt er einen jungen Mann kennen, der auch Berliner ist. Sie verabreden sich, einmal in Berlin auszugehen, und der junge Mann gibt ihm die Adresse seiner Freundin. Dort stellt er sich vor, zeigt die Adresse und erzählt, der Freund habe sich Geld bei ihm geborgt, weil er seine Börse verloren hat. Sofort gibt das junge Mädchen das Geld, sie veranlaßt die Schwester des jungen Mannes, ihm noch mehr Geld zu geben. Und als es ihm noch nicht genug ist, erspäht er fünf Mark in der Brieftasche, und die holt er sich auch heraus. Zu den zwölf bewiesenen Fällen zählt er noch zwei weitere auf, wie er Menschen ausgeplündert hat, und rechnet kühl damit, daß er vor Gericht als reuiger Sünder besser wirkt als einer, der verstockt ist. Und ich glaube, er hat auch hier noch Erfolg.

Das Gericht, das keine Unterlagen hat über seine letzten beiden Vorstrafen in West-Berlin, hält die Rückfallsvoraussetzung als Betrüger nicht für erfüllt und verurteilt ihn statt zu einer

Zuchthausstrafe nur zu einer Gefängnisstrafe von zwei Jahren und fünf Monaten.

Vor Gericht hat er den angenehmsten Angeklagten gespielt, den man sich wünschen kann. Er bedankt sich in seinem Schlußwort bei dem Vorsitzenden, den beisitzenden Schöffen und bei der verständinisvollen Frau Staatsanwalt für die faire Verhandlung. Er gelobt Besserung, noch in der Haft will er alles wiedergutmachen und vor allem den Rentnerinnen ihre Ersparnisse zurückerstatten.

So viel Reue, so viel Schönheit, so viel Charme, so viel Geständnisfreudigkeit – mir wird speiübel.

Das dicke Ende

Es gibt offene Geheimnisse, und eins davon ist: Für gebrauchte Kraftwagen werden Überpreise bezahlt. Jeder, der ein Auto besitzt oder eins besitzen möchte, weiß, daß es amtliche Prüfstellen gibt, die den Wert eines Kraftwagens festsetzen. Ein jeder weiß aber auch, wer mehr für ein gebrauchtes Auto fordert oder mehr bezahlt als den amtlichen Taxpreis, verstößt gegen die Preisverordnung. Aber heimlich, unter der Hand, einigen sich Käufer und Verkäufer sehr häufig auf einen höheren Preis. Der Käufer ist froh, sofort einen Wagen zu bekommen, und läßt sich das etwas kosten. Vielleicht steht er auf der Warteliste in einem Autohaus, und er hat erst Aussicht, in zwei Jahren seinen Trabant zu erhalten. Die Autoproduktion und der Import können noch nicht nachkommen, Kaufkraft und Bedarf aber sind sprunghaft angestiegen.

Der Traum des jungen Mannes Freddy ist in Erfüllung gegangen; schon seit früher Jugend wollte er Automobilverkäufer werden. Obwohl er in der Schule nicht der Allerbeste war, schaffte er es. Er ist einer der wenigen, die als Fach Autoverkäufer wählen konnten und wählen durften. Und weil er eifrig war, ging er auch in eine Reparaturwerkstatt, arbeitete praktisch mit, so daß er eine porfunde Kenntnis von den Autos, ihren Vorzügen, Mängeln und Schwächen hat.

Er ist seinem Beruf seit fast zehn Jahren treu geblieben, er hat wohl mehr Eintragungen im Arbeitsbuch, aber das liegt nicht an Flatterhaftigkeit; der Betrieb hat mehrmals die Organisationsform und Adresse gewechselt. Freddy ist immer dabeigeblieben, als ruhender Pol in der Vergänglichkeit der Firmierung.

Mit derselben Ausdauer hat er sich auch der Gesellschaft für Sport und Technik angeschlossen, er ist einer der Eifrigsten. In mehreren Disziplinen hat er sich schon eine silberne Medaille erworben.

Sein Einkommen ist gut; wohl ist das Gehalt nicht sehr groß, aber der Umsatzbonus erheblich, außerdem entladet Freddy, wenn es nottut, auch mit, und dafür bekommt er allmonatlich ganz ansehnliche Überstundengelder vergütet. Zudem ist er liebenswürdig und gefällig, obwohl die Ware, die er feilzubieten hat, besser und schneller verkauft wird als warme Brötchen. Freddy spart kräftig für ein eigenes Auto.

Damals, vor etwa zwei Jahren, nahm das Autohaus in der Berliner Friedrichstraße noch gebrauchte Wagen in Zahlung, und Freddy konnte einen gebrauchten P 70 Kombi (Vorläufer des Trabant) für den Taxpreis von 6000,– M erwerben. Freddy ließ den Wagen spritzen, machte noch einige Verbesserungen daran und fuhr seine Eltern – damals war er noch unverheiratet – spazieren, ungefähr ein Jahr lang.

Nun kam eines Tages ein Kunde in das Autohaus, ein älterer Herr, ein selbständiger Optiker, der seinen neuen Wartburg abholen wollte. Dieser Herr wollte seinen alten Wagen, auch einen Wartburg, in Zahlung geben, aber das ging nicht mehr. Unser Freddy sagte ihm, er hätte persönliches Interesse für den Wagen. Der Kunde war zufrieden, er war froh, dem liebenswürdigen jungen Mann den Wagen zum Taxpreis überlassen zu können, und er erhielt nach einigen Tagen von Freddy den Taxpreis von etwa 8900,– M ausbezahlt.

In der Zwischenzeit ist Freddy nicht faul gewesen. Es war ein Herr erschienen, der sich erkundigt hatte, wann er mit seinem bestellten Trabanten rechnen könne. Das würde noch einige Zeit dauern, erklärte ihm Freddy wahrheitsgemäß, und er bot ihm seinen P 70 Kombi zum Verkauf an – mit einer Faltgarage und einem Katalytofen. Sie einigten sich, ohne den Taxpreis abzuwarten, auf 8000,– M. Der Wagen, also der P 70 Kombi, wurde später von der amtlichen Schätzstelle ohne

Faltgarage und ohne den Katalytofen auf etwa 5800,– M taxiert.

So konnte Freddy für die 8000,– M und mit einem kleinen Zuschuß seiner Eltern den Wartburg des Optikers zum Schätzpreis von etwa 8900,– M ankaufen.

Nun hatte Freddy aber noch eine Bestellung auf einen funkelnagelneuen Trabanten laufen. Und als dieser nach etwa vier bis fünf Monaten im Autohaus zur Abholung bereit stand, fuhr Freddy mit seinem alten Wartburg zur Schätzstelle – nicht etwa, um den Wagen taxieren zu lassen. Nein, er suchte einen Interessenten und fand auch Käufer.

Ein Ehepaar stand dort, und die Frau sprach Freddy an, ob er nicht den Wagen verkaufen wolle. Der Mann war bereit, ihm 14000,– M zu zahlen, und er hatte das Geld bei sich. Vierzehn Tage später bekam der Käufer die Schätzurkunde, und darin stand zu lesen, daß der Wagen auf 7550,– M taxiert wurde.

Anscheinend war nun die Frau des Genossenschaftsbauern aus der Uckermark nicht mehr mit dem Kauf zufrieden. Sie scheint es gewesen zu sein, die nun die Sache an die Öffentlichkeit brachte.

Vor Gericht gestand Freddy unter Tränen seine dunklen Geschäfte; vieles sagte er zu seiner Entschuldigung – aus Not hatte er sicher nicht gehandelt. Aber es erwies sich, daß sich noch zwei andere, ältere und ihm vorgesetzte Kollegen des Autohauses auf dieses lukrative Schwarzmarktgeschäft eingelassen hatten. Die allerdings hatten durch einen Strafbescheid der Abteilung Abgaben ihre Strafe bekommen, eine Geldstrafe, und außerdem mußten sie den Überpreis, den sie bei dem Autoverkauf erzielt hatten, an die Abgabestelle abführen.

Das Gericht konnte also den junen Kollegen Freddy nicht höher bestrafen, als die älteren schon bestraft waren. Es gab für ihn also auch nur eine Geldstrafe von 250,– Er muß den Mehrerlös beider Wagen, der unter Berücksichtigung aller mitgelieferten Dinge auf 7250,– errechnet wurde, an die Abgabenverwaltung abführen.

Aber das dicke Ende kommt noch: Die beiden Käufer von Freddys alten Wagen haben das Recht, von ihm auch noch den bezahlten Überpreis zurückzuverlangen, so daß er den Gewinn doppelt verliert. Man sieht also, wie es bei diesen bösen Sachen geht, wenn man schnell zu Auto und Geld kommen will. Freddy wird auf diese Weise sein neues Auto und seine Ersparnisse los.

Glücklich über die Zustände auf dem Automarkt kann man nicht sein. Eine Neuregelung erscheint dringend geboten. Es gibt verschiedene Möglichkeiten. Wir möchten gerne die Meinung unserer Leser und der zuständigen Ministerien dazu hören. Die Regelung müßte den Schwarzhandel möglichst ganz unterbinden, es müßte eine bessere Verteilung der gebrauchten Wagen für die ländlichen Kreise geben. Beziehungen, Bestechung und Trinkgelder dürften bei der Verteilung dieser Altwagen keine Rolle mehr spielen.

Das Privatleben der kleinen Lohnabrechnerin

Die federleichte Erscheinung steht in unvorstellbarem Gegensatz zur Schwere ihrer Tat. Ein weißblasses, dünnes Mädchen, bescheiden, von fast rührender Zartheit, äußerlich nur durch die leuchtend roten Locken und den grünen, enganliegenden Pullover ein wenig aus der Reihe tanzend, 22 Jahre alt, eine Lohnabrechnerin in dem Volkseigenen Kabelwerk Köpenick, hat über 38 000,– M veruntreut.

Das große „Warum" wurde nicht ganz geklärt; wo das viele, viele Geld geblieben ist, bleibt ein Rätsel. Edelgart ist die zweite Tochter einer einfachen, grundsoliden Frau, einer Umsiedlerin, im Krieg verwitwet. Sie ist ein Nachkömmling, Liebling der Mutter.

Nach einer guten Schulbildung kommt sie als schmächtiger Bote ins Kabelwerk Köpenick. Dort schließt man mit der Sechzehnjährigen einen Qualifizierungsvertrag. Sie lernt das Lohnabrechnungsverfahren. Sie lernt sehr schnell.

Sehr bald ist sie Lohnabrechnerin mit 22 anderen Kolleginnen in der großen Lohnbuchhaltung. Sie bildet sich weiter als Schreibmaschinenkraft und Maschinenbuchhalterin in der Volkshochschule. Mit großer Begeisterung ist sie an der Gründung einer Volkstanzgruppe beteiligt. Am liebsten möchte sie sich ganz dem Volkstanz widmen und sich als Lehrerin ausbilden lassen. Aber dieses Projekt schlägt fehl.

In dieser Zeit zieht die ältere Schwester und der Schwager aus der Wohnung der Mutter aus. Edelgart kauft neue Möbel, läßt tapezieren. Auch hat sie große Ansprüche an ihr Leben, an ihre Kleidung. Es läßt sich mit dem Gehalt von 350,– M netto nicht vereinbaren. Sie besorgt sich Geld. Wie es immer in derartigen Fällen geschieht, glaubt sie, sie könne das sich zu Unrecht beschaffte Geld wieder im nächsten Monat zurückzahlen. Aber das geht nicht, da die Ansprüche mit dem vermehrten Geld wachsen, das Defizit wird größer.

Das „Wie“ wurde in der sehr ruhigen, freundlichen Verhandlung vor dem Stadtbezirksgericht Berlin-Köpenick mit großer Präzision geklärt, es ist nicht ganz einfach, aber es muß erläutert werden, um die Fehlerquelle im Abrechnungsverfahren zu erläutern, um überall dort, wo ähnlich schluderhaft gearbeitet wird, das sofort verändern zu helfen.

Arbeiter, die auf Urlaub fahren und am kommenden Lohnzahltag nicht im Betrieb anwesend sind, bekommen im Kabelwerk Köpenick und auch woanders eine Vorauszahlung. Es mußte bei den Lohnabrechnerinnen ein Urlaubsschein vorliegen. Dann durfte die Lohnabrechnerin, hier also Edelgart, einen Kassenbeleg ausschreiben. Dieser Kassenbeleg mußte von einer anderen Lohnabrechnerin gegengezeichnet werden, aber nur, wenn der Urlaubsschein vorlag. Im Kabelwerk Köpenick nahm man das nicht so genau. Die Kolleginnen der Edelgart zeichneten blind, Vertrauen gegen Vertrauen.

Der Abteilungsleiter der Lohnabrechnung sammelte am Tag die Kassenbelege und bekam das Geld von der Kasse gegen einen Sammelkassenzettel ausgehändigt. Dann verteilte er das Geld auf die 22 Lohnabrechnerinnen nach ihren Anforderungen. Die ließen sich die Quittungen von den in Urlaub fahrenden Kollegen unterschreiben. Edelgart schrieb immer einige Kassenbelege mehr aus, also für Kollegen, die gar nicht in Urlaub fuhren. Niemand untersuchte das, Edelgart konnte also das zu Unrecht empfangene Geld einstecken.

Die Lohnabrechnerinnen bekamen am Ende des Monats die Bruttolohnblätter von den einzelnen Werkstattschreiberinnen. Auf diesen stand das, was die Kollegen am Arbeitsplaltz an Lohn zu bekommen hatten. Edelgart erhöhte bei den Kollegen, die sie scheinbar auf Urlaub geschickt hatte, den Lohn durch Zuschreiben oder Radieren. Dann machte sie eine Abrechnung des erhöhten Lohns, zog die Sozialbeiträge ab, füllte so die Lohntüten aus über den erhöhten, gefälschten Lohn. Danach wurden auch die Lohnlisten auf den Buchhaltungsmaschinen so eingesetzt.

Die Lohnabrechnerin bekam das Geld für die Lohntüten. Edelgart fertigte noch eine zweite Lohntüte an, auf der der echte, wirkliche Lohn abgerechnet wurde. Hier mußte sie aus ihrer Tasche noch kleine Beträge hinzutun, da ja vom höheren, gefälschten Lohn höhere Sozialbeiträge abgeführt worden waren. Die Lohntüte ging dann zum Meister, die Arbeiter quittierten den Lohn auf ihrer Stempelkarte (das sind hier die Karten an der Steckuhr am Ein- und Ausgang dieses Betriebes). Nachher mußte Edelgart auch die Summen auf den Stempelkarten erhöhen; denn der Arbeiter hatte ja nur den tatsächlich verdienten Lohn bekommen und quittiert. In den Büchern aber erschien der erhöhte, gefälschte Lohn.

Wozu diese schwierige Transaktion? Erst um eine Wohnungseinrichtung schnell zu finanzieren, dann, um sich Pullover und Strümpfe zu kaufen, denn Edelgart ging gern und oft tanzen. Sie gab das Geld nicht für junge Männer aus. Von ihnen wurde sie eingeladen. Aber sie fühlte sich, wie es scheint, mehr zu Frauen hingezogen. Ihre Freundinnen wurden mit Geschenken überschüttet. Sie fuhren zum Tanzen nach Strausberg und nach Potsdam im Taxi, und sie tranken sehr oft Sekt. Aber selbst bei dieser Verschwendung konnten die riesigen veruntreuten Summen nicht ausgegeben worden sein. In den letzten zehn Monaten des Jahres 1962 hatte Edelgart über 28 000,– M an sich gebracht.

Nach einmonatiger Haft gibt sie erstmalig eine Erklärung: Sie habe einen Bodo kennengelernt im Jahre 1960 und sich mehrmals jeden Monat mit ihm getroffen. Der habe ihr später ein Schriftstück vorgehalten mit einigen Äußerungen, an die sie sich nicht mehr erinnern konnte, und habe sie jahrelang erpreßt.

Diese mysteriöse Angelegenheit bleibt ungeklärt. Ungeklärt bleibt auch, wo das Geld geblieben ist. Edelgart hat es unterschlagen, ob sie nun erpreßt wurde oder nicht, und für dreieinhalb Jahre muß sie ins Zuchthaus.

Aber über das „Wie“ muß noch gesprochen werden. Der Hauptfehler war ein schwerer Verstoß gegen § 12 der Hauptbuchhalterverordnung. Hier wird für alle volkseigenen Betriebe bindend vorgeschrieben: Die Buchhaltung und die Kasse müssen strikt voneinander getrennt geführt werden. Der Hauptbuchhalter hat das gewußt. Er hat über den Mißstand mit dem kaufmännischen Direktor, dem die Kasse unterstand, gesprochen, und der Hauptbuchhalter hat verlangt, daß die Kasse die Auszahlung der Löhne und der Vorschüsse vornimmt. Das wurde abgelehnt, und damit gaben sich der Hauptbuchhalter und der stellvertretende Hauptbuchhalter zufrieden. Beide hätten sich an den Hauptbuchhalter der übergeordneten VVB (Vereinigung der volkseigenen Betriebe) wenden müssen.

Wäre dort nichts geschehen, hätten sie den Staatsanwalt, Abteilung öffentliche Aufsicht, von dem Mißstand informieren müssen. Die Vereinigung der volkseigenen Betriebe jedoch hatte die Lohnauszahlung im Kabelwerk Köpenick als vorbildlich bezeichnet, weil nämlich die Meister den Lohn an die Arbeiter direkt aushändigen, und dieses System zur Nachahmung weiterempfohlen.

Die zuständigen Konfliktkommissionen werden also untersuchen müssen, ob hier leitende Wirtschaftsfunktionäre nach § 112 des Gesetzbuches der Arbeit den Schaden durch schuldhaftes Verletzen ihrer Arbeitspflicht verschuldet oder mitverschuldet haben. Diese Wirtschaftsfunktionäre können also von den Konfliktkommissionen ihrer Betriebe bis zur Höhe ihres monatlichen Tariflohns für den Schaden haftbar gemacht werden, und die Konfliktkommissionen werden gebeten, uns über ihre Beratungen zu informieren.

Auf diese Art und Weise kann der Schaden, der dem Volkseigentum zugefügt wurde, erheblich reduziert werden. Es wird eine Lehre sein für alle Betriebsleiter und Hauptbuchhalter, die gesetzlichen Bestimmungen einzuhalten.

Vier Mann auf einer Zille

Vier Mann auf einer Zille steht darüber; ich kann aber nur über drei landstreichende oder, besser gesagt, wasserstreichende Herren berichten; der vierte ist erst siebzehn Jahre alt, und er steht, obwohl er das ankernde Schiff entdeckt, aufgebrochen und allein ausgeplündert hat, wegen seiner Jugend vor einem Jugendgericht. Hier aber ist nur von den drei anderen die Rede.

Sie sitzen jetzt auch – populär ausgedrückt – im Kahn, erst weil sie in Verdacht geraten waren, bei dem Einbruch beteiligt gewesen zu sein. Sie haben aber dort nur geschlafen, unbefugt, weil sie sich von Haus, Hof und ihrem Polizeirevier entfernt hatten. Bei einem von ihnen wird noch ein anderes Sündenregister aufgerollt, abgehandelt, beurteilt, verurteilt.

Erst die beiden nur Wohnungslosen, nur Landstreichenden. Da ist er, der Senior, über fünfzig Jahre alt. Ein Herr, sanft aussehend, wie der Direktor eines Beerdigungsinstitutes, graumeliert, klein, zart. Er war in seiner Jugend Pferdepfleger und Kutscher, später, so sagt er, habe er in der Nazizeit Autos gestohlen. Er kam als Krimineller erst ins Zuchthaus und dann in ein Konzentrationslager. Er hat sich nach dem Krieg in der kriminellen Unterwelt ein wenig umgetan und kam auch wieder ins Gefängnis; aber er hat auch längere Zeit als Heizer gearbeitet. Nur vor der Unterhaltszahlung für zwei uneheliche Kinder drückt er sich mit Fleiß, und er hat schon zweimal wegen dieses böswilligen Unterlassens gesessen, sogar ziemlich lange. Und seine Wohnungslosigkeit wirkt wie ein Sich-drücken-Wollen vor dem Gerichtsvollzieher. Er erzählt zwar, die Frau, mit der er seit zwölf Jahren zusammen wohnt, habe ihn nach einem großen

Krach hinausgworfen; er sei in die Öde eines Männerwohnheims gezogen. Dort wollte er weg, und der Rat eines Berliner Stadtbezirks gab ihm eine kleine Wohnung, und in die konnte er, wie er erzählt, nicht einziehen, weil er ja keine eigenen Möbel hatte. Er zog also aus und nirgendwohin ein. Der Wartesaal wurde sein Nachtasyl. Dort traf er die anderen.

Der andere, Jüngere, 27 Jahre zählt er, ist mit sich und seiner Umwelt nicht im reinen. Schuld haben die anderen, einmal, weil er nicht die Autoschlosserei erlernen durfte in seinem thüringischen Dorf, dann ging er nach Westdeutschland, arbeitete bei einem Bauern, kam dann auf Besuch zurück, wollte bleiben und ging nur noch einmal nach Westdeutschland, um seine Sachen zu holen. Aber der westdeutsche Bauer ließ ihn nicht so einfach gehen; er blieb also und kam doch später wieder. In den zwei Jahren dann hat er neun Arbeitsstellen gehabt. Er heiratet ein Mädel aus Mecklenburg und zieht mit ihr hoch hinauf in den Norden, beide treten einer landwirtschaftlichen Genossenschaft bei. Aber das Haus, das man ihm zuweist, ist reparaturbedürftig und wird nicht so schnell instand gesetzt, wie er es sich gewünscht hat. Er verläßt die LPG, verucht es noch in einer anderen als Mitglied und dann in einer dritten als Arbeiter. Seine Frau läßt sich von ihm scheiden, von ihm, dem etwas dumpfen, kräftigen, jungen Mann mit den leuchtend roten Haaren. Er findete ein Mädchen in Berlin, wäre liebend gern im doppelten Sinn bei ihr geblieben, aber er kann keinen Zuzug bekommen, und so treibt er sich in den Wartesälen herum und findet die anderen.

Der dritte hat Schlimmeres zu verantworten. Er sieht völlig harmlos aus, er ist auch 27 Jahre alt, groß und zart, etwas weich, man möchte fast sagen, liebenswert. Aber er ist es durchaus nicht. Auch er hat eine Tour nach Westdeutschland bereits hinter sich. Er hat einmal Betonfacharbeiter gelernt; auch er ist einmal verheiratet gewesen, auch von ihm ist seine Frau weggegangen. Er stammt aus Rüdersdorf, seine Eltern wohnen dort, und sein Elternhaus ist wohlbehütet. Aber er wird nicht mit sich, mit dem Leben und den Frauen fertig. Er lernt nach der Scheidung ein anderes Mädel kennen, aus Erfurt. Er zieht zu ihr, arbeitet im Wohnungsbaukombinat Erfurt und dann am Talsperrenbau. Er gerät in eine kleine Strafsache, soll sich vor der Konfliktkommission verantworten, hat aber inzwischen etwas Schlimmeres angestellt, und nun ist das Gericht nicht mehr zu umgehen. Aber er versucht es zu umgehen, treibt sich herum und wird aufgegriffen. Und nun muß er wegen des Diebstahls drei Monate ins Gefängnis und wegen der Landstreicherei sechs Wochen in Haft.

Danach kommt er nach Rüdersdorf zurück, arbeitet im Betonwerk, kann aber nicht mehr bei den Eltern wohnen, er geht in das Wohnheim und teilt mit zwei jungen Kollegen ein Zimmer. Seine Erfurter Freundin erwartet ein Kind. Eigentlich ist er mit ihr schon auseinander, aber als er hört, daß sie eine Fehlgeburt hat, will er zu ihr nach Erfurt. Und auch, das klingt bedenklicher, weil dort gerade Karneval gefeiert wird.

An einem Lohntag, als ihm 180,– M ausgezahlt werden, nimmt er das Moped seines besten Freundes, mit dem er zusammen wohnt, fährt zum Bahnhof Zossen, von dort aus mit der Reichsbahn nach Erfurt. Er hat dem Freund auch die Brieftasche gestohlen, die Personalpapiere wirft er achtlos weg. 132,– M nimmt er von ihm und auch ein Kofferradio. Von dem anderen Zimmerkollegen stiehlt er aus einer Holzkassette noch 70,- M dazu.

Das Geld ist in Erfurt bald vertan, er kommt nach Berlin, traut sich nicht nach Hause, treibt sich auf den Bahnhöfen herum, trifft die anderen und wohnt mit ihnen einige Tage auf der ankernden Zille. Und von der Zille in die Zelle.

Und alle vier, nicht ohne eigenes Verschulden, sind in Verdacht geraten, dort im Spreekahn eingebrochen und gestohlen zu haben. Aber das tat nur der vierte, der Jugendliche, bevor er seine neuen Freunde in das schwimmende Nachtasyl führte. Nur der eine muß also noch acht Monate wegen seiner Diebereien unbedingt ins Gefängnis. Sechs Wochen Haft, die alle drei bekommen wegen Landstreicherei, sind durch die lange Untersuchungshaft schon abgetan. Aber noch vor dem Urteil des Gerichts hat sich der Staatsanwalt mit dem Rat des Stadtbezirks, Abteilung Inneres, verständigt und dafür gesorgt: Für die beiden, deren Entlassung noch am selben Tag bevorstand, ist ein Zimmer bereitgestellt und ein Arbeitsplatz. Denn unser Staat duldet nicht die Existenz einer zweiten Gesellschaft, einer Gesellschaft der Vagabunden, der Landstreicher, die es auch in den Zeiten der Hochkonjunktur in jedem kapitalistischen Land gibt. Wir bekämpfen diese Tendenzen mit dem einzig erfolgreichen Mittel, nicht nur mit guten Ratschlägen, sondern mit Taten, mit Wohnung, mit Arbeit. Wir bekämpfen sie so wenig wie möglich mit Zwang, aber wenn es sein muß, auch mit Zwang.

Der Bestohlene als Hehler seines Eigentums

Scharm kann man ihm nicht absprechen; er hat ihn aus Wien, seiner Heimatstadt, mitgebracht, der neunzehnjährige, schwarzhaarige, schlanke junge Mann, Scharm öffnet ihm die Türen. Aber er ist ein etwas verlorenes Kind, sein Vater lebt in Wien, seine Mutter, geschieden, in West-Berlin, seine Großeltern bei uns im demokratischen Berlin. Und zu ihnen bekennt er sich, bei ihnen lebt er, bei ihnen fühlt er sich zu Hause. Er hat auch eine Feinmechanikerlehre begonnen, aber das Lehrlingsgeld ist knapp für Bobby, für den jungen Mann mit dem Aussehen eines Intellektuellen, sehr schlank, etwas vornübergebeugt. Er hat Ansprüche. Schon in der Lehre ist etwas vorgekommen, das eigentlich den Staatsanwalt angehen sollte. Bobby hat das Vertrauen seiner Berufsmitschüler strapaziert, die gemeinsame Kasse, die ihm anvertraut war, hat er leichter gemacht. Die Großeltern, besorgt um die Reputation, haben schnell den Schaden wiedergutgemacht. Der junge Mann gab seine Lehre auf und wurde darauf angestellt in der Buchhandlung „Das gute Buch“ am Berliner Alexanderplatz. Er ist natürlich nicht Verkäufer, er wurde im Lager beschäftigt, im Versand.

Bobby liest viel, sicher auch Liebesgedichte; denn Lyrik ist bei uns hoch im Kurs, und seine literarischen Neigungen wurden erwidert von einem kleinen Fräulein mit nußbraunen Haaren und vollen, weichen Lippen, verführerisch durch den Schmelz ihrer Jugend, ihrer runden Weiblichkeit. Wen wundert's, daß die beiden sich fanden. Sein Wiener Scharm und ihre Berliner Keßheit standen Seite an Seite an den Bücherregalen täglich acht Stunden zusammen, in dem schönen Laden am

Alexanderplatz, in dem die besten Erzeugnisse der deutschsprachigen Kultur feilgeboten werden.

Wie schön für einen wirklichen Dichter, diese Romanze einsamer Herzen im Dickicht der Großstadt nachzudichten, unter Verwendung aller deutschen Liebesgedichte von Walter von der Vogelweide bis zu unserem Brecht. Aber leider, der Zeuge in dieser Sache muß Prosa schreiben, hart, unerbittlich, unsentimental; wenn auch mit Sentiment, mit Gefühlt, aber ohne Ressentiment, ohne Verbitterung.

Sie gingen oft zusammen aus, aber Bobbys Mittel waren karg, er mußte den größten Teil seines Verdienstes seinen Großeltern abliefern. Er aber ging gern ins Theater und danach noch ins Restaurant. Er trank gerne Sekt und brachte sein Fräulein gern im Taxi nach Hause. Er wollte ihr das Leben eines vollendeten Kavaliers vorspielen. Sie wäre zufrieden gewesen mit Kino, Brause und Straßenbahn. Aber immer sagte er ihr, das Geld spiele bei ihm gar keine Rolle, sein Vater in Wien und seine Mutter in West-Berlin würden das Notwendige schon beisteuern.

Aber sie steuerten nichts bei. Sein Traumleben finanzierte der Berliner Volksbuchhandel. Bobby verkaufte Bücher des Volksbuchhandels an den Volksbuchhandel. Er tat das Ungewöhnlichste, was ich je von einem Dieb gehört habe: Er machte den Bestohlenen zum Hehler seines Eigentums.

Ganz einfach entfernte er die Bücher aus dem Laden. Als Expedient brachte er Bücherpakete aus dem Geschäft nach draußen, aber nicht zum Lieferauto, das andere Geschäfte zu versorgen hatte, wie man von ihm annehmen mußte, sondern er gab die Pakete in der Gepäckaufbewahrung des Berliner HO-Kaufhauses am Alexanderplatz ab. Diese Pakete holte er dann am Abend wieder, auf dem Nachhauseweg, und verkaufte alle Bücher in den Antiquariaten des Berliner Volksbuchhandels, die meisten in der Karl-Marx-Buchhandlung, andere in der Münzstraße und in der Friedrichstraße.

Dort nahm man, ohne viel zu fragen, die funkelnagelneuen

Bücher ab, und man zahlte ihm 30 bis 50 Prozent des Ladenpreises. Man wunderte sich nicht, daß ein so junger Mann auf einmal 23 nie gelesene Bücher verkaufte; als man ihn einmal fragte, woher er sie habe, sagte er, er löse seine Bibliothek auf. Diese einmalige Erklärung genügte den tüchtigen Einkäufern, und ohne die Bücher im einzelnen aufzuschreiben, gab man ihm jedesmal eine Anweisung für die Kasse. Bobby kam das selber etwas unheimlich vor, einmal veranlaßte er einen Beifahrer, für ihn Bücher zu verkaufen. Ein zweites Mal lehnte dieser Beifahrer das ab. Ein anderer Kollege war weniger zimperlich, er tat Bobby zweimal den Gefallen, allerdings beide nicht ganz selbstlos, sie bekamen für ihre Dienste jedesmal zehn Mark.

Für ungefähr 4500,– M Bücher hatten auf diese Weise den Standort gewechselt, und so hoch wurde der Schaden bei der Buchhandlung „Das gute Buch" angegeben. Der Verteidiger Bobbys machte geltend, daß der tatsächliche Schaden ja nicht so hoch sei, weil ja der Volksbuchhandel alle Bücher wiedererworben hatte bis auf ein Kunstbuch, das Bobby seiner Freundin verehrt hatte, und daß man nur den Schaden berechnen könne an dem Betrag, der Bobby ausgezahlt worden war. Und der wurde auf ungefähr 1500,– M geschätzt.

Das Gericht aber nahm Bobby die Intensität seiner Diebstähle besonders übel, er hatte 22mal Bücherpakete verschleppt, und schickte ihn für diese Taten ein Jahr ins Zuchthaus.

Den Einkäufern der Antiquariate aber sei empfohlen, einmal im alten und im neuen Strafgesetzbuch den § 259 aufmerksam nachzulesen. Dort werden sie finden, daß derjenige als Hehler bestraft wird, der Sachen ankauft, von denen er weiß oder *den Umständen nach annehmen muß,* daß sie mittels einer strafbaren Handlung erlangt sind. Sicher haben es die Herren nicht zu ihrem persönlichen Vorteil getan, ein Umstand, der bei der Hehlerei eine Rolle spielt, und deshalb kommen sie auch nicht vor Gericht. Aber es war zum Nachteil des gesellschaftlichen Eigentums, und das ist, moralisch gesehen, genauso bitter.

Vom Glück, das sich nicht zwingen läßt

Eine gute Ehe strebt nach dem Bilde der Freundschaft, hat ein kluger Franzose einmal behauptet. Barbara und Heinz waren verheiratet, sind verheiratet. Waren sie echte Freunde? Werden sie jetzt, nach den bitteren Monaten, es werden? Ich glaube, daß Heinz nicht beleidigt ist, wenn ich vermute, Barbara, die sehr mütterliche, junge, schlanke Frau von 32 Jahren mit der tiefen, angenehmen Stimme, sei die geistig Regsamere, die Intelligentere von beiden. Und es ist auch nicht verwunderlich, daß die Ehe, die heute zwölf Jahre dauert, vor vielen Jahren eine Krise durchgemacht hat, die von Barbara ausging. Sie hatte einen jungen Mann kennengelernt, sie wollte damals von Heinz fort. Aber das Scheidungsgericht gab der Ehe noch ein halbes Jahr, sich zu bewähren, und Barbara zog ihr Scheidungsbegehren zurück. Die Ehe, so meint Barbara, wäre heute richtig glücklich, wenn ein Kind sich eingestellt hätte. Aber das wollte und wollte nicht kommen.

Barbara zog oft ärztliche Hilfe zu Rate, sie ließ sich in der Universitäts-Frauenklinik der nahe gelegenen Bezirksstadt operieren, und ihr wurde nach der Operation zugesichert, nun wären die Hemmnisse endgültig beseitigt. Aber auch das stellte sich im Jahre 1962 als Illusion heraus. Oft sprach Barbara, inzwischen 32 Jahre alt geworden, davon, ein Kind zu adoptieren. Heinz war dagegen. Er wisse nicht, welche Erbanlagen das Kleine mitbringe, und ihm sei es lieber, sie hätten leiblichen Nachwuchs. Barbara aber, die Mütterliche, wäre dieses Risiko gern eingegangen.

Schon als Kind wollte sie Kindergärtnerin werden; der Krieg

und die schweren Jahre des Nachkriegs hinderten sie daran, dieses Studium aufzunehmen. So arbeitete sie in einer verantwortungsvollen Tätigkeit in der Staatlichen Handelsorganisation. Heinz ist ein beliebter und geachteter Arbeiter in einem kleinen privaten Unternehmen. Sie wohnen schön, haben all den Komfort, den man heute haben will, äußerlich also fehlt den beiden nichts. Aber das wahre Glück kann man nicht kaufen.

Was die Natur und die ärztliche Kunst den beiden versagte, wollte Barbara zwingen. Sie sagte Anfang 1962 Heinz, und sie sagte es der Familie und der Nachbarschaft, endlich sei es doch soweit, sie erwarte ein Kind. Sie aß für zwei und wurde merklich rundlicher. Die Täuschung gelang ihr vollkommen. So kaufte sie einen Kinderwagen, ließ sich ein Körbchen schenken, sie begann zu häkeln und zu stricken. Alles, alles wurde vorbereitet für das heißersehnte Kindchen; aber das rührte und rührte sich nicht.

Als ihre schwere Stunde, wie sie es ausgerechnet hatte, heranrückte, fuhr Barbara aus der kleinen Kreisstadt in die Bezirks- und Universitätsstadt zur Entbindung. Sie nahm sich ein Zimmer, und schon am anderen Tag rief sie mit verstellter Stimme ihren Mann an. Es spräche Schwester Hildegard von der Universitäts-Frauenklinik, und sie gratulierte Herrn Heinz recht glücklich, seine Frau Barbara sei eines gesunden Knaben genesen. Mutter und Kind seien wohlauf, aber er möge sie vorläufig noch nicht besuchen, da sie in der Infektionsabteilung der Frauenklinik lägen.

Am nächsten Tag schickte Barbara ein Telegramm, sie nannte schon den Namen des Jungen Rainer, und noch mal bat sie ihren Mann, sich zu gedulden, bis sie heim käme.

Nach acht Tagen fuhr Barbara zurück in das Städtchen und erzählte, das Kind müsse noch einige Tage im Krankenhaus bleiben. Heinz kam alles ein bißchen merkwürdig vor, er fragte nach dem Geburtsschein, aber auch der, so sagte sie, würde noch vom Krankenhaus zurückbehalten.

Barbara war völlig in der Illusion verstrickt; sie fand keinen Ausweg, sie nahm eine Überdosis Schlaftabletten und mußte in das Kreiskrankenhaus gebracht werden. Sie war mehrere Tage bewußtlos, sie wurde gerettet. Hier mußte, und das nehme ich Heinz übel, der Ehemann hellwach werden. Er hätte sich fragen müssen, was ist denn eigentlich mit Barbara los. Jetz, da ihr sehnlichster Traum, ein Kind, in Erfüllung gegangen war, will sie ihrem Leben ein Ende setzen? Ein Besuch, ja nur ein Anruf in der Universitätsklinik hätten ihn belehrt, daß der Sohn Rainer nur in den Träumen von Barbara existiere. Und mit Liebe, Freundschaft und Verständnis hätte er Barbara aus ihren Träumen, aus ihrer Verstrickung befreien können. Der Grund für den Versuch Barbaras, aus dem Leben zu scheiden, wurde von Heinz nicht erforscht.

Von ihrer Vergiftung genesen, fuhr Barbara zweimal in die Bezirksstadt, um sich ein Kind zu holen. Sie irrte durch die Straßen, aber sie fand nichts am ersten Tag. Am zweiten Tag sah sie vor dem Selbstbedienungsladen einen Kinderwagen stehen. Sie erfuhr durch Passanten, daß die Mutter im Laden war. Sie nahm den Kinderwagen schnell weg, stellte ihn in einen Hauseingang. Sie ergriff das Kind, steckte es in ein mitgebrachtes Kissen und eilte zum Bahnhof und fuhr sofort nach Hause.

Die richtige Mutter war fürchterlich erschrocken, als plötzlich ihr Rainer – zufällig war das der Name des Jungen – verschwunden war. Sie lief durch die Straßen, bald wurde der leere Kinderwagen entdeckt, und ihr Mann konnte die Polizei alarmieren. Am nächsten Tag, es war ein Sonnabend, las Barbara die Meldung über den Kindesraub in der Zeitung; sie war fest überzeugt davon, daß sie entdeckt werden würde, und war entschlossen, am Montag das Kind wieder abzuliefern. Sie pflegte es, wie es nicht anders von ihr zu erwarten war, gut, aber Nachbarn hatten schon Verdacht geschöpft, und noch am Sonntag konnte das Kind seiner wahren Mutter wieder zurückgegeben werden.

Vor der Gerichtsverhandlung wurde Barbara von einem

Psychiater untersucht. Sie habe damals, als sie das Kind stahl, unter dem Zwang einer überwertigen Idee, einer Wahnidee, gestanden, gehandelt, sie war dadurch nicht mehr völlig Herr ihres Tuns und Lassens, er hielt also Barbara für nicht völlig zurechnungsfähig, allerdings nur für den Zeitpunkt ihres Handelns. Deswegen wurde sie vom Gericht wegen Kindesraubs mit einer Gefängnisstrafe von sechs Monaten belegt, doch die Strafe wurde bedingt ausgesprochen und die Zeit ihrer Bewährung sehr kurz, auf ein Jahr, bemessen.

Heinz ist nach diesem Schrecken endlich bereit, ein Kindchen zu adoptieren, und ich glaube, dem Kind wird es wohlergehen bei der sehr mütterlichen Barbara und dem braven Ehemann, der, durch Erfahrung gereift, gelernt hat, seine Frau nicht nur als Geliebte, sondern auch als Freund zu lieben, der besorgt sein muß, die Wünsche seiner Frau zu erraten und zu respektieren.

Ein junger Mann namens Arno

Groß gewachsen, hellblond, sehr schlank, ein offenes, frisches, kluges Gesicht, ein glücklicher junger Mann, möchte man glauben, die Natur habe in einer übermütigen Laune alle ihre Gaben, mit denen sie sonst geizt, auf den Fünfzehnjährigen geschüttet.

Aber das hat die Natur nicht getan; denn das Schicksal hat ihm übel mitgespielt, und so ist er, Arno, ohne sein Verschulden in eine ernste Konfliktsituation geraten, mit der er nicht mehr fertig werden konnte. Weil er strafbar handelte, muß er nun wegen seines Tuns vor Gericht Rede und Antwort stehen.

Als Arno sieben Jahre alt war, starb seine Mutter. Nun wurde er vom Vater erzogen, der aber nie sein legaler Vater war, weil er aus persönlichen Gründen die Mutter Arnos nie hatte heiraten können.

Der Vater starb 1957. Nun kam der Junge zur Schwester der Mutter, also zu seiner Tante. Dort hat er es gut. Alle seine Anlagen konnten sich auf das prächtigste entwickeln. Er gehörte zu den besten Schülern, wurde in die erweiterte Oberschule in einer großen Bezirksstadt aufgenommen, dort entschied er sich für den humanistischen Zweig, also er lernt Griechisch und Lateinisch neben den modernen Sprachen. Er ist nicht nur ein guter Schüler, auch ein guter Sportler. Seine Spezialität ist Gewichtheben, und die FDJ-Gruppe der Schule wählte ihn zum stellvertretenden Gruppensekretär.

Im Jahre1962 stirbt nun auch die Tante. Arno bleibt bei seinem Onkel wohnen. Aber leider sind diese Beziehungen nicht erfreulich. Der Onkel ist wohl ein sehr intelligenter, befähigter Mann, aber ohne die innere Festigkeit, die ein Mensch braucht, um einem Heranwachsenden Freund und Erzieher zu sein. Der Onkel ist vor vielen Jahren in eine Totschlagsaffäre verwickelt gewesen, hat damals lange im Gefängnis gesessen und kann sich seither im Leben nicht mehr zurechtfinden.

Er arbeitet wohl regelmäßig, und die Kollegen schätzen ihn auf der Arbeitsstelle, aber er kommt sich als etwas Besseres vor, er fühlt sich deklassiert. Auch ist sein Strafregister in den letzten Jahren nicht ganz unbeschrieben, dazu kommt noch die Neigung zum Alkohol, den der Onkel nicht mehr entbehren kann. Arno muß den Onkel oft aus der Kneipe holen. Es kommt zu häßlichen Auftritten, und Arno wird sogar gezwungen, trotz Widerwillens, mit ihm zu trinken. Diesen Onkel kann er nicht achten.

Die Vormundschaft über Arno übt die Abteilung Jugendhilfe im Rat der Bezirksstadt aus. Aber es ist eine Amtsvormundschaft, sie kümmert sich anscheinend nur um die finanziellen Angelegenheiten. Der Junge kennt seinen Vormund gar nicht richtig, weil die Referenten häufig wechseln. Ein richtiger Vormund müßte meiner Meinung nach dem Mündel persönlich vertraut sein, erreichbar. Ein junger Mensch ohne Eltern muß jemanden haben, der ihm in seinen Sorgen und Nöten beistehen kann.

Arno wendet sich nicht an das Referat Jugendhilfe, nicht an seine Lehrer und nicht an den Jugendverband. Alle hätten ihm beigestanden, aber keiner weiß, wie es zu Hause aussieht bei Arno.

Und Freunde? Arno ist durch das schwere Schicksal, das ihm nacheinander alle drei seiner ihm nahestehenden Verwandten genommen hat, reifer als seine Altersgenossen geworden. Er kann sich seinen Schulkameraden, die noch richtige, unbeschwerte Kinder sind, nicht anschließen. Er will von dem Onkel weg. Und er glaubt, drüben im Westen würde sich ein entfernter Verwandter seiner annehmen. Er setzt sich auf die Bahn, fährt nach Berlin, versucht dort, die Staatsgrenze illegal zu überschreiten.

Beim Versuch wird er festgehalten, und nun werden die Behörden, vor allen Dingen das zuständige Referat Jugendhilfe, aufmerksam, daß die Lebensumstände für den fünfzehnjährigen Arno unzumutbar sind.

Das Gericht sieht in diesem Fall von einer Bestrafung ab, es ordnet eine Schutzaufsicht an. Ein älterer Lehrer, der Arno als Beistand vor Gericht zugeordnet war, ist bereit, die Schutzaufsicht zu übernehmen. Und Arno wird verpflichtet, die erweiterte Oberschule bis zum Abitur zu besuchen.

Alle Beteiligten kommen überein, daß Arno in ein Internat einer Oberschule im Süden unserer Republik aufgenommen wird. Das alles kann der Lehrer, der die Schutzaufsicht sehr sorgsam, verständnisvoll und liebevoll ausübt, für Arno erledigen.

Aber eine Frage ist ungelöst geblieben. Was macht Arno in den Ferien? Ein junger Mann braucht eine Familie, ein Heim, ein Zuhause. Er braucht eine Mutter, die ihn betreut, und einen Vater, der ihn in den schwierigen Entwicklungsjahren beraten kann. Und das beste wäre, er hätte auch Geschwister.

Unser Staat kann ihm die äußeren Umstände regeln und erleichtern. Er kann ihm den Weg zu Lehre und Studium öffnen und ebnen, aber eines kann der Staat nicht, ihm Vater und Mutter ersetzen, eine Familie, das können nur die Bürger dieser unserer sozialistischen Gemeinschaft.

*

Auf diesen Beitrag in der „Wochenpost“ kamen Hunderte Briefe von Familien, ja auch von vierzehn-, fünfzehnjährigen Mädchen, die sich nach einem Bruder sehnten. Mit Hilfe des Lehrers und des Reporters fand Arno eine ideale Familie, die sich seiner in den Ferien annahm.

Betrug aus Angst?

Eines Tages erschien der Buchhalter Karl mit einem Ring am rechten Ringfinger in der kleinen privaten Kosmetikfabrik. „Hast du endlich die Marta geheiratet, dann mußt du einen ausgeben“, sagten die Arbeiterinnen. Das ließ sich Karl nicht zweimal sagen. Nun wurde Kaffee und Kuchen aufgefahren, er war als großzügiger und lieber Kollege bekannt. Ständig stand eine Konfektschachtel auf seinem Schreibtisch, zu jedermanns Benutzung. Und der alte Herr Oberbuchhalter bekam regelmäßig seine große, schöne, dicke Zigarre mitgebracht.

„Wie Sie das alles so schaffen“, sagte der alte Herr zu seinem unterstellten Kollegen, der ziemlich viel Last mit seinem Herzen hatte, „Ihr Gehalt ist doch gar nicht so besonders hoch?“

„Ach wissen Sie, Herr Kollege, ich habe neulich im Lotto gewonnen, und da kann ich mir das alles gestatten. Außerdem hat mir jetzt die Betriebsgewerkschaftsleitung eine einmalige Heiratszuwendung von 50,– M zugebilligt, und nun bekomme ich ja auch monatlich noch einen Ehegattenzuschlag von 5,– M.“

Einen so großzügigen und lieben Kollegen wie Karl wählt man natürlich in die Betriebsgewerkschaftsleitung, und hier wurde er auch bald stellvertretender und eigentlich herrschender Vorsitzender, denn er war der starke Mann, der mit fortschrittlichen Redensarten genausowenig geizte wie mit Pralinen und Zigarren. Der Herr Oberbuchhalter – er ist inzwischen seinem Herzleiden erlegen, und wir wollen ihn, den für immer Verstummten, nicht nachträglich schelten – ließ sich nicht die Heiratsurkunde zeigen. Er hatte einen so großen Respekt vor Herrn Karl, der auch oft aus seinem abenteuerlichem Leben erzählen konnte, und das imponierte dem alten Herrn sehr.

Karl hatte ursprünglich einmal Bäcker gelernt, aber später konnte er den Bäckerberuf nicht mehr ausüben, da er an der sogenannten Bäckerkrätze litt.

Er mußte dann in den Krieg, blieb nach der Entlassung aus der Gefangenschaft in Westdeutschland und ließ sich als Arbeiter nach Frankreich anwerben.

Dort aber mußte er in eine ziemlich dunkle Schmuggelaffäre hineingeraten sein, die Sache wurde nie ganz geklärt, und gleichzeitig überfiel ihn das Heimweh nach Berlin. Er kehrte also 1948 zu uns zurück. Erst war er Arbeiter, dann bekam er eine Stellung bei einem Steuerberater, und sehr schnell hatte er die Geheimnisse der Buchhaltung gelernt.

Danach wurde er Instrukteur bei der Gesellschaft für Deutsch-Sowjetische Freundschaft, aber nur für kurze Zeit. In seiner Kasse fehlten plötzlich hundert Mark, und Herr Karl wurde ins Gebet genommen. Er gab zu, das Geld unterschlagen zu haben, und er zahlte es zurück. Er wurde dort sehr plötzlich entlassen, aber die Sache wurde nicht dem Staatsanwalt übergeben.

Drei Frauen spielten in seinem Leben eine größere Rolle. Von zweien ist er geschieden, und mit der dritten lebt er noch zusammen; er hat sie bis zum heutigen Tage nicht geheiratet. Die Frage nach dem Ring war für ihn nur ein Anlaß, sich von der Gewerkschaft eine Ehebeihilfe von 50,– M und vom Betrieb einen Zuschlag von 5,– M monatlich zum Gehalt zu erschwindeln.

Er habe das alles nur aus Angst genommen, erklärte Herr Karl vor Gericht, weil er sich genierte, zu erklären, daß er gar nicht geheiratet hatte.

Aber Angst hatte er gar nicht; denn diese Geschichte war seine geringste Straftat.

Als Lohnbuchhalter hatte er in dem kleinen Betrieb natürlich die Lohnlisten zu führen. Regelmäßig schrieb er in die Listen Lohnbeträge für Kolleginnen und Kollegen, die gar nicht anwesend waren, die erkrankt waren, oder er führte sie doppelt auf. Und statt ihrer Unterschrift schrieb er dann auf die Liste „per Post überwiesen“ oder „für Kollegen Schulz empfangen, Karl“.

Nur dem Betriebsinhaber fiel auf, daß sich seit anderthalb Jahren die monatliche gesamte Lohnsumme um etwa 1000,– M erhöht hatte, ohne daß mehr Mitarbeiter beschäftigt wurden und ohne daß auch eine entsprechend größere Kosmetikmenge produziert worden war. Er sprach etwas besorgt mit dem Oberbuchhalter und bat ihn, doch einmal die Arbeit des Herrn Karl zu überprüfen. Da müsse doch etwas nicht stimmen.

Aber der alte Herr tat das nicht, denn der Kollege Karl gebärdete sich korrekt, so höflich, so zuvorkommend und vor allem so fortschrittlich, daß teils aus Respekt und wahrscheinlich aber auch aus mangelnder Courage der Herr Oberbuchhalter es niemals zu einer wirklichen Revision kommen ließ.

Ähnliche Umbuchungen und Betrügereien machte Herr Karl auch bei den Gewerkschaftsgeldern (dem Rücklauf aus den FDGB-Beträgen), über die die Betriebsgewerkschaftsleitung zu verfügen hatte, und über die Gelder des Kultur- und Sozialfonds (drei Prozent von der gesamten Lohnsumme), die der Betrieb aufzubringen hat und die auch von Herrn Karl verwaltet wurden. Er vermengte die beiden Fonds selbstherrlich und verstand es so, sich eine Summe von 1557,– M aus beiden Fonds anzueignen. Im ganzen wurde der Betrieb um etwa 18 000,– M geschädigt.

Für seine Straftaten muß er nun zwei Jahre und drei Monate unbedingt ins Gefängnis, und er wurde zum vollen Schadenersatz verurteilt.

Nur dem sehr gewissenhafen Betriebsinhaber fiel auf, daß Herr Karl die beiden Fonds nicht korrekt und nicht getrennt geführt hatte. Als er das monierte, wies ihn Herr Karl sehr schroff zurück, das ginge ihn als Unternehmer gar nichts an. Der Betrüger und Defraudant spielte sich als Klassenkämpfer auf, der Mann, der nur an seine persönliche Bereicherung dachte.

Allen denen, die sich gegen eine Revision sträuben, sollte man mit dem größten Mißtrauen begegnen, auch dann und gerade dann, wenn sie ultralinke Phrasen im Munde führen.

Klare Sicht

Drei Faktoren müssen beschrieben werden, wenn der Tod eines Unbeteiligten erklärt werden soll. Der Mann, der den Tod verursacht hat, die Maschine, die er zu bedienen hatte, und schließlich die ganze Umgebung, das sind in erster Linie der Betrieb, die örtlichen Gegebenheiten, die Arbeitsorganisation und die Verhütungsmaßnahmen, der Unfallschutz.

Der Mann: Er ist zwei Meter groß, dreißig Jahre alt, breitschultrig, ein hageres Gesicht, ein Kerl wie ein Baum, in der Stimme sehr leise, fast schüchtern, die Sprache hat eine oberbayerische Färbung. Er, der Treckerfahrer bei einem bayerischen Bauern, lernt in seiner Heimat ein schlankes, junges Mädchen kennen. Sie stammte auch einmal aus dieser Gegend, wohnt aber mit ihrer Mutter in unserer Republik. Beide verlieben sich, er kommt mit ihr zu uns herüber; später gehen beide wieder nach drüben, aber nicht für lange. Der jungen Frau vor allem gefällt es doch besser hier, und der Mann folgt ihr wieder.

Jetzt ist er als Arbeiter beim Volkseigenen Betrieb Tiefbau in Berlin, und die Arbeit sagt ihm zu. Doch im ganzen verhält er sich kühl, abwartend zu unserer Entwicklung. Er ist nicht einmal dem FDGB beigetreten, weil, wie er sagt, er drüben einmal von den Gewerkschaften enttäuscht worden war. Nur die Liebe und die Treue zu seiner Frau binden ihn, sonst ist es ihm gleich, wie und wo er lebt.

Aber in seiner Arbeit ist er gut, zuverlässig, freundlich und beliebt. Wohl spricht die oberflächlich ausgestellte Beurteilung von etwa dreißig Fehlstunden, aber von diesen weiß der Arbeiter nichts. Er ist zwar einmal krank gewesen, aber das dürfte ja nicht als Fehlstunden bezeichnet werden. Doch das ist nicht der einzige Mangel, der im VEB Tiefbau zutage tritt.

Die Maschine: Sie ist sehr einfach zu beschreiben. Es ist ein hydraulischer Schwenkschaufler aus der CSSR. Vor einem Lastkraftwagen ist eine Art Schwenkkran montiert mit einem Greifer, der kleine Lasten heben und durch Schwenken von einem Platz auf den anderen befördern kann. Eine solche Maschine ist nicht sehr häufig in unserer Republik zu finden.

Unser Angeklagter mußte Betonklötze von einer Baustelle der Berliner Innenstadt umsetzen. Er war auch mit seinem Gerät auf einer anderen, benachbarten Baustelle tätig, die konnte er aber nur über eine öffentliche Straße erreichen. Er mußte von der einen Baustelle zur anderen.

Er fuhr rückwärts aus der einen Baustelle hinaus, wendete und fuhr nun vorwärts über die Straße zur anderen. Der Schwenkarm war aber noch so hoch gestellt, daß sein Blickfeld eingeschränkt war. Er konnte nicht sehen, was vor ihm, etwa zehn bis dreißig Meter vor ihm auf der Straße los war. Dort aber stand ein junger Mann, wahrscheinlich verträumt. Was dann genau passierte, hat keiner bemerkt. Der Maschinist konnte ihn auch nicht sehen. Wahrscheinlich wurde der junge Mann von der Schaufel zu Boden geworfen, die Räder der schweren Maschine gingen über ihn hinweg. Er, ein Eisenbahnangestellter, war sofort tot.

Wieder bestätigt sich die Erfahrung der Kraftfahrer. Wie ein Mensch ist, so fährt er auch. Denkt er wenig über sich, sein Leben und seine Gesellschaft nach, fährt er auch gleichgültig und nachlässig. Ist sein Interesse nur auf Geldverdienen ausgerichtet, dann versucht er, Sekunden einzusparen, fährt ohne klare Sicht und gefährdet fremdes Leben.

Wenn der Fahrer den Schwenkarm vor der Fahrt nach unten gelassen hätte, wäre seine Sicht völlig frei und klar gewesen. Er aber wollte Zeit sparen und fuhr mit dem hochgestellten Schwenkarm los über die Straße.

Das ist aber ein Vergehen nach § 5 der Straßenverkehrsordnung, in der es heißt, jeder Kraftfahrer darf sein Fahrzeug nur in Bewegung setzen, wenn seine Sicht nicht behindert ist. Daß der Kraftfahrer schuldig am Tode des jungen Mannes ist, allein schuldig durch Nichtbdeachtung dieses § 5, darüber gibt es keine Zweifel. Eine Gefängnisstrafe von einem Jahr und sechs Monaten wurde ihm zugemessen. Wegen seiner fleißigen und straflosen Lebensführung wurde die Strafe bedingt ausgesprochen, die Bewährung auf zwei Jahre festgesetzt.

Aber in der Unfallverhütung und in den Arbeitsschutzmaßnahmen des Betriebes, im VEB Tiefbau Berlin, gibt es sehr viele, sehr ernste, sehr schwerwiegende Mängel.

Da dieses technische Gerät nicht sehr häufig bei uns benutzt wird, gibt es dafür keine spezielle Arbeitsschutzverordnung. Aber es gibt eine Werkbedienungsanleitung. Nach ihr wurde wohl der Arbeiter in die Handhabung des Schwenkhebers eingewiesen, aber dann veschwand die Bedienungsanleitung in dem Aktenschrank.

Der Polier der Baustelle, verantwortlich für den Arbeitsschutz, der allmonatlich pflichtgemäß die Arbeitsschutzbelehrung durchführen muß und das auch getan hat, der hatte diese Bedienungsanleitung nie gelesen, nie gesehen. Seine Belehrung war, wie er vor Gericht aussagte, allgemein und ungefähr so: Ihr müßt vorsichtig sein und geht nie unter schwebenden Lasten.

Es gibt auch im Volkseigenen Betrieb Tiefbau einen hochqualifizierten Sicherheitsingenieur, aber auch er hatte nie dafür gesorgt, daß die Arbeitsschutzbeauftragten sich genaue Kenntnisse über die verschiedenen Gefahrenquellen dieser nicht gebräuchlichen Baumaschine erwerben konnten. Dem Maschinisten, der diese Bedienungsanleitung mehrfach angefordert hatte, wurde sie nie ausgehändigt.

Nur der Vorsitzende Richter, der diese Sache zu verhandeln hatte, der setzte sich vor der Verhandlung an das Steuerrad der Maschine. Er hatte eine Sachkenntnis erworben, die der Sicherheitsingenieur und der Polier, die beide für den Arbeitsschutz verantwortlich sind, bis dahin nicht hatten.

Diese Nachlässigkeiten wurden vom Gericht in einer Gerichtskritik festgestellt. Das Gericht beanstandete auch, daß der Maschinist nur im Besitz einer westdeutschen Fahrerlaubnis war, die für Bürger der DDR keine Gültigkeit hat. Es wurde ferner kritisiert, daß das Fahrzeug bei der Besichtigung und Benutzung durch den Vorsitzenden Richter sich nicht in einem vorschriftsmäßigen Zustand befand. Sehr viele Mängel kamen zutage – aber Schuld am Tode des jungen Mannes, die hat einzig und allein der verurteilte Maschinist.

Das zerzauste Hühnchen

Die beiden saßen nebeneinander. Welch glückliches, junges, gut anzusehendes Paar, möchte man meinen. Er, groß, sehnig, sportlich, energisch, mit nußbraunem Haar, ein junger Arbeiter von sechsundzwanzig Jahren, selbstbewußt, möchte man meinen. Sie, viel kleiner, zierlicher, aber impulsiver als er, gerade zwanzig Jahre alt, mit der Figur einer kleinen Puppe – von ihrer Figur wird noch zu reden sein –, mit kleinen, ganz kindlichen Händen und einem etwas ungekämmten rötlichbraunen Haarschopf.

Es ist kein glückliches Paar, sie sitzen vor dem Scheidungsrichter in einer vogtländischen Kreisstadt. Beide sind flankiert von Rechtsanwälten, und es geht schon fast gar nicht mehr um den Bestand der jungen Ehe, die beide aus Liebe geschlossen haben, es geht eigentlich nur noch um Axel. Wer bekommt Axel, das strahlende Kindchen, 16 Monate lang auf dieser Welt, trinkend, essend, weinend, lachend und Windeln benässend?

Die kleine Frau ist eine Fremde hier in der Kreisstadt, ein Eindringling, ein fremdes Hühnchen, das herausgepickt wird, so sieht es aus. Und sie ist, zugegeben, ein etwas sehr zerzaustes Hühnchen. Mit zwölf Jahren kam sie von ihrer kleinen Gemeinde am Stadtrand von Berlin nach dort, ins Vogtland in einen Jugendwerkhof. Mit siebzehn Jahren lernte sie ihn kennen. Sie berichtete ihm, der Vater sei im Krieg gefallen und die Mutter an der Tuberkulose gestorben. Und er führte die kleine neue Freundin in die Familie ein.

Aber bald erzählte sie ihm, daß sie ihm nicht ganz die Wahrheit gesagt habe, die man nicht sofort dem neuen Freund erzählen kann, weil sie peinlich ist und an geheime und verbotene Dinge rührt.

Ihre Mutter lebt noch in dem Städtchen nahe bei Berlin, der Stiefvater hatte sie, die Zwölfjährige, sehr schmutzig angefaßt. Das war bekannt geworden. Und die Mutter hatte die Kleine veranlaßt, die Beschuldigungen später wieder abzuleugnen, in dem Bemühen, ihren Mann zu entlasten und die Ehe zu retten. Deswegen war der Mutter das Sorgerecht über das zerzauste Hühnchen entzogen worden, und die Zwölfjährige wurde in den Werkhof eingewiesen. Kann man solch eine Geschichte sofort einem jungen Mann erzählen?

Noch vor der Ehe hatte der Mann und seine Familie die volle Wahrheit erfahren. Die Mutter der jungen Frau hat einen guten Ruf wiedererworben. Die Mutter des Mannes aber ist unerbittlich. Für sie ist jetzt die neue Schwiegertochter unerwünscht, eine Lügnerin, eine Hergelaufene, eine Demoralisierte. Und das junge Ehepaar zieht zu dieser Schwiegermutter. Erst bewohnen sie zusammen die Dachstube, aber da sie im Winter nicht heizbar ist, schlagen sie ihre Betten im Zimmer der Mutter auf. Und die Mutter schläft von nun an immer in den Ehebetten. Der kleine Axel wird geboren, und immer wird die junge Frau von der Schwiegermutter belehrt („So mußt du es machen!") und beschimpft. Das, was man Eheleben nennt, verkümmert unter diesen Umständen.

Die junge Frau kann das nicht aushalten. Sie reißt mehrmals zu Bekannten in der kleinen Stadt aus. Der Ehemann holt sie zurück und verspricht ihr, sich endlich um eine eigene Wohnung zu bemühen. Aber die Schwiegermutter stellt sich dagegen mit aller Kraft. Um den Sohn zu fesseln und ihn von der Frau zu trennen, aber auch um die schöne Wohnung behalten zu können, die für sie allein viel zu groß wäre. Als die Schwiegermutter erfährt, daß ein Antrag beim Wohnungsamt läuft, schließt sie sich demonstrativ in der Küche ein, und der Sohn hört das Gas ausströmen. Er klopft, und die Mutter öffnet erst die Tür, als er ihr verspricht, nicht auszuziehen. Das Wohnungsamt hat eine

Wohnung, aber das junge Paar verzichtet unter diesem massiven Druck.

Im Februar dieses Jahres kann die kleine Frau es nicht mehr aushalten, sie nimmt ihr damals dreizehn Monate altes Kind und fährt zu ihrer Mutter. Sie schreibt nach einigen Tagen an ihren Mann, sie käme nur dann zurück, wenn sie endlich eine eigene Wohnung beziehen würden.

Der junge Mann hat schon die Scheidung eingereicht. Sein Rechtsanwalt schreibt dem Rat der Gemeinde, die junge Frau habe sich strafbar gemacht, da sie ohne Erlaubnis des Ehemannes mit ihrem Kind die eheliche Wohnung verlassen habe. Er verlangt vom Rat der Gemeinde, er solle dafür sorgen, daß das Söhnchen Axel dem Vater wieder zugeschickt wird.

Diese Rechtsbelehrung ist natürlich grob irrig. Es kann jeder Mensch, auch jede Frau, die eheliche Wohnung verlassen, wann sie will. Und das Sorgerecht über das gemeinsame Kind in einer Ehe haben beide Elternteile. Das müßte eigentlich ein Rechtsanwalt, Mitglied eines Rechtsanwaltskollegiums, wissen.

Die junge Frau möchte ihren Mann behalten, vor allem aber das Söhnchen Axel. Niemals aber, so erklärt sie, wird sie in die Wohnung der Schwiegermutter zurückkehren.

Der Sohn, die Schwiegermutter, die ganze Familie haben an ihrem Wohnort einen ausgezeichneten Ruf. Der Sohn ist politisch aktiv, ein Sportler, ein angesehener Arbeiter. Nur, glaube ich, hat er die Nabelschnur zur Mutter noch nicht ganz durchschnitten.

Der Ruf unseres zerzausten Hühnchens ist nicht ganz so eindeutig. Ich will die Beschuldigungen des Ehemannes und seines übereifrigen Rechtsanwalts nicht allzu ernst nehmen, man habe sie mit anderen Männern spazierengehen sehen, sie habe, und das erwähnt der Rechtsanwalt ausdrücklich, mit farbigen Studenten getanzt, und es sei auch zu ehewidrigen Beziehungen gekommen. Beweise? Achselzucken.

Der Jugendwerkhof sagt von der kleinen Frau, sie sei oft den Männern nachgelaufen, aber das ist drei Jahre her. Auch die

Auskunft des Referats Jugendhilfe übernimmt einige Anschuldigungen des Ehemannes über freundschaftliche Beziehungen der jungen Frau zu anderen Männern. Beweisen kann man es ihr nicht. Die Schwester des Mannes hat ihre Schwägerin einmal Arm in Arm mit einem anderen Freund gesehen, in der Faschingszeit, und der Rechtsanwalt schreibt in seiner Klageschrift wörtlich: „Die Beklagte hat eine gute Figur und sieht gut aus. Sie ist sehr triebhaft und stellt große Anforderungen in einer gewissen Hinsicht. Das wird auch nach der Scheidung sich nicht ändern, und deshalb muß dem Vater das Sorgerecht übertragen werden."

Woher weiß der Rechtsanwalt das mit den großen Anforderungen? War er auch wie die Schwiegermutter jede Nacht dabei?

Wem also soll das Sorgerecht übertragen werden, dem jungen Mann und seiner tadellosen Familie oder dem zerzausten Hühnchen, das jetzt alle Energie einsetzt, um den kleinen Axel zu behalten? Erst jetzt, nachdem der Zuzug in der Heimatgemeinde geregelt ist, kann es Arbeit aufnehmen. Es hat auch schon einen Krippenplatz für den Kleinen.

Das Gericht schied diese Ehe, die nie eine echte Gemeinschaft war, und übertrug trotz mancher Bedenken der Mutter das Sorgerecht. Jetzt erst, durch die Sorge für das Kind und mit der Sorge im Kampf um den kleinen Axel, wird aus dem kleinen zerzausten Hühnchen ein ganzer, voller Mensch.

Der Entlobte seiner geschiedenen Frau

Johannistag in Berlin. Die Sonne lacht etwas kühl durch die Scheiben des Stadtbezirksgerichts Mitte: unser Sommer, nach Heinrich Heine, nur ein grünangestrichener Winter, hat die Menschen hier im Saal nicht vergnügt machen können. Im Norden Europas, wo die Sonne noch kühler scheint, feiert die Jugend diesen Mittsommertag und tanzt die ganze helle Nacht hindurch, trunken ohne Wein und ohne Bier, lachend ohne Zoten und liebend ohne Prüderie.

Wir aber hier im mittleren Europa kennen diese Heiterkeit sehr selten. Wir können in der Regel nur bei Bier und Bowle fröhlich sein, wenn der Alkohol die Schranken beseitigt, die uns zwingen, prüde in den Dingen der Liebe zu sein. Fällt aber der Damm durch die lösenden Gifte des Alkohols, dann werden die Leute oft zotig. Unsere Prüderie kann die Natur nicht besiegen, sondern nur stauen. O weh, wenn sie losgelassen.

Und hieran, so glaube ich, ist die Ehe von Gerd und Dörte gescheitert. Auch der Versuch, die geschiedene Ehe noch einmal zu erneuern. Äußerlich war alles da, die gegenseitige Zuneigung, das Kind, die Wohnung und das überdurchschnittliche Einkommen. Aber es fehlte beiden und ihm ganz besonders an dem gewissen Etwas, und ohne dieses geht es eben nicht.

Gerd ist ein hübscher, junger Mann, dreiundzwanzig Jahre alt, ein wenig ungepflegt, er hat den schwierig auszusprechenden und sicher auch schwer zu betreibenden Beruf eines Kunststeinfacharbeiters.

Neun Jahre lang war er in dem Betrieb tätig, in dem er auch gelernt hat. Er gilt als fachlich versiert und hat ein Einkommen, um das ihn viele beneidet hätten: 1000,– M im Monat. Auch um seine Frau haben ihn bestimmt viele beneidet, um Dörte, die sehr schlanke, kleine, von der kühlen Mittsommersonne Gebräunte, mit dem nußbraunen, hochgesteckten Haar, lieblich anzusehen in dem bunten Kleid, ungeschminkt und ungepudert, mit langen Augenbrauen und langen Augenwimpern und dem fröhlichen Näschen, mit dem technischen Zeichentalent und einem Berliner Mundwerk.

Sie sind geschieden. Dörte hat die Wohnung und das Kind, er muß für das Kind 120,– M Unterhalt zahlen. Er hat viel getrunken, in der Ehe, er hat Dörte auch geschlagen, die Zarte, hat sie beschimpft. Aber er liebt sie; für ihn ist sie, so glaube ich, noch immer die einzige, doch er hat nicht das geringste Talent, es ihr in anmutigen Worten zu sagen.

Nach der Scheidung hat er weitergetrunken und hat auch oft gebummelt. Sein Betrieb hat ihn nach neun Jahren langer fachlich guter Arbeit fristlos entlassen wegen seiner Disziplinlosigkeit; er war auch zweimal verwarnt worden vorher. Disziplinlos ist er ohne Frage. Auch der Richter ärgert sich offensichtlich über ihn, eine Fahne von „Pilsen“ weht vom Angeklagten herüber zum Hohen Gericht, und er sagt, er habe am Abend vorher sich Mut für den Prozeß angetrunken. Er macht keinen guten Eindruck, und wegen seiner Gebärden, die er bei den Aussagen seiner geschiedenen Frau und seiner ehemaligen Schwiegermutter macht, gibt ihm der Richter noch in der Verhandlung eine Ordnungsstrafe von 50,– M.

War die fristlose Entlassung nach neunjähriger Tätigkeit berechtigt? Diese Frage blieb im Raum unbeantwortet. Hätte das Gericht nur ein wenig den Geist des Staatsratserlasses beherzigt, dann wäre der Kaderleiter oder der Betriebsleiter als Zeuge vor Gericht geladen und erschienen, und wir hätten den Grund gehört. Jetzt ist Gerd, der ausgezeichnete Facharbeiter, als Heizer in einer Brauerei tätig. Dort leistet er für die Gesellschaft bestimmt viel weniger und verdient auch dementsprechend weniger, aber er kommt viel leichter zum Bier. Er bekommt ja das

Hausbier gratis. Die fristlose Entlassung war in diesem Falle keine Erziehungsmaßnahme zum Guten, sie hat sich in ihr Gegenteil verkehrt.

Dieser Mangel hat nichts mit Gerds Schuld zu tun, und wäre der Kaderleiter gehört worden, hätte das Gericht nicht zu einem anderen Urteil kommen können. Aber heute dürfen unsere Gerichte sich nicht bescheiden, nur ein richtiges Strafmaß zu finden und auch auszusprechen, sie müssen tief hineinleuchten in die Personalpolitik unserer Betriebe, dort eingreifen, wo Menschen erzogen und Werte geschaffen werden.

Ja, er macht keinen guten Eindruck, und Gerd hat auch nicht die Gabe, angenehm aufzufallen. Seine Frau, von ihm schon geschieden, hat es noch einmal mit ihm versucht. Er schildert das so:

„Ich war mit meiner geschiedenen Frau wieder verlobt."

Aber diese zweite Verlobungs- und Prüfungszeit hat er nicht bestanden.

„Ich glaubte, er habe sich gebessert, und er ist doch schließlich der Vater unseres kleinen Jungen", sagte Dörte dem Gericht dazu. „Aber er fing wieder an zu trinken, und da habe ich endgültig Schluß gemacht."

Gerd aber, töricht wie er ist, sucht die Schuld nicht bei sich, er sucht die Schuld bei der Mutter von Dörte. Es ist also aus, zum zweitenmal, und Dörte hat auch einen anderen Freund. Gerd aber ist eifersüchtig und will sie zwingen, ihn zu lieben.

Denn er liebt sie, aber er kann es ihr nicht sagen. Eines Abends um zehn Uhr lauert er ihr auf. Er umfaßt sie und wirbt um sie, aber mit häßlichen Worten, mit Zoten, wie nur ein Spießbürger eine käufliche Dirne ansprechen würde. Sie ist angewidert und schlägt ihn. Er aber, wahrscheinlich betrunken, läßt sie nicht in Ruhe. Sie läuft weg, er ihr nach, sie läuft zum Wohnhaus ihrer Mutter und ruft sie laut um Hilfe.

Erst kommt eine Nachbarin und dann die Schwiegermutter. Und ehe diese Frau irgend etwas tun oder sagen kann, schlägt Gerd sie mit der Faust ins Gesicht, so daß sie zu Boden stürzt.

Sie blutet, sie hat Verletzungen am Mund, vier Wochen ist sie krank, arbeitsunfähig, und eine Zahnprothese ist außerdem zerbrochen.

Sechs Wochen Gefängnis, sagt das Gericht, und zwar unbedingt, und er muß Schadenersatz leisten für Verdienstausfall und muß Schmerzensgeld bezahlen.

Kultur, so sagt Marchwitza, ist jeder zweite Herzschlag unseres Lebens. Bei Gerd habe ich davon nichts bemerkt. Er versteht vielleicht Geld zu verdienen, er kann auch seine Arbeit gut verrichten, aber Lebenskunst und Liebeskunst sind ihm fremd, ihm fehlt der zweite Herzschlag, deshalb ist er, schmeichelhaft ausgedrückt, nur ein halber Mensch.

Mit weinendem und lächelndem Auge

Mit einem weinenden und einem lächelnden Auge muß ich diese Geschichte berichten, und beim Überdenken frage ich mich: Zu welchem Zweck und zu welchem Ende berichte ich seit fast zehn Jahren hier an dieser Stelle über Straftaten, Straftäter und Gesetzesbrecher? Ein sehr wichtiger Sinn meiner Bemühungen ist es, die Menschen zu warnen. Aber wenn fünf meiner treuesten Leserinnen, die sogar ihre geheimsten Wünsche der „Wochenpost" anvertrauen, um darauf ihr Lebensglück zu gründen, wenn also fünf meiner treuesten Leserinnen einem Schurken für ein bißchen Liebe oder zu erwartende Liebe ihre Ersparnisse und mehr ausliefern, dann meine ich, predige ich tauben Ohren oder, besser, dann schreibe ich für blinde Augen.

Aber auf Wolfgang sind ja noch ganz andere hereingefallen, solche, deren Beruf es ist, Verbrecher aufzuspüren, auf seine gute Figur, seine buschigen, dunklen Augenbrauen, seine geschmeidige Stimme, auf seine kurze Ober- und seine starke Unterlippe und sein fast kinnloses Schurkengesicht. Er war einmal Angehöriger der Polizei, aber seinen miesen Charakter konnte er nicht ganz hinter seinen glänzend auswendig gelernten Phrasen verbergen; er stahl einem Kameraden 50,– M aus der Tasche, und als krimineller Kriminaler endete seine kurze Polizeilaufbahn.

Autoschlosser hat er einmal richtig gelernt, aber seine wirklichen Kenntnisse brachte er nie an den Mann. Er war manchmal Heizer, auch Kraftfahrer, Hilfsarbeiter beim Schrott und Beifahrer in den letzten Jahren. Im Jahre 1962 lebte er acht Monate lang wie die Vögel unter dem Himmel, er säte nicht, aber er erntete, und die Damen ernährten ihn. Er gab sich als Fahrlehrer beim Kraftverkehr Schwerin aus.

Herr Wolfgang, selbst ein Kind der Liebe, aber nicht der Ehe, wuchs bei den Großeltern auf, dort, wo Großväterchen Großmütterchen schlug. Als er in das starke Gefälle kriminellen Unrechts geriet, da lebte er bei der Mutter seiner geschiedenen Frau, also bei seiner geschiedenen Schwiegermutter, und die soll ihm den Rat gegeben haben, nicht eingleisig auf der Schnellstraße des Lebens fortzufahren, sondern sich eine neue Beifahrerin fürs Leben zu suchen. Und da kaufte er sich die „Wochenpost". Er schaute nicht auf Ratschläge allgemeiner Gefahrenstellen vom Schmiermaxe oder auf die Vorsichtszeichen beim „Zeugen in dieser Sache", sondern sein Auge parkte bei den Heiratsannoncen.

Nennen wir sie Anneliese aus dem Anhaltischen, die ihre Sehnsüchte einem Inserat der „Wochenpost" anvertraute, die sehr blonde, sehr füllige Sekretärin, die im Reden wie im Handeln kein Halteverbot beachtete, die im Beruf und im Leben sicher ungeheuer Tüchtige und Gewissenhafte, die aber beim Anblick und bei der Liebe zum forschen Wolfgang mit ihren Kurvern fast ins Schleudern geriet.

Er schrieb, wie er dem Gericht erklärte: „So und so". Er sei Fahrlehrer beim Kraftverkehr Schwerin, und er käme Weihnachten 1961 zu ihr ins Anhaltische. Und er kam ziemlich ramponiert. Er erzählte sofort, er habe einen Verkehrsunfall verursacht und habe, um seinen Beruf nicht zu gefährden, von einer polizeilichen Ermittlung abgesehen, sich so mit dem Betroffenen geeinigt. Sie gab ihm alles, was sie hatte. Erst 3000,– M, dann kam sie zu Silvester nach Schwerin und brachte ihm noch mehr mit, denn da mußten die Karosserie und die Stoßstange des Wagens repariert werden. Anneliese aus dem Anhaltischen belieh die Aufbauanleihe ihres Vaters bei der Sparkasse. Sie gab 5900,– M her für einige wenige Liebesfreuden und die vage Aussicht, verlobt zu sein.

Auch die tüchtige Weberin aus dem Vogtland mit ihren fünfunddreißig Jahren und ihren dunkelbraunen Ponys, angetan mit einem schicken sektfabenen Wollkleid, sehnte sich nach Ehefreuden und suchte in unserer nach meiner Meinung schönen Zeitung einen Lebensgefährten. Und sie erhielt aus Schwerin Antwort in einem lieben langen Brief von einem Fahrlehrer Wolfgang, mit einem anmutigen Foto. Das war ein solider Mann, er lud sie sogar nach Schwerin ein und bat sie, die Fahrt nach Schwerin bezahlen zu dürfen. Aber Lotti, unsere Weberin, ist stolz. Wenn er mich sehen will, soll er ins Vogtland kommen. Und da kam er auch schon, er sprach mit ihr, wie er vor Gericht erklärte, „so und so“, und man war sich bald einig, die Ehesache erst einmal zu beschlafen. Sie wollte sich einen Motorroller und er ein Motorrad kaufen, um die große Entfernung zu überbrücken.

Und da schrieb er aus Schwerin, er könne ein schönes Motorrad kaufen, und er brauche dringend 1000,– M. Und die sandte sie ihm telegrafisch. Dann besuchte sie ihn, weil sie einen Schiffsplatz für die „Völkerfreundschaft“ hatte, und sie fand bei ihm ziemlich klägliche Verhältnisse, und sie sah kein Motorrad, aber sie half ihm noch einmal mit 100,– M aus.

Und dann kam er, abgerissen, ohne Motorrad und ohne Geld wieder einmal zu ihr. Sie gab ihm Geld, um ihren Fernsehapparat aus der Wohnung zu holen. Er aber blieb die ganze Nacht aus, und am Morgen stand er ohne Geld und ohne Fernsehapparat, aber ziemlich betrunken vor ihrer Haustür.

Da endlich begann sich der Traum von der Ehe bei ihr aufzulösen, und ganz war er aus, als sie hörte, daß er in einer vogtländischen Kneipe erzählt habe, er hätte die schöne Weberin mit den braunen Ponys auf der „Völkerfreundschaft“ kennen- und liebengelernt.

Die schlanke schwarzhaarige Schwester Traute, sehr lieb anzusehen in ihrem blauen Seidenkleid und dem gelben Popelinemantel, war auch des Alleinseins müde. Auch sie betraute die „Wochenpost“ mit der Suche nach einem Ehegemahl. Und sie erhielt ebenfalls „so und so“ Antwort aus Schwerin und fand das beiliegende Bildnis des Fahrlehrers Wölfi bezaubernd schön. Noch ehe sie ihn leiblich erblickte, noch ehe sie Liebesfreuden genossen hatte, bat er sie schon um Geld, angeblich um Schulden bei einer Dame mit vier Kindern im fernen Vogtland abzudecken. Sie sandte ihm sofort 700,– M und zahlte später, als sie ihm etwas nähertreten durfte, noch dazu. Diese drei Damen waren alle als Zeuginnen erschienen. Sie nahmen die sehr kostspielige Geschichte trotz aller Enttäuschung noch von der lustigen Seite, sie saßen zusammen und erzählten sich gegenseitig mit viel weiblicher Würze von ihren Dummheiten mit dem Schurken Wolfgang.

Tiefer betroffen war ein zartes Kind aus dem mecklenburgischen Land, die zierliche, junge Gitta, die mit dem braunen Lausbubenkopf; ich glaube, sie hat ihn richtig geliebt. Und er war ihre erste große Enttäuschung. Auch sie lernte ihn durch ein Inserat in der „Wochenpost“ kennen. Er erzählte ihr beides, das Märchen vom Unfall und das Märchen vom Ankauf eines Motorrades. Und sie sandte ihm bedenkenlos 2950,– M, obwohl die Eltern warnten. Das erzählte sie mit fast tränenerstickter Stimme und schaute noch immer ein wenig verliebt, tiefgekränkt, tieftraurig auf den Schurken Wolfgang, der ihr Herz und ihre Ersparnisse geraubt hatte, der sie gebracht hatte um ihre Liebe und um ihr sauer verdientes Geld, für das er Sprit gekauft und Sprit gesoffen. Er aber fuhr weiter auf der Fernverkehrsstraße des Betruges ohne Rücksicht auf Menschen und menschliches Glück.

Ach, sein Register ist noch größer, eine Dame aus Thüringen hat er beglückt und geschädigt, sie wollte er, wie er sagt, wirklich heiraten, und nicht nur „so und so“, aber dort habe er sich mit ihrem Bruder gezankt. Das Geld aber hat er auch genommen. Leider war sie nicht erschienen, und wir mußten auf ihren Anblick verzichten. Zwei Schwerinerinnen lernte er in Lokalen kennen, und er borgte sich von einer Geld, er, der Fahrlehrer, für einen Ledermantel und für ein Motorrad.

Die andere hat von ihm ein Kind. Auch sie beschwindelte er mit dem Verkehrsunfall. Sie aber imponierte mir am meisten. Sie, Mutter eines kleinen Mädchens, sagte, den will ich nicht heiraten, nie und nimmer.

Das Kreisgericht in Schwerin Stadt verurteilte ihn zu zwei Jahren Gefängnis.

Wir aber wollen bei den lieben Damen Vorsicht und gegenseitige Rücksicht walten lassen nach Paragraph 1 der Straßenverkehrsordnung wie mit allen Zeuginnen und Geschädigten. Aber einen Rat, meine Damen, bevor Sie noch mal ein Heiratsinserat aufgeben. Lesen Sie dort auf der letzten Seite den Zeugen in Ihrer Sache. Und wenn Sie Ihre Herzen nicht beherrschen können, halten Sie wenigstens den Daumen auf Ihren Geldbeutel. Gegen Herzeleid gibt es keinen Schutz, aber das muß nicht noch mit barem Geld bezahlt werden.

Vom Mädchen, das nur schlafen wollte

Sie, liebe Dame, wissen nicht, wie betörend Sie sind, und deshalb muß ich es Ihnen hier, an dieser Stelle, sagen: Sie sind eine Gefahr. Ihr ebenmäßiger Wuchs, Ihr etwas künstlich tiefschwarz gefärbtes Haar, Ihre dunklen und tiefgründigen Kulleraugen, Ihre Jugendfrische, Ihr Kußmäulchen und auch Ihre etwas kindliche, berlinische Stimme. Und Ihre Frische und Ihre Unbeschwertheit, das alles in einer Person vereinigt, ist gefährliches Dynamit, und das muß man hüten.

Sie sind nicht beschuldigt und nicht angeklagt. Sie sind nur Zeugin und Geschädigte. Und Sie wollen auch Schadenersatz haben, weil bei der Explosion Ihre seidene, durchsichtige Bluse und noch einiges andere, was durch die Bluse zu sehen und zu ahnen war, zerfetzt wurde. Und Sie haben auch hier Recht bekommen. Und auf der Walstatt geblieben ist ein junger Mann, Erich, der keine Schönheit ist, dessen Haar fad blond und dessen Ohren ein wenig lächerlich wirken, weil sie so weit abstehen, als ob sie Überschallgeräusche einfangen sollten; der aber nicht das Ohr hat für die wahren Töne Ihres neunzehnjährigen Herzens. Ein Herz, das so unbekümmert und so naiv unter Ihrer wohlgeformten Brust schlägt, liebe, schöne Irmtraud, wie der Pendel eines Regulators in der Wohnung Ihrer Großeltern.

Sie gingen mit Ihrer älteren Schwester am 28. April in ein munteres Berliner Ballhaus. Enttäuscht, weil Sie einen gewissen Knaben nicht angetroffen hatten, und mit dem prickelnden Verlangen, zu sehen, wie es in diesen Ballhäusern zugehen mag. Sie fanden auch Anschluß an zwei Herren, der eine,

Martin, groß und schwarz, schlank, mit breiten Schultern und schmalen Hüften, mit einem etwas brutalen Gesicht.

Wir – Sie und ich – sahen ihn vor Gericht auch als Zeugen, und er war angetan mit einem blauen Sakko und goldenen Knöpfen, ein Fleischer von Beruf und angezogen wie ein Offizier zur See. Zusammen mit ihm war der andere, Erich, den Sie selber in einem gewissen Moment und – durch den Moment – stark übertrieben als fiesen Kerl bezeichneten. Der Sie aber zu gewinnen hoffte und Ihnen noch im Ballhaus erzählte, er sei Küchenchef in einem großen Berliner Restaurant. Ihr Regulatorherzchen aber schlug mehr für den etwas manierierten Mariner Martin, von dem Sie nicht wußten und auch nicht wissen konnten, daß sein Schiff schon wohl vertäut im Ehehafen gelandet war. In dieser Hinsicht wird in Berlins Ballhäusern ziemlich viel gelogen.

Ihre Schwerster, um zehn Jahre älter und erfahrener als Sie, liebe, bezaubernde Irmtraud, verließ die Gesellschaft, als die Kapelle ihr auf Wiedersehen intonierte, wohl ahnend, daß mit den beiden Kavalieren wenig Staat zu machen sei. Sie aber, berauscht von den Schmeicheleien des vermeintlichen Seeoffiziers und vom Wein, den Sie notabene auch noch selber bezahlen mußte, blieben und gingen mit in das Rosencafé, den Abend und die Nacht in den Morgen hinüber über Gebühr ausdehnend. Und hier setzte leider auch Ihre Vernunft ein wenig aus.

Wie wollten Sie, liebe Irmtraud, nach Hause kommen, nach Karow? Da nun die letzte S-Bahn im Begriffe war abzufahren. Würden die beiden Kavaliere ein Taxi spendieren, die beiden Nassauer, die nicht einmal den Wein bezahlt hatten? Oder dachten Sie etwa, sie würden zu Fuß, fünfzehn Kilometer weit, mit Ihnen nach Hause gehen? Aber darüber dachten Sie gar nicht nach. Sie sollten aber Ihr schönes Köpfchen auch zum Denken benutzen und nicht nur als, zugegeben, sehr reizvollen Tafelaufsatz für neue Frisuren und weiße Haarbänder.

Und als das Rosencafé schloß, da gingen Sie mit den beiden ziellos durch die Straßen. Und als Erich, der angebliche Chefkoch, Sie und den Martin fragte, ob Sie noch mit hinaufkommen wollten, eine Tasse Kaffee zu trinken, da gingen Sie mit. Sie sagten, oben angekommen, daß Sie lieber schlafen wollten, und willig machte der Koch keinen Kaffee, sondern das Bett auf seiner Couch.

Sie aber zogen Ihr Röckchen aus und legten sich ins Bett, drehten sich zur Wand, und da gesellte sich zu Ihnen der Seeoffizier, Sie sagten ihm sehr deutlich, er solle Sie in Ruhe lassen, gewährten im wohl ein Küßchen in allen Ehren, und dann sagten Sie etwas psychologisch ungemein Kluges, was meine tiefste Bewunderung heute noch erregt. Sie sagten ihm: „Du kannst ja nicht einmal richtig küssen.“ Da trafen Sie ihn an seiner verwundbarsten Stelle. Der Mann Martin war tief gekränkt und beleidigt und zog sich, innerlich knurrend, zurück.

Nachdem das Landemanöver des „Seeoffiziers“ kläglich gescheitert war, sagte der aber zu seinem Freund Erich, dem angeblichen Chefkoch: „Ich habe keinen Schlag bei ihr, versuch du es.“

Sie aber, schöne, liebliche Irmtraud, wiegten sich schon in tiefsten Träumen, als Sie die Hand des Erich verspürten. Sie wurden energisch und grob, er wurde gemein, mit den Händen und mit Worten: „Wat denkste dir, wofür wir dir mitgenommen haben?“ Bei diesem Ringen wurde das Blüschen, das Hemdchen und noch einiges anderes Gewirktes arg lädiert. Sie gaben ihm zwei Ohrfeigen und sagten ihm, daß er ein fieser Kerl sei. Es gab eine wilde Jagd über Tisch und Stühle.

Dann aber beruhigte sich Herr Erich und ließ Sie gehen. Und Sie wollten zur Volkspolizei. Sie kehrten aber auf der Treppe um, noch einmal nachzusehen an der Wohnungstür, mit wem Sie eigentlich das Mißvergnügen gehabt hatten.

Sie haben inzwischen gemerkt, der Erich ist gar kein schlechter Kerl, er ist auch kein Chefkoch, sondern Transportarbeiter im Restaurant mit einem sehr schmalen Verdienst, schüchtern, fleißig und ordentlich. Nur einmal aufgefallen, weil er, damals der Grenzgänger, seinen Wohnsitz illegal verlegt hatte zu einer

Tante nach West-Berlin. Er ist ein Einzelgänger, so erzählte eine Kollegin aus dem Restaurant, und findet schlecht Anschluß. Dabei gäbe es in dem Betrieb eine Reihe von jungen Damen, die ihm sehr wohlwollend gesonnen seien. Erich aber trauert noch immer um eine treulose Braut in West-Berlin, die nicht zu ihm kommen will.

Das, was Erich getan hat, ist ein Sittlichkeitsdelikt, und da soll es keine bedingte Verurteilung geben. Das Gericht verhängte eine Gefängnisstrafe von sechs Monaten, und unbedingt.

Sagen Sie, liebe Irmtraud, ist das nicht ein bißchen hart? Meinen Sie nicht auch, der Staatsanwalt hätte sich vor der Verhandlung an die Kollegen des Betriebes wenden sollen, um von ihnen eine Bürgschaft zu erreichen? Gewiß, das Gericht hat die Mindeststrafe ausgesprochen, aber wäre es nicht gut gewesen, wenn Erich eine Bewährungsfrist bekommen hätte?

Sein umnebelter Geist und Ihr Leichtsinn, mit zwei wildfremden Herren nachts auf die Bude zu gehen, wurde als mildernder Umstand gewertet. Aber seine Tat gilt als erheblich gesellschaftsgefährlich. Zugegeben, ziemlich gemein war sie, aber gesellschaftsgefährlich? Daß ein Mädchen mit zwei Herren nachts zwischen drei und vier mitgeht und dann nur schlafen will, ist schon selten, aber noch rarer ist eine so dynamische Schönheit, ein Dynamit, mit dem Sie eine gütige Natur überreichlich ausgestattet hat und mit dem Sie umgehen, als ob es ein Knallbonbon wäre.

Die Bescheidenheit selbst

Alle Welt war mit ihr zufrieden, heute ist Frau Käthe siebenundzwanzig Jahre alt und hat den Anschein einer richtigen guten Ehefau; auch ihre zwei Kinder von sechs und sieben Jahren gelten als vorbildlich erzogen. Ihr Mann hat eine schöne Stelle in einem Berliner Großbetrieb als Disponent. Sie wollte einmal Lehrerin werden, hatte aber – vielleicht behindert durch ihre erste Schwangerschaft – das Schlußexamen nicht mehr bestanden und, als nach dem ersten dann auch das zweite Kind sich anmeldete, wurde es nicht wieder versucht.

Die freundliche junge, mütterliche Frau, ein wenig zur Fülle neigend, mit dem Stupsnäschen und den braunen Haaren konnte aber dennoch als Erzieherin tätig sein; sie fand Arbeit in einem der drei Kinderhorte einer Oberschule im Berliner Stadtbezirk Prenzlauer Berg. Und hier wurde sie sehr bald Hortleiterin. In den Schulhorten können Kinder sich nach den eigentlichen Schulstunden aufhalten, sie essen dort zu Mittag, spielen, können unter Aufsicht ihre Schularbeiten machen.

Diese Schulhorte sind eine segensreiche Einrichtung für berufstätige Eltern und ihre Kinder. Und die fünfunddreißig Kinder gingen gern in den Hort von Frau Käthe. Nie gab es Klagen. Im Gegeteil. Oft sagten es die Eltern dem Direktor, wie beruhigt sie seien in der Gewißheit, daß die Kinder bei Frau Käthe betreut würden. Genausogut waren die Beziehungen zu der einen Erziehungshelferin und zu der Reinemachefrau, zu den Lehrern der Oberschule, an die der Hort angeschlossen war.

„Die Bescheidenheit selbst", sagte eine Kollegin wörtlich von Frau Käthe vor Gericht.

Für das Mittagessen im Schulhort mußten die Eltern in der Regel 50 Pfennig bezahlen. Waren mehrere Geschwister in diesem Schulhort, wurde dieser Zuschuß trotz der viel höheren Kosten noch erheblich gesenkt. In einigen Fällen, bei schwierigen häuslichen Verhältnissen, wurde auf jeden Kostenbeitrag verzichtet. Die Hortleiterin mußte dieses Essengeld von den Eltern kassieren und bis zum 5. jeden Monats auf ein Konto des Referats Volksbildung einzahlen.

Mit dem Gehalt ihres Mannes standen Frau Käthe monatlich 1000,– M zur Verfügung. Hiervon nahm sich der Familienvater, ein sympathischer, sachlicher und tüchtiger Mann, wöchentlich ein Taschengeld von 30,– M. Von dem restlichen Geld zahlte Frau Käthe 70,– M Miete für ein kleines Einfamilienhaus und alle anderen Unkosten.

Das aber, was viele Menschen als ein erstrebenswertes Glück betrachteten, war der Besitz eines Fensehapparates. Das brachte ihnen Unglück ins Haus. Denn drei- bis viermal in der Woche kamen die Mutter, die Schwiegereltern, der Schwager, die Schwägerin, Verwandte und Bekannte zu ihnen. Sie kamen zum Abendessen und blieben bis zur Spätausgabe der Aktuellen Kamera. Und Frau Käthe machte Kaffee, sie buk Kuchen, und ab und zu gab es eine Flasche Wein. Es war immer sehr gemütlich. Tatsächlich aber war es äußerst ungemütlich. Keiner der Gäste, auch nicht der Mann, machte sich Gedanken, woher eigentlich Frau Käthe das Geld nahm.

Es kam aus der Schulspeisung.

Es begann schon im Jahre 1958, wie in so vielen Fällen, mit einer kleinen Anleihe. Damals kam eine flüchtige Revision, und Frau Käthe konnte die Revisoren mit einigen gefälschten Bankquittungen täuschen. Das machte sie mutig. Im Jahre 1959 zahlte sie von den kassierten 3300,– M nur etwa 500,– M bei der Bank ein. In den Jahren 1960, 1961, 1962 zahlte sie Null Komma nichts. Und so unterschlug sie in diesen Jahren 3300,– 3400,– und 3600,– M. Auch Gelder von einigen Monaten im Jahre 1963.

Der Direktor der Oberschule, der verantwortlich ist nicht nur für die pädagogischen Aufgaben eines Schulhortes, sondern auch für die wenigen finanziellen Dinge, kümmerte sich um das Schulspeisungsgeld überhaupt nicht. Er bekam von seiner Behörde eine Disziplinarstrafe, einen Verweis. Die Haushaltsstelle der Abteilung Volksbildung im Stadtbezirk Prenzlauer Berg, bei der jeder Einzahlungsbeleg vom Stadtkontor am 6. und 7. jeden Monats eingehen muß, bemerkte überhaupt nichts.

Es hätte meiner Meinung nach nicht einmal einer Kontrolle bedurft, denn es mußte dem Buchhalter auffallen, daß von den etwa hundert Schulhorten des Stadtbezirks dieser eine überhaupt kein Geld mehr überwies. Mir ist es völlig schleierhaft, wofür dieser Buchhalter viele Jahre sein Gehalt bezog. Daß die Hortleiterin nicht verpflichtet war, auf numeriertem Durchschreibequittungsblock den Eingang der Schulspeisungsgelder zu bestätigen, ist nur einer der vielen Fehler in der Abrechnungsmethode.

Die Kopien dieser Quittungen (in Frau Käthes Fall wären es 35 Quittungen im Monat gewesen) hätten natürlich der Haushaltsstelle eingesandt werden müssen. Das ist eigentlich so selbstverständlich, daß man es nicht zu erwähnen braucht.

Nun fehlen in der Kasse 15 000,– M. Das ist der dritte Fall von Unterschlagung im Stadtbezirk Prenzlauer Berg bei der Schulspeisung. Leider scheint nun auch die Rechtspflege auf Hochtouren zu laufen.

Daß Frau Käthe eine Freiheitsstrafe bekommen muß, die sie unbedingt zu verbüßen hat, für jeden Einsichtigen ist das selbstverständlich. Aber sind vier Jahre Zuchthaus, die das Gericht ihr zumaß, notwendig, um erzieherisch auf Frau Käthe einzuwirken?

Schuld und Strafe müssen so abgewogen sein, daß auch der Schuldige einsieht: Mir ist recht geschehen.

Dornröschen und der Bikini

Die weisen Frauen hatten unser Dornröschen mit Tugend und Schönheit beschenkt, mit den Gaben des Reichtums und der Weisheit waren sie jedoch etwas sparsam umgegangen. Auch in der Wahl der Eltern waren sie nicht ganz so umsichtig gewesen wie die Feen im Märchenland. Wohl schenkten sie dem Kind einen wohlklingenden, fürstlichen Namen, auf den unser Dornröschen sehr stolz ist, jedoch stammte dieser edle Name von der Mutter; der Vater, ein Künstler bürgerlichen Geschlechts, lebt in jenem anderen Reich und kümmert sich um sein Dornröschen nur auf dem Postweg.

Die Mutter, die strenge, adelsstolze Frau, lebt mit Dornröschen in einem kleinen Häuschen zusammen mit der Großmutter, alles umgeben von einer dichten Dornenhecke, und dort herrscht die Mutter wie eine Königin. Da sie nicht mehr von ihren Hörigen und Leibeigenen ernährt wird, lebt sie von ihrer Hände Arbeit – in allen Ehren. Einmal in der Woche verläßt sie das Dornröschenschloß, holt sich weiße, seidene Tücher und bemalt sie höchst kunstvoll mit Tieren, Blumen, Früchten und Girlanden.

Dornröschen aber muß den Hausstand versorgen, sie muß die Großmutter pflegen und, wenn es dann noch Zeit hat, der Mutter beim Bemalen helfen. Nur der Gasmann, die Lichtfrau, die Frau, die den Zähler der Elektrizitätswerke abliest, und ein schwarzer Schornsteinfeger dürfen in geziemendem Abstand in dieses Schlößchen.

Ein Fernsehkistchen vermittelt den drei Eingeschlossenen ein wenig Kenntnis von der Umwelt, vermutlich eine verzerrte

Kenntnis, da man im Schloß eine Neigung zu westlichen Ausstrahlungen hat. Dornröschen wurde auch in West-Berlin auf einer Schule ein wenig das Malen gelehrt. Gelernt hat es diese Kunst aber nur unvollkommen.

Kein Prinz hat je Dornröschens Lippen geküßt, kein Theater, kein Lichtspielhaus, keine Konzerthalle, keinen Tanzpalast hatte es von innen gesehen. Der Liebe Freud und Leid hat es nie berührt; kein Wunder der Schöpfung – auch nicht die Wunder, die Haydn musikalisch illustriert hat – hatte es an Freundeshand gemeinsam gekostet, „den Morgentau, den Abendhauch, den Früchtesaft, den Blumenduft". Nur die blassen Blumen und Früchte auf den bemalten Tüchern waren ein bescheidener Abglanz der Köstlichkeiten der wirklichen Welt jenseits der Dornenhecke.

Aber in dem nun einundzwanzigjährigen, sehr zarten, sehr blonden, lieblichen Kind war die Sehnsucht erwacht. Dornröschen, das wie ein Aschenputtel lebte ohne den süßen und herben Lohn der fröhlichen Jugend, aber nicht einmal ein Badekleidchen war sein eigen, die erwachenden Reize seiner Jungfräulichkeit den immer neugierigen, lüsternen Prinzen darzubieten. Und die Mutter war sowieso nicht dafür . . . Sie hätte es gerne gesehen, daß alle Badeanzüge verbrannt werden, wie es der König in dem Märchen mit den Spindeln getan hat. Nur um die Tochter vor süßen Gefahren zu schützen.

Hätte nur unser Dornröschen soviel Mut wie Anmut besessen, dann wäre es aus diesem verwunschenen Schlößchen ausgebrochen, hätte sich Arbeit gesucht, gute Taler verdient und sich den schönsten Badeanzug erworben. Aber der Zauber der mächtigen Mutter war stärker als die Kraft des Mädchens, und es verblieb in ihrem Bannkreis. Und den durchbrach unser Dornröschen dann fehlerhaft.

Dornröschen ging eines sonnigen Tages in ein Sportgeschäft, dort wo Selbstbedienung herrscht, und glaubte zu bemerken, daß die Verkäuferin in ein Gespräch über die Freuden ihres gewöhnlichen Alltags vertieft sei. Sie entnahm aus dem Regal drei

Badekostüme, ein rotes, ein blaues und ein grünes – einen zweigeteilten Bikini – verschwand in der Ankleidekabine, kehrte zurück, legte aber nur das rote und das blaue wieder hin.

Aber eine ebenso blonde, jedoch schönere, weil klügere Verkäuferin hatte Dornröschens Tun und Lassen bemerkt und, als es das Geschäft verlassen wollte, aufgefordert, doch einmal sein Täschchen zu öffnen.

„Sie wissen nicht, mit wem Sie reden", sagte es und sträubte sich sehr. Aber das half nichts. Und der kleine grüne Bikini, genau passend für das überzarte Figürchen, fand sich in Dornröschens Täschchen. Da er aber nicht mit Talern erworben war, galt er noch als Volkseigentum. Die ganze Angelegenheit nannte die Gesellschaft Diebstahl und mußte der Volkspolizei gemeldet werden.

Dornröschen aber fuhr nach Hause und schwieg. Und als die Ladung zum Gericht kam, erzürnte die Mutter gar sehr. Dornröschen hatte den fürstlichen Namen der Mutter in den Schmutz gezogen. Und sie war so unerbittlich, daß Dornröschen aus dem Leben scheiden wollte, Tabletten nahm und tatsächlich auch in einen tiefen Schlaf verfiel, aus dem sie nicht durch einen Prinzenkuß, wohl aber durch einen tüchtigen Arzt erlöst wurde.

Wäre dies nicht einem Dornröschen geschehen, sondern irgendeiner anderen Rose, tätig und emsig neben anderen Blumen, hätte man diesen Fall der Konfliktkommission vorgelegt. Hier aber, bei dem einzeln blühenden Dornröschen, war das nicht möglich. Es wächst so sehr am Rande unserer Ordnung, daß es noch nicht einmal von der Existenz solcher Konfliktkommissionen gehört hatte. Deshalb meinte die Staatsanwältin (wenn ich hier ihr Äußeres beschreibe, würde ich jede Glaubwürdigkeit verlieren, ich tue es nicht; tatsächlich ist sie aber die Anmutigste von den hier handelnden Personen; und sie gab mir auch in ihrem Plädoyer das Stichwort „Dornröschen"), und deshalb meinte die Staatsanwältin, das Richtige wäre eine Gefängnisstrafe von vierzehn Tagen, bedingt ausgesetzt mit einer Bewährungsfrist von einem Jahr.

Und so sprach auch das Gericht Recht. Und Dornröschen bedankte sich mit Handschlag und Knicks sehr artig für das Urteil und versprach, sich endlich die Sandkörner aus den Augen zu reiben und nicht als Aschenputtel, sondern als Mensch zu arbeiten, schöpferisch und dem Leben zugewandt. Auf daß es endlich von einem ordentlichen handfesten Prinzen wachgeküßt werde.

Hans Guckindieluft

Er scheint ein rechter Hansguckindieluft zu sein. Ein Milchgesicht unter schwarzen Haaren und staunenden Augen. Der Volkspolizist vermerkte unter seinem Vernehmungsprotokoll: „Der Beschuldigte macht auf mich trotz seiner neunzehn Jahren einen sehr kindlichen Eindruck.“

Auch als richtiges Kind ist er wohl ein Träumer gewesen. Schulschwänzen war seine große Leidenschaft. Die Mutter, eine sehr fleißige Frau, die als Hauswart ein Berliner Mietshaus mit zehn Aufgängen zu betreuen hat, wurde mit ihm nicht fertig. Sein Stiefvater hatte nie eine Beziehung zu ihm. Und jetzt, mündig, volljährig, bringt der Junge seine Mutter in schwere Sorgen.

Er war lange in einem Jugendwerkhof, aber dort hat er leider keine Lehre durchgemacht. Mit siebzehn Jahren kommt er zurück nach Berlin, sucht sich Arbeit und findet sie bei einem kleinen privaten Bauunternehmer.

Sein Traum aber, so scheint mir, sind die Wunderwerke der neuen Technik: Radio, Tonband, Fernsehen. Er steht staunend vor ihnen, und in ihm schreit es: „Haben, haben.“

Er bastelt auch an den Dingen ein weing herum, aber ich glaube nicht, daß er ihren Zusammenhang begreift. Sein größter Wunsch ist es, ein Tonbandgerät zu besitzen. Er wollte es schon mit siebzehn Jahren kaufen, auf Teilzahlung, aber die Mutter gab ihm nicht das Einverständnis. Sie kennt ihren verträumten Jungen und weiß, wie schwer es ihm fallen wird, zwei Jahre lang Monatsraten einzuhalten. Aber als er achtzehn wurde, kaufte er sich ein Tonbandgerät. Da er einen festen

Arbeitsplatz hat, gibt es für das Kreditinstitut keinen Grund, ihm das teure Gerät (1100,– M) zu verweigern.

Eines Tages wird im Aufenthalts- und Speiseraum des Betriebes der Geburtstag eines Kollegen gefeiert. Unser Hansguckindieluft ist dabei. Dort steht auch ein Radio, aber es spielt nicht. Es fehlt bei ihm, so sagt man dem Jungen, eine Röhre. Und er träumt davon, still vor sich hin, dieses Gerät zu reparieren und zu besitzen.

Die Feier ist zu Ende, und er verdrückt sich beim allgemeinen Aufbruch. Als alle weg sind, geht er in den Aufenthaltsraum und nimmt das Radio mit, von dem er gar nicht weiß, wem es gehört. Er findet eine Tür, die durch einen Riegel verschlossen ist, und so gelangt er ins Freie. Am nächsten Tag geht er nicht zur Arbeit, er geht überhaupt nicht zurück und behauptet, keine Lust mehr zu haben.

Dann aber vermissen die Kollegen das Radio, es war von ihren Gewerkschaftsgeldern durch die Betriebsgewerkschaftsleitung gekauft. Natürlich fällt der Verdacht auf ihn, und das Radio steht in seinem Zimmer. Noch unbrauchbar, denn es fehlt außer der Röhre noch der Lautsprecher. Hansguckindieluft ist gar nicht in der Lage, es zum Spielen zu bringen.

So kommt es zur Anzeige und zu einem Verfahren vor Gericht. Aber bei diesem Prozeß hat der junge Mann Fieber, und die Richterin schickt ihn nach Hause, ohne das Verfahren beendet zu haben.

Inzwischen ist er aber durch die Krankheit und durch das Bummeln mit den Ratenzahlungen für das Tonbandgerät in Rückstand gekommen. Er hat nicht den Mut, zur Sparkasse zu gehen und alles darzulegen. Auch einen Brief schreibt er nicht. Die Mutter bittet ihn, das doch zu regeln, denn sie weiß aus eigener Erfahrung, daß man dort nicht kleinlich ist, wenn man mit vernünftigen Gründen um Stundung bittet.

In dieser Konfliktsituation macht er genau das Falsche, und das sehr schlecht. Gegenüber wohnen Bekannte, oft ist er mit seiner Mutter dort, um fernzusehen. Es sind Freunde. Er beobachtet genau, und als die Wohnung unbeaufsichtigt ist, geht er hin, schraubt das Türschloß ab, dringt ein und sucht nach Geld. Er findet zwei Zigarettenschachteln, nimmt davon eine, und zum Schluß das ersehnte Geld, 150,– M in bar.

Die Tat und der Täter werden natürlich schnell ermittelt. Von dem Geld konnten 110,– M sofort zurückgegeben werden. Die Mutter schämt sich und denkt, sie habe nun als Hauswart das Vertrauen der Mieter verloren.

Was aber tun mit dem jungen Mann, der in der Zwischenzeit, als sein Strafverfahren noch nicht abgeschlossen war, ein viel schwereres Vergehen, einen Einbruchdiebstahl, beging, auf das eigentlich nach der Form Zuchthaus steht?

Das Gericht machte es sich nicht leicht. Es hatte sogar, ungewöhnlich bei einem Verfahren gegen einen Volljährigen, einen Mitarbeiter des Referats Jugendhilfe als sachverständigen Zeugen eingeladen, der ihn immer schon betreut hatte und der dem Gericht ein Bild über das Wesen des jungen Mannes machen konnte. Auch ein Vertreter des neuen Betriebes war geladen. Die Arbeit in diesem Betieb hatte er sich selber gesucht, dort ist man mit ihm im großen und ganzen zufrieden, aber auch hier hat es schon einen Verweis wegen Bummelei gegeben.

Sehr streng war der Antrag des Staatsanwaltes. Unbedingt sechs Monate ins Gefängnis, sagte er. Das Gericht aber entschied anders, und ich glaube, richtig. Es sprach auch eine Gefängnisstrafe von sechs Monaten aus, aber bedingt ausgesetzt auf zwei Jahre. Das Wichtigste und das Neue aber ist, der junge Mann darf während dieser Bewährungszeit den Betrieb nicht verlassen, den Betrieb, den er sich selbst ausersehen hatte. Das Urteil fußt auf der Erkenntnis, daß die Reife eines Erwachsenen nicht automatisch mit der Vollendung des achtzehnten Lebensjahres eintritt. Und das Gericht hofft und glaubt, daß Hansguckindieluft diese Reife in den nächsten zwei Jahren erreichen wird.

Schwester Lores Erwachen

„Ich bin ehrgeizig“, sagte Schwester Lore, die Zeugin, und wir sollten sie allein deswegen nicht tadeln. Aber ich glaube, ihr Ehrgeiz war maßlos, so sehr, daß sie selber unser Strafgesetzbuch streifte.

Sie wollte ihr Glück zwingen, es kaufen, mit der ganzen Kraft ihres kleinen Herzens. Mit der ungestillten Sehnsucht nach privatem Glück, und dabei wurde aus der Liebenden eine Hassende, aus der sich bedenkenlos Hingebenden eine harte Verfolgerin, aber noch uneinsichtig gegen ihre eigenen Fehler.

Sie ist sehr klein, sehr zierlich, ein scharf geschnittenes Profil hebt sie heraus aus den meist weichen Gesichtern ihrer Berufskolleginnen. Sie ist die Tochter eines Akademikers, sie möchte auch gern etwas mehr werden, als sie ist. Lore lebt allein und ist bald fünfunddreißig Jahre alt.

Eines Abends, im Jahre 1960, lernte sie in einem Café einen Mann kennen, der ihr gefiel. Über diesen Mann ist, nachdem wir schonungslos alles von seinem Leben gehört haben, nicht viel zu reden. Er ist ein Schurke, ein Parasit, der seit seinem achtzehnten Lebensjahr mehr im Gefängnis gelebt hat als in Freiheit. Er ist zwei Jahre jünger als Schwester Lore, sieht aber aus wie die Zuverlässigkeit in Person, ist sogar gelernter Maschinenschlosser, mittelgroß, ein wenig zur Fülle neigend, mit braunem, weichem Haar, angenehmem, durchschnittlich intelligentem Gesicht. Er hat in seinem Beruf sogar Arbeit, und in wenigen Tagen sind sie sich einig.

Sie beziehen zusammen eine Wohnung, die dem Vater des Schurken zugesprochen ist. Dort ist er aber nur auf Besuch gemeldet, und sie zieht zu ihm, ganz ohne Anmeldung. Sie wirtschaften zusammen, dann erklärt er ihr bald: Ich schmeiße die Arbeit hin und nehme in West-Berlin eine neue auf. Er will sich erst einmal drüben Geld verdienen, dann wollen beide gemeinsam die Republik verlassen, und das Geld, das er verdient, soll auf einem Konto in West-Berlin verbleiben.

Ob er je drüben gearbeitet hat, das allerdings ist ungeklärt. Als im August 1961 die Grenzen geschlossen werden, sagt er, er wolle seine alte Arbeit wieder aufnehmen. Aber er geht gar nicht hin, er arbeitet überhaupt nicht mehr.

Sie aber prüft nichts, sie fragt auch nicht: Was verdienst du, was steuerst du zum gemeinsamen Haushalt bei? Sie brennt darauf, daß er sich weiterbildet, und er gibt an, einen Abendkurs zu besuchen, um Techniker zu werden. Immer hat er erzählt, daß er geschieden sei. Sie sieht nicht einmal in seinem Personalausweis nach, dort hätte sie etwas anderes erfahren.

Tatsächlich ist er zweimal geschieden, aber als er 1959 wieder zu uns in die Republik kam, war er zum dritten Mal verheiratet. Drei eheliche und ein uneheliches Kind nennt er sein eigen. Für keines hat er je gesorgt, von zweien kennt er nicht einmal den Namen.

Und immer versteht er, Geld von Schwester Lore zu ziehen. Was sie ihm nicht gibt, gibt ihm sein künftiger Schwiegervater. Einmal will er günstig eine Couch und drei Sessel kaufen. Die Polstermöbel sieht sie nie und die ihm überlassenen 150,– M auch nicht mehr. Dann hat man ihm ein Schlafzimmer für 750,– M angeboten. Er bekommt das Geld vom Schwiegervater, kauft aber eines für 350,– M.

Ein andermal erzählt er, in einer Kneipe habe er mit einem Volkspolizisten einen Zusammenstoß gehabt, nun müsse er zu einer Gerichtsverhandlung wegen Staatsverleumdung. Entweder müsse er 600,– M Strafe bezahlen oder er müsse für ein Jahr ins Gefängnis. Natürlich werden die 600,– M von Schwester Lore besorgt, nachgeprüft wird aber nichts.

Dann hat er eine Wohnung bekommen, 400,– M Abstand

werden verlangt und ihm auch gegeben. Dann gibt es ein andermal für beide eine Möglichkeit, nach West-Berlin zu gelangen, es müsse nur jemand noch bestochen werden. Eines steht im Widerspruch zu anderen. Schwester Lore will, was er ihr vorschlägt, einmal hierbleiben, eine richtige Wohnung beziehen, mit Polstermöbeln und Schlafzimmer und auch, zum anderen, sich nach West-Berlin durchschleusen lassen. Für beides gibt sie Geld.

Dann räumt er ihr das Geld auch noch aus der Tasche. Er sagt, er habe es nötig gebraucht, um Reifen für seines Vaters Auto zu kaufen. Auch hier gibt es Verzeihung und Versöhnung.

Nur eines will sie nicht, aufwachen aus einem Taum, aus einer Narkose, aus einer Illussion, erkennen, daß der Mann ein Lump ist, sich also von ihm trennen. Der Mann, der schon dreizehnmal wegen Diebstahls, Betrugs und Unterschlagung vor Gericht stand, der vier Kinder zu ernähren hat und niemals einen Pfennig Geld schickt, der trotz seiner Jugend und seiner kräftigen Arme keinen Schlag Arbeit anrührt. Drüben wird er auch wegen Betrugs an Autovermietern gesucht. Diese Dinge werden jetzt auch in das Verfahren mit einbezogen.

Drei Jahre und zwei Monate Zuchthaus gibt ihm das Gericht für seine Betrügereien, für seine Unterschlagungen und für die andauernde Verletzung seiner Unterhaltspflicht.

Schwester Lore ist aus ihrer Narkose erwacht. Sie ist unnachsichtig, sie verlangt alles von ihm wieder, auch das Geld, für das sie beide gemeinsam gelebt haben, aber das kann sie nicht verlangen. Das Gericht billigt ihr nur Ersatz für den Schaden zu, der ihr durch Unterschlagung und Betrug entstanden ist.

Die Wunde tut doppelt weh, und für die kleine Schwester Lore gilt die Weisheit, daß es nicht unbedingt Liebe sein muß, wenn sie sich abends mit einem Mann niederlegt. Die wahre Liebe gilt erst dann, wenn sie sich freut, morgens neben dem Geliebten aufzuwachen und glücklich sein Antlitz zu erblicken.

Der Verdacht

Sie sind schon lange befreundet, sie sitzen zusammen auf der Bank, angeklagt des schweren Raubes. Aber eine schlimme Spannung liegt hier über dem Raum, ein Zweifel, ein schwerer, schrecklicher Verdacht. Was geschah nach diesem Raub in den frühen Morgenstunden in der Nacht vom 1. zum 2. Februar 1963?

Der eine, Klaus, ist einundzwanzig Jahre alt; er hat als ein sehr kleines Kind einen schweren Unfall erlitten, als er im Krieg, bei der Evakuierung, unter einen Panzer geriet und eine Kopfverletzung bekam, an der er heute noch leidet.

Er ist einige Male als Dieb in kleinen Sachen vorbestraft, aber er arbeitet immer, und jetzt stellt ihm sein Meister im VEB Tiefbau das allerbeste Zeugnis aus. Er verdient monatlich ca. 500,– M, seiner Mutter hilft er. Es sieht so aus, als ob er den Unfall und die schweren häuslichen Verhältnisse gut überstanden habe. Aber dann kam diese trübe Geschichte.

Klaus ist mittelgroß, hat dunkles Haar, ein schmales, sympathisches Gesicht und zeigt nichts von seinen Erschütterungen. Der Psychiater hält ihn für mäßig intelligent, sein Verstand sei nicht vom Normalen abweichend. Jedoch, an diesem Abend, unter dem Einfluß des sehr vielen Alkohols, müsse man ihm eine eingeschränkte Zurechnungsfähigkeit einräumen.

Sein Freund Manfred ist um zwei Köpfe größer, kräftig, ein Boxertyp, gerade neunzehn Jahre alt, etwas brutal wirkend. Er hat starke Wesenszüge des Verwahrlosten. Er ist auch schon mehrfach wegen Diebstahls vorbestraft und wegen unbefugten Benutzens von Kraftfahrzeugen. Er hat wenig Lust, sich bei der

Arbeit anzustrengen. So verläßt er eine gute Arbeitsstelle, weil, wie er selber vor Gericht sagt, ihm die Arbeit zu verantwortungsvoll sei.

Damals, im Januar, Februar, ist er ohne Arbeit, ohne Geld. Ein Diebstahl einer Herrenuhr, der diesem folgenschweren Ereignis vorangegangen war, und auch sein Verhalten an diesem Abend gestatten die Vermutung, daß er sich öfter homoerotischen Männern nähert, um sie zu bestehlen. Er ist auch bei einem Einbruchsdiebstahl ertappt worden, und dies muß mit in die Sache einbezogen werden.

Und nun zu den Vorgängen am 1. Februar 1963. Es treffen sich die beiden Freunde. Und Manfred, der Neunzehnjährige, verkauft Klaus die gestohlene Uhr für 10,– M. Beide vertrinken das Geld und noch mehr. In einer Gastwirtschaft treffen sie einen jungen Mann. Wir nennen ihn hier Jansen. Er ist, wie man heute weiß, geistig nicht auf der Höhe und soll auch homoerotische Neigungen haben. Klaus, der Ältere, kennt diesen Jansen flüchtig. Klaus und Manfred laden ihn zum Trinken ein. Manfred, der Große, Kräftige, sieht, wie Jansen mit einem Fünfzigmarkschein bezahlt. Auf der Toilette sagt Manfred nun zu Klaus: „Dem hauen wir eins vor die Mütze und nehmen ihm das Geld ab." Klaus, der Ältere, zögert und will nicht mitmachen.

Der junge Mann Jansen soll volltrunken gewesen sein, die beiden anderen ziemlich angetrunken. Sie bringen ihn nach Hause, und auf dem Wege verständigen sie sich, daß sie ihm nun doch das Geld wegnehmen wollen. Jansen wohnt in einem Haus in der Fruchtstraße, im Seitenflügel, nicht weit von der Berliner Karl-Marx-Allee.

Die beiden Freunde begleiten ihn bis zum Treppenpodest. Der betrunkene junge Jansen fühlt sich zu dem großen Manfred hingezogen und bittet ihn um seine Adresse. Der schreibt ihm eine fingierte auf, da gibt ihm Klaus, der Ältere, Schmächtige einen Stoß vor die Brust und zwei Schläge ins Gesicht. Jansen stürzt auf eine Treppe. Manfred zieht ihm jetzt die Brieftasche, und beide laufen davon.

Sie laufen zum Ostbahnhof und fahren von dort nach Mahlsdorf. Sie wandern dann zu Fuß nach Köpenick, sie wollen, wie sie sagen, mit einem Auto nach Hause fahren, sie wohnen beide im Stadtbezirk Friedrichshain. Ein Lastwagen ist unverschlossen, aber sie können ihn nicht starten. Dann fahren sie beide mit der S-Bahn zurück ins Zentrum nach Berlin.

Viele Wochen nach dem Geschehen werden sie verhaftet, beide gestehen übereinstimmend und ohne zu zögern den Raub. Sie haben 46,– M erbeutet. Die Brieftasche und das Portemonnaie des Beraubten wurden in Mahlsdorf gefunden.

Der schwere Raub ist erwiesen, aber ein schlimmerer Verdacht konnte weder bewiesen noch ausgeräumt werden; denn am nächsten Tag gibt die Mutter des jungen Mannes Jansen eine Vermißtenanzeige auf, und einige Wochen später findet man seine Leiche in der Spree, unweit der Staatsgrenze, unweit des Bahnhofs Friedrichstraße. Die Sektion läßt darauf schließen, daß der Tod durch Ertrinken eingetreten sei. Zeichen von äußerer Gewalt sind nicht erkenntlich.

Klaus und Manfred leugnen, den niedergeschlagenen Jansen beiseite geschafft zu haben. Es gibt jedoch Hausbewohner, die wollen bemerkt haben, daß sie in einer nicht genau bestimmten Nacht einen Lastwagen auf dem Hof des Hauses bemerkt haben und daß zwei junge Männer dort einen Sack aufgeladen haben. Und noch ein verdächtiges Indiz wird gefunden: Auf den Kleidern der beiden finden sich geringe Blutspuren.

Haben die beiden wirklich in Köpenick einen Lastwagen oder einen Personenwagen gefunden, und sind sie damit in das Haus Fruchtstraße gefahren, haben den vermeintlichen Toten aufgeladen und ihn in der Nähe des Bahnhofs Friedrichstraße in die damals sehr vereiste Spree geworfen? Sie leugnen es, beweisen kann es ihnen niemand.

Es ist aber auch möglich, daß Jansen in der Nacht aus seiner Betäubung und aus seinem Rausch erwachte und nun zwei bis drei Kilometer bis in die Nähe des Bahnhofs Friedrichstraße gelaufen ist, um über die vereiste Spree nach West-Berlin zu gelangen. Seine Angehörigen jedoch bestreiten, daß Jansen dazu eine Veranlassung, eine Absicht oder gar die Energie gehabt hätte, so etwas zu tun. Allerdings gibt es in dieser Familie sehr starke Differenzen.

Das kriminaltechnische Institut der Humboldt-Universität hat leider nicht die Blutgruppe der Blutspur an den Kleidungsstücken feststellen können. Der Tote hatte eine sehr seltene Blutgruppe B. Leider hat die Volkspolizei versäumt, das gerichtsmedizinische Institut zu konsultieren, das von Professor Otto Prokop geleitet wird. Er ist einer der führenden Wissenschaftler in der ganzen Welt bei der Analyse von Blutspuren. Die Kleidungsstücke wurden den Angehörigen der beiden Räuber wieder ausgehändigt.

Stammten die Spuren an diesen Kleidungsstücken auch von der Blutgruppe B, so wäre die Wahrscheinlichkeit sehr, sehr groß, daß die beiden Räuber den scheintoten Jansen angefaßt und weggeschaft hätten. Hätte es sich aber herausgestellt, daß sie von einer anderen Blutgruppe stammten, dann wäre der Verdacht, daß die beiden am Tod des jungen Jansen schuldig seien, ganz beseitigt.

So aber bleibt die Ungewißheit, und das ist für die angeklagten Männer wie auch für unsere Rechtspflege nicht angenehm.

Der schwere Raub ist erwiesen, wegen eines Verdachtes aber darf kein Mensch bestraft werden. Der in dieser Nacht bedingt zurechnungsfähige Klaus muß fünf Jahre, Manfred, der Jüngere, Kräftigere, muß fünf Jahre und zehn Monate ins Zuchthaus.

Die Liebe zum Kontrolleur der Güte

Das erstrebte Ziel waren drei bequeme Klubsessel, für sie, für ihren Mann und ihre vierzehnjährige Tochter. Das Resultat leider: eine harte Bank in einer einsamen Zelle.

Das Ersehnte war so greifbar nahe gewesen. Wenn es nicht einen Meister der Karosseriebaukunst gegeben hätte, einen Kavalier, der überhaupt nichts, rein gar nichts mit der Sache zu tun hatte, der schon längst ins Bett gehörte und der plötzlich einen kriminalistischen Drang verspürte und als Privatdetektiv ohne Auftrag in einem Anflug von männlicher Solidarität einen Gütekontrolleur vor schwerem Schaden materieller und familiärer Natur beschützte.

Mohrchen wurde sie liebevoll von ihren Kolleginnen genannt, sie, die von einer Klubgarnitur träumte, die etwas spanisch anmutende vierzigjährige Küchenhilfe – tätig in einem Berliner Betrieb – mit dem tiefschwarzen Putzwollköpfchen, den langen Ohrringen, den freigekämmten Ohren, der sehr ansprechenden und ansprechbaren Figur, ruhend auf den etwas zu festen Beinen.

Sie war fleißig und tüchtig, konnte zupacken und packte zu mit ihren festen Armen. Alle mochten Mohrchen gern, sie wurde nach wenigen Monaten schon mit Prämien bedacht und zur Beiköchin befördert. Und nicht ungern schauten die männlichen Kollegen in der Mittagspause manchmal in die Küche.

Daß die Männer ihr gerne nachschauen und daß sie eine ansprechbare Figur hat, diese unbestreitbaren Tatsachen hatte Mohrchen einige Jahre lang in klingenden Lohn umgemünzt, in einem kleinen Kurort, in dem sie nach dem Kriege gestrandet war. Männer, die wegen ihres Herzleidens Heilung suchten, hat Mohrchen viel Herzklopfen als erwerbsmäßiger Kurschatten verursacht, aber immer mit der Sehnsucht, die flüchtigen Patienten für Lebenszeit an einen häuslichen Tisch und ein eheliches Bett zu fesseln. Mehrere Versuche waren vergeblich gewesen, aber schließlich hatte sie es erreicht, einen Patienten, einen ungelernten Arbeiter zum Standesamt zu führen, er nahm auch ihre Tochter mit auf.

Die Familie hatte zusammen monatlich 710,– M bares Geld zum Leben und damit hätte man auskommen können. Auch eine Polstergarnitur wäre möglich gewesen, wenn man nicht allzugern gemeinsam gefeiert hätte.

Noch aber waren die trüben Schatten der Kurschattenvergangenheit nicht ganz aus Mohrchens Lebensbild weggewischt, zweimal hatte sie schon wegen Fehlgriffen in fremdes Eigentum vor dem Richter gestanden, und eine Bewährungszeit für eine Gefängnisstrafe von sieben Monaten war noch nicht abgelaufen, da geschah dieses hier.

Mit einigen Freunden, ihrem Mann und leider auch ihrer vierzehnjährigen Tochter hatte sie eine ziemliche Tour durch die Kneipen der Berliner Innenstadt gemacht, und die Taschen aller Beteiligten waren leer.

Da fand Mohrchen vor einer Bar einen ausreichend betrunkenen Herrn, einen Gütekontrolleur mit welligem, angegrautem Haar und spitzer Nase, der Anschluß suchte und die ganze Gesellschaft zum Umtrunk einlud. Erst in die „Mitropa“ am Bahnhof Friedrichstraße. Dann zog man vor die „Pudelbar“; dort verwehrte der wachsame Pförtner dem feuchtfröhlichen Gütekontrolleur und Mohrchen den Eintritt. Die anderen hatten sich schon ein wenig abgesondert. Der Pförtner ließ sich auch nicht durch ein Angebot aus der mit vielen Fünfzigmarkscheinen gespickten Brieftasche von seinem geraden Weg der Pflichten abbringen. Auch in der „Kleinen Melodie“ und im „Grand-Café“ fand man keinen Einlaß mehr. Mohrchens Mann wußte etwas, was Mohrchen vorhatte. Es war einmal vom „Abstauben“ die

Rede gewesen, und er hatte ihr gesagt: „Laß das sein.“ Aber er hielt sich so weit zurück, daß den lüsternen Begierden der beiden freier Anlauf gegeben wurde, nur daß die Begierden nicht nach demselben Ziel strebten.

So kam die ganze Gesellschaft vor das Haus, in dem Mohrchens Familie wohnte. Mann, Tochter und der übrige Anhang versammelten sich im Wohnzimmer, Mohrchen und der Trunkene blieben im Hausflur stehen. Beim Gütekontrolleur, der sonst bei den Erzeugnissen seiner Kollegen die Fehlerquelle mit scharfen und sachkundigen Augen erspähte, versagte der geschulte Sinn, wahrscheinlich, weil der gute Mann selbst vom geraden und asphaltierten Pfad ehelicher Treue schon auf den holprigen Sommerweg geraten war, von dem man so leicht zum Seitensprung ansetzt. Und beim Küssen und Kosen zog Mohrchen die gefüllte Brieftasche ihm aus der Tasche und entließ ihn ungetröstet aus ihren Armen und dem Haus.

Oben in der Wohnung angelangt, erklärte sie, daß sie eine Brieftasche gefunden habe, was wahrscheinlich nur von der vierzehnjährigen Tochter geglaubt wurde.

Diese ganz traurige Geschichte hätte nie das Gericht und die Öffentlichkeit erblickt, wenn es nicht den schon oben erwähnten Meister der Karosserie gegeben hätte. Der hatte die ganze Gesellschaft schon auf der Friedrichstraße beobachtet, er bemerkte die geheimen Zeichen, die Mohrchen ihrem Mann und den anderen Freunden gab. Er stand nicht weit ab, als der betrunkene Gütekontrolleur die volle Brieftasche vor der Pudelbar zückte, und er sah die Begierde in den Augen des Mannes und der Frau.

Der Karosseriebaumeister organisierte eine Gruppe von Detektiven, einen Bekannten und noch einen Unbekannten. Sie folgten den beiden Gruppen zu Fuß. Der Meister fuhr mit seinem Kraftfahrzeug hinterher, und sie sahen, wie alle in Mohrchens Wohnhaus verschwanden, und blieben stehen und warteten, bis der liebestolle Gütekontrolleur wieder herauskam.

„Fehlt Ihnen nichts?“ fragte der Meister der Karosserie.

„Nein."

„Dann sehen Sie mal nach, ob Sie Ihre Brieftasche noch haben."

Tatsächlich war die Brieftasche mit 600,– M, seinem Monatsgehalt, das er gerade am Nachmittag bekommen hatte, weg.

Niemals hätte der Betrunkene das Haus in der dunklen Straße wiedergefunden. Jetzt aber konnte man die Volkspolizei alarmieren, und man fand die gestohlene Brieftasche in Mohrchens Schrank mit den 600,– M, bestimmt für den Ankauf einer Klubgarnitur.

Die Sache ist bitterböse für Mohrchen, die sonst so tüchtige Beiköchin, die an diesem Abend einen schlimmen Rückfall in ihr altes Leben getan hatte. Und für diesen Diebstahl gab es acht Monate Gefängnis, dazu muß sie noch die sieben Monate verbüßen, die ihr beim letzten Diebstahl bedingt zuerkannt worden waren.

Also fünfzehn Monate auf die harte Bank, und die ersehnte Klubgarnitur ist in weite Ferne gerückt.

Aber viel schlimmer als all das ist: Was geht in der vierzehnjährigen Tochter vor, die alles, alles miterlebte? Wird sie ihr nacheifern, denn die Mutter ist das natürliche Vorbild eines Mädchens? Oder wird sie sich von ihr abwenden und sie verachten? Beides ist gleich dornenvoll.

Das Vorurteil

„Viele Mitarbeiter sind mir kadermäßig durch die Hände gelaufen.“ Diesen geschraubten Unsinn sagte wörtlich ein Lagerleiter des Großhandelskontors Nahrung und Genuß in Berlin vor Gericht. Der Handel mit Wein und anderen geistigen Getränken sollte aber nicht die Sprache und das Handeln verwirren. Viele kleine Vorgänge in der großen Weinkellerei Berlins erfuhr ich am Rande dieses Verfahrens, und hätte ich noch Haare auf dem Kopf, sie würden sich dauernd sträuben. Eine kleine Geschichte unter anderen war die: Dort wurde ein Kollege beschäftigt, gerade aus einer Trinkerheilanstalt entlassen.

Die zwei Kollegen, über die Gericht gehalten werden mußte, sind keine Trinker, sie sind ruhige, tüchtige Menschen, beliebt bei allen, arbeitsam, vielfach mit Prämien ausgezeichnet. In ihrer Wohngegend und in ihren Häusern ist ihr Ruf genauso fest begründet. Sie sind als hilfsbereite Menschen bekannt. Beide haben ihren Betrieb, ihre Weinkellerei bestohlen, sie haben uns alle geschädigt. Beschuldigt werden sie von einem Staatsanwalt und dazu noch von einem gesellschaftlichen Ankläger, der von ihrer Gewerkschaftsgruppe benannt worden war. Und ihre Verteidigung wird von einem gesellschaftlichen Verteidiger aus dem Kollektiv besorgt.

Der Staatsrat hat diese neuen Formen unserer Justiz angeregt und die Volkskammer hat sie beschlossen, damit immer mehr Laien in der Rechtsprechung ein Mitspracherecht haben. Neue Formen sind entstanden, aber der bestgeschliffene Pokal, von Meisterhand geschaffen, sagt nichts aus über die Güte des Weins, der in ihm kredenzt wird.

Der Jüngere ist achtundzwanzig Jahre alt. Er hat einmal Bautischler gelernt, aber aus einer Laune hat er die Lehre kurz vor Schluß abgebrochen. Der gesellschaftliche Verteidiger meint, ihm fehle überhaupt der rechte Ernst des Lebens, und der junge Mann legte sich nicht genug Rechenschaft ab über sein Tun und Handeln. Sein Leben sei eine Kette von Inkonsequenzen.

Er will nach der abgebrochenen Lehre Feuerwehrmann werden und wird es auch. Weil, wie er sagt, seine Mutter mit ihm Theater gemacht hat, hat er sich dann von seinem Dienst entfernt und sich vierzehn Tage in West-Berlin aufgehalten. Aber er findet zurück. Auch ein zweites Mal reißt er aus, diesmal aus Dummheit. Er fliegt über West-Berlin nach Hannover, kehrt aber am nächsten Tag zurück. Diese ganzen alten Geschichten sehen nach Abenteuerlust aus, und wir wollen ihnen auch nicht allzu große Bedeutung beilegen. Der junge Mann ist 1959 als Transportarbeiter in der Weinkellerei eingestellt worden. Als im Jahre 1960 sein damaliger Schwager ihm bei der Renovierung seiner Wohnung helfen wollte, bringt er ihm als Entgelt Wein mit, und er behauptet, dies sei sein Deputat. Aber das gibt es hier nicht, er hat diesen Wein gestohlen. Es gab keine Kontrollen im Betrieb, er behauptet sogar, er habe einmal eine Kiste mit sechzehn Flaschen unter dem Arm mitgenommen. Selbst für Wein und Konserven, die von den Kollegen in der Weinkellerei gekauft wurden, gab es keine Quittungen. Ein jeder konnte also dem Wachdienst am Tor erzählen, er habe diese Dinge regulär und redlich gekauft, wenn überhaupt danach gefragt wurde.

So kann es niemand wundern, daß sich in der Weinkellerei bei der Inventur im Jahre 1963 ein Minus von 11 000,– M ergab.

Der Jüngere der beiden Angeklagten macht sehr genaue Angaben über seine Diebereien. Er sagt, er habe höchstens 80 Flaschen mitgenommen, und sein Schuldkonto sei also mit 422,– M zu belasten.

Der Ältere ist sechsundfünfzig Jahre. Er hat den Ruf eines zuverlässigen Mannes. Früher einmal, vor 1933, war er Mitglied der Kommunistischen Partei und hat in der Nazizeit an der Widerstandsbewegung teilgenommen. Er war lange Schaffner bei der Berliner Verkehrsgesellschaft, bekam dann in einer Diskussion im Jahre 1947 mit seinen Genossen eine Differenz und ist seit 1950 nicht mehr Mitglied der Partei der Arbeiterklasse. Später geht er in eine Filmfabrik, arbeitet dort sehr gewissenhaft, zehn Jahre lang, qualifiziert sich trotz seines Alters zu einem Filmfacharbeiter, muß aber aus gesundheitlichen Gründen dort ausscheiden. Nun kommt er in die Weinkellerei als Transportarbeiter, dort ist er vorerst genauso gewissenhaft und zuverlässig wie in seiner ganzen bisherigen Arbeit.

Aber leider hat auch er gestohlen, viel weniger als der jüngere Kollege, immer nur eine Flasche, und die alle drei bis vier Wochen, und ein paar Gläser Kompott und Gurken. Der Gesamtschaden beträgt 171,– M.

Der gesellschaftliche Ankläger, ein Kollege aus dem gleichen Betrieb, fordert für beide eine unbedingte Gefängnisstrafe. Er liest sein Plädoyer von einem vorbereiteten Blatt ab, er konnte also gar nicht das berücksichtigen, was in der mündlichen Verhandlung vorgetragen wurde. Er kam im wörtlichen Sinne mit einem Vorurteil.

Der gesellschaftliche Verteidiger ging tiefer auf die Ursachen ein, und er verstand es auch, frei zu sprechen, aber er forderte nicht, was meiner Meinung nach seine Pflicht und zweifellos sein Recht gewesen wäre, eine bedingte Verurteilung für seine beiden Mandanten. Gesellschaftlicher Ankläger und gesellschaftlicher Verteidiger hätten sich sehr wohl verständigen können, und für die beiden gestrauchelten Kollegen hätten sie eine Bürgschaft übernehmen können und vielleicht auch müssen.

Und so zeigt es sich, daß in diesem Falle der staatliche Ankläger, der Staatsanwalt, die Persönlichkeiten der beiden besser beurteilen konnte als die eigenen Kollegen. Und daß er sogar gegen den gesellschaftlichen Ankläger plädieren mußte.

Seiner Anregung folgte das Gericht und verurteilte den Älteren zu vier Monaten Gefängnis, bedingt, ausgesetzt auf zwei

Jahre, und den Jüngeren zu sieben Monaten Gefängnis, hier allerdings beträgt die Bewährungszeit drei Jahre. Beide müssen für den Schaden Ersatz leisten.

Die neuen Formen sind da, sie sind gut geschliffen, aber der darin gereichte Wein darf nicht durch Vorurteile getrübt werden, damit der Inhalt der neuen Form gemäß ist.

Ein Raub – und einige Überlegungen zur Wahl

Es gibt keine geborenen Verbrecher. Ein Mensch wird erst durch das Zusammenkommen von Veranlagung, Umgebung, mangelnder Erziehung, Beispiel und Gelegenheit zum Übeltäter. Das haben wir aus der Beobachtung und den Analysen zahlreicher Strafprozesse gelernt. Veranlagung spielt sicher immer eine sehr große Rolle. Ein junger Mensch, der in der Schule nicht recht mitkommt, der keine Fachausbildung hat, dem zu Hause keine Erziehung und kein Beispiel gegeben wird, dessen Intelligenz schwach entwickelt ist, ein solcher Mensch ist schlechten Einflüsterungen leichter zugänglich als ein anderer. Nur eine Umgebung, die auch dem Minderbegabten eine Existenz sichert, wie die sozialistische Gesellschaft es will, die ihm auch ein schönes und sinnvolles Leben in der Freizeit verspricht, kann ihn weiterbilden, kann seinen Charakter stärken.

Wenn aber junge Menschen, die nicht minderbegabt sind, die in der Schule gut gelernt haben, die im Elternhaus wohlerzogen wurden, deren Eltern ein beispielhaftes Leben führen, die eine richtige Ausbildung bekommen haben, einen Beruf ausüben, der ihnen ein überdurchschnittliches Einkommen sichert, wenn solche jungen Leute Gewaltverbrechen begehen, dann ist es für uns sehr ernst, auch wenn es nur wenige unter Zehntausenden sind.

Manfred ist gelernter Betonfacharbeiter, ein Kerl von zwei Meter Länge, mit einem Brustkorb wie ein Kleiderschrank; ein junger Mann, der einen Flügel mit einem Arm hochstemmen kann. Wenn Manfred arbeitet, verdient er seine 600,– M; aber er bummelt gern, er ist nicht sehr beliebt bei seinen Kollegen und gilt als jähzornig. Er ist zu jeder Dummheit zu verleiten. Sein Vater wurde 1944 von den Nazis wegen seiner Tätigkeit als Kommunist erschossen. Er hätte also ein Vorbild – aber das hat ihn nie beeinflußt.

Neben dem Hauptanklagepunkt Raub steht noch eine andere Straftat mit zur Anklage, und sie ist typisch für sein Verhalten. Mit mehreren Freunden hat er eine Nacht durchgezecht. Vor einem Hotel steht ein Wartburg, der einem Magdeburger Arzt gehört. Die Freunde schlagen Manfred eine Wette vor: Ob er auf den Wagen springen würde! Sofort tut er es, er springt vom Kofferraum auf das Dach und dann auf den Kühler. Ein Volkspolizist kommt hinzu und stellt den Täter fest. Der Schaden beträgt 500,– M.

Manfred weiß nicht, wohin mit seiner Kraft. Seine Freundin, mit der er zusammenlebt und mit der er ein Kind hat, schlägt er und behauptet noch, er, der Riese, sei von ihr geschlagen worden.

Sein Freund Bernd ist zwei Köpfe kleiner als er. Er wird in diesem Verfahren von dem Beraubten immer als der Kleine tituliert, aber Bernd ist Sportsmann, Schwerathlet. Daran läßt sich schon ermessen, was für ein Kerl der große Manfred ist. Bernd ist gelernter Zimmermann, immer pünktlich, seit Jahren im selben Betrieb, und dort ist er beliebt. Sein Elternhaus ist ohne jeden Tadel, seine Sprache jedoch ist ein wenig fahrig, seine Ausdrucksweise ohne Kraft und Saft.

Beide wollen im Frühjahr dieses Jahres tanzen gehen. Sie landen in einer Kneipe der oberen Friedrichstraße; dort treffen sie zwei gleichaltrige junge Männer, mit denen sie gemeinsam sechs Flaschen Wein trinken. Der eine trägt einen Dederonmantel, und Manfred, der Riese, möchte den besitzen. Bernd ist uninteressiert, er hat solch einen Mantel. (Sein Vater legt im Verfahren Bernds Sparkassenbuch vor, darauf sind 1700,– M eingezahlt.) Aber trotzdem sind sie sich einig, der Mantel muß dem anderen weggenommen werden. Sie glauben auch, daß der Mantelträger sich an Bernd anschließen will, aber das ist ein

Trugschluß, der junge Mann, schon ziemlich betrunken, hat keine homoerotischen Neigungen.

Manfred lädt die beiden Fremden zu einem weiteren Umtrunk in seine Wohnung ein, aber nur der Mantelträger geht mit. In der Wohnung werden Manfred und Bernd sofort brutal. Bernd behauptet, der große Manfred habe zuerst geschlagen, und – wie seltsam Mut und Feigheit sich in Bernds unklarem Kopf ausnehmen – er, Bernd, der an allem völlig Uninteressierte, habe, um nicht feige zu erscheinen, auf den schwächlichen Mantelbesitzer mit eingeschlagen. Und gerade von Bernds Schlag stürzt er um. Manfred hat den jungen Mann auch noch mit einem Band geschlagen, das mit Metallkugeln beschwert ist.

Der junge Mann ist bewußtlos, die beiden sind erschrocken und machen Wiederbelebungsversuche. Er kommt zu sich, und nun ziehen sie ihn aus und durchsuchen seine Taschen. Er hat aber nichts bei sich, was die beiden interessiert. Sie nehmen ihm nur den Mantel ab, und den eignet sich Manfred an. Den Beraubten lassen sie mit der Drohung, er solle ja nichts der Polizei melden, sie wüßten ja etwas von seinen abartigen Neigungen.

Der aber geht sofort zur Volkspolizei. Die beiden Räuber sind inzwischen weggegangen, um ihren Sieg zu feiern. Manfred verkauft den Mantel, weil er ihm zu klein ist, und dabei wird er von dem Hehler noch geprellt: Er bekommt für den ganzen bösen Raub nur zehn Mark.

Das Urteil lautet für beide Räuber: Manfred drei Jahre, Bernd ein Jahr und acht Monate Zuchthaus.

Warum ging Bernd mit, der ordentliche, gewissenhafte Facharbeiter, der Besitzer eines Sparbuches? Ohne Gewinn für sich zu erhoffen, wurde er zum Räuber. Er habe mal etwas Abenteuerliches erleben wollen. Und gerade diese hingeworfene Bemerkung erfordert unser besonderes Nachdenken.

Wir, die wir bald neue Volksvertreter in die Stadtverordnetenversammlung von Berlin und in die Bezirkstage wählen, sollen gerade den Vertretern der jungen Generation, den Volksvertretern der FDJ, neue Wähleraufträge geben. Schlußfolgernd aus diesen und einigen anderen ähnlichen Verfahren bitte ich: Macht die Freizeit ein wenig abenteuerlicher, erlebnisreicher. Sorgt dafür, daß in allen Städten schöne Jugendtanzgaststätten mit kleinen Combos geschaffen werden, mit Milchbars; sorgt dafür daß der Umsatz der HO nicht durch Bier- und Weinverkauf erzielt wird; es gibt so viele gute Fruchtgetränke, aber meist nur im Laden, nie im Tanzlokal. Und macht den Jugendverband attraktiver, organisiert unbürokratisch internationale Jugendtreffen.

Nicht jeder junge Arbeiter ist eine Leseratte. Aber veranlaßt den Progress Film-Vertrieb, einmal die Reserven zu öffnen. Fernsehfilme wie die Pitavalserie und die Blaulichtreihe schlummern in den Fernseharchiven. In kleinen Jugendfilmcafés würden sie die Menschen aus den verräucherten, alkoholgeschwängerten Kneipen herausholen.

Der Vergleich im Gange

Den Zorn der Mitglieder kann ich begreifen – im Jahre 1961; aber auch noch im Jahre 1963? Es schlossen sich in einer großen Stadt Handwerker und Arbeiter aus der Wirkwarenindustrie zu einer Genossenschaft zusammen, sie stellten neue Wirkwaren her und eröffneten auch einige Annahmestellen für Reparaturen. Dieses Unternehmen zählt ungefähr achtzig Mitglieder, es ist im Aufbau begriffen und arbeitet trotz eines hohen Bankkredits mit gutem Gewinn.

Herr Werner wurde hier Mitglied. Er ist Kraftfahrer, muß den Verkehr zwischen den Annahmestellen und der Zentrale besorgen und auch das Rohmaterial heranschaffen. Seine Frau ist als Facharbeiterin ebenfalls Mitglied dieser Genossenschaft. Beide erhalten ausreichenden Lohn, ihr Leben ist sorgenfrei; es hätte eine Lebensarbeit sein können, und am Jahresabschluß steht beiden immer ein schöner Gewinnanteil zur Verfügung. Es geht dem Ehepaar überdurchschnittlich gut.

Herr Werner aber ist leider ein bißchen großsprecherisch, er war einmal Werber für Zeitschriften und beschäftigte viele Untervertreter. Bedauerlicherweise hat er sich diese berufsbedingte Geschwätzigkeit nicht ganz abgewöhnt, obwohl sie ihm nichts eingebracht hat. Er ist damals in Konkurs geraten und hat viele Schulden hinterlassen. Später – und auch das muß hier gesagt werden – hat er alles wieder beglichen. Im Jahre 1960 feiert eine seiner beiden Töchter Jugendweihe, die Genossenschaft gibt ihm ein Darlehen für das Fest, aber auch das reicht ihm nicht. Herr Werner nahm sich von den Geldern, die er von den Annahmestellen zur Zentrale zu bringen hatte, immer ein kleines

„Darlehen", er rechnete die Gelder einige Tage später ab. Einen Betrag von 800,– M behielt er einen ganzen Monat für sich, und bei einer Kontrolle fehlten 1300,– M. Insgesamt also hatte Herr Werner 2100,– M unterschlagen. Eine Summe von 1300,– M blieb als Schuld bei der Aufdeckung seiner Straftaten offen.

Das Gericht verurteilte ihn im Jahre 1961 zu einer Gefängnisstrafe von elf Monaten unbedingt und zur Rückerstattung des Schadens in Höhe von 1300,– M, und Herr Werner machte schuldbewußt einen genauen Tilgungsplan, der widerspruchslos bestätigt wurde.

Vorläufig verblieb er noch in der Genossenschaft und begann schon abzuzahlen – 220,– M. Aber die Mitglieder waren tief verärgert, sie schlossen ihn aus und sprachen ihm auch den Gewinnanteil, der ihm eigentlich nach Jahresabschluß zustand, ab. Und dann mußte Herr Werner seine Strafe antreten, es war ihm also nicht möglich, seine Raten weiter einzuhalten.

In der Strafhaft führte er sich mustergültig und konnte nach fünfeinhalb Monaten aus dem Gefängnis entlassen werden, der Rest der Strafe wurde auf Bewährung ausgesetzt. Er hatte in der Strafanstalt gut gearbeitet und gut verdient. Von diesem Verdienst sandte er sogar noch eine Summe der Genossenschaft. Leider aber dauerte es bei Herrn Werner etwa vier Wochen, bis er wieder als Kraftfahrer eine neue Stellung fand. Als er sie hatte, begann er auch sofort, regelmäßig weiter seine Schulden abzuzahlen. Er war jedoch nicht einverstanden, daß ihm sein Gewinnanteil für das Jahr, in dem er gut gearbeitet hatte – wenn man von seiner Straftat absieht – aberkannt wurde. Er wandte sich hilfesuchend an sein zuständiges Kreisgericht und bat um Rechtsauskunft. Nun hatte gerade das Oberste Gericht in einem Grundsatzurteil festgestellt, daß die Mitgliederversammlung einem Mitglied seinen Gewinnanteil nicht vorenthalten dürfe, auch wenn dieses Mitglied wegen Schädigung der Genossenschaft ausgeschlossen worden war. Vorausgesetzt allerdings, das Mitglied habe während des Jahres nützliche Arbeit geleistet.

Dieses teilte der Direktor des Kreisgerichts der Genossenschaft mit; darauf wurde der ursprüngliche Beschluß aufgehoben und Herrn Werner 324,24 M auf seinem Konto gutgeschrieben, jedoch erst im Jahre 1963. Jetzt hatte Herr Werner alles beglichen und dachte, die Sache sei nun erledigt.

Aber es kam anders. Ein Zahlungsbefehl flatterte ihm ins Haus, er müsse noch 94,44 M für Zinsen zahlen.

Erst war er sehr verwundert, als er von dieser Forderung hörte, denn eine sozialistische Produktionsgenossenschaft ist, so dachte er, keine Bank; aber er mußte sich belehren lassen. Die Zinsforderung war grundsätzlich gerechtfertigt; denn die Genossenschaft nimmt ja einen Bankkredit in Anspruch. Wenn eines ihrer Mitglieder Gelder veruntreut, die der Genossenschaft gehören, ist der in Anspruch genommene Kredit um die fehlende Summe höher. Die Genossenschaft muß tatsächlich 5 % Zinsen zahlen, und natürlich schmälert eine Zinszahlung den Gewinn der Mitglieder. Aber es gibt bei uns einen Grundsatz: Der gesetzliche Zinsfuß für säumige Zahler ist 4 % – wenn es nicht ausdrücklich anders vereinbart ist.

Also 4 % will Herr Werner zahlen, aber er ist nicht einverstanden, daß sein Gewinnanteil, der ihm Ende 1961 zustand, erst im Jahre 1963 gutgeschrieben wurde.

Schon zweimal hatte das Zivilgericht verhandelt; das erste Mal verlangte es von der Produktionsgenossenschaft den Nachweis, daß durch die Unterschlagung ein Zinsverlust entstanden war.

Wäre er nicht entstanden, so wäre der Zinsanspruch nach Meinung des Gerichts überhaupt nicht gerechtfertigt; denn Herr Werner hatte nach besten Kräften sich bemüht, seine Rückzahlungsverpflichtung einzuhalten, und im Urteil war keine Festsetzung über die Zinszahlung festgelegt.

Im zweiten Termin wurde durch das Zeugnis des Vorsitzenden der Genossenschaft der Nachweis erbracht, daß tatsächlich die Genossenschaft 5 % Zinsen an die Bank zahlen muß, also der Nachweis des Schadens war erbracht. Aber die Zinsforderung war auf 5 % berechnet, und das war ungesetzlich; denn die Genossenschaft konnte nur 4 % fordern. Dem Vorsitzenden wurde auferlegt, eine neue Berechnung zu 4 % zu machen. Ein neuer Termin wurde von Amts wegen anberaumt.

Bei jedem Termin aber verliert Herr Werner einen ganzen Tag Verdient, weil er als Fernfahrer nicht eingesetzt werden kann. Und der Produktionsgenossenschaft gehen wichtige Stunden verloren, weil der Vorsitzende an diesem Terminen teilnehmen muß.

Endlich aber siegte die Vernunft über die Verbitterung. Auf dem Gange (nach dem zweiten Termin) setzten sich der Vorsitzende der Genossenschaft und der Kraftfahrer Werner auf eine Bank und sprachen wie vernünftige Menschen miteinander. Und in fünf Minuten hatten beide gesiegt. Herr Werner zahlt 50,– M an die Genossenschaft für den Zinsverlust und übernimmt die Hälfte der Gerichtskosten. Die andere Hälfte und die Kosten für den Anwalt übernimmt die Genossenschaft. Wichtige Stunden wurden gewonnen für die Produktion der Genossenschaft und für den Verkehr auf den Straßen, und Herr Werner erleidet nicht einen neuen Verlust durch einen unbezahlten Tag.

Auf Antrag beider Gegner trat das Gericht noch einmal zusammen und nahm den Vergleich zu Protokoll, einen Vergleich, der, das glaube ich als unbeteiligter Beobachter kritisch bemerken zu dürfen, schon beim ersten Termin in derselben Höhe hätte erreicht werden können. Weil er bis auf wenige Pfennige komplizierter Zinsberechnungen dem Geiste des Gesetzes entsprach.

Gaststättenruhetag

Das Volkshaus, am Markt des kleinen winkligen erzgebirgischen Städtchens gelegen, hat heute seinen Gaststättenruhetag. Dennoch gehen mehr Menschen dort aus und ein als an einem gewöhnlichen Tag. Der große Saal ist bis auf den letzten Platz besetzt, und auch auf der Galerie stehen die Leute und schauen hinunter auf das Podium vor der Bühne, das heute Tribunal ist. Ein jeder im Saal kennt die, über die geurteilt wird. Oft haben sie hier im gleichen Hause und im selben Raum mit ihnen gesprochen, mit ihnen gelacht und mit ihnen getrunken.

Der Mann, Herr Herbert, war Gaststättenleiter, seine Frau Hede ist hier geboren, hat immer in diesem Städtchen gelebt; sie war Köchin in diesem Volkshaus, und die Sympathie der Leute im Saal ist bei ihr, mit der sie früher einmal auf dem großen Marktplatz gespielt, mit der sie die Schulbank gedrückt haben, ihren Fleiß kennen sie, ihre Kinder haben sie aufwachsen sehen. Sie kennen sie alle als rechtschaffene Frau, und die Spuren ihres arbeitsreichen und bestimmt nicht leichten Lebens haben sich ihr in den vierzig Jahren ins Antlitz eingezeichnet.

Ihr Mann ist um ein Jahr älter, sieht wesentlich jünger und unbekümmerter aus. Aber er hat, auf den ersten Blick nicht erkennbar, aus dem Krieg eine schwere, schmerzhafte Beinverletzung zurückbehalten.

Nach einer Probezeit in einem kleinen Betrieb der HO wurde ihm vor Jahren die Leitung des großen Volkshauses in der kleinen erzgebirgischen Stadt übertragen; seine Frau galt als sein Stellvertreter, obwohl sie nur einen Arbeitsvertrag und ein Gehalt als Köchin von der HO besaß.

In dem großen Objekt waren noch dreizehn andere Angestellte tätig, Köche, Kellner und ein Büfettier, auch arbeiteten eine Zeitlang die beiden Töchter des Ehepaares mit.

Die beiden haben ihren Beruf verstanden, in jedem Jahr stieg der Umsatz und die Rentabilität sogar über das geplante Soll. Die Inventuren brachten immer einen Überschuß; das wäre bei einem reinen Verkaufsbetrieb ein Alarmsignal, bei einer Restauration, in der in der Küche und am Büfett viele Speisen selbst hergestellt werden, ist das nicht bedenklich, wenn die Kunden reell bedient werden. Und die Gästen hatten keine nennenswerten Beschwerden. Das ständige Plus verleitete das Ehepaar zur ersten Übertretung ihrer Pflichten: Die Familie ließ sich häufig das Betriebsessen servieren, ohne es zu bezahlen.

Das Leben hätte für die ganze Familie sorglos sein können, aber Herr Herbert spielt gern den großen Herrn, und vor allem liebte er es, mit den Gästen zu trinken – und auch ohne sie. Er ließ sich immer ein Schnäpschen und ein Bierchen einschenken, von dem Büfettier und von den Kellnern. Bei den Kellnern mußte er bezahlen, aber an der Theke gab es überhaupt keine Kontrolle, wenn sie nicht Herr Herbert selber gemacht hätte. Es gab nicht einmal eine Registrierkasse, und der Büfettier wußte nicht, wieviel Wechselgeld er bei Arbeitsbeginn bekam.

Ursprünglich gab es im Volkshaus mehrere Haftungsbereiche. Hier mußte zum Beispiel der Büfettier genau abrechnen, wieviel Speisen, wieviel Zigaretten, wieviel Schnäpse er ausgegeben hatte und wieviel Geld er dafür einnahm. Leider wurden diese Haftungsbereiche mit Einverständnis des HO-Kreisbetriebes aufgelöst. Und da der Büfettier keine reguläre Kassenabrechnung machte und der Gaststättenleiter für sich die fünf gerade sein ließ, machte – so habe ich den Eindruck – auch der Büfettier aus seiner durstigen Kehle keine Registrierkasse. Frau Hede trank gern Kaffee, jeden Tag fünf bis sieben Tassen, und nicht alle wurden regulär von ihr bezahlt.

Herr Herbert nahm nicht nur aus den Flaschen das, was ihm

schmeckte und was man ihm einschenkte, er nahm auch aus der Kasse bares Geld. Er liebte das Autofahren, speziell an den Gaststättenruhetagen, er bestellte sich ein Taxi und fuhr mit seiner Familie spazieren, in die nähere und weitere Umgebung, ja bis nach Dresden. Da er täglich eine Kontrolle befürchtete, legte er einen großen Teil seines Einkommens und das seiner Frau erst einmal am Zahltag in die Kasse und nahm sich im Laufe des Monats das heraus, was er brauchte, und er nahm jeden Monat mehr, als er hineinlegte. Er schätzt heute, daß er monatlich 200,– M mehr herausgenommen hat als er hineinlegte.

Um aber diese Verluste wieder auszugleichen, war Herr Herbert auf einen Gedanken gekommen: Er nahm Geld aus der Kasse und kaufte sich im Einzelhandel Schnaps, Gemüse, Liköre und Weinbrand, auch Fleisch. Er ließ diese Dinge am Büfett ausschenken und das andere in der Küche verarbeiten. Er glaubte, durch die Handelsspanne die Verluste wieder ausgleichen zu können. Das ist nach der Betriebsanordnung der HO nicht gestattet. Er muß in der Regel alles, was er für die Gaststätte braucht, im Großhandelskontor beziehen. Fehlt ihm etwas, kann er sich das in den örtlichen HO- und Konsumgeschäften besorgen, er darf es aber nicht aus der Kasse bezahlen, sondern muß einen Umlagerungsbeleg unterschreiben. Damit aber diese Einkäufe nicht allzusehr auffielen, wurden oft bei den Taxiunternehmungen Spirituosen und Gemüse in anderen Städten eingekauft.

Erst als der Kreisbetrieb bei einer Inventur eine große Minusdifferenz feststellen mußte, wurde man aufmerksam. Und erst da bemerkte der Kreisbetrieb, obwohl es allgemein schon lange bekannt war, daß Herr Herbert häufig in der Gaststätte betrunken war.

Frau Hede aber meinte, sie könne ihre vielen Überstunden – jeden Tag etwa vier bis sechs sollen es gewesen sein –, die sie nicht gemeldet hat, die sie aber auch nicht bezahlt bekam, gegen ihren unberechtigten Kaffee- und Zigarettenverbrauch und gegen das unbezahlte Betriebsessen abrechnen.

Das Gericht verurteilte den Gaststättenleiter Herbert wegen Untreue zum Schaden des Volkseigentums zu einer Zuchthausstrafe von einem Jahr und acht Monaten und zum Schadenersatz. Frau Hede, die sich in viel geringerem Umfange vergriffen hatte, konnte mit einer bedingten Strafe belegt werden. Ein Jahr und zwei Monate Gefängnis mit zweijähriger Bewährungsfrist.

Mußte diese Familie so tief ins Unglück geraten – wohlverstanden ins selbstverschuldete Unglück? Ich glaube, der Kreisbetrieb der HO in Zschopau hatte sehr sorglos seine Kontrollplicht ausgeübt. Die Gaststätte hatte – so wurde mir gesagt – einen Durchschnittsumsatz von etwa 1000,– M am Tag. Wäre jeder Verkauf, jedes Glas Bier, jede Zigarette, jeder Schnaps über eine Registrierkasse gebucht worden, hätte es in den verschiedenen Bereichen Einzelhaftungen gegeben, wären die Kontrollstreifen der Registrierkasse immer der Buchhaltung des Kreisbetriebes eingeschickt worden und wäre der Gaststättenleiter verpflichtet, nach diesen Kontrollstreifen seine Abrechnungen und seine Eintragungen zu machen, niemals hätte diese Unterschleife einen solchen Umfang angenommen.

Und wenn in einem so großen Gaststättenbetrieb der Gaststättenleiter nicht in der Lage ist, die Abrechnungen korrekt zu machen, dann müßte der Kreisbetrieb vielleicht eine Halbtagskraft einstellen, die ihm für die saubere Abrechnung und die richtige Eintragung allein verantwortlich wäre.

Es darf nicht vorkommen, daß der Gaststättenruhetag in einem so schönen Haus zum Gerichtstag über den Gaststättenleiter wird.

Vergessenes Gold

„Der Mann arbeitet wunderbar, wenn er arbeitet, aber er nimmt keine feste Arbeit an." Dieser Satz, den der Leumundszeuge, der Vorsitzende der landwirtschaftlichen Produktionsgenossenschaft, über den Angeklagten Paul sprach, hat mich tagelang beschäftigt. Er läßt mich nicht zur Ruhe kommen. Wie kann dem Mann Paul, wie kann der landwirtschaftlichen Produktionsgenossenschaft im Kreise Demmin geholfen werden? In diesem ganz kleinen Kriminalfall steckt ein großes, ungelöstes Problem.

Paul, ein hagerer Mann mit einem, ich möchte fast sagen, traurigen, leidenden Gesicht, stammt aus Ostpreußen; er ist der Sohn eines Landarbeiters. Mit seinen siebenundvierzig Jahren sieht er älter aus, als er ist. Maurer wollte er werden, und er begann auch zu lernen. Aber dann wurde er eingezogen, wurde Soldat und verlor im Krieg seinen rechten Unterarm. Er siedelte sich nach dem Krieg mit seiner Familie in einem kleinen Ort im Kreise Demmin an. Er hat sieben Kinder, das jüngste ist zwei, die älteste Tochter schon verheiratet, zwanzig Jahre alt. Also sechs Kinder leben noch in seinem Haushalt. Er ist zur Zeit 65 Prozent erwerbsunfähig geschrieben und bekommt eine Grundrente von 140,– M, dazu kommt noch das staatliche Kindergeld: Insgesamt erhält er ungefähr 400,– M.

Aber Herr Paul ist ein äußerst geschickter Mann, er macht in seinem Dorf und in den Nachbarorten sämtliche Maurerarbeiten mit seiner linken Hand; er ist auch in der Lage, Kühe zu melken. Und er bastelt für sein Leben gern. Er hätte eine feste Anstellung in der LPG bekommen können, wahrscheinlich wäre er auch als Mitglied aufgenommen worden, denn ein Mann von seinen Fähigkeiten und Kenntnissen ist in der modernen industriellen Landwirtschaft sehr geschätzt. Aber Herr Paul will nicht. Er verdiene, so sagt er, mit Gelegenheitsarbeiten am Tag seine zehn bis fünfzehn Mark, und er habe auch so sein Auskommen.

In einer Nachbargemeinde ist Herr Paul beschäftigt, um die Schweineställe für eine Genossenschaft auszubauen. Und er sieht im Garten eines Hofes eine Werkbank stehen. An der Werkbank selbst ist nicht mehr viel dran, sie ist aus rohen Brettern zusammengeschlagen, aber darauf ist ein Schraubstock montiert. Er erkundigt sich und erfährt, daß im Jahre 1961 der kommunale Betrieb „Wasserwerk" in Demmin dort Rohre verlegt hatte. Die Werkbank sei dort stehengeblieben, und bisher habe niemand sie abgeholt.

Herr Paul stellt die Werkbank in seinem Schuppen unter, er sagt, er wolle sie vor dem Verderb schützen, aber er meldet niemandem, daß er sie nun in Besitz genommen hat. Und nach der Werkbank und dem Schraubstock kräht kein Wasserhahn. Herr Paul kann den Schraubstock gut gebrauchen, da sein eigener defekt ist.

Ein andermal hat Herr Paul den Auftrag, in der Schmiede seiner heimatlichen landwirtschaftlichen Produktionsgenossenschaft einen neuen Zementboden zu legen. Er sieht in der Ecke zwischen Schutt und Abfällen einen verstaubten Elektromotor, der dort jahrelang unbenutzt herumsteht. Er glaubt, er könne ihn in seiner Bastelwerkstatt gebrauchen, und er nimmt ihn mit. Der Motor ist ein Teil einer Bohrmaschine, er soll die Kühlanlage betreiben, aber der Schmied hatte diesen Motor nie benutzt. Erst jetzt – nachdem der Schaden entdeckt wurde – wird er ihn für die Bohrmaschine verwenden.

Der Schaden konnte also in beiden Fällen wiedergutgemacht werden. Herr Paul hat eingesehen, daß er falsch gehandelt hat, er konnte also mit einer bedingten Strafe davonkommen – vier Monate Gefängnis –, aber seine Bewährungsfrist wird auf drei

Jahre festgelegt, weil er schon vor kurzer Zeit einmal wegen einer Körperverletzung mit einem öffentlichen Tadel belegt worden war.

Dreimal müssen wir diesen Fall überdenken; einmal: Das Wasserwerk in Demmin läßt jahrelang einen Schraubstock irgendwo herumstehen. Er erscheint immer wieder in den Inventarlisten, aber niemand hat ihn gesehen und gezählt, er ist verloren und vergessen. Zum zweiten: Die landwirtschaftliche Produktionsgenossenschaft hat einen wertvollen Motor, aber er verstaubt unter dem Gerümpel unbenutzt. Drittens, die Sozialversicherung zahlt Herrn Paul eine Rente von 140,– M, denn ein Handwerker, der nur seine linke Hand hat, ist sehr erwerbsbehindert, sicherlich mit Recht zu 65 %. Herr Paul muß alle zwei Jahre zur Untersuchung, und dann wird festgelegt, ob der Grad der Invalidität sich geändert hat. Herr Paul fürchtet, wenn er eine feste Arbeit annimmt, daß ihm ein Teil seiner Rente aberkannt wird.

Bessern wird sich sein Zustand nicht, ein verlorener Arm, ein verlorenes Bein und ein fehlendes Auge wachsen nicht nach. Diese Leiden können sich im Gegensatz zu Erkrankungen nicht bessern, sie können sich nur noch schlimmer auswirken. Also könnte die Versicherung Herrn Paul die Rente garantieren, und Herr Paul würde dann seine verminderte Arbeitskraft ganz der landwirtschaftlichen Produktionsgenossenschaft zur Verfügung stellen – ob als Arbeiter oder als Mitglied, das bliebe ihm oder der Genossenschaft überlassen; er brauchte nicht mehr schwarzarbeiten, er wäre Mitglied einer großen Gemeinschaft, und wir würden es alle begrüßen, nicht nur weil wir jede Arbeitskraft auf dem Lande und in der Stadt brauchen. Und wie es Herrn Paul geht, so mag es Zehntausenden seiner Leidensgenossen auch gehen.

Herr Paul ist Vater von sechs unmündigen Kindern. In einer geregelten Arbeit, in einer Gemeinschaft würde er sich technisch und kulturell entwickeln, er wäre ein Vorbild für seine Kinder, sie könnten stolz auf ihn sein, wenn sie sehen, was ein

Mensch trotz seiner schweren Körperbehinderung zu leisten imstande ist. Es wäre nicht nur zu seinem Besten, wir alle hätten den Nutzen, er brauchte nicht mit gestohlenem Werkzeug zu arbeiten, sondern könnte sich der besten genossenschaftlichen Technik bedienen.

Prämiieren wir nicht mit dieser unsicheren Rente (ein wenig überspitzt formuliert) die Schwarzarbeit.

Überprüft die Überprüfung!

Daß der Weizen von der Spreu gesondert werden muß und daß die Spreu leicht brennt, wußte schon Matthäus, der Evangelist. Er meinte sogar, sie würde im ewigen Feuer brennen. Wer mit Spreu zu tun hat, sollte sich vor Feuer hüten. Das ist schon seit Jahrtausenden so und wird so lange bleiben, wie Korn gemäht und gedroschen, ja solange Brot auf diesem Stern gegessen wird.

Dies ist eine so hausbackene Weisheit, daß ich mich schäme, sie niederzuschreiben; denn die Leute erwarten an dieser Stelle außergewöhnliche Geschichten aus dem wirklichen Leben, und das unterscheidet diese oft so sonderbaren Begebenheiten von den Erzählungen des berühmten Barons von Münchhausen.

Aber leider mußte ich in Pasewalk erfahren, daß beim Mähdreschen – – auch in diesem so sehr trockenen Sommer – oft geraucht wurde von Bauern und Traktoristen, die auf der Bühne dieser Geräte stehen, um die Spreu, oder, wie die Fachleute sagen, das Kaff in Säcke zu füllen.

Mit zweien dieser Raucher müssen wir uns heute beschäftigen. Über sie wäre wahrscheinlich nie ein Bericht in der Zeitung erschienen, wenn einer von ihnen nicht einen so großen Schaden angerichtet hätte. Das ist bedauerlich: denn sie haben eine Lebensgeschichte, über die zu berichten sich auch gelohnt hätte, wenn die beiden nicht vor dem Strafgericht hätten erscheinen müssen. Nur, dann lesen's die Leute vielleicht nicht.

Das ist der Bauer Fritz, er ist dreiundfünfzig Jahre als; ein verschmitzt aussehender Mann in goldbraunem Manchesteranzug, mit Haaren, die in der Farbe genau dem Anzug gleichen.

Sie sind allerdings ein wenig struppig. Er hatte einmal Fleischer gelernt, ist aber doch lieber ungelernter Arbeiter geworden, weil er dabei mehr verdienen konnte. Er kam 1951 in sein uckermärkisches Dorf, in dem er heute noch lebt. Er half seinem Vater, einem Neubauern, in der Wirtschaft, übernahm sie später und trat auch der landwirtschaftlichen Produktionsgenossenschaft bei, er gründete sie mit, weil er einsah, daß das Alleinarbeiten zu schwer ist. Aber aus dieser Genossenschaft wurde er ausgeschlossen, weil er so gottserbärmlich soff und die Arbeit versäumte.

Fritz ging dann zu einem privaten Bauunternehmer als Hilfsarbeiter, aber nach zwei Jahren hatte auch der die Faxen dicke mit Fritz, auch hier mußte er wegen seiner, bescheiden ausgedrückt, Trinksucht aufhören. Fritz hatte acht Kinder, seine Frau konnte man damals nicht beneiden.

Aber dann sah er ein, daß das nicht so weiterging. Was sollten die Kinder von so einem Vater denken? Fritz wurde ein wirklicher Vater, er sagte dem Wirtshaus Lebewohl, er konnte wieder in die Genossenschaft eintreten; heute ist er ein geachteter und fleißiger Bauer und der Vorsitzende sagt von ihm in seiner bildhaften Sprache: „Er steigt in seine Stiefel immer, wenn es sein muß. Und er macht den Mund auf, auch in der Vollversammlung, und spart nicht mit der Kritik."

Der andere, der vorne am Steuer des Mähdreschers gesessen hat, ist jünger, dreißig Jahre alt. Richard ist ein großer, dunkler Typ, ein schöner Mann, allerdings ist seine äußere Erscheinung nicht sehr gepflegt und seine Sprache ohne Kraft – wenn er hochdeutsch spricht, und er versucht es vor Gericht. Aber manchmal fällt er in sein uckermärkisches Platt, und dann merkt man, in Richard steckt doch ein rechter Mann, nur hat er einen etwas zu schwachen Willen.

Er ist in der Schule nicht recht mitgekommen, dann, als es schwierig wurde. Acht Jahre ging er zum Unterricht, aber er hat nur die vierte Klasse erreicht. Immer hat er auf dem Lande gearbeitet, und seit 1958 wurde er auf einer Maschinen-Traktoren-

Station angestellt. Hier lernte er Traktor fahren, später konnte er sogar eine so komplizierte Maschine wie einen Mähdrescher handhaben, fahren und bedienen.

Beide sind am 6. August auf einem Feld tätig, das der Genossenschaft gehört, in der Fritz Mitglied ist. Sie ernten gemeinsam mit einem anderen Mähdrescher. Es sind noch mehrere Traktoristen und Genossenschaftsbauern da, die mit Strohpressen und Verladen beschäftigt sind. Vorn am Steuer sitzt der dreißigjährige Richard, raucht eine Zigarette, unten auf der Bühne steht Fritz, der Genossenschaftsbauer, füllt die Säcke mit dem Kaff (oder Spreu) ab und schmokt friedlich seine Pfeife.

Beide wissen, daß das verboten ist. Richard ist sogar Mitglied der Freiwilligen Feuerwehr und hat als Mähdrescherfahrer eine Prüfung bestanden bei der Volkspolizei, Abteilung Feuerwehr. Er besitzt eine sogenannte Druschgenehmigung. Darin heißt es in feuerpolizeilichem Deutsch: „Er ist in der Lage, einen Druschbrand schutzmäßig zu leiten."

Fritz klopft auf dem Kornbunker manchmal seine Pfeife aus, glaubt, obwohl ein starker Gegenwind herrscht, es sei unmöglich, daß Glut auf die herumwirbelnde Spreu fällt.

Aber es fällt Glut darauf, und auf der Bühne des Mähdreschers beginnt es zu qualmen und zu brennen. Zuerst bemerken es die Bauern und Traktoristen am Ackerrand, sie geben Zeichen, der Mähdrescher hält, die beiden springen ab. Sie greifen nach dem großen Naßfeuerlöscher, der am Mähdrescher befestigt ist, aber der versagt. Dann nehmen sie den kleinen Tetra-Feuerlöscher ab, der für Brände am Motor und an der elektrischen Leitung gedacht ist, aber auch der schweigt in der Stunde der Bewährung. Beide waren plombiert.

Jetzt kommen die Kollegen von dem anderen Mähdrescher mit ihrem großen Naßfeuerlöscher; auch der sprüht nicht. Der kleine Feuerlöscher ist hier leer. Obwohl nun der große Mähdrescher in Brand steht, springt Richard auf den Sitz und fährt die brennende Maschine auf dem kürzesten Weg auf eine Wiese, aber er kann nicht verhindern, daß brennende Teile auf das Stroh fallen. Es entzündet sich, das Feuer greift auf das Feld einer Nachbargenossenschaft über und vernichtet dort ein Kornfeld. Mit Sträuchern, die die Bauern und Traktoristen abreißen und mit denen sie auf das Feuer schlagen, gelingt es, den Mähdrescher zu retten, an ihm ist nur geringer Schaden entstanden.

Ursächlich hat Fritz das Feuer verursacht, grob fahrlässig hat er gehandelt, und seine bedingte Strafe von fünf Monaten mit einer Bewährungsfrist von zwei Jahren kann er nur seiner guten Lebensführung zuschreiben. Wegen Brandgefährdung (§ 13 a), weil er an einem Ort, an dem sich Getreide befand, geraucht hatte, bekam Richard einen öffentlichen Tadel.

Aber was ist mit den Feuerlöschgeräten? Alle Augenzeugen glauben: Hätte nur ein Feuerlöscher funktioniert, dann wäre der Brand im Keime erstickt worden. Drei Feuerlöscher wurden erprobt, alle waren plombiert.

Die Feuerlöscher im ganzen MTS-Bereich waren von einem Angestellten des VEB Prüforganisation für Feuerlöschgeräte in Schwerin am 25. und 26. Juni 1963, also etwa 40 Tage vor dem Brand, geprüft und neu plombiert worden. Daß der eine kleine Feuerlöscher leer war, das fällt nicht in das Verantwortungsgebiet des Prüfers. Wahrscheinlich hatte jemand sehr leichtfertig den Feuerlöscher benutzt, vielleicht für einen ganz anderen Zweck, und ihn leer wieder an dem Mähdrescher angebracht.

Man muß also die Überprüfungsmethoden überprüfen. Der Zeuge in dieser Sache konnte sich auf der Maschinen-Traktoren-Station auch überzeugen, daß an fabrikneuen Mähdreschern Feuerlöschgeräte angebracht waren, die nicht einmal Plomben hatten. Daß sie trotzdem funktionierten, das ist reine Glückssache, aber auf Glück darf und soll man sich nicht verlassen.

Explosion der Seele

Der Mensch ist ein Lebewesen, das nur existieren kann in einer Gemeinschaft von Menschen, materiell und seelisch. Die Geschichten von Tarzan sind Märchen. Der Mensch braucht erst einmal vierzehn, fünfzehn, sechzehn, ja oft achtzehn Jahre die Fürsorge seiner Eltern, vor allem der Mutter, ehe er in der Lage ist, etwas zu leisten und im Austausch dafür Nahrung, Wohnung und Kleidung zu bekommen. Sind die Eltern nicht vorhanden, sorgt oft eine mütterliche Frau für ein allein gebliebenes Menschenkind.

Der junge, hübsche Mann mit dem sorgfältig gescheitelten schwarzen Haar hat die natürliche und notwendige Liebe und Fürsorge der Eltern nie gekannt. Er spricht auffallend leise und lasch, um im Galopp ein leichtes Stolpern zu überspringen, und das zeigt, daß er eine seelische Hemmung hat. Seine Eltern haben sich früh voneinander getrennt und ihr Kind im Stich gelassen, sie leben jetzt beide in Westdeutschland. Er wuchs in Heimen auf.

Der einundzwanzigjährige Mann ist ohne das Gefühl des Zuhauseseins, des Geborgenseins aufgewachsen, und zu allem Unglück sind sein Verstand und seine Willenskraft unter dem Durchschnitt geblieben. Er ist dem Schulpensum nur bis zur sechsten Klasse gewachsen gewesen.

Er schließt sich gern jungen Leuten an, die ihm überlegen und nachahmenswert erscheinen. Da er kein eigenes gesundes Urteil hat, da ihm das natürliche Vorbild und ein Maßstab für die Lebensführung fehlen, wählt er meist fehlerhaft.

Er hat als Autoschlosser, als Bäcker, als Arbeitsbursche, als

Kohlenträger gearbeitet, und jetzt zuletzt arbeitete er als Tiefbauarbeiter bei einem sehr tüchtigen Polier in einem privaten Tiefbaubetrieb. Zwischen all diesen Arbeitsstellen liegen kleinere Freiheitsstrafen.

Und in dieser letzten Firma, die bei Beginn seiner Tätigkeit seinen Fleiß und seine Kameradschaftlichkeit bekunden kann, lernt er zwei junge Männer kennen; der eine ist ihm gleichaltrig, der andere ein wenig älter, sie sind Brüder, die ihn zum Trinken und zum Bummeln verleiten, junge Männer, die ihn auch in ihre Familie einführen.

Er ist auch zu Silvester dort und schließt sich bei dieser Feier sehr an die Mutter der beiden an. Sie ist genau doppelt so alt wie er, eine sehr zierliche Frau, der man figürlich nicht ansieht, daß sie außer den beiden erwachsenen Söhnen noch eine Tochter von fünfzehn und einen kleinen Jungen von sieben Jahren hat. Aber ihre Züge und auch ihr Profil sind sehr scharf gezeichnet; sie scheint es in ihrem Leben nicht leicht gehabt zu haben, obwohl sie es manchmal ein wenig leichtnimmt. Die Familie hat Verwahrlosungserscheinungen. Ihr Mann verbüßt gerade eine Haftstrafe.

Die lebensgierige Frau und der junge Mann finden sich in jener Neujahrsnacht, und es wird eine glühende Liebe. Er findes alles bei ihr, die Geliebte, die seinen starken, sehr lange gestauten Trieben zärtlich entgegenkommt; er findet aber auch bei ihr die ältere Frau, die ihm einen Ersatz für eine Mutterliebe darbringt, die er nie gekannt hat.

Er lebt fast ganz in dieser merkwürdigen Familie. Die Frau will bei ihm bleiben, und auch schriftlich sagt sie es ihm oft, sie wird ihn für immer und ewig lieben, sie will sich von ihrem Mann scheiden lassen.

Aber Freiheitsstrafen dauern nicht ewig, der Familienvater kommt zurück, und vorläufig bleibt noch alles in der Schwebe. Noch bekundet die Frau, daß sie sich scheiden lassen will. Einmal überrascht der Ehemann den jungen Mann in seinem Schlafzimmer. Er wirft ihn hinaus.

Die Frau besucht ihn in seiner Stube im Hinterhaus in der Berliner Schönhauser Allee. Die Frau schreibt ihm öfter und auch, er solle ruhig einmal die Arbeit versäumen. Er tut das, und durch seine Bummelei wird sein guter Arbeitsplatz gefährdet. Die Besuche der Frau werden seltener, immer seltener. Der junge Mann hat das Gefühl, daß die ewige Liebe zerbröckelt.

In der Osterwoche ist er allein, sie kommt nicht mehr. Am Karfreitag fängt er schon frühmorgens an zu trinken, und am Abend geht er in ein Lokal; er hofft, sie und ihre Familie zu sehen. Er trinkt erst an der Theke, und dann sieht er die Familie dort sitzen.

Der Mann ruft ihn an den Tisch, und die Frau erklärt ihm: „Es ist aus mit uns, ich habe zu meinem Mann zurückgefunden, und ich werde dich nicht mehr besuchen."

Wie betäubt geht der junge Mann weg, er versucht, seinen Kummer, seinen Schmerz im Alkohol zu ertränken. Er hat, als er vor das Haus, in dem er wohnt, ankommt, einen Blutalkoholgehalt von 3,2 pro mille, man kann also mit Gewißheit sagen, er ist sinnlos betrunken.

Er will seinem Leben ein Ende machen mit der bekannten Einstellung eines Kindes. „Es geschieht meiner Mutter ganz recht, wenn mir die Finger abfrieren, warum kauft sie mir keine Handschuhe." Und in diesem verzweifelten Wunsch ist er auch noch inkonsequent, er will seinen demonstrativen Freitod tarnen.

Er wohnt in einem Hofseitenflügel, und dort stehen im Treppenflur Kisten mit Holzwolle, die zündet er an. Er legt auch noch Holzwolle in einen Schrank, der mit Briketts gefüllt ist und der im zweiten Stock steht, und legt auch hier Feuer an.

Dann geht er in sein Zimmer. Vorher hat er sich noch auf seinem Gesäß leichte Brandwunden beigebracht, aber er hat seine Hose ausgezogen, damit sie nicht verbrennt. Er zieht dann, auch wieder inkonsequent, die Hose über, und als er die Flammen bemerkt, springt er aus dem Fenster im zweiten Stock auf den Hof. Er verletzt sich leicht; der Brand, der ein Wohnhaus, in dem fünfundvierzig Menschen schlafen, bedroht, wird durch die sehr schnell kommende umsichtige Feuerwehr gelöscht.

Das Gericht fällte hier keinen Schuldspruch und hob den Haftbefehl auf. Der medizinische Sachverständige, der den jungen Mann überaus sorgfältig untersucht hatte, hielt den sehr minderbegabten Menschen in dieser Konfliktsituation auch ohne einen Tropfen Alkohol für nur bedingt zurechnungsfähig. Der Sachverständige schloß die Möglichkeit – in diesem einmaligen Falle – des pathologischen (krankhaften) Rausches nicht aus. In diesem Fall kann das Gericht einen Freispruch aussprechen.

Der Staatsanwalt hatte wegen der großen Gefahr für die vielen Menschenleben eine Gefängnisstrafe von drei Jahren wegen verbrecherischer Trunkenheit nach § 330 a beantragt.

Der Laie wird kaum den Unterschied zwischen einem pathologischen Rausch, der straffrei bleibt, und einer verbrecherischen Trunkenheit, die bestraft werden muß, begreifen. Sie muß bestraft werden, wenn der Berauschte eine strafbare Handlung unternimmt.

Das Gericht sprach den jungen Mann frei, es schloß sich der Meinung des Sachverständigen an. Wir müssen diese Entscheidung respektieren. Wir wissen auch: Wenn hier ein Mensch moralisch die Ursache für diese Explosion der Seele war, dann ist es die vierzigjährige Frau. Sie, die hundertmal ihre ewige Liebe und Treue dem jungen, unerfahrenen Mann versprochen hat, sie hat ihre Liebe und die Liebe des jungen Mannes mit einer Ernsthaftigkeit betrachtet wie ein Kind, das gierig nach einer Handvoll Sand greift und dann die Sandkörner achtlos durch die Finger rieseln läßt.

Schlüsselgeschichten

Schlüsselgeschichten sind wahre Begebenheiten, in denen nur die Namen der Beteiligten und die Orte vertauscht sind. Das verschlüsselte Schreiben verbirgt das Geheimnis, es schützt die betroffenen Menschen, die Schuldigen und auch die Betrogenen, die Lumpen und die Helden, vor der Bloßstellung, manchmal auch vor der Unsterblichkeit.

Die Geschichten von Louis und den vier Damen sind auch Schlüsselgeschichten, sogar im doppelten Sinne. Nicht etwa, weil Louis als Bauhilfsarbeiter fleißig bemüht gewesen war, Wohnhäuser schlüsselfertig zu übergeben, nein, eher im Gegenteil. Er war im Jahre 1961 aus West-Berlin zu uns gekommen, weniger, so glaube ich sagen zu dürfen, aus Überzeugung denn aus Angst. Angst vor seinen Gläubigern, denn schon einmal hatte er wegen eines Abzahlungsbetruges Monate gesessen. Er kam damals zu uns mit seinen drei Kindern und seiner geschiedenen Frau, einer rotgetönten, lieben und tüchtigen Dame, die ihn, den schönen Liederjan, wieder bei sich aufgenommen hatte, einmal, weil Louis ein großer, wohlgestalteter, schwarzgescheitelter Mann ist, aber auch, weil so eine kleine, zarte Frau unbedingt einen Vater und Ernährer für ihre drei Kinder braucht.

Die Frau bekam eine Wohnung, er konnte zu ihr ziehen, sie arbeitete als Hilfskraft mit bescheidenem Einkommen an einem berühmten Kulturinstitut bei uns, und ihre Kinder sind in einem Hort gut untergebracht. Er fand Arbeit bei einem volkseigenem Bauunternehmen.

Wenn er nur ein wenig gewollt hätte, wäre es allen wohlgegangen, aber er liebte die Frauen und den Wein mehr als die Arbeit. Um Weihnachten feierte er krank, dann verlängerte er, dreimal Urkunden fälschend, seinen Krankenschein und schädigte das Volkseigentum um 136,– M. Das wäre damals noch gelinde abgegangen. Man war bereit, diese Sache der Konfliktkommission zu übertragen. Aber der kräftige Louis, der Held aller Tanzdielen, bekam Angst.

Er suchte sich einfach eine andere Arbeit bei einem anderen Baubetrieb. Dort machte er sich auch sehr wenig, ja fast gar nicht beliebt. Er trank, er war unzuverlässig, er kam und ging, wann er wollte, pumpte die Kollegen an. Er war einfach unkollegial.

Louis wurde fristlos entlassen und holte seine Papiere gar nicht ab, wie er sagte, aus Furcht. Aber aus der Wohnung seiner geschiedenen Frau nahm er einen Staubsauger mit, den sie sich gerade auf Abzahlung angeschafft hatte, um sich das Leben ein wenig zu erleichtern. Den versetzte er auf der Pfandleihe. Daß er nie seinen hohen Unterhaltspflichten nachkam, versteht sich bei seiner Einstellung leider, leider von selbst.

Aber beim Tanz, da fürchtete er sich nicht. Die rundliche Buchhalterin mit den seidenweichen, weißblonden Locken betörte er an einem Abend mit seinem Leid und seinen Schmerzen, mit dem Eiapopeia seiner Einsamkeit und dem Unverstandensein und dem Scheidungsurteil so, daß sie ihn mitnahm in ihre Wohnung und dem unglückseligen Mann Asyl gewährte, der ja von seiner Frau geschieden war und von seiner Baufirma angeblich Urlaub hatte und der auf solche Art auch den Wohnungsschlüssel anvertraut bekam. Dort wohnte er dann unangemeldet vier Wochen.

Die süßherbe, schwarzbraune Kindergärtnerin gewann er noch während seiner Liebe zur weißblonden Buchhalterin, auch tanzenden Fußes. Sie gewährte ihm manchmal heimlichen Einlaß in ihr Kämmerlein. Und eines Tages rief er sie an, sie müsse sich unbedingt eine Stunde für ihn freinehmen, es sei eine persönlich sehr wichtige Angelegenheit zu erledigen. Die kleine Schwarzbraune eilte zu dem Restaurant, dort, wo Louis auf sie wartete.

Er bat sie, ihm bei einem Transport und beim Verkauf seines funkelnagelneuen Fernsehgerätes zu helfen, das er angeblich aus der Wohnung seiner geschiedenen Frau abgeholt hatte. Das tat sie auch ohne Bedenken, aber das Flimmerkistchen stammte, was sie nicht wußte, aus der Wohnung der Buchhalterin mit dem blondseidenen weichen Haar und wurde zur Behausung eines Oberkellners transportiert, der gern bereit war, Louis dafür 500,– M auszuhändigen.

Die vierte war die gertenschlanke, graugetönte Verkäuferin, die sich auch von ihm nach Hause begleiten ließ, bei der er so lange bettelte, bis sie ihn bettete, wie sie sagt, widerwillig. Und schließlich händigte sie dem Playboy auch ihre Schlüssel aus, wie sie sagte, widerwillig, und sie zeigte ihm ihre Uhr, ihre Ringe und ihre silbernen Sachen, ihre Messer, Gabeln, Löffel, die sie in einem Kleiderschrank versteckt hatte. Und eines Tages fand sie die Schlüssel im Briefkasten, den Louis aber fand sie nicht mehr wieder. Ihre Ringe, ihre Uhr und die silbernen Löffel blieben verschwunden. Und da rief sie die Volkspolizei, und das gleiche taten auch die Buchhalterin mit dem seidenweichen Haar und die geschiedene, rotgetönte Frau mit den drei Kindern, und da fanden sie ihn und nahmen ihn fest. Und mitleidlos waren sie alle, die sie ihn aus süßem Mitleid aufgenommen hatten. Wohl konnten Staubsauger und Fernsehgerät wiederaufgefunden und zurückgegeben werden, die Ringe und die Löffel waren aber schon eingeschmolzen. Nur ein grüner Stein und die Uhr fanden den Weg zurück zu der gertenschlanken, graugetönten Verkäuferin.

Zwanzig Monate Gefängnis und einen Monat Haft wird er in einem Raum zubringen, zu dem er keine Schlüssel hat, Louis, der Lump, der soviel Chancen hatte, sie aber nur bei den Damen nutzte und sie ausnutzte, der ihr Herz gewann und ihre Sachen nahm, der sich nie um die Frauen und die Kinder kümmerte, ob sie nun Schlüsselkinder waren oder nicht.

Wenn viele Bauhilfsarbeiter so wären wie er, wir hätten wohl einen ziemlich hohen Umsatz in Bier und einen kräftigen Geburtenüberschuß, aber die Leute müßten im Freien übernachten oder in der Mitropa, wie Louis es manchmal tat, wenn er die Schlüssel ohne Lebewohl in den Briefkastenschlitz gesteckt hatte.

Narr des Glücks

„Aus den Wolken muß es fallen, aus der Götter Schoß, das Glück“, so dichtete freudetrunken und etwas unirdisch Herr von Schiller, und mit dieser Meinung, das Glück sei durch eine Art von Himmelslotterie zu gewinnen, hat der Dichter viele Anhänger.

So einer ist auch Horst, ein junger Mann Anfang der Zwanziger, der jünger aussieht, als er ist. Er sucht sein Glück wörtlich ganz oben in den Wolken, seinen ganzen Geist und seine ganze Energie und leider auch seine Liebe hängt er an seine gebastelten Modellflugzeuge. Und wenn sie höher und höher fliegen als die seiner Kameraden, hat er Glückes genug. Sonst ist er auch noch Polsterer und Dekorateur.

Er ist, oder richtiger gesagt, er war verheiratet, und das Strafverfahren, das wir hier zu behandeln haben, ist nur ein Nebenprodukt seines Scheidungsprozesses.

In einem Vorort von Berlin lernte er sie kennen; dort, wo er seine Modellflugzeuge den Wolken entgegenschickte, dort lebte sie in einem kleinen Häuschen bei ihren Eltern. Er war dort immer zum Wochenende auf Besuch bei seiner Tante. Sie heirateten, ohne viel zu überlegen, und sie zogen, da sie noch keine Wohnung hatten, zu seiner Mutter nach Berlin. Das war das Bequemste, denn beide arbeiteten dort. Es kam auch nach einem Jahr ein Kind, und das wurde zu ihren Eltern gegeben in den kleinen industriereichen Vorort, und für hundert Mark übernahm die etwas kränkliche Großmutter die Pflege und die Obhut des Kleinen.

Das große neue Modellflugzeug wanderte in den Schuppen

seiner Schwiegereltern. Und an jedem Wochenende fuhr die Familie hinaus zu den Eltern, zu ihrem Kind und zu seinen Himmelsstürmern. An Wochentagen aber in Berlin gab es immer Streit um das liebe Geld. Er fand, hundert Mark seien zuviel für ihre Eltern, sie meinte, es sei nachgerade zuwenig, wenn sie nachrechne, wieviel Geld er seinen Flugzeugen opfere. Leider blieb es nicht bei den Worten, denn Horst ist sehr jähzornig; er war auch einmal vor drei Jahren in eine Schlägerei verwickelt gewesen.

An diesem einen Sonntag ließ der Schwiegervater, ein solider, baumstarker Arbeiter, das Dach seines Schuppens von einem älteren Meister frisch decken. Und in diesem Schuppen stand der Traum des Schwiegersohnes, das große Modellflugzeug. Es sollen beim Dachdecken einige Teerspritzer auf die Tragflächen gefallen sein. Horst wurde wütend, und während die schwiegerelterliche Familie mit dem lieben, erfahrenen Dachdeckermeister einen Frühschoppen begann, der sich bis in die Abendstunden ausdehnte, schimpfte Horst den ganzen Tag herum.

Er fand seinen kleinen Jungen auf den Steinstufen im Garten sitzend und behauptete, es würde ja kein Wunder sein, wenn dieser im hohen Alter einmal Hämorrhoiden bekäme. Mit diesen und ähnlichen Reden versuchte er, die Familienfeier, die in Bier und mildem Fruchtwein getaucht war, zu trüben. Auch wollte er mit dem Moped des Dachdeckers ein wenig herumfahren, seine Frau war dagegen, weil er ja keine Fahrerlaubnis hatte und sein Geist auch durch den Alkohol leicht beschwingt war. Horsts Mißstimmung aber stieg auf den Siedepunkt.

Seine Frau legte sich frühzeitig ins Bett, sie war krank und außerdem wieder im zweiten Monat schwanger. Wütend kam Horst in das Schlafzimmer. Er fing sofort Streit an, und er schlug sie ins Gesicht. Die junge Frau rief nach ihrer Mutter, die wollte beim ersten Anruf den ehelichen Unfrieden im Schlafzimmer nicht stören. Beim zweiten Hilferuf kam sie. Horst gab auch ihr einen Schlag ins Gesicht, daß die kleine, schmächtige

Frau stürzte, und sie behauptete, durch den Schlag hätten sich ihre Zähne gelockert. Dann kam der große, kräftige Schwiegervater zu Hilfe, ihm wurden beide Augen blau geschlagen. Und auch der friedliche Dachdecker griff ein, er setzte den rabiaten Schwiegersohn an die Luft und bekam einige Schläge ab.

So zerbrach endgültig an diesem Wochenende die Ehe. Alle warteten nun mit ärztlichen Attesten auf, alle hatten blutunterlaufene Stellen, auch Horst konnte mit Würgemalen am Hals dienen. Aber er hatte, das war eindeutig, die Schlägerei angefangen, er hatte ohne jeden Anlaß die liegende kränkliche und schwangere Frau als erster sehr heftig geschlagen.

Horst hatte sich eines Anwalts versichert, und sosehr wir Horst wegen seines brutalen Benehmens kritisieren müssen, ein wenig von der Kritik muß auch dieser Anwalt abbekommen.

Horst war zwei Jahre lang Dekorateur in einer ausländischen Botschaft. Ein Vertreter einer ausländischen Macht tritt nicht als Leumundszeuge in einem Strafprozeß aus. Aber vor kurzer Zeit war Horst wieder zu einem Handwerksmeister zurückgegangen, bei dem er schon vor Jahren lange tätig gewesen war. Das erfuhr der Richter im Verfahren, und er telefonierte sofort, und der stellvertretende Vertrauensmann der Gewerkschaftsgruppe wurde zum Gericht bestellt. Er gab ein gutes Zeugnis über Horst, er sei gewissenhaft, kollegial, er bummele nicht, er habe sich damals nur verändern wollen, und gerne habe der Handwerksmeister ihn wieder zurückgenommen.

Hätte der Verteidiger seinen Beruf ernst genommen, hätte er den Staatsratserlaß beherzigt, dann wäre es für ihn eine Kleinigkeit gewesen, vor dem Prozeß mit den Kollegen des Handwerksbetriebes zu sprechen und sie zu einer Bürgschaft für Horst zu gewinnen; denn es stand die Frage, ob Horst, der schon einmal wegen einer Körperverletzung vorbestraft war, zu einer bedingten oder zu einer unbedingten Gefängnisstrafe verurteilt werden sollte. Eine solche Tätigkeit wäre für den Rechtsanwalt und für unsere Gesellschaft eine nützliche Aufgabe. Aber leider lag keine Bürgschaft vor, und das Gericht verurteilte Horst zu einer unbedingten Freiheitsstrafe von vier Monaten.

Der Rechtsanwalt gab sich Mühe, aber leider in einer wenig schönen Weise. Er versuchte, die Glaubwürdigkeit der jungen Frau zu erschüttern, indem er bekanntgab, sie habe im Ehescheidungsverfahren eine falsche eidesstaatliche Versicherung abgegeben. Dort hatte sie in einer Vermögensaufstellung über einen Kredit erklärt, sie habe ihn bekommen, um ihre Unterhaltsverpflichtungen ihrem Kinde gegenüber erfüllen zu können. Das war sachlich nicht richtig, es war ein Kredit für den Möbelkauf. Diese Begründung aber ist sachlich unerheblich.

Diese Art von Verteidigung dient nicht der Wahrheit und dient nicht dem gesellschaftlichen Fortschritt, sie dient nur dazu, die Prozeßkette zu verlängern. Die Tätigkeit eines Anwalts sollte dem Beschuldigten und der Gesellschaft gleichermaßen nützen. Das „Wie" liegt in jedem Verfahren anders. Man muß auch diesen Beruf mit der ganzen Glut seines Herzens betreiben und mit Kenntnissen. Es fällt eben nichts aus den Wolken und nichts aus der Götter Schoß.

Der verschwundene Vater

Die Schiffe hinter sich verbrennen, einmal ganz von vorne beginnen, einen dicken Schlußstrich ziehen, ein neues Leben anfangen – gute Vorsätze, oft gefaßt, manchmal auch beherzigt. Nur eines geht nicht: die Vergangenheit zu verdrängen, als sei sie nicht gewesen. So wie es einer tat, den wir hier Horst Bendler nennen wollen.

Praktisch war er einmal gut, als Schiffsbauer, sicher sogar sehr gut, jedoch im Theoretischen hat er die Gesellenprüfung nicht bestanden. So auch im Leben. Er sieht immer nur das Nächstliegende, wie er sich von einer Stunde zur anderen weiterhelfen kann. Darüber nachzudenken, was die Tat für Folgen haben wird, das liegt ihm überhaupt nicht.

Er sieht sympathisch aus, den wir hier Horst Bendler nennen, sehr männlich, groß und schwarz, mit kurzgelocktem Haar, fragenden Augen und träumendem Mund; sicher ist er bei den Frauen gern gesehen. So lebt er dahin, ohne den Lehrabschluß erreicht zu haben. Obwohl in der Lausitz geboren, spricht er, der Siebenundzwanzigjährige, wie ein echter Berliner.

Er hat auch früh geheiratet, aber diese Ehe ist nicht gut gelaufen. Er floh vor ihr im Jahre 1958 nur aus diesem Grund nach West-Berlin. Die Frau blieb hier mit den Kindern, einem Zwillingspärchen. Die erste Flucht vor der Ehe und der Frau und der Familie hatte ihren Zweck erfüllt, zeitweilig. Er gab ihr etwas Geld, das sie über die Wechselstuben in vierfacher Münze umwechseln konnte. So glaubte er, wäre das Problem Frau und Familie gelöst.

Aber dann kam die Frau mit den Kindern 1960 nach. Sie zog

zu ihm, und wieder gab es Streit. Er tat das, was er wollte, ohne jede Rücksicht, und auch sie ging als Serviererin ihrer Wege mit einigen Gästen, die sie erst am nächsten Morgen wieder nach Hause brachten. So endete die Ehe mit viel Krach, und beide wurden vom Landgericht Berlin-Charlottenburg geschieden.

Er wurde zu einer Unterhaltszahlung von 180,– M für die beiden Kinder verurteilt. Und bei dem Termin erfuhr er, daß die junge Frau wieder ein Kind erwartete, und er glaubt, bestimmt annehmen zu dürfen, daß er nicht der Vater ist. Jedoch versäumt er, die Ehelichkeit dieses Kindes anzufechten. Heute ist es zu spät, und er wird wohl oder übel alle Rechte und alle Pflichten eines Vaters übernehmen müssen.

Inzwischen ist aber der Mutter das Sorgerecht über ihre drei Kinder abgesprochen, sie sind in Heimen untergebracht, und Horst Bendler muß trotzdem an seine geschiedene Frau 180,– M monatlich bezahlen. Das Urteil ist rechtskräftig. Diese Summen muß er auch rückwirkend überweisen.

Das ärgert ihn. Bis heute hat er noch keinen Pfennig überwiesen. In dieser Zeit kam er oft herüber zu uns, in seine alte Heimat, vor dem 13. August 1961, und er lernte ein sehr nettes, solides junges Mädchen kennen. Mit ihr will er ein neues Leben beginnen, alle Schiffe hinter sich verbrennen und unter das alte Leben einen dicken Schlußstrich ziehen.

Das macht er sehr gründlich. Er verbrennt in West-Berlin seinen Personalausweis, seine Scheidungsurkunde, kurz alle Papiere, die auf seinen Namen schließen lassen. Und dann geht er zu dem damals für ihn zuständigen West-Berliner Polizeirevier und meldet: „Beim Baden im Wannsee sind mir meine Papiere gestohlen worden." Er erhält eine vorläufige Verlustbescheinigung, in vier Wochen soll ihm ein neuer Personalausweis ausgestellt werden, wenn die alten Papiere sich nicht finden. Und diese Bescheinigung fälscht er. Er ändert seinen Namen in – sagen wir – Horst D. Byndlarsen.

Und mit diesem Papier meldet er sich als Umsiedler bei uns. Bis zur Klärung seiner Personalien kommt er in ein Aufnahmelager. Aber der neue Byndlarsen ist noch immer der alte Bendler.

Er handelt unüberlegt. Er verläßt mit einer Gruppe anderer junger Leute das Lager und macht einen Streifzug durch West-Berlin. Dort fahren sie mit fremden Autos durch die Gegend, sie werden geschnappt, und nun kommt Horst D. Byndlarsen wegen unbefugten Benutzens von Kraftfahrzeugen vor Gericht. Das Urteil damals: Fünfeinhalb Monate Gefängnis. Dort erhält er Entlassungspapiere auf seinen neuen Namen. Damit gelangt er in ein Westberliner Lager und bekommt dann einen neuen Ausweis auf den neuen Namen.

Wieder meldet er sich bei uns, aber jetzt will man von dem Herrn Byndlarsen nichts mehr wissen, weil er ohne Genehmigung damals das Lager verlassen hatte.

Doch seine neue Freundin läßt nicht locker, sie interveniert so oft beim zuständigen Rat des Stadtbezirks, daß Horst D. Byndlarsen aufgenommen wird und Zuzug erhält. Er nimmt Arbeit in einem großen Werk der Elektroindustrie. Man ist mit ihm zufrieden.

Die Schiffe sind verbrannt, der Schlußstrich ist gezogen, das neue Leben hat sich gut angelassen. Für die geschiedene Frau, für die drei Kinder war der Vater Horst Bendler verschwunden, spurlos.

Aber der Mensch Bendler lebt weiter mit Hunger und Durst, mit Trieben und Lieben. Die Verlobte, mit der Horst D. Byndlarsen zusammenlebt, bekommt ein Kind. Sie und ihre Familie drängen auf Heirat mit dem sympathischen, fleißigen jungen Mann. Er geht zum Standesamt, und dort verlangt der Beauftragte für das Personenstandswesen (so wird bei uns der Standesbeamte genannt) Geburtsschein und Scheidungsurteil. Papiere, die der Herr Byndlarsen angeblich verloren hat und die er nicht mehr besorgen kann.

Dem aufmerksamen Sachbearbeiter ist nicht entgangen, daß Horst D. Byndlarsen in einem Ort in der Lausitz geboren wurde. Von dort fordert er einen Geburtsschein, und siehe da, niemals gab es hier eine Familie Byndlarsen, wohl aber, welch ein Zufall, wurde am gleichen Tage, an dem Horst D. Byndlarsen geboren war, ein Knabe Horst Bendler in das Geburtsregister eingetragen.

Urkundenfälschung und schwere mittelbare falsche Beurkundung sagte die Staatsanwältin. Die Sache wurde noch bedenklicher, als der Anklagebehörde am Tage vor dem Prozeß bekannt wurde, daß Horst Bendler einen Krankenschein seines Betriebes um einen Tag vorverlegt, also gefälscht hatte, nicht als Bummeltag angerechnet zu bekommen. Er war deswegen nicht angeklagt, aber es zeigte doch, wie leichtfertig er auch in einer Zeit, in der dieses Strafverfahren anhängig war, Urkunden nach seinem Belieben änderte. Dadurch wären eigentlich die gesetzlichen Voraussetzungen für eine bedingte Verurteilung weggefallen, aber trotzdem beantragt die Staatsanwältin doch noch eine bedingte Gefängnisstrafe von zehn Monaten, ein Antrag, dem auch das Gericht in seinem Urteil, wenn auch mit schwerem Herzen, stattgab.

Eine Vergangenheit, an die sich ein Mensch nicht gern erinnern will, kann er nicht dadurch verdrängen, daß er ihre Spuren vernichtet. Sie ist da, und er kann und muß mit ihr fertig werden, wenn er die Fehler, die er einmal begangen hat, einsieht, sich ändert und sich von seinen schlechten Gewohnheiten löst. Nur ein Mensch, der an sich arbeitet, kann das. Und das fällt dem heutigen Horst Bendler so sehr schwer.

Wen schützt das Gesetz?

Geht es hier um Bilder oder um einen jungen Menschen? Leider blieb die Frage unbeantwortet im Gerichtsraum stehen. Ich glaube, die Schuld daran tragen unsere überalterten Strafgesetze, verfaßt und in Kraft getreten im Jahre 1871.

Angeklagt ist nur einer hier: Ein hagerer Mann von sechsunddreißig Jahren, mit eingefallenen Wangen, schütterem Haar und buschigem Schnurrbart, sehr wendig und etwas windig, wegen Herstellung und Verbreitung pornographischer Bilder. Das hat er getan, und deswegen muß er auch bestraft werden.

Er ist ein Liebhaberfotograf, und ich möchte meinen, mit der Betonung auf dem Wort „Liebhaber". In großen Alben hat er Bilder von nackten Damen gesammelt. Das ist an sich nicht strafbar. Aber er fertigt von diesen Bildern und von einigen anderen, die ihm zugetragen wurden, Kopien an und verkauft sie für fündundzwanzig und fünfzig Pfennig an seine Kollegen im Betrieb. Dabei waren einige, die man nicht nur als Aktfotos bezeichnen kann; sie waren einfach unanständig. Und diese zu reproduzieren und zu verteilen ist verboten. Das ist strafbar. Dafür hat ihm das Gericht eine Gefängnisstrafe von fünf Monaten, unbedingt zu verbüßen, und eine Geldstrafe von 200,– M gegeben.

Das wäre für ein solches Delikt eine sehr harte Strafe, wenn man von allem anderen absieht. Aber das dürfen wir nicht; wir müssen den ganzen Menschen betrachten.

Zehn Jahre lang verdiente er in einem chemischen Betrieb als qualifizierter Facharbeiter viel Geld. Er ist von seiner Frau geschieden, er hat für drei Kinder zu sorgen und die sehr hohen

Verpflichtungen immer gewissenhaft erfüllt. Aber diesen Betrieb verließ er kürzlich. Allzuoft hat er in den letzten Jahren gebummelt, und das wurde dem Betrieb zu bunt; nach einigen Verwarnungen schlug man ihm einen Aufhebungsvertrag vor. Heute ist er in einem anderen Werk tätig. Hier hat er schon in den ersten vier Wochen seiner Beschäftigung einen Tag, den Tag nach der Lohnzahlung, unentschuldigt gefehlt.

Gewiß, er hat auch seine guten Seiten. Am freiwilligen Aufbau nahm er ständig teil und qualifizierte sich in seinem Fach gründlich. Bedenklich aber ist bei ihm das, was man gemeinhin den Lebenswandel nennt. Er hatte eine höchst seltsame Freundschaft mit einem Schulmädel von vierzehneinhalb Jahren. Das schmächtige Ding kam oft zu ihm, es blieb nächtelang bei ihm. Er besuchte es in der Wohnung. Die Mutter des Kindes wußte davon. Er blieb dort über Nacht und schlief mit dem Mädel in einem Zimmer. Ihr zeigte er auch seine ominösen Alben. Und natürlich war das neugierige und verliebte Kind bereit, sich von dem Liebhaberfotografen abbilden zu lassen, ohne Hülle, in mehr oder weniger anmutigen Posen.

Mit Tochter und Mutter ging er auch oft in Kneipen und Tanzlokale. Die Kleine durfte bis Mitternacht dabeibleiben, tanzen und süßen Likör schlürfen. Er habe die Absicht gehabt, so erklärte er vor Gericht, sich mit der Kleinen, wenn sie sechzehn Jahre alt sei, zu verloben. Aber bisher sei bei dem häufigen Zusammensein zwischen ihm und dem Schulmädel nichts ganz Ernstes vorgefallen, beteuerte er; das jedoch, was er zugeben mußte, war ernst genug.

Diese merkwürdige Beziehung zwischen der Schülerin und dem erfahrenen Mann hatte für die geistige Entwicklung des Mädchens bedenkliche Folgen. Es kam in der Schule nicht mit. Es mußte die siebente Klasse zweimal durchmachen und erreichte auch bei der Wiederholung nicht das Lernziel. In der Zeit, in der diese Beziehung bestand, fehlte das Kind an sechzig Schultagen unentschuldigt.

Nach unseren geltenden überalterten gesetzlichen Bestimmungen wären Beziehungen zwischen einem Mann und einer Vierzehnjährigen nicht strafbar, es sei denn, das Mädchen (im Alter von 14–16 Jahren) war unberührt, die Beziehungen wären ganz intim und die Eltern oder der Vormund würden Strafantrag stellen. In diesem Falle hätte die Mutter diesen Antrag stellen müssen; aber niemals würde diese Mutter das tun, weil sie ja selbst die Freundschaft geduldet, ja sogar gefördert hatte.

So konnte der Mann nur wegen Verbreitung der Bilder bestraft werden. Wir wollen uns aber eines klarmachen: Jede Bestimmung unseres Strafgesetzbuches schützt ein Rechtsgut. In dem Fall der Bilder wird das sittliche Empfinden der Arbeitskollegen unseres Angeklagten geschützt, erfahrene Männer aus der Großstadt Berlin, die nicht leicht aus den Pantinen kippen. Ungeschützt aber bleibt in diesem Verfahren das viel empfindsamere Rechtsgut: die Entwicklung, die Bildung, das aufkeimende Gefühlsleben eines heranwachsenden Mädchens.

Noch unbefriedigender aber ist die Situation der Mutter. Nach den Bestimmungen unseres Strafgesetzbuches besteht bei ihr der dringende Verdacht, daß sie sich der schweren Kuppelei schuldig gemacht hat. Sie hat ihrer Tochter Gelegenheit verschafft, das zu tun, was das Strafgesetzbuch klar und nüchtern Unzucht nennt. Sehr ungern wird jedoch heute nach diesem Gesetz angeklagt, denn nach dem Text dieses alten Gesetzwerkes machen sich jede Mutter und jeder Vater eines zuchthauswürdigen Verbrechens schuldig, wenn sie der Tochter oder dem Sohn gestatten – selbst wenn sie zwanzig, dreißig oder vierzig Jahre alt sind –, auf ihrem Zimmer den Besuch von Freunden und Freundinnen zu empfangen.

Hier sollte unser neues Strafgesetzbuch diese verspießten, bürgerlichen Zöpfe radikal beseitigen und klare, verständliche Rechtsvorschriften formulieren, die unseren heutigen Anschauungen entsprechen. Daß diese Mutter hier auch die ihr vom Gesetz übertragene Aufsichtspflicht verletzt hat, ist für mich erwiesen; man müßte ihr das Sorgerecht über die Tochter absprechen.

Es geht nicht um Bilder, es geht um den Menschen. Um das junge, hoffnungsvoll heranwachsende Leben.

Der Schmied des Lebens

Der Richter mit den breiten, harten Händen, glanzlos blondem Haar und dem gutmütig strengen Gesicht scheint ein schweres Augenleiden zu haben; dauernd wechselt er die Brille. Und ein Glas der Brille ist matt. Er scheint auf dem einen Auge fast ganz die Sehkraft verloren zu haben. Aber er blinzelt mir zu. Als ich zu ihm kam, um mich vor dem Verfahren bei ihm zu melden. „Unsere Magdalena" – er sagte natürlich den richtigen Namen – „hat angefangen, ihr Leben vernünftig zu leben."

Magdalena, das schlimme Mädchen, das mit einer vorgetäuschten Schwangerschaft ihre Gefängnishaft abkürzte. (Vergleiche „Das Kind der Magdalena" im Band 1961, Seite 386.)

Das Mädchen, das die Ärzte, die Kriminalpolizei und die Staatsanwaltschaft in Karl-Marx-Stadt-West wochenlang beschäftigte. Weil man nach einem neugeborenen Kind suchen mußte, das nie geboren war. In meinem Bericht meinte ich damals, Magdalena verdiene eigentlich den Namen dieser reuigen Sünderin nur zur Hälfte, weil sie bisher nur gesündigt, aber nie bereut hatte. Die kluge Verhandlung, der Strafvollzug und die Kontrolle des Richters nach der Haftentlassung haben doch endlich Erfolg gehabt.

Der Fall, der heute Richter Seidler beschäftigt, scheint mir noch schwieriger zu sein.

Dietmar, der Angeklagte, ist ein überaus großer, äußerlich gut geratener junger Mann. Sehr kindlich wirkend durch die stark ausgeprägte Oberlippe mit weichen Zügen; wenn er etwas männlicher wirkte, würde er sicher bald den Mädchen gefallen. Dieser Sechzehnjährige ist sehr gefährdet. Er stiehlt – er stiehlt hemmungslos. Aus dem Klubhaus seines Betriebes hat er einem anderen jungen Arbeiter schon früher einmal 143,– M gestohlen. Dieser Fall kam vor die Konfliktkommission. „Und was war das Ergebnis?" – „Ich sollte das Geld zurückzahlen, und ich habe mich zu fünfundzwanzig Aufbaustunden verpflichtet."

Wenig davon ist geleistet. Auch die Zahl der Aufbaustunden blieb papierene Verpflichtung.

Und nun diese Geschichten. Aus den Garderobenschränken des Werkes wird dauernd Geld gestohlen; ein junger Kollege mußte feststellen, daß aus seinem Schrank, mit einem Vorhängeschloß gesichert, in einer Woche zweimal Geld verschwunden war. Er versteckte in seinem Schrank eine große Glühbirne so, daß sie beim Öffnen auf die Erde fallen und zerplatzen mußte. So wurde Dietmar als Täter ermittelt. Er hatte zufällig einen Schlüssel, der zu dem Vorhängeschloß paßte, gefunden.

Er mußte noch einige andere Garderobendiebereien zugeben. Auch hatte er von Fahrrädern seiner Kollegen dreimal die Dynamos abgeschraubt. Den einen brauchte er für sich, den anderen schenkte er einem Freund. Und vom dritten hat er angeblich nur den Wickeldraht dringend gebraucht.

Der Richter sagt dem jungen Mann: „Wenn wir früher einmal in unserem Betrieb einen erwischt hatten, der aus den Schränken stahl, da haben wir sehr gründlich mit ihm abgerechnet. So!" Und er weist auf seine Hände. Es sind Hände eines Großschmiedes. Dietmar ist, glaube ich, sehr erfreut, daß dieser alte Arbeiter sein Richter wurde, und nicht sein Kollege.

Aber noch während dieses Verfahren vorbereitet wurde, hat Dietmar mit einem anderen Jugendlichen mehrfach Zigarettenautomaten erbrochen. Diese Straftaten konnten hier nicht mit verhandelt werden.

Was ist mit dem jungen Mann los? Er erzählt, daß seine Mutter ihn als Kind in ein Kinderheim geben mußte. „Weil ich nicht richtig spurte." Dort aber war er bald ins Gleis gebracht. Er vertrug sich mit seinen Kameraden und war ein guter Schüler. Die Mutter weigerte sich lange, ihn wieder zu sich zu nehmen. Einmal war ihre Wohnung zu klein, und später meinte sie, sie müsse die größere Wohnung erst richtig einrichten.

Heute bewohnt er bei der Mutter eine kleine, winzig kleine Kammer, die etwas abseits liegt. Zu Hause aber fängt er an zu bummeln, das Schulziel erreicht er nicht.

Die Mutter arbeitet als Angestellte im selben Betrieb; sehr gewissenhaft, sehr ordentlich. Dietmar aber, glaube ich, ist für sie immer ein unerwünschtes Kind. Er ist der Mutter lästig. Nie gehen sie den gemeinsamen Weg zur Arbeit zusammen.

Er sollte in der Glüherei angelernt werden. Aber es wird nichts. Der Meister von damals ist heute sein Beistand. In dieser Eigenschaft gibt er sich wenig Mühe, die Ursachen der Verfehlungen aufzuhellen. Er mag den Jungen nicht. Dort in der Glüherei hat Dietmar zum Beispiel einen Kasten mit Brause gestohlen und die Flaschen verkauft.

Heute arbeitet der junge Mann als Transportarbeiter. Er ist nur mit einem sehr alten Arbeiter zusammen. Abladen, aufladen, den Hof saubermachen. Das macht ihm wenig Freude, und er ist nicht sehr eifrig dabei. Sein Verdienst von etwa 200,– M gibt er ganz der Mutter; er behält nur ein Taschengeld von 10,– M wöchentlich. Das meiste spart sie für ihn.

Als die Mutter einmal bemerkt, daß er auch sie bestiehlt, schließt sie ihn aus der Wohnung aus, im wörtlichen Sinne.

Was der Junge in der Freizeit treibt, weiß die Mutter nicht. Er ist mit Älteren zusammen, die mehr Geld haben als er. Und er will auch angeben und ausgeben wie sie und rauchen. Deswegen stiehlt er. Er hat ein echtes Interesse für Elektrotechnik, und er bastelt gern. Die Gruppe der Freien Deutschen Jugend seines Betriebes hat ihn zu einem Amateurfunkkursus eingeladen. Er ist nur einmal hingegangen, dann nicht wieder. In Wirklichkeit hängt dieser dumme Junge, der über die Maßen lang aufgeschossen ist, völlig in der Luft. Er hat kein echtes Zuhause, er fühlt sich nicht zur Freien Deutschen Jugend hingezogen, auch wenn er ihr Mitglied ist.

Mit dem wohlmeinenden älteren Transportarbeiter bildet er

kein Kollektiv, auch wenn er mit ihm gemeinsam arbeitet. Der Mensch aber braucht den Menschen. Wenn er das zu Hause und im Betrieb nicht findet, sucht er ihn woanders. Und er trifft ihn – und er trifft oft den Falschen.

Das Gericht ordnet bei ihm Heimerziehung an. Darüber sind er, die Mutter und der Betrieb glücklich. Nur der kluge, erfahrene Richter ist es nicht. Er ist nicht froh über diese Lösung. Kann er durch eine Verhandlung die Mutter, den Betrieb, die Leitung der Freien Deutschen Jugend in ihrer Grundhaltung ändern? Er ist – wie man so sagt – auch nicht stärker als ein kleines Pferd; er kann nur sein Augenmerk von nun an auch auf Dietmar lenken, so wie damals auf Magdalena.

Um Heidemarie

Nur ein Fall, der nicht des Berichtens wert sei, stehe auf dem Terminkalender der Staatsanwaltschaft Karl-Marx-Stadt, wurde mir im Büro der Staatsanwaltschaft auf der Hohestraße mitgeteilt. Ein kleiner Einbruch in einer Betriebsverkaufsstelle in Karl-Marx-Stadt Süd. Trotz dieser negativen Empfehlung ging ich hin, und die Sache sah wirklich völlig unkompliziert und unproblematisch aus.

Die Tat war, wie es in der Gerichtssprache heißt, nicht einmal persönlichkeitsfremd. Der schmächtige Mann mit dem intelligenten Gesicht und der scharfen Nase hatte mit seinen einunddreißig Jahren schon eine bewegte Zeit hinter sich. Er war als Sechzehnjähriger mit seiner Tante nach Westdeutschland gegangen und in Darmstadt wegen Einbruchs, Hehlerei und des seltenen Vergehens der Betriebssabotage zu einer Gefängnisstrafe von einem Jahr und neun Monaten verurteilt worden. Zurückgekehrt in seine Heimat, Karl-Marx-Stadt, wurde er 1958 wegen sehr massiver Einbruchsdiebstähle zu einer Zuchthausstrafe von drei Jahren verurteilt. Später mußte er noch einmal wegen Hetze acht Monate ins Gefängnis. Viele Blätter waren schon seinetwegen beschrieben worden. Von seiner Frau und seinen Kindern lebt er getrennt, sie wollen sich scheiden lassen.

Also, man mag glauben, Gerd ist eine höchst negative Erscheinung, auf seinem Kopf mit der durch Haarausfall erhöhten Stirn wächst kein gutes Haar. Doch, er hat sogar einen ziemlichen Schopf guter Haare. Wenn Gerd arbeitet, und er arbeitet fast immer, ist er fleißig; er ist ein richtiger Wühler – so bezeichnet ihn der Meister der Städtischen Gaswerke. Und vorher als

Gußputzer hatte er auch sein Geld verdient, ehrlich verdient 750,– bis 800,– M im Monat.

Aber im Gaswerk habe er sehr häufig getrunken, und dadurch seien Fehlschichten entstanden; er habe dann erzählt, seine Mutter hätte einen Schlaganfall erlitten. Man war bereit, diese Entschuldigung anzunehmen, doch man verlangte ein Attest. Er konnte das Attest natürlich nicht bringen und ging nicht mehr zur Arbeit, weil er sich schämte. Er ist jetzt berufslos.

In seiner Wohnung mit ihm lebt eine junge Frau mit ihrem Kind. Dort herrscht keineswegs Harmonie, es geht sehr laut und leider auch sehr alkoholisch zu. Die Nachbarn beschweren sich, und es gibt viel Krach. Und auch diese junge Frau hat keine geregelte Arbeit, er soll sie geschlagen haben, und das Kind sei mißhandelt worden. Bei der Erörterung der Zwistigkeiten und ihrer tieferen Gründe – es wurde von einer Bedrohung mit einer brennenden Zigarette geredet –, wurden für eine kurze Zeit die Öffentlichkeit und auch die Presse ausgeschlossen, so daß ich nichts Authentisches darüber weiß.

In einer Nacht hatte nun dieser Gerd in einer ihm bekannten Betriebsverkaufsstelle eingebrochen und Zigaretten im Wert von über 300,– M gestohlen. Er wurde schon am nächsten Tag als Täter ermittelt. Er sagt, er habe es getan, weil er keine Arbeit und kein Geld gehabt habe; er wollte die Zigaretten verkaufen. Die Ermittlungen der Volkspolizei und das Geständnis des Täters stimmten miteinander überein. Es gab also über den Tathergang, über die Motive nicht den geringsten Zweifel.

Auf den Zuhörerbänken war mir eine außergewöhnlich gut aussehende junge Frau aufgefallen, sehr schlank, mit tiefschwarzem, sorgfältig gelegtem Haar und mit glühenden, großen Anthrazitaugen, etwas salopp in Bluejeans gekleidet. Und als wir alle, Zuhörer und Zeugen, wegen Gefährdung unserer Sittlichkeit von der Verhandlung ausgeschlossen waren, kam es auf dem Korridor zu einem Gespräch. Die schöne junge Frau fragte einen Zeugen, ob er sich vorstellen könne, daß ein Mann einen Einbruch begehe, um wieder ins Gefängnis zu kommen.

Der glaubte daran nicht, ich hingegen mischte mich ein und meinte, ein solcher Fall sei mir zwar in meiner vierzehnjährigen Tätigkeit als Reporter noch nicht begegnet, aber denkbar sei es doch schon. „Ja", so sagte die junge Frau, „das ist hier so ein Fall. Ich weiß alles darüber, aber ich bin nicht gehört worden."

Wir wurden bald wieder eingelassen, und die Vorsitzende Richterin, sie war auch die Direktorin des Kreisgerichts Karl-Marx-Stadt Süd, fragte plötzlich, ob eine Frau Heidemarie anwesend sei. Und nach einigem Zögern meldete sich unsere Schöne und begann auszusagen. Sie erzählte dem Gericht mit der Kraft ihres Herzens, schonungslos gegen sich, alles, und wahrscheinlich kam sie der Wahrheit sehr nahe; alles nur, um den Geliebten zu retten.

Sie erzählte, sie sei verheiratet, und auch ihr Mann habe sie mit einer anderen hintergangen. Wenn sie darüber die letzte Gewißheit habe, wolle sie sich scheiden lassen. So habe sie sich Gerd angeschlossen, er habe ihr alles, aber auch alles Negative, aus seinem Leben erzählt, und trotzdem liebe sie ihn.

Sie sei mit Gerd von da an ständig zusammengewesen. Auch an dem Tage, als er noch Arbeiter im Gaswerk war. Sie sei schuld, daß er die Arbeit damals versäumt habe, und sie habe nicht die Kraft gehabt, ihm den Mut zu geben, dem Betrieb die Wahrheit zu sagen. Es sei immer genug Geld dagewesen, sie habe es ihm gegeben, und davon habe auch noch die andere mitgelebt. Sie, Heidemarie, habe verlangt, daß er sich von der anderen trennen solle. Die andere habe Gerd schon früher, schon weit vor ihrem Erscheinen, betrogen.

Aber dieser Gerd, der Vielbegehrte, ist schwach, fast willenlos. An diesem Abend seien sie verabredet gewesen; sie, Heidemarie, habe ihm gesagt: „Ich muß erst in die Elternversammlung. Für meine beiden Kinder. Du wartest auf mich. Fünf Glas Bier darfst du trinken – er hat nur drei getrunken, ich habe es auf dem Bierdeckel kontrolliert."

Als Heidemarie dann kam, habe sie verlangt, er soll von der anderen weggehen und sich Arbeit suchen. Wenn er ihre Bedingungen nicht erfülle, mache sie heute abend Schluß mit ihm. „Wenn du mich verläßt“, habe Gerd gesagt, „stelle ich etwas sehr Schlimmes an und lande wieder im Gefängnis.“ Dann seien sie im Zorn auseinandergegangen, und am nächsten Morgen habe sie erfahren, was passiert sei. Er habe die Tat so angelegt, daß er ergriffen werden mußte, und er wurde ergriffen. Sehr zögernd, sehr stotternd, manchmal widerstrebend gab Gerd zu, dies sei der wirkliche Grund seiner Tat gewesen.

Die Richterin meinte, vor ihr habe sich ein moralischer Sumpf von Ehebrechern aufgetan, ein Sumpf, wie er ihr noch nie begegnet sei. Vielleicht überschätze ich Heidemarie, bestochen durch ihre außergewöhnliche Erscheinung; aber eines weiß ich: Sie hat Willen und Kraft, auch eine ganze Portion Leichtsinn, aber vor allem eine ganz große Liebe. Dieser Mensch Gerd ist zu erziehen, aber, so glaube ich voraussagen zu können, es werden nicht die zehn Monate Gefängnis sein, die er gerechterweise wegen seines schweren Einbruchs verbüßen muß. Meiner Meinung nach kann es nur die schöne, etwas lässig gekleidete, langbeinige Heidemarie, die – man möge über sie denken wie man will – ihre Mutterpflichten nicht versäumte, an diesem Abend trotz allem noch in die Elternversammlung ging, an diesem Abend, als ihre große starke Liebe zu dem schwachen Gerd zu zerbrechen drohte.

Ein Güteverfahren wurde bös verfahren

Die Geschichte, die ich heute erzählen muß, unterscheidet sich von allen anderen, die an dieser Stelle berichtet wurden. Denn an der Verhandlung am 19. August 1963 vor dem Kreisgericht in Reichenbach/Vogtland habe ich nicht teilgenommen. Doch kann ich darüber schreiben, weil mir das Ergebnis in allen amtlichen Urkunden vorliegt. Auch wäre über die Verhandlung gar nichts Besonderes zu berichten; es war ein kleiner Streit, der in einem vernünftigen Vergleich endete. Es ist höchstens die Frage zu stellen, ob von seiten des Gerichts die Anregung zu einem Vergleich vernünftig war, oder ob das Gericht nicht besser beraten gewesen wäre, eine klare Entscheidung zu fällen.

Soll er hier Herr Meier heißen, der seit Jahren mit seiner Frau und seinem Kind eine Dreizimmerwohnung bewohnt, eine schöne Wohnung, die ihm behagt und in der er sich wohl fühlt. Das Haus, in dem diese Wohnung liegt, wurde von einem Herrn Müller gekauft. Der neue Hausbesitzer ist ein vielbeschäftigter, angesehener Glasermeister, der seine Werkstatt im gleichen Hause betreibt. Herr Müller hat den Wunsch, nun auch in diesem Hause zu wohnen, aus vielerlei Gründen. Er könnte abends in seiner Wohnung die notwendigen Büroarbeiten machen, und das Telefon stände dort. Er kann durch die umstrittene Wohnung besser zu seinem Lager gelangen als bisher. Alles berechtigte Gründe, die Herr Meier auch einsieht. Und er teilt es Herrn Müller am 31. März 1962 schriftlich mit: Ich bin bereit auszuziehen, wenn man mir eine gleichwertige Wohnung in der Oberstadt von Reichenbach nachweist. Auch müsse Herr Müller die Umzugskosten tragen.

Eine Wohnung wurde nun Herrn Meier von der Abteilung Wohnraumlenkung nachgewiesen; sie war fast doppelt so teuer wie die alte und nicht in sich abgeschlossen. Herr Meier sagte: „Nein, die nehme ich nicht."

Jetzt erhob der Glasermeister Müller Räumungsklage vor dem Kreisgericht in Reichenbach und brachte die bekannten Gründe vor. Herr Meier, ein friedliebender Bürger, sagte im ersten Termin, im sogenannten Güteverfahren: Schön und gut, ich sehe das alles ein; bitte sehr, ich bin auch bereit zu räumen, wenn man mir eine gleichwertige Wohnung in der oberen Stadt von Reichenbach nachweist. Das Gericht meint, wenn diese Herren sich einig sind, können wir einen Vergleich schließen. Folgendes wurde am 19. August 1963 vor dem Kreisgericht Reichenbach im Vogtland protokolliert: „Herr Meier verpflichtet sich, das Mietverhältnis für die Wohnung zu lösen und die Wohnung, bestehend aus Küche, drei Zimmern und Zubehör, aufzugeben und an Herrn Müller zu übergeben, wenn ihm eine gleichwertige Wohnung in der oberen Stadt zugewiesen wird. Herr Müller übernimmt die mit dem Umzug verbundenen Kosten und die Kosten des Rechtsstreits."

Nun wurde Herrn Meier von der Abteilung Wohnungswesen eine Zweizimmerwohnung nachgewiesen. Diese Wohnung kannte Herr Meier schon lange, sie wird vom Hausbesitzer und Glasermeister Müller bewohnt und ist ihm zum Tausch von Herrn Müller angeboten worden. Herr Meier aber sagt nein, denn zwei Zimmer sind nicht gleich drei Zimmer, außerdem hat seine Wohnung ein Bad und die des Herrn Müller nicht. Herr Meier hatte noch andere Einwände, doch auf die wollen wir hier gar nicht eingehen.

Da flatterte Herrn Meier ein Einschreibebrief ins Haus, auch vom Kreisgericht, unterschrieben vom Gerichtsvollzieher. Es wurde ihm mitgeteilt: „Als Tag der Räumung gebe ich den 30. Oktober 1963 bekannt. Sollten Sie bis zum 28. Oktober 1963 nicht freiwillig räumen, bestelle ich den Spediteur.

Sollten Sie an diesem Tage nicht anwesend sein, lasse ich Ihre Wohnung durch einen Schlosser öffnen."

Ich will mich hier nicht darauf einlassen, ob für Herrn Meier mit seiner Frau und seinem Kind eine Zweizimmerwohnung ohne Bad zumutbar ist, wie die Abteilung Wohnungswesen beim Rat der Stadt Reichenbach meint. Das mag sogar sein. Ich weiß auch, daß sich heute noch sehr, sehr viele Familien mit schlechteren Wohnverhältnissen behelfen müssen. Der Zeuge in dieser Sache kann auch, so gern er es möchte, die schwierige Wohnraumlage vieler Familien nicht durch Schreiben von Artikeln beheben.

Aber eines weiß ich: So geht es nicht! Man darf einen vor unseren Gerichten bestätigten Vergleich nicht mißachten. Noch erstaunlicher ist es, wenn diese Mißachtung vom Kreisgericht selber ausgeht.

Herr Meier und seine Frau, friedfertige Bürger, hatten große Aufregung und viele Laufereien. Sie mußten beim Kreisgericht Reichenbach, das ja selber den Gerichtsvollzieher in Bewegung gesetzt hatte, einen Beschluß beantragen, die Zwangsvollstrekkung einstweilen auszusetzen. Was das Kreisgericht – einmal hin und einmal her – dann auch tat.

Den Richtern und den Gerichtsvollziehern in Reichenbach im Vogtland sei aber gesagt: Dein Ja sei Ja, und dein Nein sei Nein. Alles andere ist vom Übel.

Die falsche Fanny oder Das Fest der Lebensfreude

Das Adelsprädikat „von und zu" galt in früheren Jahren als das Vornehmste, Erstrebenswerte. Heute wollen viele „von und mit" sein, Star und Autor einer Fernsehsendung, möglichst einer Fernsehreihe. Das ist für manche Menschen das Adelsprädikat unserer Zeit.

Zahllos sind die Geschichten von kleinen und großen Schwindlern, die mit echten und falschen Adelsbezeichnungen ihre Mitmenschen düpierten, ihrer Eitelkeit schmeichelten und sie ausnutzten, weil sie sich geehrt fühlten, mit so hochgeborenen Herren und Damen dinieren, soupieren und vielleicht auch schlafen zu dürfen, mit falschen Prinzessinnen, Komtessinnen, Fürsten und Grafen, in einer Zeit, in der die Herkunft alles, die Leistung und die Persönlichkeit nichts galt.

Die junge Frau mit den mahagonigebeizten und gelackten Haaren – Mahagoni erinnert mich immer an das gutbürgerliche Schlafzimmer – trägt ihre Unterlippe ein wenig nach außen gekehrt. Das hat sie der großen Sophia Loren abgesehen. Und durch diese unnatürliche Imitation bekommt ihr Antlitz etwas Starres, Maskenhaftes. Sie hat eine zweifellos gute Figur, das ist heute noch sichtbar, auch wenn sie in wenigen Wochen ein Entbindungsheim aufsuchen muß. Sie ist von der Gefängnishaft bleich, jedoch äußerlich sehr selbstsicher. Und wenn sie mir erzählt hätte, sie sei ein Fernsehstar, ich muß bekennen, auch ich hätte es ihr geglaubt.

Sie wohnt im sächsischen Zwickau und spricht auch so. Sie hat gelernt, fachgerecht Nudeln, Heringe, Suppenwürfel und Tomatenmark zu verkaufen, sie kennt die feinen Unterschiede zwischen Brühpolnischer und Bockwurst, man kann ihr kein Curry für schwarzen Pfeffer andrehen. Aber die gutgewachsene Mary hat keine Sitzfläche, sie will hoch und höher hinaus. Mit siebzehn Jahren ging sie einmal nach drüben. „Schön ist manche ferne, fremde Stadt, weil sie zauberhafte Reize hat", singt ihr Idol Fanny Daal.

Aber dort, in der Fremde, werden die gebratenen Tauben auch nur in teuren Feinkostläden feilgeboten, und Mary kehrte bald zurück. Im Rückwandererlager trifft sie einen jungen Mann. „Zuerst war es nur ein stummer Gruß", so singt und klingt es auf Amiga-Platten. Dann wurde es mehr; ihre Herzen schlagen, wenn auch nicht im Dreivierteltakt, so doch im Zweitakt, denn er ist aus Zschopau und sie aus Zwickau, beide Städte sind wegen ihrer Zweitaktmotoren berühmt. Der junge Mann bringt die schöne Mary mit nach Zschopau und stellt sie seiner Mutter vor, einer sehr kritischen Dame, nennen wir sie Frau Hannemann.

Die junge Liebe zerrinnt nach vier Wochen. Mary führt ihr unstetes Leben weiter, sie wechselt von der Nahrungs- zu einer Zahnpraxis, von einer Fleischerei zu einem Fußpflegesalon, von einem Kunstgewerbeladen zu einem Friseur, vertauscht den Stenoblock mit einer Servierschürze, und das am schönen Ostseestrand.

Sie hat also einige wenige Kenntnisse von schrecklich vielen Dingen, sie spielt auch leidlich Klavier und möchte immer, immer mehr sein, als sie ist.

„Die Wege der Liebe sind wunderbar, wunderbar", singt ihr Fernsehstar. Bei Mary geht es nicht wunderbar, sondern sehr natürlich zu. Dreimal ist sie schon Mutter geworden, einmal hat sie sogar Zwillinge geboren. Und leider hat sie sich auch juristische Kenntnisse angeeignet, aber dort, wo man sie möglichst nicht studieren sollte, auf der Anklagebank und in Haftanstalten. Ganz geringe Diebereien sind es, und zweimal Amtsanmaßung. Sie hat zum Beispiel einmal von einem Selbstmord gehört, und dann gab sie sich als weibliche Mitarbeiterin der

Mord-und-Unfall-Kommission aus und hat Ermittlungen in eigenem Auftrag geführt. Ohne materielle Vorteile für sich erschleichen zu wollen. Auch erzählt man sich auf den Zuschauerbänken, sie habe sich einmal als Richterin und ein anderes Mal als Ärztin aufgespielt.

Im Januar dieses Jahres hatte sie an ihren alten Freund nach Zschopau geschrieben und in diesem Brief behauptet, sie sei jetzt Schlagersängerin und Fernsehstar geworden und sei als Fanny Daal bekannt, beliebt und berühmt. Frau Hannemann hatte den Brief geöffnet, da ihr Sohn wieder in Westdeutschland lebt. Frau Hannemann hatte Mary geantwortet, sie sei erfreut, daß ihr Sohn zu einer so bekannten Dame einmal Beziehungen gehabt habe, und sie möchte sie bei Gelegenheit besuchen.

„Denk daran, denk daran, wie die Liebe begann“, das singt die echte Fanny Daal. Arme echte Fanny Daal! Der Zeuge in dieser Sache kann nicht umhin, den Finger auf einen anderen Schwindel zu legen, den Schwindel mit Gefühlen. Schlagertexte sind das. Leder und Schleim zusammengepappt aus dem Reimlexikon. Wie würde ich mit allen Schlagerfans jauchzen, wenn für diese Stimme intelligente und witzige Texte erdacht und vertont würden.

Eines Tages im September klingelt es an der Tür bei Frau Hannemann, und sie steht da, Mary mit der vorgeschobenen Unterlippe und dem Künstlernamen Fanny Daal. Wen stört es, daß sie nur einen kleinen Pappkarton bei sich hatte, der Wartburg sei leider gerade in Reparatur und der schweinslederne Koffer defekt. Konnte Frau Hannemann vermuten, daß diese weltberühmte Sängerin geradewegs aus der Haftanstalt und nicht von einer Ostseetournee oder vom Fernsehzentrum Adlershof zu ihr geeilt war? Daß diese Fanny Daal im siebten Monat der Ruhe und der Pflege bedurfte, das war ja gewiß.

Es waren unterhaltsame Tage, die vielen Anekdoten aus Künstlerkreisen, von Fips Fleischer und seinen Jungens o lala und von Bärbel Wachholz mit ihrem schneeweißen Tatra, von allem wußte der Gast so schön zu berichten. Und Frau Hannemann sprach von dem Sohn und den Wegen der Liebe, die so wunderbar sind.

„Wenn man aneinander glauben kann, ist alles halb so schwer“, trällerte die falsche Fanny vor sich hin.

Und oft weilte bei Frau Hannemann der Herr Hugo, ein Pantoffelfabrikant von Profession und ein Musiker aus Leidenschaft. Der freute sich, mit Fanny dinieren und soupieren zu können, und er bat die liebenswürdige Künstlerin, sich einmal eine Amateurtanzkapelle anzuhören und ihr mit ihren großen Erfahrungen zu helfen. Und unsere Fanny war bereit. Sie gingen zusammen in das Gasthaus „Zum Stern“, wo die braven Jungens gerade probten.

Fanny war gar nicht hochnäsig, aber doch sehr kritisch. Sie bemängelte den Rhythmus, sie ärgerte sich, daß die Pausenzeichen nicht richtig eingehalten wurden, und sie gab der jungen Sängerin, dem hoffnungsvollen Talent, Ratschläge. Sie müsse den Dialekt ablegen, und sie empfahl ihr, die Stimme auf einem Tonband selbst zu kontrollieren.

Diese weisen Lehren gab unsere liebe, falsche Fanny im echtesten Zwickauer Sächsisch von sich. Leider war es ihr nicht möglich, auch nur einmal auf der Probe etwas vorzusingen, das sei ihr vertraglich von der Konzert- und Gastspieldirektion verboten.

Nun wußte das ganze Städtchen, Fanny Daal, der Fernsehstar, weilt in unserer Mitte. „Für uns kann die Welt nicht schöner sein“, sangen sogar die Spatzen von den Dächern, und überall drängten sich junge Leute um unsere Fanny und baten sie um ein Autogramm. In den Restaurants aber kamen die Objektleiter herangeeilt und legten das Gästebuch vor. Und lobend sprach sich unsere falsche Fanny über die aufmerksame Bedienung und das fachkundige Küchenpersonal aus. Nie aber schrieb sie das ins Buch, was die melancholischen Text- und Tondichter der echten Fanny zubereiteten: „Überall bleibst du ein fremder Gast.“

Und auch im Rat des Kreises hörte man von dem hohen Besuch und war entzückt. Der junge Abteilungsleiter für Kultur wurde von einem Sachverständigen für Landwirtschaftsfragen auf das Ereignis aufmerksam gemacht.

Ein „Fest der Lebensfreude“ war geplant, und der junge Sachverständige für Kultur war hingerissen von dem Ruhm und dem Charme des bezaubernden Stars und wußte Fanny zu gewinnen. Sie konnte noch nicht sofort zusagen, sie müsse erst einmal die Konzert- und Gastspieldirektion um Erlaubnis bitten. So streng seien die Sitten auf dem Schlagermarkt.

Dann aber sagte sie zu, und der junge Abteilungsleiter fragte, wieviel sie denn an Honorar beanspruche. Sie summte etwas vor sich hin und meinte, in dieser kleinen Stadt könne sie nur ein kleines Honorar fordern, und das würde sie für die Förderung der jungen Talente zur Verfügung stellen. Jetzt war man ganz begeistert.

Hier, meinte ein sehr boshafter Mann, hätte man stutzig werden müssen, aber niemand stutzte. Der Himmel der Liebe blieb, um im Schlagertext zu bleiben, sternenklar, sternenklar.

In Ehrenfriedersdorf wurde ein Saal und eine Kapelle gemietet, Plakate wurden gedruckt: „Fanny Daal singt.“ Die Papierblumen zum Fest der Lebensfreude fanden reißend Absatz und berechtigten zum freien Eintritt.

Der Saal war proppenvoll, und dem jungen Abteilungsleiter für Kultur wurde heiß und kalt. Er wußte, Fanny Daal würde nicht kommen, wenn er auch in seiner Verzweiflung immer vor sich hin sang: „Laß mich nimmer mehr allein.“ Ein Lied aus dem Repertoire der echten Fanny Daal, auf das er sich so sehr gefreut hatte.

Aber inzwischen hatte Mary sich heimlich auf und davon gemacht. Einige Tage zuvor hatte sie noch die kleine Kassette ihrer liebenswürdigen Wirtin, der Frau Hannemann, mit einem falschen Schlüssel geöffnet und, bescheiden wie sie ist, nur fünfzig Mark von den dort ruhenden zweihundert Mark entnommen.

Das hatte wohl die gute Frau Hannemann gemerkt, aber sie konnte sich einfach nicht vorstellen, daß die berühmte Fanny Daal ihr so etwas antun könne.

Und dann machte der Abteilungsleiter vor dem überfüllten Saal den wirklich großen Fehler. Statt den Schlagerfreunden ehrlich zu bekennen, ich bin einer charmanten Schwindlerin auf den Leim gegangen, sagte er, nein, er ließ sagen: „Fanny Daal hat abgesagt." Das erfuhr natürlich die echte Fanny Daal und wurde sehr böse, denn sie sagt nie ab, wenn sie einmal erst ja gesagt hat. Und jetzt mußte unser hoffnungsvoller junger Abteilungsleiter das bekennen, was die ganze kleine Stadt und der ganze große Kreis schon wußten.

Mary wurde zu vier Wochen Haft verurteilt, weil sie sich vor den Behörden als jemand anders ausgegeben hatte. Unsere Mary wollte nur die Süße des Ruhms schmecken, nicht aber den goldenen Lohn. Drei Monate Gefängnis bekam sie wegen des kleinen Delikts, das noch immer in unserem Strafgesetzbuch als „schwerer Diebstahl" klassifiziert wird.

Wir fallen nicht mehr auf die falschen „von und zu" herein, unsere Zeit ist besser geworden, uns imponieren eher die „von und mit". Wir dürfen hier und heute über die falsche Fanny schmunzeln und über die Getäuschten lächeln, ohne Bitterkeit, weil der Lorbeer, mit dem sich unsere schöne Schwindlerin geschickt drapierte, entliehener Lorbeer war, aber nicht geborgt vom kahlen Ast eines morschen Stammbaums.

Inhalt

Zuvor *5*

Das unterbrochene Vorbild *9*
Zwischen Pommern und Lichterfelde *13*
Ein Anhänger stürzte *16*
Haben wir es ihnen zu leicht gemacht? *20*
Die privaten Laubenwünsche *24*
Ein Kind fiel aus dem Wagen *28*
Enttäuscht oder beleidigt *32*
Betrug – ein Kinderspiel *35*
Sind Gerichtsberichte Narreteien? *41*
Wildromantisch *47*
Apfelmost gegen Gerstensaft *51*
Die Betten der Frau Lünig *55*
Engelsexisch *59*
Wie sollen Kinder den Eltern Freude machen? *63*
Späte Räuberin *67*
Ein offenes Wort . . . *70*
Der fast fehlerlose Angeklagte *76*
Um Tisch und Bett *80*
Eine Zehntelsekunde unaufmerksam *84*
Kioskverkäufer mit Rennpferd *87*
Der Tierquäler *91*
Ehe ohne Vertrauen *95*
Wo sind deine Eltern? *99*
Da oder wenn *103*
Uwe mit den roten Haaren *107*
Umwege des Rechts *111*
Der empfindsame Schläger *115*

Was verderblich ist *118*
Offener Brief an den Generalstaatsanwalt der DDR *122*
Not und Torheit der schönen Irene *125*
Schnecken und Schlacken *130*
Von einem, der nicht lernen wollte *134*
Das Minusgespenst *139*
Lob und ein kleiner Tadel für Renate *143*
Mann oder Männchen *147*
Der gepfändete Teddybär *150*
Bauen und richten *154*
Unbescheiden und unzufrieden *158*
Der Dunst der großen weiten Welt *162*
Die vergifteten Hunde *165*
Ein offenes Wort über das Lächeln *169*
Der Mann, der sein eigener Neffe war *172*
Die blauen Steppdecken *176*
Bei einer Flasche Likör *183*
Mangelnde Liebe – Lebensgefahr *187*
Gier und Tod *191*
Wie man Kohlen macht *195*
Im Advokatenland *199*
Aufstieg und Sündenfall *203*
Der ungehörte Zeuge *206*
Der Kreisbaudirektor von Osterburg *210*
Herrn Julius' seltsame Rentenwege *216*
Röhrender Hirsch und Doppelnelson *220*
Die zerrissene Rechnung *224*
Trägheit des Denkens *228*
Die verlorenen Schuhe *232*
Briefmarkenschatz im Keller *236*
Bitten um gutes Wetter *240*
Waschhaus oder Buddelkasten *244*
Geld für nichtgeregneten Regen *248*
Schutzbedürfnis oder Erziehung *252*
Bedingt oder unbedingt – das ist hier die Frage *256*

Hätte man nicht ...? *260*
Der direkte und indirekte Heiratsschwindler *264*
Das dicke Ende *268*
Das Privatleben der kleinen Lohnabrechnerin *272*
Vier Mann auf einer Zille *277*
Der Bestohlene als Hehler seines Eigentums *281*
Vom Glück, das sich nicht zwingen läßt *284*
Ein junger Mann namens Arno *288*
Betrug aus Angst? *291*
Klare Sicht *295*
Das zerzauste Hühnchen *299*
Der Entlobte seiner geschiedenen Frau *303*
Mit weinendem und lächelndem Auge *307*
Vom Mädchen, das nur schlafen wollte *312*
Die Bescheidenheit selbst *316*
Dornröschen und der Bikini *319*
Hans Guckindieluft *323*
Schwester Lores Erwachen *326*
Der Verdacht *329*
Die Liebe zum Kontrolleur der Güte *333*
Das Vorurteil *337*
Ein Raub – und einige Überlegungen zur Wahl *341*
Der Vergleich im Gange *345*
Gaststättenruhetag *349*
Vergessenes Gold *353*
Überprüft die Überprüfung! *357*
Explosion der Seele *361*
Schlüsselgeschichten *365*
Narr des Glücks *369*
Der verschwundene Vater *373*
Wen schützt das Gesetz? *377*
Der Schmied des Lebens *381*
Um Heidemarie *385*
Ein Güteverfahren wurde bös verfahren *389*
Die falsche Fanny oder Das Fest der Lebensfreude *392*